Das Geheimnis vom Darß

Gabi Krieg

DAS GEHEIMNIS VOM DARSS
DIE TOTENFLÜSTERIN

HINSTORFF

Für M. – Mein Licht bei Tag und in der Nacht.

Das eben ist der Fluch der bösen Tat,
Dass sie fortzeugend immer Böses muss gebären.

Friedrich Schiller, *Die Piccolomini 1798*

Der Mensch erntet, was er gesät hat.

Galater, 6–7

PROLOG

Das letzte, was er hörte, war die Stille. Absolute, vollkommene Stille.

In diesem Augenblick erfasste ihn etwas, das er nicht kannte – Angst. Nie war ihm vor etwas bang gewesen, nicht vor Tod noch Teufel. Aber als das Heulen des Windes und das Brüllen der See in dieser Nacht plötzlich erstarben, als hätte Gott selbst die Hand erhoben, da packte ihn die Angst und umschloss sein Herz wie eine kalte Faust.

Nicht länger quälten die erstarrten Glieder, die ausgelaugten Knochen, die blutig zerschnittenen Hände – nur ein Gedanke zählte, scharf wie die Schneide eines Messers: er hätte es wissen müssen. Es war zu schmal gewesen. Zu schmal, und zu leicht. Zehn Mal hatte St. Marien in der Ferne geschlagen, als er das Bündel an sich nahm. Eine Vorahnung überfiel ihn. Er schüttelte den Moment ab und vertäute das Bündel achtern. Er wusste, was er tat – und warum.

Mit einem einzigen Stoß trieb er das Paddel in den Neuendorfer Untergrund und wendete. Ein Waldkauz zog mit lautlosen Schwingen über ihn hinweg und stieß seinen dunklen Ruf aus. Er zögerte kurz, dann stieß er das Boot ab und hielt im Schutz der Dunkelheit auf die Bülten zu. Nebel lag schwer auf dem Wasser. Er war ihm nur recht. Genau wie der auffrischende Südwester, der ihn jetzt zügig vorantrieb. Er würde den milchigen Dunst bald auflösen, doch bis dahin hatte er sicher im Kuhlenbruch angelegt. Er hatte alles berechnet.

Der Wind blies stetig und hielt das Boot auf Kurs, mehr als die Hälfte war geschafft, der sichere Hafen nicht mehr weit, da schien ein heller Punkt im Nebel auf. Mühsam durchkämpften die auf und ab schwankenden Strahlen des fernen Lichtes die dichten weißen Schleier. Eine Schiffslaterne. Sie hatten sich in der Caasenrinne postiert, der engsten Stelle. Er fluchte leise. Jetzt musste er im großen Bogen über die Binnensee zurück Richtung Wustrow steuern, das Boot dort über die schmalste Stelle des Landes ziehen und meerseitig versuchen, anzulanden. Allein war es kaum zu schaffen, aber ihm blieb keine Wahl. Hätte es den Loop oder Permin noch gegeben, wäre es ein Leichtes gewesen, aufs offene Meer zu kommen. Aber aus Gier und Missgunst hatten die Rostocker und Stralsunder Seefahrer beide Wasserkanäle, die das Fischland einst zur Insel machten, verlandet und damit die Verbindung zwischen Meer und Bodden verschlossen. Nun würde er Stunden brauchen. Lautlos holte er das Segel ein und griff nach den Ruderblättern. Er fluchte noch einmal und legte sich ins Zeug.

Der Wind hatte inzwischen gedreht. Er kam jetzt aus Nordost und frischte mit jeder Minute stärker auf. Noch war ihm das günstig, doch wenn das anhielt, bis er die offene See erreicht hatte … Er schüttelte den Gedanken ab. Bis dahin war noch Zeit. Er ahnte nicht, dass der Sturm, in den er sich gerade begab, nur etwas kleiner war, als der, der zwei Jahre später die geschlossenen Wasserwege wieder aufreißen und zum schlimmsten Sturm aller Zeiten auf Fischland-Darß werden sollte. Selbst wenn: es hätte nichts geändert.

Es war bereits weit nach Mitternacht, als er endlich das offene Meer erreichte. Die Fluten der sich aufbäumenden See erfassten das Netzboot wie einen Spielball. Er begann, sich den rauen Weststrand hochzukämpfen. Der Sturm fegte inzwischen mit Orkanstärke über Land und Meer, der Himmel war von dunklen Wolken schwer verhangen, die Nacht jetzt pechschwarz. Er sah die Hand vor Augen nicht. Wo war das Leuchtfeuer an der Nordspitze?

Die fehlende Orientierung zwang ihn, hart am Land zu manövrieren, um die Brandung zu hören. Er wusste, es war lebensgefährlich, aber seine einzige Chance, in der Finsternis den Kurs nicht zu verlieren.

Immer neu trieb der Sturm das Wasser in riesigen Wellen vor sich her. Die See brüllte wie ein verletztes Tier. Der Himmel öffnete jetzt auch die letzten Schleusen. Es war, als hätte jemand sämtliche Elemente entfesselt, um die Welt in einen schwarzen Schlund hinabzuziehen.

Er war nass bis auf die Knochen, seine Glieder so steifgefroren, dass er sie kaum noch bewegen konnte, seine Muskeln fühlten sich an wie glühende Stahlseile, die Taue, mit denen er das Bündel jetzt am eigenen Leib gesichert hatte, zerrten, vollgesogen und wasserschwer, mit der Kraft eines Mühlsteins an ihm. Die peitschenden Wellen hoben das Boot in die Höhe und ließen es wie ein Spielzeug wieder in die Tiefe fallen.

Doch er gab nicht auf. Seine Fahrt hatte einen Grund, der ging über alles. Mit unbändigem Willen trieb er die Ruderblätter durch die peitschende See. Immer neue Brecher stemmten sich ihm entgegen und brachen über ihn hinweg. In immer neuen Zügen fegte die Gischt hart in sein Gesicht.

Längst galt es nicht mehr, ein Ziel anzusteuern, nur noch, ungefähr auf Kurs zu bleiben, um – egal wo – sicher an Land zu kommen, ohne auf einen der wild am Strand liegenden und weit ins Wasser ragenden Baumriesen geschleudert zu werden. Denn würde der Sturm ihn mit derselben Kraft, mit der er das Boot durch die Wellen trieb, gegen das Totholz schleudern, wäre das sein sicherer Tod. Im Bruchteil einer Sekunde wäre sein Genick gebrochen.

Er fasste die Ruder noch härter. Noch immer sah er die Hand vor Augen nicht. WO WAR DAS FEUER?

Da – jäh und unverhofft – ließ der Widerstand nach. Als legte das Höllen-Inferno, das ihn seit Stunden umtoste, eine Atempause ein. Als dürften sein schmerzender Körper, seine knotigen Muskeln für einen Augenblick entspannen, bevor er die Ruder erneut ins Wasser stoßen und das Boot gegen den Sturm nach Hause trieb. Nach Hause …

Er sah den Katen vor sich. Seine Mutter beim Schein der Petroleumlampe. Auf einmal spürte er bleischwere Müdigkeit. Eine Müdigkeit, so tief und gewaltig wie das Meer selbst. Aber er würde nicht zulassen, dass sie ihn schwächte. Entschlossen fasste er die Ruder und straffte sich. Er würde nicht aufgeben! Er versuchte, die Küstenlinie wiederzufinden, doch seine Augen schienen ihn zu narren.

Im selben Moment riss die Wolkendecke auf, ein heller Mondstrahl fiel hindurch.

Da erkannte er: Er trieb mitten auf dem Meer, weit weg vom Land. Ohne das Licht des Leuchtfeuers hatte er in der tosenden Brandung den Kurs verloren.

Und noch etwas sah er: eine Säule aus Wasser stand meterhoch vor ihm.

Und in diesem Augenblick, der ihm wie eine Ewigkeit vorkam, hörte er sie – die absolute, vollkommene Stille.

Er hätte es wissen müssen!

Ein Schrei entrang sich seiner Brust. Die Säule brach – zweitausend Kilo Wasser stürzten über ihm zusammen.

Zurück blieb nichts. Nichts von ihm, nichts von seinem Boot, nichts vom Bündel. Nur eines war unsterblich: sein letzter Gedanke – an sie …

I. Zusammenbruch

Es war kurz nach zehn, als die kleine Bialetti auf dem Herd zu fauchen begann und signalisierte, dass der Kaffee fertig war. Marie wusste nicht, wie sie es geschafft hatte, aber sie hatte es geschafft. Pünktlich um 22 Uhr am Vorabend hatte sie abgegeben. Danach hatte sie sich mit einem Glas Wein wahllos durch das Fernsehprogramm gezappt. Erst weit nach Mitternacht war sie wie ein Stein ins Bett gefallen. Jetzt brummte ihr der Schädel. Die linke Schläfe pochte. Es war wohl doch mehr als ein Glas. Sie hielt die Flasche auf der Anrichte gegen das Licht. Fast leer. Sie goss den letzten Rest in den Ausguss und musste an ihren Traum der letzten Nacht denken.

Die einzelnen Bilder waren verschwunden, aber das Gefühl, mit dem sie daraus erwacht war, stellte sich wieder ein: etwas Großes, Schweres, Dunkles lastete auf ihr. Es raubte ihr die Luft und drückte sie nieder. Marie schüttelte sich und atmete tief durch. Mit einem Ruck zog sie die Vorhänge auf.

Jetzt lag ›Der Mittag‹ bereits in den Briefkästen Tausender Abonnenten, prangte in den Auslagen der Kioske und Zeitungsläden, die schon wer weiß wie viele Exemplare verkauft hatten. Ihre Reportage war in der Welt.

Aber darüber wollte sie jetzt nicht nachdenken. Sie hatte abgegeben, das war das Einzige, was zählte.

Noch bekleidet mit dem großen, weißen Herrenhemd, dass sie als Nachthemd benutzte, füllte sie einen Becher mit dem kochend heißen Kaffee, goss Milch dazu und trug das Ganze ins Wohnzimmer. Unterwegs nahm sie die Post aus dem Flur mit und hockte sich aufs Sofa, um den Stapel durchzusehen. Die übliche Mischung: ein Anzeigenblatt, das sich als Stadtteilzeitung tarnte, die Einladung eines Bettenhauses zu irgendeiner Jubiläumsfeier und andere Werbung. Marie wollte den Stapel schon entsorgen, als ihr ein grauer Umschlag auffiel. Sie versuchte, den Absender durch das Adressfenster zu entziffern: ›Amt Fischland-Darß‹ stand klein oben links über ihrem Namen. Marie hatte nicht die leiseste Ahnung, was das sein konnte. Sie riss den Umschlag auf und überflog die Zeilen. Das Amt teilte ihr mit, dass Frau Helga Weber verstorben war. Die Beisetzung fand am Samstag, dem 3. Juli auf dem Friedhof von Darkow statt.

Das war heute! Aber wer war Helga Weber? Sie kannte niemanden, der so hieß. Warum hatte man ausgerechnet sie benachrichtigt?

Ihre Neugier war geweckt. Sie ging zum Schreibtisch, klappte den Laptop auf und gab ›Fischland-Darß‹ ein. Als erstes erschienen Werbeanzeigen und Tourismusinformationen, Angebote für Ferienunterkünfte und ›Traumurlaub am Ostseestrand‹. Dann ein Wikipedia-Eintrag, der genauer Auskunft gab: Fischland Darß Zingst, eine 45 km lange Halbinsel an der Ostseeküste zwischen Rostock und Stralsund, Teile davon gehörten zum Nationalpark Vorpommersche Boddenlandschaft. Marie rief über ihre Suchmaschine eine Landkarte auf und ließ sich die Entfernung berechnen. Knapp 300 Kilometer von Berlin aus. Das konnte sie schaffen bis 15 Uhr, inklusive Rückfahrt am Abend.

Die linke Schläfe pochte heftiger. Unwohlsein überkam sie. Die Fahrt würde ein ziemlicher Schlauch werden. Aber wenn sich das Amt schon so viel Mühe gemacht hatte, sie ausfindig zu machen, sollte sie die Anstrengung wenigstens honorieren. Die leise Stimme im Hinterkopf, die sagte, dass sie die Fahrt vor allem machte, um nicht an ihre Reportage zu denken, schob sie beiseite.

Sie überlegte, was sie anziehen sollte. Irgendwo musste es noch ein schwarzes Kostüm geben. Sie hatte es vor Jahren anlässlich einer Preisverleihung, zu der sie eingeladen war, gekauft. Eine Auszeichnung für die beste investigative Recherche des Jahres. Da sich ihre Figur zum Glück seit Jahren nicht veränderte, passte sie noch immer in den schmal geschnittenen Rock. Auch die hüftlange Jacke mit dem angedeuteten Schößchen ließ sich noch schließen. Mit einer schlichten weißen Bluse und halbhohen Pumps dazu, fand Marie, dass sie angemessen aussah, um bei einer fremden Beerdigung aufzutauchen.

Sie warf einen Blick auf ihr Telefon. Keine Nachricht von Frank. Sie überlegte kurz, ob sie sich melden sollte, verwarf den Gedanken aber wieder. Sie war immer noch zu verletzt, wie wenig ernst er ihre Arbeit nahm. Der gestrige Abend war ein Bespiel dafür. Sie sollte ihn zu einem wichtigen Geschäftsessen begleiten, doch ihre Reportage ging vor. Sie hatten gestritten, weil er ihr Verhalten für eine Laune hielt, statt zu verstehen, dass sie nicht mitkommen konnte.

Nein, wenn überhaupt, war es an ihm, sich zu entschuldigen. Marie griff nach dem Autoschlüssel, der auf der Flurkommode lag.

In diesem Augenblick überkam sie erneut ein ungutes Gefühl. Marie zögerte. Sollte sie wirklich fahren? Das Bild des langen Wochenendes, das vor ihr lag, tauchte vor ihr auf. Nein, sie wollte sich nicht aufhalten lassen. Entschlossen schüttelte sie das Gefühl ab und zog die Tür hinter sich zu.

Prolog 2

Der Docht der Lampe war längst niedergebrannt, doch die Nacht dauerte noch immer an. Sie machte sich nicht die Mühe, den Glühfaden zu ersetzen, noch füllte sie Lampenöl nach. Sie sah nicht einmal nach der Lampe. Es war egal, ob sie leuchtete oder nicht. Sie brauchte kein Licht, um zu sehen. Sie wusste auch so. Wusste in dem Moment, als es geschah. Und hatte es im Vorhinein gewusst.

Für sie würde es fortan immer Nacht sein. Was bedeutete da noch Lampenschein?

Sie verharrte, regungslos. Nicht, weil sie unschlüssig war. Oder weil sie zweifelte. Nein, sie verharrte, weil das Leben aus ihr gewichen war. Ihr war, als könne sie nie wieder die Glieder bewegen, als wöge die Last, die darauf lag, zu schwer. Die Last aus Kummer und Zorn, die sie von nun an in jeder Stunde des Lebens begleiten würde. Aber sie wusste auch, was zu tun war.

Sie erhob sich, ruhig und sicher, um den Weg anzutreten.

Sie legte das Tuch um Kopf und Schultern und schritt in die Nacht hinaus. Ihr Fuß fand auch im Dunkeln sicheren Tritt. Sie schlug den Weg nach Norden ein und marschierte los.

Der Wind hatte sich gelegt, als sie ins Freie kam. Sie ging quer über Wiesen und Felder. Ihr klobiger Schuh versackte im nassen Boden. Kalt umspülte das Wasser der Binnensee ihre Knöchel. So weit war es noch nie ins Land gedrungen. Begierig sog sich der Saum ihres Rockes voll mit dem kal-

ten Nass und zog schwer wie ein Mühlstein an ihrem gebeugten Rücken. ›Die Schleppe des Todes‹, dachte sie, und
schritt beharrlich weiter fort.

Sie erreichte sein Haus mit Beginn der Dämmerung. Zag-
haft schickte das Morgenlicht seine ersten Boten in die Welt.
Aber heute war es keine Silberlinie, die Wasser und Himmel
trennte. Heute war der schmale Grat am Horizont rot. Blutrot.

Sie sah, wie er aus der Tür trat. Sah das Flackern in seinem Blick, als er sie entdeckte.

»Wat willst du?«, fragte er barsch.

»Dat weetst du.«

»Verdammt will ick sin, wenn ick wüsst, wat di in'n Kopp
rümgeiht.« Er röhrte breit, sie konnte seine Zähne sehen.
Das Lachen würde ihm noch vergehen.

Ihre Augen verengten sich. Ihre Stimme war kalt wie der
Hauch der Toten.

»Dat waarst du mi büßen!«

Sekundenlang kehrte das Flackern in seinem Blick zurück.

»Verswinnt, oole Hex. Ick heff to doon.«

Mit einer herrischen Handbewegung verschaffte er sich
Raum und wollte an ihr vorbeigehen, sie abschütteln wie
eine lästige Fliege. Aber sie versperrte ihm den Weg.

»All dien Gold warrt di nix mehr helpen. Dat swör ick di!«

»Hau af!«

Ärgerlich wies er ihr den Weg. Er wollte sich diesen herr-
lichen Morgen nicht verderben lassen.

Doch statt zu gehen, machte sie einen Schritt auf ihn zu. Ihr
Blick durchbohrte ihn wie ein glühender Nagel. Ihm war, als

könne er spüren, wie der heiße Stahl in sein Fleisch schnitt.

»Du büst vermaledeit, Hein Grahl! Un vermaledeit sie wäs din Brut.« Sie reckte eine Faust in den Himmel. »Verdammt un verdorrt alltied un bet in all Ewigkeit!«

Schwarz und drohend bäumte sich ihre Gestalt im Grau des Morgens vor ihm auf. Die Hand gegen ihn und Gott erhoben, glich sie einer der Erynnien. Ein Schauer lief ihm eiskalt über den Rücken.

Zahlreiche Baustellen auf der A24 raubten ihr eine Menge Zeit. Selbst an einem Samstag kam Marie längst nicht so gut durch, wie sie gedacht hatte. Ab dem Dreieck Wittstock wurde es besser. Sie nahm die A19 bis kurz vor Rostock in schnellem Tempo und bog dann auf die B105 Richtung Stralsund ein. Im Stop-and-Go quälte sich eine in der Sonne glitzernde endlose Autoschlange die schmale Bundestraße entlang. Nervös trommelte Marie mit den Fingern aufs Lenkrad. Noch eine dreiviertel Stunde bis zur Beisetzung. Wenn das hier so weiterging, hatte sie die Reise umsonst auf sich genommen. Sie spürte, wie ihre Stimmung gereizt wurde. Die innere Unruhe, die sie seit dem Aufstehen verspürt hatte, verstärkte sich. Sie kurbelte das Fenster herunter. Die Luft, die von draußen hereinkam, war noch wärmer, als die im Wagen.

Gute dreißig Minuten später tauchte der Abzweig Richtung Fischland vor ihr auf. Die letzte Etappe war erreicht. Marie durchquerte Dierhagen, das ›Tor zum Fischland‹, setzte ihre Fahrt durch Wustrow, das alte, beschauliche

Fischerdorf, und Ahrenshoop, die ehemalige Künstlerkolonie fort, bis sie kurz dahinter die Grenze zum Darß erreichte. Die Straße führte jetzt durch dichten Wald, durch dessen Blätterdach die Sonne goldene Sprengsel warf. Wie ein Stroboskop tanzten sie auf der Windschutzscheibe, bis die Landschaft sich wieder öffnete und der Blick über weite Wiesen und Felder ging. In Kürze musste sie die Abfahrt rechts nehmen. Sie hatte gerade den Blinker gesetzt, als das Auto plötzlich mitten auf der Strecke zu mucken begann. ›Bitte nicht jetzt‹, dachte Marie. Sie wusste, sie hätte den über zwanzig Jahre alten Alfa längst ersetzen müssen. Aber sie hing an ihm, ganz abgesehen davon, dass sie sich keinen neuen Wagen leisten konnte. ›Jetzt komm schon, nur ein paar Meter noch!‹ Aber der Wagen dachte nicht dran. Stotternd rollte er um die nächste Kurve und blieb wenige Meter danach stehen.

Marie atmete angespannt durch. Jetzt konnte sie die restlichen Kilometer in der Hitze laufen und würde nicht nur zu spät, sondern auch völlig derangiert ankommen. Ein leises Grollen ließ sie aufblicken. Am Horizont brauten sich dunkle Wolken zusammen. Wenn sie sich beeilte, würde sie es vielleicht gerade noch schaffen, trocken zum Friedhof zu kommen, bevor der Guss losbrach. Marie griff nach ihrer Tasche, als es laut an die Scheibe klopfte. Sie sah in ein finsteres Gesicht.

»Irgendwo, irgendwann mal lesen gelernt?«

Ein Mann Anfang fünfzig blickte ungehalten durchs Seitenfenster. Er war schlank, aber muskulös, trug Cargohosen und robuste Schuhe. Das Hemd über dem T-Shirt war offen, die Ärmel, halb hochgekrempelt, ließen sehnige Unterarme erkennen. Seine tiefe Bräune kam sicher nicht vom Sonnenbaden. Das dunkle Haar fiel ihm in die Stirn. Sein Blick schien Marie zu durchbohren. Halb beklommen, halb ärgerlich stieg sie aus.

»Geht's auch etwas freundlicher?«

»Nicht bei Ihnen. Gesehen, was da steht?«

Jetzt sah auch Marie das Schild auf dem Zaun vor ihr: ›Privatbesitz‹. Sie war vor der Einfahrt zu einer Weide gestrandet.

»Tut mir leid, das hab ich nicht gesehen.«

»Wie wär's mit Wegfahren?«

»Ich hab ne Panne.«

»Die Ausreden kenne ich.«

»Ich hab wirklich ne Panne. Glauben Sie, ich halte in dieser Einöde zum Spaß?«

»Was weiß ich? Ihr erzählt doch alles Mögliche.«

»Wer sind denn ›ihr‹, bitte schön?« Marie spürte, wie ihre Gereiztheit wuchs und ärgerte sich, dass sie sich überhaupt auf eine Diskussion einließ.

»Leute wie Sie. Ihr glaubt, ihr könnt euch alles erlauben. Über die Dünen laufen, Abgrenzungen überschreiten, wild parken. Aber es gibt Regeln, auch hier oben!«

»Hören Sie, ich hab keine Ahnung, mit wem Sie ein Problem haben, aber ich gehöre ganz sicher nicht dazu.«

»Typisch. Jeder Tourist denkt, er sei was Besseres als die anderen.«

»Ich bin keine Touristin! Und nach dieser Begegnung werde ich das hier sicher auch nie werden. Ich bin auf dem Weg zu einer Beerdigung und mein Wagen ist liegen geblieben.«

Der Mann sah sie unverwandt an. Marie fühlte sich unwohl unter seinem dunklen Blick. Sie verteidigte sich.

»Außerdem: Ich halte mich an Regeln. Immer.«

»Ist das so?« Für einen Moment schien es, als blitze Spott in seinen Augen auf. Er musterte sie.

»Beerdigung, sagen Sie?«

Marie nickte. Mühsam beherrscht sah sie auf ihre Uhr.

»Die genau jetzt stattfindet. Vier Stunden Fahrt umsonst.«

Vielleicht hätte sie doch auf ihr Bauchgefühl am Morgen hören und nicht fahren sollen. Irgendwie war der Wurm in dieser Reise. Marie sah auf den Wagen des Mannes, der hinter ihr geparkt war. Ein weißer Pick-up. ›Arvid Johannson – Hausmeisterservice‹ stand in grünen Buchstaben auf der Fahrertür.

»Entweder Sie ziehen meinen Wagen aus der Einfahrt oder Sie müssen warten, bis der Abschleppdienst da ist.«

Sie holte ihr Telefon aus der Tasche und suchte nach der ADAC-Nummer.

»Gehen Sie schon.«

Überrascht sah sie auf.

Er verzog noch immer keine Miene. Mit der Sonne im Rücken wirkte sein Gesicht noch dunkler.

»Sie können den Wagen danach holen.«

»Danke …«

Der Mann antwortete nicht. Marie wusste nicht, was sie noch sagen sollte und wandte sich ab. Nach wenigen Schritten hörte sie, wie der Pick-up hinter ihr gestartet wurde. Er hatte nicht mal gefragt, ob er sie mitnehmen konnte.

Wie ein langes gerades Band streckte sich die Straße, die in den Ort hineinführte, vor ihr aus. Nirgendwo ein Baum, der Schatten spendete. Nur endlose Wiesen rechts und links, auf denen Kühe, träge vor sich hinstarrend, wiederkäuten. Die Temperatur war noch weiter angestiegen. Marie spürte, wie ihr der Schweiß in kleinen Bächen den Körper hinunterlief. Schwarz zu tragen in sengender Sonne half nicht gerade. Sie spürte einen Schmerz an der linken Ferse. Die Pumps waren zu lange nicht getragen, der erste begann bereits, eine Blase zu bilden. Der Kopfschmerz vom Morgen drohte, zurückzukommen. ›Was für eine Schnapsidee, hierherzukommen‹, dachte Marie.

Aus der Ferne war ein zweites Grollen zu hören. Marie sah zum Horizont. Die Wolken waren inzwischen fast schwarz und deutlich näher gerückt.

Jäh spürte sie erneut das ungute Gefühl, dass sie schon am Morgen in Berlin gehabt hatte. Was bedeutete das?

›Nichts‹, dachte Marie. Sie war eindeutig überarbeitet. Vielleicht sollte sie wirklich mal Urlaub machen. Sie nahm sich vor, sich darum zu kümmern. Wenn alles vorüber war, wenn sie nach ihrer letzten Reportage endlich den festen Job hatte. Aber jetzt musste sie sich beeilen. Vielleicht bekäme sie wenigstens noch das Ende der Trauerfeier mit. Sie beschleunigte ihren Schritt – und überhörte die Warnung ein drittes Mal. Sie hatte gut einen Kilometer zurückgelegt, als ein Cabrio neben ihr abbremste.

»Falls ich Sie ein Stück mitnehmen kann, sagen Sie einfach Ja.«

Marie sah in ein charmant lächelndes, von struwwelig blonden Haaren umrahmtes Gesicht.

»Das wär großartig, danke!«

Der Mann lehnte sich zur anderen Seite und öffnete die Tür. »Springen Sie rein.«

Marie hatte sich selten so erleichtert gefühlt.

»Ich bin Tom. Tom Kunow. Aber Tom reicht.«

Er streckte ihr lachend eine Hand entgegen. Marie schlug lächelnd ein.

»Marie Cammin.«

»Kamin wie der Kamin?«

»So ähnlich. Nur mit c und zwei m.«

»Dachte mir gleich, dass du was Besonderes bist.« Tom grinste zu ihr hinüber. Was bei jedem anderen abgeschmackt oder dreist geklungen hätte, wirkte bei ihm unkompliziert und fröhlich. Auch dass er einfach ins Du gewechselt war, passte zu seiner jungenhaften Unbedarftheit. Marie musste lächeln.

»Wenn das schon reicht, besonders zu sein …«

»Von wo aus Berlin kommst du?«

»Woher weißt du, dass ich aus Berlin komme?«

»Erstens läuft kein Einheimischer auf dieser Straße zu Fuß. Und zweitens steht ein kleines rotes Auto im Graben. Mit Berliner Kennzeichen.«

Da hätte sie auch selbst draufkommen können. Was war los mit ihr?

»Ich hatte eine Panne. Leider am schlechtesten Platz, den man sich denken kann.«

Tom lachte. »Oh, du bist Arv begegnet.«

»Du kennst ihn?«

»Den kennt jeder hier.«

Marie war kurz davor, nachzufragen, was er damit meinte, ließ es aber.

»Soll ich dich zur Tankstelle bringen?«

Tom bremste ab und ging in die Kurve, mit der der Zubringer in eine der Hauptstraßen des Ortes überging.

»Das wäre wahnsinnig nett, aber ich müsste erst zum Friedhof.«

Tom sah sie überrascht an. Marie nickte und überlegte, wie sie es am besten formulieren sollte.

»Ich bin zu einer Beerdigung eingeladen.«

Tom zuckte die Achseln. »Also dann: zum Friedhof.«

Die Beisetzung war beinahe vorüber. Tom hielt unter einer Gruppe von alten Bäumen, die den Vorplatz der mit Holzschindeln verkleideten kleinen Kirche säumen. Über den Zaun hinweg, der den Friedhof umgab, sah Marie einen winzigen Trauerzug um eine frisch ausgehobene Grabstelle stehen. Sie sah zu Tom und lächelte.

»Vielen Dank noch mal!«

»Da nich für.« Er lächelte jungenhaft zurück.

Marie stieg aus und ging auf die schmiedeeiserne Friedhofspforte zu. Das leise Kreischen erinnerte sie gerade noch rechtzeitig daran, ihr Telefon auszustellen. Sie näherte sich einem kleinen, mit niedrigen Buchsbäumen eingefassten Geviert, in dem sich die Urnengräber befanden. Außer dem Pfarrer waren nur zwei weitere Personen anwesend, eine jüngere Frau, die Marie auf Anfang zwanzig schätzte, und eine Frau etwa in Maries Alter. Unbeirrt von Maries Auftauchen fuhr der Pfarrer in seiner Grabrede fort.

Ohne ihren Blick zu heben, spürte Marie, dass die ältere Frau sie musterte. Plötzlich fühlte sie sich wie ein Eindringling. Sie blickte auf und sah zu der Frau hinüber, als müsse sie sich dafür entschuldigen, die Feier zu stören. Die Frau reagierte nicht. Marie entdeckte, dass Tom hinter ihr aufgeschlossen hatte und fühlte sich fast ein wenig erleichtert. ›Wie absurd‹, dachte sie. ›Ich kenne ihn genauso wenig wie alle anderen hier.‹ Trotzdem war es irgendwie tröstlich, dass er nicht einfach weitergefahren war. Der Pfarrer ließ nun eigenhändig die Urne ins Grab sinken. Marie überlegte, ob das hier so üblich war oder ob man nur aus Kostengründen den Sargträger eingespart hatte. Helga Weber, wer immer sie war, schien weder besonders viel Geld noch besonders viele Freunde oder Angehörige gehabt zu haben. ›Aber vielleicht hatte man in dem Alter auch nicht mehr viele Menschen, die einen kannten‹, dachte Marie. Sie erinnerte sich an die Daten auf der Todesanzeige: 19.01.1940 – 23.05.2021. Helga Weber war 81 Jahre alt geworden.

Der Pfarrer kam ans Ende seiner Rede. Er griff ein wenig von der dunklen, feuchten Erde, die neben dem frisch ausgehobenen Grab aufgehäuft war, und ließ sie auf die Urne rieseln.

»Aus der Erde sind wir genommen, zur Erde sollen wir wieder werden, Erde zu Erde, Asche zu Asche, Staub zu Staub.«

Er trat beiseite, um den Trauergästen Platz zu machen. Für einen Augenblick schien Unsicherheit zu herrschen, als wisse niemand, was zu tun war. Die ältere Frau trat entschlossen vor. Sie verharrte einen kurzen Moment regungslos vor dem offenen Grab, dann trat sie wieder beiseite und reihte sich neben dem Pfarrer ein. Die jüngere Frau trat vor. Sie als einzige hatte einen kleinen Trauerstrauß dabei und wischte sich eine Träne aus dem Auge, bevor sie die drei weißen Rosen in die Gruft warf. Danach folgte Tom, der, wie der Pfarrer, respektvoll eine Handvoll Erde auf die Urne rieseln ließ.

Jetzt war Marie an der Reihe. Sie trat ans Grab und bedauerte, nicht auch an eine Blume gedacht zu haben. Sie ergriff die Schaufel, um, den beiden Männern gleich, mit ein wenig Erde das Grab symbolisch zu verschließen. Als sie die Schippe anhob, spürte sie, wie einer ihrer Absätze im feuchten Lehm versank. Zu allem Unglück blieb der Schuh auch noch stecken, als sie ihn wieder herausziehen wollte. Sekundenlang geriet sie ins Straucheln. Wieso hatte sie bloß keine flachen Schuhe angezogen? Ihr war schon aufgefallen, dass sie als Einzige elegant gekleidet war. Die beiden anderen Frauen trugen normale Alltagskleidung, wobei die der älteren deutlich teuer war. Marie erkannte exquisite Stoffe auf einen Blick, auch wenn sie sich diese selbst nicht leisten konnte. ›Vielleicht gerade deshalb‹, dachte sie und sah auf die Urne unter ihr. ›Ruhe in Frieden, Helga Weber, wer immer du warst.‹ Marie verharrte noch einen Moment, dann ging sie an ihren Platz zurück. Der Pfarrer blickte auf die Versammelten und hob die Hand zum Segen.

»Der Herr segne und behüte dich; der Herr lasse sein Angesicht leuchten über dir und sei dir gnädig; der Herr hebe sein Angesicht über dich und gebe dir Frieden. Amen.«

Die kleine Gruppe begann, sich zu zerstreuen. Die junge Frau nickte dem Pfarrer zu und wandte sich ab. Sie schien es eilig zu haben. Die ältere wechselte einen stummen Blick mit Tom. Marie war unschlüssig, was sie tun sollte. Der Pfarrer nahm ihr die Entscheidung ab.

»Frau Cammin?« Er kam auf Marie zu und sah sie freundlich an. Marie nickte.

»Gerhard Lüdtke.«

»Freut mich, Sie kennenzulernen.« Marie reichte ihm die Hand. »Waren Sie es, der mich verständigt hat?«

»Genau genommen war es Annika, die junge Dame, die so schnell fort musste.«

Der Pfarrer sah in die Richtung, in der die junge Frau verschwunden war. »Sie hat Frau Weber zuletzt betreut.«

Marie nickte, obwohl ihr die Informationen nichts sagten.

»Ich habe noch etwas für Sie. Wenn Sie einen Augenblick Zeit haben, ziehe ich mich rasch um, dann können wir in Ruhe sprechen.«

»Ja, sicher. Ich warte hier.« Marie nickte.

»Kommen Sie ruhig mit, drinnen ist es kühler.«

Der Pfarrer ging voran. Marie sah sich zu Tom um, der immer noch mit der älteren Frau zusammenstand. Beide sahen zu Marie hinüber. Tom löste sich und kam auf Marie zu.

»Alles okay?«

»Der Pfarrer will noch kurz mit mir sprechen.«

Marie zögerte.

»Wieso bist du hier? Kanntest du die Verstorbene?«

Tom lächelte.

»Ich kenne jemanden, der Hilfe braucht. Ich hab ihr versprochen, sie zur Werkstatt zu bringen.«

Marie schüttelte lächelnd den Kopf.

»Du bist zu nett für diese Welt.«

»Nicht zu jedem, keine Sorge«, grinste Tom charmant. Die Frau war jetzt herangekommen und musterte Marie mit zurückhaltender Neugier.

»Ihr kennt euch?«, fragte sie mit Blick zu Tom.

»Darf ich vorstellen? Marie Cammin. Und …«

»Katja Branderup«, unterbrach die Frau Tom und streckte Marie eine Hand entgegen. »Guten Tag.«

Ihr Händedruck war fest und trocken. Sie war etwa 1,70 groß und schlank, ihr langes blondes Haar war im Nacken zu einer perfekten Banane gesteckt. Ihr Blick ruhte intensiv auf Marie.

»Freut mich«, entgegnete Marie und spürte, dass der Blick der Frau sie verlegen zu machen begann. Sie sah zu Tom.

»Der Pfarrer …«

»Lass dir Zeit …«, winkte Tom entspannt ab. Marie warf ihm ein dankbares Lächeln zu und ging in Richtung Kirche. Kaum war sie weg, sah die Frau Tom durchdringend an.

»Wer ist das?«

Marie betrat die Kirche, angenehme Kühle umfing sie. Erst jetzt spürte sie wieder, wie drückend die Luft draußen war. Sie atmete durch und sah sich um. Die holzvertäfelten Wände und Decken schimmerten honigfarben im Licht, das von außen durch die hohen Sprossenfenster drang. Das mit farbigen Stützbalken verzierte Tonnengewölbe des Daches war ebenfalls aus Holz und verstärkte den Eindruck von Geborgenheit, den man sofort empfand, sobald man den Innenraum der Kirche betrat. Bibelsprüche zierten die Längsbalken und schmiedeeiserne Kerzenleuchter, die von der Decke hingen, unterstrichen den schlichten Charakter der Ausstattung. Marie fiel ein Schiff auf, das zwischen den beiden Leuchtern im Mittelgang von der Decke hing. Es hatte einen schwarz-roten Rumpf und weiße Segel.

»Das ist Hans, ein Gaffelschoner.« Pfarrer Lüdtke war hinter Marie getreten. Er hatte den schwarzen Talar samt Beffchen gegen einen normalen Straßenanzug getauscht und blickte mit Marie zusammen zum Schiff über ihnen hoch. »Ein hiesiger Bürger hat es gebaut und der Kirche zur Einweihung geschenkt.«

»Hat es eine besondere Bedeutung?«

»Modellschiffe findet man oft in den Kirchen an der Küste. Meist sind es Dankesgaben von Seeleuten nach glücklich überstandenen Gefahren. Aber dies hier ist kein Votivschiff, es symbolisiert eher das Leben der Menschen an der Küste im Allgemeinen.«

Marie betrachtete die Einzelheiten des Schiffes genauer.

»Wie kunstvoll die Segel gearbeitet sind.«

Der Pfarrer sah Marie erfreut an. Es gab nicht viele Besucher, die sich für die kunsthandwerklichen Details seiner Schätze interessierten.

Marie erinnerte sich, weshalb er sie hergebeten hatte.

»Sie sagten, Sie hätten etwas für mich?«

»Richtig.« Der Pfarrer zog einen Umschlag aus seiner Jackentasche und reichte ihn Marie. Marie sah Lüdtke erstaunt an.

»Ein Brief?«

»Er lag in der Schublade von Frau Webers Nachtschrank. Annika fand ihn beim Ausräumen des Zimmers.«

Marie sah auf den Umschlag. Ihr Name stand darauf, in blassblauer, zittriger Handschrift: *Marie Cammin, Berlin*.

»Wenigstens hatten wir eine Ortsangabe. Sonst wäre es für unsere Gemeindeverwaltung schwierig geworden, Sie zu finden.« Der Pfarrer lächelte.

»Kannten Sie Frau Weber gut?«

Marie schüttelte verwirrt den Kopf.

»Ehrlich gesagt, weiß ich überhaupt nicht, wer sie war.«

»Nun, sie hatte in jedem Fall einen Grund, Ihnen zu schreiben.« Der Pfarrer sah auf seine Uhr. »Ich muss leider weiter. Eine Trauung im Nachbarort. An Samstagen hat die Kirche noch Konjunktur.«

Er verzog das Gesicht in leiser Ironie.

»Wenn Sie noch Fragen haben, melden sie sich gern. Meine Tür steht jederzeit offen.«

»Danke schön.«

Marie nickte, bemüht, sich ihre Verwirrung nicht allzu sehr anmerken zu lassen. Der Pfarrer ging ins Innere der Kirche zurück. Sie blieb im Eingang stehen und sah nachdenklich auf den Brief in ihren Händen. *Marie Cammin, Berlin.*

Der Anblick ihres Namens auf dem Umschlag löste ein flaues Gefühl aus. Sie hatte diese Schrift noch nie gesehen. Wie kam eine völlig fremde Frau dazu, ihr zu schreiben? Was mochte in dem Brief stehen?

»Alles okay?«

Toms Stimme riss Marie aus ihren Gedanken.

»Alles prima«, bemühte sie sich um einen leichten Ton. »Von mir aus können wir …«

»Von mir aus auch«, grinste Tom.

Gemeinsam gingen sie zu dem kleinen offiziellen Parkplatz der Kirche vor dem Friedhofsareal, wo er sein Cabrio abgestellt hatte. Die blonde Frau wartete auf sie. Marie bemerkte, dass ihr Blick sofort auf den Brief fiel. Sie steckte ihn in ihre Tasche.

»Eigentlich ist es ja üblich, nach einem Begräbnis eine Kaffeetafel abzuhalten, aber in diesem Fall …« Katja Branderup ließ ihren Satz mit einer bedauernden Geste auslaufen. ›Bedauern worüber‹, dachte Marie. ›Dass Helga Weber ein einsamer Mensch war? Oder ein mittelloser?‹

»Deshalb würde ich Sie sehr gern auf einen Kaffee zu mir einladen«, setzte die Frau, gewinnend lächelnd, fort.

»Das ist wirklich nett, aber …«

Als würde sie den Grund für Maries Ablehnung ahnen, fiel die Frau Marie ins Wort: »Da fällt mir ein: Ich hab mich ja noch gar nicht ganz vorgestellt. Ich bin die Bürgermeisterin von Darkow.«

»Ach, daher kennen Sie Frau Weber?«, entfuhr es Marie. »Wir sind ein kleiner Ort. Hier kennt man zum Glück jedes Gemeindemitglied noch persönlich. Kommen Sie.« Mit einer Geste forderte sie Marie auf, ihr zu folgen.

»Ich würde Ihre Einladung wirklich sehr gern annehmen, aber wir sind auf dem Weg zur Autowerkstatt.«

»Richtig, Tom hat mir erzählt, dass Ihr Wagen liegengeblieben ist.« Katja Branderup wechselte einen schnellen Blick mit Tom.

»Wissen Sie was? Lassen Sie ihn das einfach erledigen. Er kann sich um Ihren Wagen kümmern, während wir Frauen einen verdienten Moment Pause machen.«

Ihr Lächeln war so beruhigend und einladend, dass Marie auf der Stelle spürte, wie die Anspannung, die sie seit dem Morgen begleitet hatte, nachließ. Sie sah zu Tom.

»Wär das okay?«

»Natürlich wäre es das«, antwortete Katja Branderup an Toms Stelle und sah zu ihm.

»Wer könnte eine so charmante Bitte abschlagen?«

Katja Branderup zog amüsiert eine Braue hoch und ging zu ihrem Wagen, einem schwarzen Range Rover, dessen frisch polierter Lack in der Sonne glänzte. Als Marie folgen wollte, flammte ein stechender Schmerz an ihrer linken Ferse auf. Sie zog scharf die Luft ein. Katja hatte bereits die Beifahrertür geöffnet und ging auf ihre Seite des Wagens. Marie biss die Zähne zusammen und humpelte hinterher. Sie hatte Mühe, in ihrem engen Rock den hohen Sitz zu erklimmen. Die cremefarbenen Lederpolster verströmten Neuwagen-Duft. Katja sah durchs Seitenfenster zu Tom. Sie hupte energisch. Tom schlug die Tür seines Cabrios zu und eilte über die Straße. Er nahm auf dem Rücksitz Platz. Nach einer kurzen Fahrt über die Bäderstraße erreichten sie die Tankstelle, an der Tom ausstieg. Marie gab ihm ihren Wagenschlüssel.

Katja gab Gas und bog bei der nächsten Abzweigung wieder den Ort ein. Zum ersten Mal nahm Marie die Umgebung richtig wahr. Flache, reetgedeckte Häuser mit bunt verzierten Haustüren reihten sich entlang der Dorfstraße aneinander. Hinter frisch gestrichenen Zäunen und üppigen Hecken blühten farbenprächtige Sträucher, in den Vorgärten wetteiferten Sonnenblumen und Stockrosen darum, wer als erstes den Dachfirst erreichte.

»Das ist ja ein richtiges Bullerbü«, rief Marie entzückt.

»Es ist schon ganz nett hier. Aber auch nicht so idyllisch, wie es auf den ersten Blick aussieht.«

Katja Branderup bog in eine Einfahrt ein und brachte den Wagen zum Stehen.

»Da wären wir.«

Vor ihnen, auf einer kleinen Anhöhe und beschattet von altem Baumbestand, lag ein stattliches Landhaus. Zwischen den weißverputzen Klinkerwänden war das historische Fachwerk zu erkennen. Über das gesamte Gebäude spannte sich ein riesiges Schilfrohrdach. Die grünen Fensterläden harmonierten farblich mit der mit prächtigem Schnitzwerk verzierten Haustür, ein hohes Giebelzeichen über dem Eingang rundete den harmonischen Gesamteindruck ab.

Katja führte Marie durch die Eingangsdiele hindurch in einen Raum, dessen Wände vom Boden bis zur Decke mit alten blauweißen Fliesen gekachelt war. Zusammen mit einer antiken Eckbank, einem Gläserschrank aus derselben Epoche und einem alten knorrigen Holztisch schien das Zimmer wie aus einem anderen Jahrhundert.

»Was für ein beeindruckender Raum!«, rief Marie unwillkürlich.

Katja Branderup lächelte. Marie sah sich bewundernd um und trat näher an den Fliesenspiegel, um die einzelnen Motive auf den Kacheln genauer zu studieren. Es handelte sich durchweg um die Darstellung alter Schiffe, die sich vor allem durch die Formen ihrer kräftig vom Wind geblähten Segel unterschieden.

»Wunderschön!«

»Echte Delfter. Man erkennt sie daran, dass die Farben wärmer sind als bei heutigen Nachbildungen.«

»Hat Ihre Familie etwas mit der Seefahrt zu tun?«

Marie drehte sich interessiert zu Katja herum.

»Eher mit Handel. Mein Ururgroßvater hatte Geschäftsbeziehungen in mehrere Länder. Aber das ist lange her.«

Katja ging an Marie vorbei in den anschließenden Raum. Das Thema schien für sie beendet. Das große, lichtdurchflutete Wohnzimmer, in das sie nun traten, war elegant und modern eingerichtet. Bodentiefe Terrassentüren an der Südwestseite gaben den Blick über einen sattgrünen, kurz gehaltenen Rasen hinweg auf den Bodden frei. Von einem Privatsteg aus hatte man direkten Zugang ans Wasser. Üppig blühende Pflanzen und Sträucher, nach Wuchshöhe gestaffelt, markierten die Ränder des Grundstücks. Marie war beeindruckt.

»Ihr Haus ist wirklich etwas Besonderes.«

Katja winkte bescheiden ab. »Alter Familienbesitz. Ich habe mir nur erlaubt, etwas Moderne einziehen zu lassen. Setzen wir uns am besten nach draußen, da ist es luftiger.«

Sie öffnete die Türen zur überdachten Terrasse.

»Machen Sie es sich bequem. Ich bin gleich zurück.«

Während Katja Branderup ins Innere des Hauses verschwand, nahm Marie in den großzügigen Terrassenmöbeln Platz. Das Pochern an ihrer linken Ferse war inzwischen unerträglich geworden. Sie zog ihren Fuß zur Hälfte aus dem engen Schuh. Die Erleichterung setzte sofort ein. Marie genoss das langsame Abebben des Schmerzes und ließ ihren Blick in den Garten schweifen. Wie ruhig es hier war. Wie friedlich. Der dunkle Himmel färbte das Wasser des Boddens schiefergrau, die Oberfläche war spiegelglatt. Der Wind hatte sich vollständig gelegt. Die Natur schien für einen Moment stillzustehen. Marie schloss die Augen und genoss die Stille. Das leise Schieben der Glastüren signalisierte Katjas Rückkehr. Sie balancierte ein Tablett mit Kaffee und Gebäck in ihren Händen. Marie sprang auf, um behilflich zu sein – und knickte unmittelbar mit einem Schmerzensschrei ein. Sie konnte sich gerade noch am Tisch festhalten, um nicht das Gleichgewicht zu verlieren.

»Um Gottes willen, was ist denn?« Katja stellte eilig das Tablett ab.

»Nichts«, wiegelte Marie ab. »Nur eine Blase gelaufen.«

Sie zog ihren Fuß aus dem Pumps, in den sie unwillkürlich zurückgeschlüpft war.

»Das sieht böse aus«, sagte Katja.

Die Blase war geplatzt, die Haut hatte sich nach oben geschoben und dabei das rohe Fleisch bloßgelegt. Maries Seidenstrumpf war blutverklebt.

»Das müssen wir desinfizieren. Warten Sie, ich hole was.«

Katja verschwand ins Haus zurück. Marie sah sich kurz um, dann schob sie blitzschnell den engen Rock hoch, um die Strumpfhose auszuziehen. Als sie das verklebte Nylon von der Wunde löste, biss sie die Zähne zusammen. Was von der zerstörten Haut nicht mit dem Strumpf zusammen abgerissen war, hing in Fetzen über der nässenden Wunde, die jetzt wieder zu bluten begann. Katja kehrte mit einem Desinfektionsspray und einem Blasenpflaster zurück.

»Wieso haben Sie nicht eher was gesagt?«, fragte sie, während Marie ein zweites Mal die Zähne zusammenbiss, als sie das Antiseptikum auftrug.

»Ich dachte, es geht schon.«

»Also, die können sie jedenfalls nicht mehr anziehen«, stellte Katja mit Blick auf Maries schwarzen Lederschuh fest und verschwand ein zweites Mal.

»Ich hoffe, die passen. Sonst müssen Sie auf Hausschuhe umsteigen.« Sie reichte Marie ein Paar bequeme Turnschuhe nebst dicken Socken. Marie sah Katja dankbar an.

»Das ist wirklich so lieb. Vielen Dank!«

»Nicht dafür.« Katja winkte ab und lächelte.

»Jetzt haben wir uns den Kaffee aber verdient. Obwohl Sie entschuldigen müssen. Ich war nicht auf Besuch eingerichtet. Das ist alles, was im Haus war.«

Auf einer zweiteiligen Porzellan-Etagere türmten sich feines Gebäck und Schokoladen, daneben dampften immer noch leise zwei große Cappuccini.

»Das hab ich nicht mal im Haus, wenn ich auf Besuch eingerichtet bin.«

»Greifen Sie zu! Sie können sicher eine Erfrischung gebrauchen.«

Katja rückte die Etagere näher zu Marie. »Hatten Sie eine lange Fahrt?«

»Ich komme aus Berlin. Das ging ganz gut.«

»Aus Berlin.« Katja sah Marie nachdenklich an. Marie nahm einen Schluck von ihrem Cappuccino.

»Sie sind sehr freundlich, Frau Branderup. Vielen Dank.«

»Sagen Sie Katja zu mir.« Katja beugte sich zu Marie, als vertraue sie ihr ein Geheimnis an. »Wir sind hier oben nicht so steif, wie man denkt.«

Genau betrachtet waren Katjas Worte keine Erklärung über den Menschenschlag der Region, sondern leise Erpressung: Wer das Angebot ablehnte, machte sich zum Spielverderber. Aber Marie hatte keinen Grund, spitzfindig zu sein.

Sie fühlte sich wohl in Katjas Gegenwart und streckte ihr gern die Hand entgegen.

»Marie.«

»Also dann, Marie, willkommen in Darkow.«

Katja lächelte und hob ihre Kaffeetasse, als wolle sie Marie zuprosten. Sie trank aber nicht, sondern musterte Marie über den Rand hinweg.

»Ich wusste gar nicht, dass Helga Weber Verwandte hatte?«

»Oh, wir sind nicht verwandt.«

Katja sah Marie abwartend an.

»Ich weiß ehrlich gesagt nicht, warum ich zur Beerdigung eingeladen wurde«, fuhr Marie fort.

Ein Klingeln an der Haustür unterbrach das Thema.

»Das wird Tom sein.«

Katja lächelte und verschwand im Haus. Marie hörte Stimmengemurmel von drinnen, es klang nach einem unangenehmen Wortwechsel, aber als Katja mit Tom an ihrer Seite zurückkehrte, wirkten beide locker und entspannt. Marie sah Tom besorgt entgegen.

»Nichts mehr zu machen, stimmt's?«

»Nur die Zündkerzen und ein paar Kontakte. Das wird wieder. Aber nicht mehr heute.«

Maries Erleichterung bekam einen kleinen Dämpfer.

»Tja, dann werde ich mir wohl ein Zimmer suchen.«

»Kommt nicht in Frage«, widersprach Katja energisch. »Du übernachtest bei mir.«

»Das kann ich nicht annehmen.«

»Wieso nicht?«

»Ich möchte deine Großzügigkeit nicht noch mehr ausnutzen.«

»Unsinn! Außerdem wirst du nichts finden, schon gar nicht für eine Nacht. Wir haben Hochsaison.«

»Hier ist es doch nicht übel.« Tom ließ sich in einen der weich gepolsterten Gartenstühle fallen und grinste.

»Das wäre also geklärt«, stellte Katja selbstverständlich fest.

Einen Moment lang hatte Marie das Gefühl, überfahren worden zu sein, aber wollte sie wirklich Widerspruch einlegen?

»Ich komme aus dem Danke-Sagen bald nicht mehr heraus«, lächelte sie zu Katja.

Die winkte entspannt ab. »Das Haus ist groß. Ich freu mich über Gesellschaft.«

»Bleibt nur noch die Frage, was es zum Abendessen gibt: Pizza oder Räucherfisch?« Tom grinste zu Marie.

»Also, wenn ich das entscheiden darf: Räucherfisch!«

»Als wär sie eine von uns«, lächelte Tom.

Wie auf sein Wort hin fuhr ein Windstoß in die Büsche vor der Terrasse, drückte den Lavendel nieder und zerrte lautstark an der Markise unter dem Glasdach. Ein tiefes Grollen begleitete ihn. Sekunden später zuckte der erste Blitz auf und tauchte die Umgebung in grelles Licht. Ein gewaltiges Krachen folgte. Dann öffnete der Himmel seine Schleusen. Das Unwetter, das sich den ganzen Nachmittag lang angekündigt hatte, entlud sich mit Macht. Regen peitschte, Sträucher bogen sich im Wind, selbst die Bäume neigten ihre Kronen. Das Wasser des Boddens war jetzt aufgewühlt und so schwarz wie der Himmel selbst.

Im strömenden Regen fuhr Tom Marie kurz vor Ladenschluss zum nächsten Supermarkt, wo sie noch schnell eine Zahnbürste und was sie sonst für die Nacht brauchte besorgte. Als sie zurückkehrten, hatte Katja in der Zwischenzeit ein Gästezimmer für Marie gerichtet. Es befand sich im ersten Stock, verfügte über ein eigenes Bad und war ebenso geschmackvoll eingerichtet wie der Rest des Hauses. Auf dem Bett lag ein frischer Hausanzug. Auf dem Boden davor standen unbenutzte Korksandalen. Eine Stehlampe verbreitete gemütliches Licht. Katja hatte wirklich an alles gedacht.

Marie schloss die Tür hinter sich. Zum ersten Mal seit der Beerdigung war sie allein. Erleichtert schlüpfte sie aus dem engen Kostüm, öffnete das Fenster einen Spalt und legte sich aufs Bett. Das kühle Leinen, das sie empfing, war eine Wohltat nach dem heißen, schwülen Tag. Eine leichte Brise kam durchs Fenster. Marie sah, wie der Regen sich in dicken Tropfen am Rand der Dachgaube sammelte und lauschte dem Rauschen des Wassers. Sie wünschte, diesen Moment für immer festhalten zu können. Stattdessen setzte sie sich auf, öffnete ihre Handtasche und zog den Brief hervor.

Marie Cammin, Berlin.

Nachdenklich strich sie mit dem Finger über den Schriftzug und zögerte einen letzten Moment, dann riss sie entschlossen das Kuvert auf. Ein einfaches Blatt Papier, eng beschrieben mit derselben zittrigen Handschrift, lag darin. Marie zog es heraus und las.

Liebe Marie,
ich wünschte, ich hätte diesen Brief eher geschrieben. Ich habe viele Gelegenheiten in meinem Leben verpasst, zu viele. Mein Ende naht, und diese letzte will ich ergreifen.
Du kennst mich nicht, ich bin deine Tante, deine Mutter war meine jüngere Schwester. Du bist jetzt die Letzte aus unserer Familie, daher soll alles, was mir gehört, dein sein. Entscheide selbst, was du mit dem Haus machst, aber überlege gut, bevor du entscheidest. Achte auf die Zeichen, Marie. Nutze die Kraft. Und hüte dich vor der doppelten Acht! Versprich es!

Ich umarme dich von ganzem Herzen,
Deine Tante Helga

Die letzten Zeilen wurden zusehends unleserlich, bis sie am Ende fast ganz ausliefen. Als hätte die Kraft Helga Weber noch beim Schreiben verlassen. Marie ließ den Brief sinken. Ihr Herzschlag verdoppelte sich. Sie hatte eine Tante? Ihre Mutter hatte eine Schwester? Wieso wusste sie das nicht? Wieso hatte ihre Mutter das nie erzählt? Sie hatte nur von ihren Eltern gesprochen, also Maries Großeltern, die im ehemaligen Ost-Berlin gelebt hatten und noch vor Maries Geburt gestorben waren. Und auch das nur selten. Ansonsten gäbe es keine Verwandten, hatte sie gesagt. Aber das stimmte offenbar nicht! Warum hatte sie gelogen? Ihre Schwester verheimlicht? Warum durfte Marie ihre Tante nicht kennenlernen?

»Marie?« Katja stand in der Tür. Marie hatte sie nicht kommen hören. Katja sah das Papier in Maries Hand.

»Helga Weber war meine Tante«, brachte Marie hervor.

»Nein!« Katja schien mindestens so überrascht wie Marie selbst. »Und das wusstest du nicht?«

»Ich hatte nicht die leiseste Ahnung.«

»Was schreibt sie denn genau? Zeig mal.« Katja streckte abrupt ihre Hand nach dem Brief aus. Marie zog ihn instinktiv zurück.

»Das war's schon. Sonst schreibt sie nicht viel.«

Aus einem ihr selbst unerklärlichen Grund wollte Marie nicht mehr erzählen. Sie merkte selbst, dass sie etwas schroff klang und setzte nach.

»Sie war wohl schon zu schwach. Offenbar hat sie die Zeilen kurz vor ihrem Tod geschrieben.«

Katjas Blick lag immer noch fragend auf Marie. Dann lächelte sie.

»Ich glaube, auf den Schreck kannst du einen Drink vertragen.«

Marie nickte, erleichtert, dass Katja nicht verstimmt war.

»Ich mach mich nur rasch frisch.«

»Wir sind im Speisezimmer«, sagte Katja freundlich und ging.

Marie sah auf den Brief in ihren Händen. Sie faltete ihn sorgfältig und steckte ihn zurück in ihre Tasche.

Der Tisch war einfach, aber edel gedeckt. Gestärkte Servietten neben alten Porzellantellern. Marie erkannte das blauweiße Zwiebelmuster sofort. Echtes Meißner. Der lange, schmale Holztisch erinnerte an eine Refektoriums-Tafel, wie man sie in alten Klöstern fand, die Spuren der Zeit hatten sich in die Tischplatte eingegraben, ihr Holz schimmerte in einem warmen Honig-Ton. Die moderne Lampe darüber, die ein angenehm gedimmtes, auf den Tisch fokussiertes Licht verströmte, verhinderte hingegen, dass man sich aus der Zeit gefallen fühlte.

Auf einer großen silbernen Platte, appetitlich auf frischen Salatblättern arrangiert, lag herrlich duftender Räucherfisch. Daneben ein Korb mit Schwarzbrot und eine Schale frisch geriebenen Meerrettichs. Tom ließ gerade eiskaltes Störtebeker in die typisch windschiefen Gläser fließen.

»Das Einzige, was zu Räucherfisch passt. Außer Klarem natürlich«, lachte er und reichte Marie ein bernsteinfarbenes, klares Pils.

»Auf die große Neuigkeit in deinem Leben.«

Katja lächelte zu Marie und erhob ihr Glas.

»Große Neuigkeit?« Tom sah neugierig in die Runde.

»Die Verstorbene war Maries Tante.«

»Ach was?«

Tom wechselte einen Blick mit Katja. Dann starrten beide auf Marie. Marie hatte plötzlich das Gefühl, sich entschuldigen zu müssen. Als hätte sie etwas verheimlicht.

»Ich bin genauso überrascht wie ihr.«

Tom und Katja schwiegen, als hätte die Nachricht auch ihnen die Sprache verschlagen. Dann löste sich Katja und hob lächelnd ihr Glas.

»Ich weiß nicht, ob man auf Verstorbene anstößt. Aber stoßen wir darauf an, dass wir uns kennengelernt haben.«

Tom lächelte Marie offenherzig an.

»Ja, schön, dass du da bist.«

Der seltsame Moment war verflogen. Sie stießen an, Katja lächelte.

»Das Essen ist zwar schon kalt, aber vielleicht sollten wir trotzdem zu Tisch gehen. Ich jedenfalls hab einen Mordshunger.«

Der Rest des Abends verlief mit angeregter Unterhaltung. Marie erfuhr, dass Katja seit ihrer Scheidung vor zehn Jahren allein lebte.

»Zehn Jahre an der Seite des falschen Mannes kurieren jegliche Vorstellung von Romantik«, war ihr einziger Kommentar dazu. Neben ihrem Amt als Bürgermeisterin führte sie einen Reiterhof bzw. ließ ihn führen. Klaus Vogt, ihr Verwalter, kümmerte sich um das Tagesgeschäft, vor allem aber um die Zucht, die Katjas spezielles Anliegen war. Sie versprach, Marie die Stallungen gleich morgen früh zu zeigen.

Um das Familienanwesen, das Katja gehörte, so gepflegt in Schuss zu halten, wie es sich präsentierte, stand Katja Cäcilia Pohl zur Seite. Die Haushälterin war eine Frau aus dem Ort, die ein strenges Auge auf alles hatte, was im Haushalt anfiel.

Tom stellte sich als Mitarbeiter des Amtes heraus.

»Du bist Beamter?« Marie konnte ein Grinsen nicht unterdrücken.

»Was ist daran so lustig?« Tom sah Marie gespielt empört an. »Irgendwas muss der Mensch machen.«

»Aber du und Verwaltung?« Marie schüttelte belustigt den Kopf. »Ich hätte gedacht, du machst etwas Kreatives.«

Als sie sich gegen halb elf verabschiedete, spürte Marie, wie anstrengend der Tag gewesen war. Sie begnügte sich mit einer Katzenwäsche und kroch dankbar für Katjas Gastfreundschaft zwischen die frischen Laken. Ihr Blick fiel auf das geschwungene Fenster der Fledermausgaube. Von draußen fiel immer noch Licht herein. Die längsten Tage des Jahres näherten sich, die Nächte wurden nicht mehr richtig dunkel. Marie streckte sich aus und dachte an Helga Weber. Der Gedanke, dass diese fremde Frau ihre Tante war, fühlte sich merkwürdig an. Was für ein Mensch mochte sie gewesen sein? Marie hatte keine Vorstellung. Und was bedeutete es, dass sie ihr alles hinterließ? Ein Erbe konnte auch zur Last werden. Was, wenn Helga verschuldet war? Dann müsste Marie das Erbe so schnell wie möglich ausschlagen. Aber vermachte jemand explizit seine Verbindlichkeiten? Das machte keinen Sinn. Und was bedeuteten die seltsamen Hinweise am Ende des Briefes? Obwohl ihr die Augen fast zufielen, hörten Maries Gedanken nicht auf zu kreisen. Irgendwann musste sie trotzdem eingeschlafen sein, denn als sie wieder erwachte, waren die Zeiger der Uhr um eine Stunde vorgekrochen. Gedämpfte Stimmen drangen von unten herauf. Sie klangen aggressiv, ungeduldig. Undeutlich waren Satzfetzen

zu hören … nie passieren dürfen … wie denn … Marie bemühte sich, mehr zu verstehen, aber außer dem Schlagen der
Standuhr im Flur, die die halbe Stunde anzeigte, war plötzlich nichts mehr zu hören. Das Haus war totenstill. Hatte sie
doch nur geträumt? Marie war zu müde, darüber nachzudenken und driftete endgültig in tiefen Schlaf.

Der nächste Morgen empfing sie mit strahlendem Sonnenschein. Katja hatte auf der Terrasse gedeckt und saß sorgfältig zurechtgemacht beim Frühstück. Sie wartete bereits
auf Marie, denn kaum hatte sie ihr Kaffee eingeschenkt,
kam sie auf Maries Pläne für heute zu sprechen. Sie würde
sicher gern mehr über ihre Tante erfahren? Marie nickte.
Am Abend zuvor hatte sie es vermieden, Fragen zu stellen,
die Verwirrung war noch zu groß. Aber jetzt hatte sich der
erste Schock gelegt und sie war froh, mit jemandem sprechen zu können. Sie entschloss sich, von ihrem Erbe zu erzählen. Katja hakte auch gleich einfühlsam nach.

»Sie hat dir alles vermacht, was sie besaß?«

Marie nickte.

»Ich muss das sicher noch amtlich bestätigen lassen, aber …
ja. Es sieht so aus. Ich weiß nur nicht, was das heißt.«

Marie sah Katja unsicher an.

Katjas Miene wurde ernst.

»Ich fürchte, nicht viel. Helga Weber hat sehr bescheiden gelebt.«

»Gegen das hier dürfte so ziemlich alles bescheiden
sein«, lachte Marie und ließ ihren Blick über Katjas Anwesen schweifen.

»Das Haus ist schön, ja, aber es macht auch viel Arbeit. Und es kostet. Das übersehen die meisten. Aber um auf deine Tante zurückzukommen: Wenn du möchtest, fahr ich dich hin und zeige dir, wo sie gewohnt hat.«

»Hast du denn die Zeit dazu?«

»Die nehm ich mir gern«, lächelte Katja warm.

Sie hatten Darkow fast einmal durchquert, bis sie an eine schmale Stichstraße kamen, die in ein Waldstück führte. Es war ein einfacher Sandweg, der auch von Radfahrern und Spaziergängern benutzt wurde. Er führte durch das Wäldchen hindurch und gab, bevor er nach links zum Nachbarort abbog, den Blick auf eine Lichtung frei, auf der ein alter, baufälliger Katen stand.

»Da wären wir«, sagte Katja und parkte den Rover seitlich am Weg.

»Hier hat meine Tante gewohnt?«, fragte Marie ungläubig.

»Ich sagte ja, sie hat sehr bescheiden gelebt.«

»Das sieht total idyllisch aus.« Marie sah verständnislos zu Katja. Die zuckte die Achseln.

»Warte, bis du es von Nahem siehst.«

Marie löste den Gurt und stieg aus. Langsam, jedes Detail in sich aufnehmend, ging sie auf die Lichtung. Rechts davon schlossen Wiesen an, links wieder ein Waldgebiet. Am Kopfende trennte ein breiter Schilfgürtel das Grundstück vom Wasser. Etwa in der Mitte stand der Katen. Auf der Wiese zwischen Einfahrt und Haus hatte ein alter, ausladender Baum seinen Platz. Zwei knorrige Obstbäume leisteten ihm Gesellschaft. Je näher Marie kam, umso mehr erkannte sie, was Katja meinte.

Das Grundstück war verwildert und der Katen bot einen bejammernswerten Eindruck. Die Wände waren schmutzig grau, hier und da fiel Putz herunter, die Farbe an den Fensterrahmen war lange abgeblättert, das alte Strohdach von dickem braunem Moos in Besitz genommen, an einigen Stellen war das Reet gänzlich ausgefranst. An einer Seite hatte Efeu das Haus bis zum Dach in Besitz genommen. Hier sollte Helga Weber gelebt haben?

»Willst du hineingehen?« Katja war unbemerkt hinter Marie getreten.

»Ich habe keinen Schlüssel.«

»Hier schließt niemand ab«, erwiderte Katja. »Nur zu.«

Zögernd, als würde sie etwas Verbotenes tun, ging Marie auf das Haus zu. Als sie die Klinke der Haustür hinunter drückte, spürte sie einen dumpfen Druck im Magen. Mit einem rostigen Quietschen der Angeln schwang die Tür auf. Ein dunkler Flur lag vor Marie. Modrig-stechender Geruch schlug ihr entgegen. Die faulige Luft nahm ihr den Atem. Mit Macht überkam sie das Gefühl, unerlaubt in das Reich einer Fremden einzudringen.

Katja, die gefolgt war, schien weniger empfindlich. Mit einer Hand wedelte sie den Gestank vor ihrem Gesicht weg, mit der anderen riss sie das Fenster im angrenzenden Wohnraum auf.

»Wie lange war ...« Marie stockte. Sie wusste plötzlich nicht, wie sie Helga Weber eigentlich nennen sollte? ›Frau Weber‹? ›Helga‹? Marie entschloss sich, sie danach zu nennen, was Helga Weber für sie war, auch wenn sich das noch fremd anfühlte.

»Wie lange war meine Tante denn überhaupt im Pflegeheim?«

»Ein Jahr?« Katja zuckte die Achseln, frische Luft strömte durch das geöffnete Fenster herein. Marie sah sich um. Der Wohnraum war einfach, aber nicht unpersönlich eingerichtet. Ein Tisch mit Spitzendecke, eine alte Couch, zum Schutz der Polster mit einer Decke ausgelegt, ein durchgesessener Fernsehsessel, neben dem ein Stapel Zeitungen lag. Ihm gegenüber, an der Längswand, ein Kaminofen, daneben ein Büffet mit einem Ölbild darüber. Eine Strandszene. Die Rückseite des Zimmers wurde von einem großen Panoramafenster bestimmt. Es passte nicht zum Stil des Katens, jemand musste es nachträglich eingebaut haben, mit einer Tür daneben, die zu einer kleinen Terrasse führte. Ein einsamer Plastikstuhl fristete dort sein Dasein.

»Ich denke, das reicht.« Katja ging entschlossen auf die Haustür zu, aber Marie wollte sich die Gelegenheit, mehr über ihre Tante – und ihr Erbe – zu erfahren, nicht nehmen lassen.

»Nur kurz noch.«

Sie drückte eine der beiden Türen auf, die dem Wohnraum vom Flur aus gegenüberlagen. Es war das Bad. Winzig, vielleicht fünf Quadratmeter, fensterlos und minimal ausgestattet. Ein Waschbecken, eine Toilette, eine Dusche mit Vorhang. Das war's. Irgendjemand hatte die Wand um das Waschbecken herum mit selbsthaftenden Fliesen beklebt.

Hier schien zumindest eine Quelle des Gestanks zu liegen. Schimmel zog sich an der Wand entlang. Ein Teil der Fliesen hatte sich bereits gelöst. Der üble Geruch war unerträglich. Marie entdeckte eine winzige Lüftungsklappe oben in der Wand, und versuchte, sie mit der dazugehörigen Metallstange aufzustoßen. Vergeblich. Sie war zu lange nicht geöffnet worden.

Marie warf einen Blick in den letzten Raum unten – die Küche. Etwas größer als das Bad, aber genauso sparsam ausgestattet. Einziger Blickfang war ein alter Küchenschrank. Sein Holz war unter Schichten von Farbe begraben, aber den oberen Aufsatz zierten Glasfenster im Jugendstil, welche die ehemalige Schönheit des Schrankes ahnen ließen. Marie zog die Tür wieder hinter sich zu und stieg die Treppe ins Obergeschoß hoch. Durch einen kleinen Lichtschacht an der Vorderseite des Katens fiel spärliches Tageslicht in den schmalen Flur. Im Dämmerlicht machte sie vier Türen aus. Marie öffnete die erste Tür rechts von ihr. Eine kleine Kammer, die über dem Wohnzimmer lag, weitgehend leer bis auf einen Stuhl und einen Spiegel an der Wand.

Ursprünglich war hier oben nur der Dachraum des Hauses gewesen, die später hier eingezogenen Räume waren daher entsprechend niedrig und klein, und die Dachschrägen taten ein Übriges, den spärlichen Raum zu begrenzen.

Der nächste Raum auf dieser Seite schien der Schlafraum ihrer Tante gewesen zu sein. Hier gab es ein winziges Fenster, das genügend Tageslicht hineinließ, um den Raum zu erhellen. Ein Morgenmantel hing an einem Haken an der Wand. Rote Mohnblumen auf schwarzem Grund. Ein Hauch von Luxus in all der Kargheit. Wie hatte ihre Tante gelebt, in dieser spartanischen Einfachheit? Was für ein Mensch war sie? Marie würde es nie mehr erfahren.

Sie warf noch einen Blick in die Kammer, die dem Schlafzimmer gegenüber, und damit über der Küche, lag. Hier hatte sich niemand mehr die Mühe gemacht, Fensteröffnungen einzusetzen. Das spärliche Licht aus dem Flur reichte gerade aus, um zu erkennen, dass die Kammer offenbar nur als Abstellraum benutzt worden war. Sie beherbergte nichts als ausrangiertes Zeug. Ein zerschlissener Sessel, der mal zur Couch unten gepasst haben musste, alte Regale, eine kaputte Stehlampe, ein paar modrige Kisten. Überbleibsel eines Lebens, das niemand mehr kannte. Marie zog die Tür wieder zu. Blieb nur noch ein Raum, der letzte auf dieser Seite, bevor es über die Treppe wieder hinunter ging. Marie ging auf die Tür zu, als sie erneut das dumpfe Gefühl im Magen spürte. Dieses Mal war es so heftig, dass Marie fast übel wurde.

»Marie?« Katja rief von draußen nach ihr.

Erleichtert trat Marie den Rückzug an und ging an der letzten Kammer vorbei, ohne hineinzusehen. Katja stand im Garten und telefonierte.

»Tom ist dran. Dein Wagen ist fertig.«

Marie fiel ein Stein vom Herzen. Insgeheim hatte sie immer noch befürchtet, dass sich der Schaden doch noch als größer erweisen könnte.

»Wir sind gleich da«, rief Katja in den Hörer und drückte das Gespräch weg.

»Besichtigung lebend überstanden?«

»So leicht haut mich nichts um.« Marie grinste schief und sah noch einmal zurück.

»Obwohl ich mir kaum vorstellen kann, wie meine Tante hier gelebt hat.«

»Es gibt einige alte Leute hier, die in prekären Verhältnissen leben. Möchte nicht wissen, wie manch anderes Haus von innen aussieht.«

»Aber dieses kanntest du. Hast du meine Tante besucht?«

»Die alte Büdnerei kennt hier jeder. Natürlich wusste ich, wer darin lebt. Sonst wär ich eine schlechte Bürgermeisterin.« Katja steckte lächelnd ihr Telefon weg.

»Du kanntest sie also nicht persönlich?«, hakte Marie nach.

»Nicht wirklich.«

»Schade. Ich wüsste so gern mehr über sie.« Marie erfasste leise Wehmut.

»Es kommt mir alles noch so unwirklich vor. Plötzlich habe ich eine Tante – und kann doch nichts mehr über sie erfahren.«

Katja legte einen Arm um Marie. »Vielleicht gibt es dafür jemand anderen, über den du mehr erfahren kannst. Jemanden, den du noch kennenlernen kannst.«

Marie sah Katja überrascht an. Die zögerte, schien dann aber einen Entschluss zu fassen.

»Ich wollte dir noch nichts davon sagen, weil ich dachte, das ist alles zu viel auf einmal, aber …«

»Aber?«

»Ich glaube, dass auch wir miteinander verwandt sind.«

»Was?« Marie sah Katja ungläubig an. »Das ist nicht dein Ernst.«

»Ich weiß, es klingt verrückt. Deshalb wollte ich auch noch nicht darüber sprechen. Es ist auch nur um zig Ecken herum …«

»Aber wie kann das sein?«

»Es gab in der Familie mal jemanden, der Cammin hieß. Ich kam über die Schreibweise deines Namens darauf.«

»Meine Mutter und meine Großeltern hießen so.«

»Deine Großmutter könnte eine Schwester meines Großvaters sein.«

»Das würde bedeuten …?« Maries Gedanken kreisten.

»Dass wir Cousinen sind. Zwar nur dritten Grades, aber was soll's.« Katja lachte. Marie konnte es noch nicht glauben.

»Das gibt es doch gar nicht!«

»Zumindest würde es erklären, warum wir uns auf Anhieb mochten und so gut verstehen.«

»Bist du dir wirklich sicher?«

»Dass wir uns verstehen?«

»Dass wir verwandt sind?«

»Ich kann noch mal nachsehen, irgendwo müsste es einen Stammbaum geben. Mich hat Genealogie, ehrlich gesagt, nie interessiert.«

Marie schmunzelte. »Ich weiß nicht mal, was zweiten und dritten Grades genau bedeutet. Oder Großtante, Großonkel und was es noch alles gibt. Aber ich hatte ja auch nie Familie.«

»Jetzt hast du eine.« Katja sah Marie in die Augen.

»Das wär wirklich … ich meine, das ist …« Marie brach ab und sah Katja überwältigt an.

»Unfassbar!«, beendete Katja Maries Satz.

»Ich freu mich jedenfalls, dass wir uns gefunden haben.«

Katja umarmte Marie mit einer solchen Herzlichkeit, dass Marie Tränen in die Augen traten.

»Ich mich auch. Ich weiß gar nicht, was ich sagen soll.«

Einen Moment standen sie einfach so da, Arm in Arm. Marie schüttelte immer noch ungläubig den Kopf.

»Plötzlich hab ich Verwandtschaft, ein Haus …«

»Na ja, Bruchbude würde eher passen.« Katja warf Marie einen bedauernden Blick zu.

»Damit kann man nichts mehr anfangen. Die Bausubstanz ist komplett marode. Der nächste Sturm, und das Ding klappt in sich zusammen.«

Marie sah nachdenklich auf den Katen. Katja setzte warnend nach.

»Der Herbst ist nicht mehr weit. Du solltest sehen, dass du die Hütte so schnell wie möglich loswirst. Bevor die Gemeinde Sicherungsmaßnahmen fordert.«

»Sicherungsmaßnahmen?«

»Na ja, das Grundstück gehört der Gemeinde. Und die Büdnerei ist frei zugänglich. Den Waldweg zum Nachbarort, der vor dem Grundstück vorbeiführt, nehmen die Touristen gern. So können sich leicht Spaziergänger auf dem Gelände verlieren. Baufällig wie das Haus ist, hat die Gemeinde da eine Sicherheitspflicht.«

Marie sah Katja perplex an.

»Und das heißt?«

»Sie werden dich verpflichten, Haus und Grundstück vor jeglichem Zutritt zu sichern. Andernfalls haftest du für alle Schäden, die entstehen.«

»Das hätte mir gerade noch gefehlt.«

»Vor allem, wenn Personen zu Schaden kommen. Da zahlt man bis an sein Lebensende. Die Kosten würde ich mir auch nicht gern ans Bein binden.«

»Ich kann sie mir gar nicht ans Bein binden, selbst wenn ich wollte«, entgegnete Marie düster. »Als freie Journalistin ...«

Katja legte Marie eine Hand auf die Schulter.

»Ich helfe dir. Mach dir keine Sorgen. Ich kenne einen Bauunternehmer, der löst dein Problem in Nullkommanichts.«

Maries Blick ging zur Büdnerei zurück. Die Morgensonne hatte jetzt die eine Hälfte erfasst und ließ das Efeu hellgrün leuchten, die Wipfel der alten Bäume neigten sich leicht in der Brise, mit etwas Abstand sah alles nicht mehr ganz so schlimm aus. Wie schade, dass sich nicht mehr daraus machen ließ.

»Ich schätze, er braucht nicht mehr als einen halben Tag und die Büdnerei ist Geschichte. Das Grundstück gehört, wie gesagt, ohnehin der Gemeinde. So bist du alle Sorgen los.«

Katja lächelte zufrieden. Marie riss sich aus dem Anblick des Hauses.

»Könntest du ihn mal fragen, was der Abriss kostet?«

»Muss ich nicht. Das regel ich so mit ihm.«

Marie sah Katja überrascht an.

»Das kann ich nicht annehmen.«

»Klar kannst du das. Gunnar ist ein Freund von mir. Und er ist mir noch einen Gefallen schuldig. Außerdem …« Katja lächelte. »Sind wir jetzt Familie oder nicht?«

Marie konnte fast nicht anders, als zuzustimmen. Deals wie dieser waren ihr normalerweise fremd, sie blieb ungern etwas schuldig, aber sie spürte auch deutlich die Erleichterung und lächelte dankbar zurück.

Gemeinsam gingen sie zum Wagen.

»Warum heißt das Haus eigentlich Büdnerei? Was ist das?«, fragte Marie.

»Der mecklenburgische Name für eine Armenbehausung, salopp gesagt.« Katja zuckte die Achseln. »Einfache Unterkünfte auf einem kleinen Stück Land, das von den Bewohnern bewirtschaftet wurde. Woanders sagt man Kotten oder Kate, ist alles dasselbe, mehr oder weniger.«

Sie hatten den Wagen erreicht und stiegen ein. Marie warf einen letzten Blick durchs Seitenfenster. Eine Wolke hatte sich vor die Sonne geschoben und verdunkelte die Lichtung. Die Büdnerei lag jetzt tief im Schatten der Bäume, sie wirkte finster und abweisend. Marie zog den Sicherheitsgurt fest und drückte sich in das weiche Leder des Sitzes – aus irgendeinem Grund war sie plötzlich heilfroh, in der Geborgenheit des Wagens neben Katja zu sitzen.

Bevor diese Marie zur Werkstatt fuhr, um den Wagen abzuholen, schlug sie vor, ihr noch den Reiterhof zu zeigen. Er lag Luftlinie etwa drei Kilometer entfernt von Katjas Anwesen am Außenrand des Ortes. Neben einem Wohnhaus für den Verwalter bestimmten ein langer Trakt mit Stallungen, eine Reithalle und drei große Reitplätze das Gelände. Auf einer anschließenden Koppel grasten eine Handvoll Pferde, die mit zu den schönsten gehörten, die Marie je gesehen hatte. Edle, schlanke Körper mit glänzenden Fellen, deren Farben von sattem Rotbraun bis zu tiefem Schwarz reichten.

»Mecklenburger Warmblüter.« Katja ließ ihren Blick zufrieden über die kleine Herde wandern.

»Komm, ich zeig dir was.«

So gern Marie Pferde von Weitem sah, in ihrer Nähe fühlte sie sich unbehaglich. Die Tiere waren ihr zu unberechenbar. Sie folgte Katja daher zögerlich, darauf bedacht, mit Katjas Turnschuhen, die sie immer noch trug, nicht im Matsch zu versinken, der sich vor dem Gebäude gebildet hatte. Sie fragte sich, woher die Feuchtigkeit kam angesichts der hochsommerlichen Temperaturen, die selbst den Gewitterregen der vergangenen Nacht weggetrocknet hatte.

Katja öffnete die große Holztür zu den Stallungen. Satter, schwerer Geruch nach Pferdeleibern und feuchtem Stroh umfing Marie, als sie das Halbdunkel betrat. Die Luft war deutlich kühler. Katja schritt die Reihe der Boxen ab. Die meisten standen zu dieser Zeit leer, nur ein Schild an den Türen kündete vom Namen ihrer jeweiligen Besitzer. Am Ende der Stallgasse bogen sie nach rechts ab und kamen zu einer großen Einzelbox. Ein tiefschwarzer Hengst stand darin. Im Dämmerlicht schimmerte sein Fell fast bläulich, wie Seide fiel die Mähne den schlanken Hals entlang. Katja streckte ihre Hand aus und berührte zärtlich die Nüstern des Pferdes.

»Na, mein Edler …« Der Hengst blähte die Nüstern und drückte sich ungestüm an die Boxentür.

»Darf ich vorstellen: ›Black Diamond‹«.

Der Hengst war von seltener Schönheit, das sah man auf den ersten Blick, aber etwas in seinen Augen flößte Marie unwillkürlich Angst ein. Sie spürte sein wildes, unbeherrschbares Temperament.

»Du darfst ihn ruhig anfassen, er beißt nicht. Hier …«

Katja fischte eine Mohrrübe aus der Tasche und reichte sie Marie. Marie wollte nicht als Hasenfuß dastehen und überwand sich, dem Hengst den Leckerbissen hinzuhalten. Kaum jedoch näherte sie ihre Hand seinem Kopf, fuhr er ruckartig in die Höhe und schlug laut wiehernd gegen die Boxentür aus. Vor Schreck ließ Marie die Mohrrübe fallen und machte einen Satz zurück. Katja streckte eine Hand nach dem Tier aus.

»Komm, komm, mein Guter. Alles in Ordnung, alles gut.«

Furchtlos tätschelte sie ›Black Diamond‹ den Hals, der sich unter ihrer beruhigenden Stimme entspannte, wenngleich er immer noch nervös hin und her tänzelte.

»Du darfst keine Angst haben, das spürt er sofort.«

»Gut, dass du das sagst.« Marie lächelte ironisch und rieb sich die Schulter, mit der sie gegen die Stallwand geprallt war.

»An Fremde muss er sich noch gewöhnen. Aber sonst lässt er sich schon gut führen.«

Katjas Hand glitt am Hals des Tieres entlang, das mit einem kräftigen Schnauben durch die Nüstern antwortete.

»Was ist Black? Eine Runde durch den Wald?« Sie hielt dem Hengst jetzt selbst eine Möhre hin, die das Tier gnädig entgegennahm.

»Reitest du ihn etwa?« Marie warf Katja einen ungläubigen Blick zu.

»Was dachtest du denn?« Katja lachte. Ihr Blick glitt stolz über den Hengst.

»Obwohl ich ihn vor allem für die Zucht gekauft habe. Du solltest seine Herkunftslinie sehen.«

Katja liebkoste zärtlich die Stirn des Tieres und führte ihre Wange an sein weiches Maul. »Mit dir werden wir großartige Nachkommen zeugen, nicht wahr, Black?«

Der Hengst wandte seinen Kopf ab, etwas anderes erregte seine Aufmerksamkeit. Ein Mann mittleren Alters kam auf Katja und Marie zu. »Hallo Chefin.«

»Hallo, Klaus.« Katja nickte dem Mann die Hand zu und sah dann zu Marie. »Marie Cammin, meine Cousine – Klaus Vogt, mein Verwalter.«

Vogt nickte Marie nur kurz zu und wandte sich an Katja.

»Wir haben immer noch Probleme mit der neuen Drainage. Wär gut, wenn Sie sich die Weide noch mal ansähen.«

»Hat das nicht Zeit bis später?«

»Nicht, wenn sie keine Garantieansprüche verlieren wollen.« Vogt zuckte die Achseln.

»Durch die lange Trockenheit ließ sich der Fehler nicht sofort feststellen. Aber der Regen heute Nacht hat gereicht, die Wiese wieder in einen Sumpf zu versetzen. Die Reparatur der Drainage kann nur mangelhaft ausgeführt worden sein, anders kann ich mir das nicht erklären.«

Katjas Blick ging unentschlossen zwischen Vogt und Marie hin und her. Marie nahm ihr die Entscheidung ab.

»Das siehst du dir am besten sofort an.«

»Ich dachte, wir reiten noch zusammen?«

»Ich muss auch langsam los«, wich Marie aus.

»Versprich mir wenigstens, dass du bald wiederkommst.«

»Das mache ich.«

»Bestimmt?«

Marie lächelte und zeigte auf Katjas Turnschuhe. »Ich muss dir die doch wieder zurückbringen.«

»Du kannst so oft kommen, wie du magst!«

»Danke.« Marie lächelte. »Vielleicht schaffe ich es ja im Herbst mal.«

Sie umarmten sich.

»Grüß Tom. Und sag ihm auch noch mal Danke für alles.«

»Mach ich. Und du fahr vorsichtig.«

Marie nickte. Als sie sich ein letztes Mal umdrehte, hatte sich Katja mit ihrem Verwalter bereits entfernt. Marie spürte einen winzigen Stich der Enttäuschung. Sie hätte gern noch mal gewunken.

Marie hatte Darkow fast schon hinter sich gelassen, als ihr auffiel, dass sie das Meer noch nicht ein Mal gesehen hatte. Es musste in unmittelbarer Nähe sein, aber durch den Küstenwald und die Deichanlagen war es von Land aus nicht zu erkennen. Marie entdeckte einen kleinen Parkplatz direkt an der Bäderstraße. Kurzentschlossen schlug sie das Lenkrad ein, parkte und nahm den Strandübergang, der durch den Wald zur Deichkrone führte. Und plötzlich lag sie vor ihr, strahlend blau und in der Sonne glitzernd: die Ostsee. Gesäumt von einem breiten, endlos scheinenden, weißen Strand. Der Wind trieb die Wellen sanft vor sich her und ließ sie leise auf dem Meeressaum auslaufen. Zu gern hätte Marie sich die Kleider abgestreift. Aber sie hatte nichts dafür bei sich, nicht mal ein Handtuch. Die Vorstellung, in ihrem engen Kostüm in der Sonne zu braten und sich Sand in die aufgeplatzte Blase an der Ferse zu reiben, ließ sie den Gedanken sofort verwerfen. Sie drehte um und kehrte zum Wagen zurück. Schon von Weitem sah sie, wer neben ihr parkte.

»Wollten Sie nicht gestern wieder abreisen?«

Johannson räumte Holzbohlen, die am Rand des Parkplatzes lagen, auf seine Ladefläche.

»Ich hab's mir anders überlegt. Ist ja nicht verboten, oder?«

Sie wusste selbst nicht, warum sie sofort in einen gereizten Ton verfiel.

»Das nicht …«

»Was dann?«

Warum ließ sie ihn nicht einfach stehen, statt einen Wortwechsel anzufangen? Noch dazu antwortete er nicht mal. Genervt über sich selbst, drehte Marie ab. Genau in dem Moment sah sie das Schild: Der Parkplatz war nur für Behinderte ausgewiesen. Sie blockierte eine der Stellflächen.

Deshalb war der Platz, der so bequem an der Straße direkt in Strandnähe lag, leer gewesen. Wie hatte sie das übersehen können? Marie fühlte sich beschämt, aber die Einsicht in ihren Fehler wandelte sich in neue Gereiztheit. Es konnte jedem mal passieren, aus Versehen falsch zu parken. Warum musste dieser Mann ihr jedes Mal das Gefühl geben, sie bei einer Todsünde zu ertappen?

»Muss 'n tolles Gefühl sein, als Ordnungshüter durch die Welt zu laufen.«

»Ich hab nichts gesagt.«

»Bei Ihnen reicht es, wenn Sie den Mund halten.«

»Wär vielleicht auch mal was für Sie.«

»Danke. Aber ich sage lieber, was ich von den Dingen halte.«

»Besser wär's, Sie würden halten, was Sie sagen.«

Was meinte er jetzt wieder? Der Mann ersparte ihr die Frage. Sie hörte, wie er ihre eigenen Worte wiederholte.

»Ich halte mich an Regeln. Immer.«

Marie schluckte einen Kommentar herunter und stieg in ihren Wagen. Es dauerte bis Rövershagen, bis sie sich beruhigt hatte. Bis dahin hatte sie Johannson gedanklich so oft durch den Fleischwolf gedreht, dass sie es langsam gut sein lassen konnte. Vor allem aber setzte sich langsam die Erkenntnis durch, dass sie nur deshalb so wütend war, weil der Mann recht hatte. Sie hatte den Mund zu voll genommen. Die Autobahnauffahrt nach Berlin tauchte vor ihr auf, Marie beschleunigte.

Der Rest der Fahrt verlief ruhig und komplikationslos. Der sonntägliche Verkehr hielt sich in Grenzen, die Wochenendwelle war durch und Marie konnte sich ganz ihren Gedanken hingeben. Sie konnte es immer noch nicht fassen. Plötzlich hatte sie Familie. Auch, wenn Katja nur entfernt verwandt war, Marie die Tante nicht mehr gesehen hatte, und die Frage, warum ihre Mutter ihre Schwester nie auch nur ein einziges Mal erwähnt hatte offenblieb: Der Gedanke, Verwandte gefunden zu haben, erfüllte Marie mit tiefer Freude. Alles hatte sie erwartet, als sie die Todesnachricht in der Post fand. Aber nicht das. War das wirklich erst gestern gewesen?

Als Marie am Abend erschöpft das Licht löschte, fiel ihr auf, dass sie das ganze Wochenende über nicht einmal an den ›Mittag‹ gedacht hatte.

Die Bombe platzte am nächsten Morgen.

Fünfzehn Anrufe waren auf ihrem Telefon eingegangen, seitdem sie es auf dem Friedhof am Samstagnachmittag ausgestellt hatte. Zehn von der Redaktionssekretärin, drei von Oliver Weber, dem Chefredakteur, persönlich.

Isabell, die Sekretärin, kam ihr auf dem Flur entgegen.

»Da bist du ja endlich! Wir haben dich x-mal angerufen. Wieso gehst du nicht an dein Telefon?«

»Hatte ich übers Wochenende abgestellt.«

Marie zwang sich zu einem harmlosen Lächeln. Isabell sah sie an wie ein Wesen von einem anderen Stern. Wie konnte man sein Telefon abstellen?

»Du sollst sofort zu Oliver rein.« Isabell machte eine Geste, die nichts Gutes verhieß. Marie ahnte bereits, was sie erwartete.

Olivers Zorn und Fassungslosigkeit prallten ihr wie eine Wand entgegen, als sie sein Büro betrat.

»Wie konntest du das tun? Was hast du dir dabei gedacht?«

Wütend schlug er ein Exemplar der Wochenendausgabe auf den Tisch.

»Fiktive Zahlen, Gesprächspartner, die nicht existieren, ein Leitartikel, der auf nichts als Lügen und Vermutungen basiert! Bist du wahnsinnig geworden?«

»Es ist nicht alles falsch«, verteidigte sich Marie matt.

»Willst du jetzt Haare spalten?« Olivers Gesicht war zornesrot, eine Ader schwoll deutlich sichtbar auf seiner Stirn an. »Wir stehen vor einer Verleumdungsklage! Du hast die gesamte Zeitung in Verruf gebracht!«

»Die Kernaussage stimmt! Es geht um Sozialleistungsbetrug in Berliner Obdachlosenheimen, die ein Skandal sind. Jeder weiß es, jeder spricht darüber.«

»Aber niemand hat es bestätigt! Deine angeblichen Informanten gibt es nicht. Du hast sie erfunden.«

»Ich hab mit Mitarbeitern aus zwei Heimen gesprochen. Aber die wollen nicht in der Öffentlichkeit reden. Weil sie Angst haben. Die verlieren nicht nur ihren Job, die werden auch zusammengeschlagen, wenn sie den Mund aufmachen.«

»Mag ja sein, aber dann kannst du sie nicht als Quellen benutzen. Alle deine Behauptungen sind nicht abgesichert!«

»Das ändert doch nichts am Wahrheitsgehalt.« Marie sah Oliver engagiert an.

»Dort sind Leute aus EU-Staaten untergebracht, die fahren mit Luxuswagen vor dem Heim vor. Da soll man nicht an ihrer Bedürftigkeit zweifeln? Es werden Kosten abgerechnet, die nicht entstehen. Das ist gezielter Betrug. Das Ganze hat System, und das gehört aufgedeckt, darüber müssen wir berichten!«

»Du verkennst den Punkt, Marie. Völlig.« Oliver sah sie jetzt kühl und distanziert an.

»Natürlich sind wir dazu da, Missstände aufzudecken. Aber als Journalist, und als Mitarbeiter dieser Zeitung, sind wir genauso dazu verpflichtet, sauber zu recherchieren sowie wahrheitsgetreu, transparent und objektiv zu berichten. Gerade in diesen Zeiten, wo das Gespenst der Lügenpresse nur zu gern aus dem Hut gezogen wird.«

Oliver sah Marie unverwandt an. »Du sprichst von Wahrheit, und beugst sie selbst, indem du Leute zitierst, deren Namen du gefälscht hast, Geschichten erzählst, die du erfunden hast und Zahlen nennst, für die es keine Beweise gibt.«

»Ich weiß, was die Mitarbeiter mir erzählt haben.«

»Hast du jemals daran gedacht, dass man dich gezielt falsch informiert haben könnte, weil jemand intern eine Rechnung offen hat?«

Marie wusste, dass dem nicht so war. Ihr kam ein Verdacht.

»Behauptet das der Leiter der Einrichtung?«

»Darum geht es nicht. Es geht um deine Objektivität, die du verloren hast.«

»Ich hab nur etwas nachgeholfen, wo es nötig war. Sonst hätte ich die ganze Geschichte kippen müssen.«

»Genau das hättest du tun müssen!« Oliver sah hart zurück. »Ich wollte dir eine Chance geben. Ich dachte, du hättest sie verdient. Du hast einen guten Stil, bist engagiert. Deswegen hab ich mich für dich eingesetzt. Niemand von uns hätte gedacht, dass du uns derartig hintergehst.«

Marie spürte, wie der Kloß in ihrem Hals immer dicker wurde. Sie redete dagegen an und verfocht ihr Anliegen vehement.

»Missionarischer Eifer hat in der Kirche Platz, nicht im Journalismus. Du redest vom moralischen Kompass, und hast deinen eigenen verloren. Merkst du das nicht?«

Olivers Faust fuhr auf den Tisch. Marie zuckte unter dem neuerlichen Ausbruch zusammen. Oliver trat ans Fenster und versuchte, seine Aufgebrachtheit zu zügeln. Als er sich wieder umdrehte, hatte sein Atem sich beruhigt, eine fast schmerzliche Ratlosigkeit lag in seinem Blick.

»Du hast eine Straftat begangen. Wir werden sehen, wie wir damit umgehen.«

Langsam begriff sie, was seine Worte bedeuteten. Die Wucht der Erkenntnis traf sie mit voller Kraft. Sie versuchte zu retten, was zu retten war.

»Okay, vielleicht war ich etwas zu vorschnell. Tut mir leid. Ich nehme den Fehler in der nächsten Ausgabe auf mich und rücke die Sache gerade. Dann besorge ich mir belastbare Zahlen und wir gehen die Sache neu an.«

»Es ist aus, Marie. Du hast Hausverbot!«

Marie erstarrte.

»Unsere Juristen arbeiten bereits an einer Gegenmeldung. Du kannst heilfroh sein, wenn wir die Verleumdungsklage, die ins Haus steht, verlagsseitig abfedern und es kein gerichtliches Nachspiel für dich gibt.«

Oliver sah sie hart an.

»Und damit du dich nicht erneut belügst: Ich tue das nicht, um dir zu helfen, sondern um den Schaden für uns so gering wie möglich zu halten. Und jetzt verlass bitte die Redaktionsräume.«

Einen Moment lang war Marie unfähig, sich zu rühren. Dann hob sie langsam ihre Tasche auf und verließ das Büro. Sie hatte ihre Chance verspielt. Es war aus.

Der Fensterrahmen zeichnete ein schiefes Kreuz an die Wand. Das Licht der großen schmiedeeisernen Straßenlaterne, die vor Maries Haus stand, fiel ins Zimmer. Marie saß im Dunkeln. Sie konnte sich nicht erinnern, wie sie nach Hause gekommen war. Wie sie das Gebäude verlassen, den Wagen aufgeschlossen, die Stadt durchquert und sich in die Sofaecke geflüchtet hatte. Seitdem saß sie hier und versuchte, an nichts zu denken. Vergebens. Die Scham überkam sie immer neu, wie eine wiederkehrende Welle. Seit der Schulzeit hatte sie das nicht mehr empfunden. Dieses Gefühl von Demütigung, dieses plötzliche Loch im Bauch, weil man bei etwas erwischt worden war und im selben Moment wusste, dass es nichts gab, was man dagegen sagen konnte, nichts, womit man aus der Situation herauskam. Sie hatte sich eingebildet, der Zweck heilige die Mittel. Dass ihr Schwindel eine gute, ja heroische Tat sei, weil sie sich für die Ausgestoßenen der Gesellschaft einsetzte. Aber das war eine Lüge. Sie wusste es. Was sie getan hatte, war einfach nur dumm. Dumm, verleumderisch, kriminell – und eigensüchtig. Sie hatte allen geschadet, der Zeitung, dem Journalismus, und dem Menschen, der sie gefördert hatte. Bei dem Gedanken brannte ihr Gesicht vor Scham noch heißer. Sie hätte sich am liebsten noch tiefer im Dunkeln versteckt.

Marie hatte die Welt draußen ausgeschlossen. Mit einer fadenscheinigen Erklärung, sie wusste nicht mal mehr, welche, gelang es ihr sogar, Frank auf Abstand zu halten. Das letzte, was sie bewusst tat, war, mit wenigen Clicks ein Abo für einen Streaming-Anbieter abzuschließen, dann schloss sie die Vorhänge und betäubte sich mit endlosen Stunden vor dem Fernseher.

Sie wusste nicht, wie viele Tage vergangen waren, bis sich ihr Überlebenstrieb meldete. Eine leise, aber hartnäckige Stimme, die ihr sagte, dass sie so nicht weitermachen konnte. Eines Morgens war es soweit. Marie stand auf, zog die Vorhänge zurück und ließ das Licht wieder herein.

Sie musste aufhören, sich etwas vorzumachen und sich ihren Problemen stellen.

Sie fasste einen Entschluss.

»Du willst was?« Frank hielt auf halbem Weg zum Mund mit der Gabel inne und sah Marie perplex an. Sie saßen bei einem noblen Italiener im Botschaftsviertel, Franks Lieblingsrestaurant, weil es nah bei seinem Loft lag.

»Auf den Darß ziehen.«

Frank sah sie ungläubig an.

»Du willst hier alles aufgeben?«

»Alles, was mir bis jetzt wichtig war, existiert nicht mehr. Alles, was mal richtig war, gilt nicht mehr. Ich kann nicht einfach weitermachen, ich brauche einen Neuanfang.«

»Du dramatisierst immer alles so. Du hast dir einen Schnitzer erlaubt, na und?«

Marie schob ärgerlich ihren Teller von sich. Sie hatte das Essen kaum angerührt. Frank legte sein Besteck jetzt auch weg, griff nach ihrer Hand und lächelte werbend.

»Es geht darum, dass ich mich wiederfinde. Herausfinde, was mein Weg ist.«

»Dann mach einen langen Urlaub. Von mir aus miete dir ein Ferienhaus da oben. Wenn du willst, komme ich mit. Aber lös hier nicht alles auf.«

»Es geht nicht um eine Luftveränderung für ein paar Wochen. Ich muss richtig raus aus allem.«

Während der Kellner die Teller abräumte, um kurz danach zwei Espressi folgen zu lassen, berichtete Marie von ihrer Fahrt auf den Darß – Frank sagte wenig. Eine halbe Stunde später geleitete er sie durch die schwere Drehtür nach draußen. Durch das dichte Blätterdach der großen alten Linden fiel der Lichtschein der Laternen auf den breiten Gehweg. Die Luft roch warm und süß. Sommer in der Stadt.

»Kommst du noch mit zu mir?« Frank sah sie ungewohnt zurückhaltend an. Marie zögerte – und schüttelte den Kopf. Frank nickte und wandt sich ab.

»Das ist kein Abschied!«, rief Marie impulsiv.

»Nein, natürlich nicht.«

Sie umarmten einander, doch die Melancholie, die sich über sie gelegt hatte, konnten beide nicht abschüttelten.

II. NEUANFANG

Drei Tage später saß Marie in einem vollgepackten Sprinter und fuhr auf der A19 in Richtung Rostock. Sie hatte Frank nicht wiedergesehen. Alles war so schnell gegangen. Ihre Wohnung für ein Jahr möbliert unterzuvermieten, war kein Problem gewesen. Die paar Möbelstücke, die sie mitnehmen wollte, waren ebenso schnell gepackt wie ihre persönlichen Sachen. Marie schob eine CD in den Player, Gitarrenakkorde setzten ein, »Freedom's just another word for nothing left to lose ...«

Marie drehte lauter und sang aus vollem Hals mit. Ihr Haar wehte im Wind, der durchs Seitenfenster kam, die Felder rechts und links breiteten sich in der Sonne aus, sie fühlte sich so leicht wie lange nicht mehr. Zweieinhalb Stunden später rollte sie vor der alten Büdnerei am Rande von Darkow aus.

Marie stieg aus und ließ ihren Blick über das Häuschen schweifen. Es kam ihr immer noch unwirklich vor, dass es ihr gehören sollte, dabei hatte sie in Berlin oft daran gedacht. Und überschlagen, dass es mehr Wohnfläche bot, als ihre Schöneberger Wohnung. Dazu die Ruhe, die gute Luft und der Abstand zu allem, was ihr Leben bisher ausmachte.

Sie konnte nicht genau sagen, welcher Gedanke zuerst aufgetaucht war: die Idee, hierherzuziehen, oder die Überlegung, was der Katen bot. Am Ende stand jedenfalls fest, dass es der ideale Rückzugsort war. Sie würde einiges renovieren müssen, aber das war nur gut. So hatte sie zu tun.

Entschlossen ging Marie auf das Haus zu. Der Himmel hatte sich bezogen. Die frische Brise, mit der Marie noch am Morgen in Berlin losgefahren war, war verflogen und hatte drückende Schwüle hinterlassen. Marie erinnerte sich an das erste Mal, als sie, genau wie jetzt, auf das Haus zugegangen war. Wie heruntergekommen und hässlich es ihr damals vorkam. Sie blieb stehen und stellte sich das Ganze in renoviertem Zustand vor. Wieso hatte sie die verborgene Schönheit nicht gesehen? Überzeugt von der Richtigkeit ihres Entschlusses, hierherzuziehen, öffnete sie freudig die Haustür. Der Gestank, der ihr entgegenschlug, raubte ihr den Atem. So schlimm hatte sie ihn nicht in Erinnerung. Vermutlich lag es an der schwül-warmen Luft. Marie stürzte nach draußen und atmete tief durch. Für den Bruchteil einer Sekunde wollte sie nichts wie weg.

Hier war etwas …

Aber sie unterdrückte den Fluchtimpuls und wurde ungeduldig mit sich selbst. Was hatte sie erwartet? Sie wusste, dass hier viel zu tun war. Mit einem Taschentuch vor der Nase trat sie wieder ins Haus und ging beherzt ans Werk. Sie öffnete sämtliche Fenster, ließ Luft und Licht herein und überlegte, womit sie anfangen sollte.

Zuerst die Räume unten, Küche, Wohnraum, Bad. Das waren die wichtigsten, um sich erst mal einzurichten. Das Schlafzimmer oben kam danach, die erste Nacht konnte sie auch auf dem Sofa im Wohnzimmer übernachten.

Marie ging zum Wagen zurück und holte eine Plastikwanne mit Putzzeug, die sie vorsorglich in Berlin gepackt

hatte. Doch als sie im Badezimmer den Wasserhahn auf-
drehte, tröpfelte er nur. Sie probierte es in der Küche, auch
hier kam nur ein spärliches Rinnsal. Sie würde einen Klempner brauchen. Und das würde Zeit brauchen. Egal, bis dahin
konnte sie schon mal Staub putzen. Sie begann, Kissen und
Decken auszuklopfen, die Dielen zu fegen und bemerkte
nicht, wie dabei die Zeit verging. Die Sonne war nicht mehr
zurückgekehrt, der Himmel noch ein wenig grauer geworden, als sie plötzlich eine Stimme hörte.

»Was zum Teufel ist hier los?« Katja stand im Flur und
war genauso überrascht wie Marie, sich so plötzlich gegen-
überzustehen.

»Marie!? Was tust du hier?«

»Ich ziehe ein.«

»Du machst was?« Katja sah Marie fassungslos an.

»Ich wohne jetzt hier«, strahlte Marie.

»Aber, das geht nicht. Der Abriss ist bestellt!«

»Den brauche ich nicht mehr. Ich hab's mir anders überlegt. Ab heute wohne ich hier.«

Katja schüttelte ungläubig den Kopf.

»Wieso erfahr ich das erst jetzt?«

»Es war ein spontaner Entschluss.«

»Und wenn der Katen schon weg gewesen wäre? Wenn
ich ihn schon hätte abreißen lassen?«

Marie musste zugeben, dass sie daran nicht gedacht
hatte.

»Was für ein Glück, dass du es noch nicht getan hast«,
sagte sie lachend. Aber Katja verzog keine Miene.

»Was heißt das überhaupt: du ziehst hier ein? Was ist mit Berlin? Mit deiner Arbeit?«

»Langes Thema. Erzähle ich mal in Ruhe.« Marie atmete durch. »Jedenfalls brauchte ich dringend nen Ortswechsel.«

»Wieso hast du das nicht mit mir besprochen? Wir hätten etwas für dich finden können.«

»Aber ich hab doch etwas!«

»Du kannst hier nicht wohnen!« Katjas Stimme wurde bestimmt.

»Wieso nicht?«, entgegnete Marie und fügte, als hätte sie Katjas Gedanken gelesen, hinzu:

»Okay, ich muss das Erbe noch bestätigen lassen, aber das ist sicher eine Formsache.«

Katja sah Marie leicht ungehalten an.

»Sieh dich doch um. Hier kann man nicht wohnen!«

Marie folgte Katjas Blick. Plötzlich sah sie wieder mit eigenen Augen, welcher Anblick sich bot. Sie hatte sich alles nur schöngeredet. Für einen Moment zweifelte sie an sich und ihrem Verstand. Aber sie wollte jetzt nicht aufgeben.

»Das wird schon. Ich bin nicht so anspruchsvoll.«

Katjas Blick bedurfte keiner Erklärung. Marie wechselte das Thema.

»Freust du dich denn gar nicht, mich zu sehen?«

»Doch, natürlich.«

Katja lächelte zum ersten Mal und umarmte Marie.

»Entschuldige, dein Anblick hier war so unverhofft.«

»Gewöhn dich schon mal dran«, lächelte Marie.

»Ich hab einen Termin im Nachbarort. Dauert nicht lange. Danach hol ich dich ab.«

»Wohin?«

»Na, zu mir. Hier kannst du doch nicht schlafen.«

Marie zögerte. Sie wollte nicht unter irgendwelche Fittiche kriechen. Sie wollte ihren Plan durchziehen. Sie spürte, wie wichtig das war. Aber sie musste zugeben, dass es länger brauchen würde als gedacht, die Büdnerei bewohnbar zu machen, und der Gedanke, den ersten Abend nicht allein in einer schmuddeligen Rumpelkammer, sondern in Katjas Gesellschaft in ihrem gepflegten Haus zu verbringen, um anschließend in ein sauberes Bett zu schlüpfen, war einfach zu verlockend. Sie willigte ein.

Wie richtig die Entscheidung war, spürte sie zwei Stunden später, als sie in Katjas Gästezimmer unter der Dusche stand und das Wasser in warmem Strahl über ihr Gesicht und ihren Körper lief, um den Staub und Schmutz des Tages abzuspülen. Sie dachte an den spärlich tropfenden Hahn in der Büdnerei, und ihre Schultern entspannten sich unter dem weich fallenden Wasser noch wohliger.

Den Rest des Abends verbrachten sie auf Katjas Terrasse, bis ein heftiger Wolkenbruch sie trotz Überdachung nach drinnen trieb. Marie kam nicht umhin, zu erklären, wie es zu ihrem Entschluss, für eine Weile auf den Darß zu ziehen, kam. Sie erwähnte, mit ungeprüften Zahlen und Statements gearbeitet zu haben, vermied aber die Wucht, die dieser Betrug und seine Auswirkung auf sie selbst hatten. Wie sehr er ihr Selbstwertgefühl zerstört hatte.

Marie mochte Katja, keine Frage, aber so gut kannten sie sich noch nicht, dass Marie ihr Innerstes hätte offenlegen mögen. Außerdem hatte Katja zu verstehen gegeben, dass es für sie ein übertriebener Schritt war. Sie sah es wie Frank: Lug und Trug waren überall an der Tagesordnung, da musste man nicht päpstlicher sein als der Papst, wenn man selbst mal fünf gerade sein ließ. Ohnehin schien Katja den ganzen Abend angespannt und abwesend zu sein. Sie erklärte, vor einer wichtigen Gemeinderatssitzung morgen zu stehen. Rücksichtsvoll verabschiedete sich Marie früh.

Als sie am nächsten Morgen nach unten kam, war ihre Cousine schon weg. Die Haushälterin, Cäcilia Pohl, nahm Marie im Empfang. Es war das erste Mal, dass Marie ihr begegnete. Sie war die ältere, aber ärmliche Ausgabe von Katja. Mitte fünfzig, hochgewachsen, verdankte sie ihre hagere Silhouette keinen Diäten, sondern lebenslanger harter Arbeit. Man sah es ihren Händen an. Von Jahren des Zupackens gezeichnet, standen die Knöchel dick und knotig hervor. Das graue, bereits schütter werdende, Haar trug sie zu einem dünnen Nackenknoten gebunden, auch sonst schien sie auf Akkuratesse bedacht. Über einem schlichten, aber makellosen, dunklen Baumwollkleid prangte eine frischgebügelte Arbeitsschürze. Ihre schwarzen Schnürschuhe waren blank poliert. Sie hatte das Frühstück für Marie im Esszimmer bereitet.

Als Marie an der langen Tafel Platz nahm, fühlte sie sich wie ein Fremdkörper im Haus. Alles um Cilla herum atmete Kühle und Strenge. Unbehaglich nippte Marie am frisch gepressten Orangensaft und überlegte, mit welcher Ausrede sie sich am schnellsten verabschieden könnte.

Cilla Pohl ließ nicht erkennen, was sie von Maries hastigem Aufbruch hielt. Die beiden Linien, die sich von den Nasenflügeln bis zum Kinn ins Gesicht eingegraben hatten und ihr etwas Verhärmtes gaben, verzogen sich keinen Millimeter, als Marie etwas von ‚spät dran' murmelte. Sie stellte wortlos die Kanne mit heißem Kaffee ab und begleitet Marie hinaus. Als sie durch das historische Empfangszimmer kamen, blieb Maries Blick wieder an den antiken Kacheln hängen. Sie blieb stehen und betrachtete die Segelschiffe darauf dieses Mal genauer. Jedes war von anderer Bauart und mit unterschiedlichen Segeln ausgestattet. Marie beugte sich vor, um die Einzelheiten zu studieren.

»Dieses hier sieht richtig majestätisch aus.«

»Ein Schoner mit Vierkant-Toppsegeln.«

»Oh, Sie kennen sich aus?«

»Wir leben am Meer.«

Marie war, als hätte sie eine Zurechtweisung erhalten. Dabei hatte die Haushälterin sicher recht. Hier oben kannte sich wahrscheinlich jeder mit Schiffsformen und Segeln aus. Dennoch war die Kälte in Cillas Worten nicht zu überhören. Marie wollte die Atmosphäre entspannen und zeigte auf ein kleines Boot mit einfachem, rechteckigem Segel.

»Ich würde das nehmen. Mit einem Segel zu manövrieren, ist bestimmt leichter«, lächelte sie.

»Im Gegenteil.«

Cillas Distanziertheit war nicht zu durchbrechen. Marie gab auf und setzte ihren Weg nach draußen fort, blieb aber noch einmal stehen, als ihr Blick auf ein Ölgemälde fiel. Beinahe hätte sie es übersehen. Es hing über der Tür an der Eingangswand des Raumes und zeigte ein elegantes Schiff, das mit schlankem, dunklem Rumpf und prächtig gespannten, weißen Segeln durch ein blaues Meer pflügte.

»Das ist wunderschön. Hat es einen Namen?«

»Schonerbrigg.«

»Nein, ich meine, der Name des Schiffes?«

Marie versuchte den kleinen Schriftzug, der am Bug aufgemalt war, zu entziffern.

»Da steht etwas, vorne, an der Spitze.«

»MARY CELESTE.« Cillas Stimme in ihrem Rücken schien noch kühler als zuvor.

Marie hatte plötzlich das Gefühl, das Haus so schnell wie möglich verlassen zu wollen.

»Danke noch mal für das Frühstück.«

»Ich wünsche Ihnen einen schönen Tag«, antwortete Cilla.

Marie hatte kaum ihren Fuß auf die Stufen der Eingangstreppe gesetzt, als sie hörte, wie die Haustür hinter ihr bereits geschlossen wurde.

Sie war froh, ihr eigenes kleines Reich wieder zu erreichen. In der frühen Morgensonne lag es idyllisch zwischen Wald und Wiesen. Marie beschloss, sich erst mal das Grundstück richtig anzusehen, das hatte sie bisher noch gar nicht getan. Auf der großen Wiese vor dem Haus stand das Gras kniehoch. Es war lange nicht gemäht worden, dafür hatten sich kleine bunte Wiesenblumen überall ihren Platz erobert und leuchteten zwischen den dichten Halmen hervor.

Der alte Baum, der Marie schon beim ersten Mal aufgefallen war, stand groß in der Mitte, aus seinem knorrigen Stamm mit der tiefgefurchten, korkartigen Rinde breiteten sich die Äste mit glänzend grünen Blättern wie ein Baldachin aus. Wie schön musste es sein, in ihrem kühlen Schatten auf einer Decke zu liegen und in den Himmel zu sehen. Sie nahm sich vor, bei der nächsten Gelegenheit ein Bestimmungsbuch zu besorgen, um herauszufinden, was für ein Baum das war. Bei den beiden Obstbäumen, die in der Nähe wuchsen, war das schon einfacher. Der eine trug eindeutig Pflaumen, der andere war ein Apfelbaum. ›Im Herbst würde es also Pflaumenkuchen und Apfelgelee geben‹, dachte Marie übermütig und begann, die Grenzen des Grundstücks abzugehen.

Von der Einfahrt aus links breiteten sich Beerenbüsche aus, an denen Himbeeren und Brombeeren ihrer vollen Reife entgegen drängten.

Auf der rechten Seite der Einfahrt schob sich der Ortswald bis ans Grundstück heran, der auch den Sandweg säumte, der zur Büdnerei führte. Eine riesige Fliederhecke, durchsetzt mit Schlehen und Holunder, bildete die Grenze zwischen Grundstück und Wald. Marie erkannte sie an den braunverblühten Dolden im üppigen Grün. Hieran linkerhand schlossen sich die großen Weiden an, die Richtung Süd-Westen lagen. Zusammengenommen mit dem Büdner-Grundstück bildeten sie ein beachtliches Areal, das wie ein grünes Tischtuch zwischen Wald und Wasser ausgebreitet war, abgeschieden und nahezu uneinsehbar. Ein einfacher Drahtzaun trennte die Grundstücke voneinander. Marie schlenderte an der Weidenseite entlang bis zum Schilfgürtel, der das Grundstück in östlicher Richtung vom Bodden trennte. Eine kleine Schneise war durch das sumpfige Dickicht geschlagen, durch die man direkt ans Wasser gelangte. Maries Herz schlug schneller. Sie hatte einen eigenen Zugang zum Wasser! Spontan schlüpfte sie aus ihren Sandalen und machte einen Schritt in das verlockend glitzernde Nass. Ihr Fuß sackte tief in weichen, glitschigen Boden ein. Reflexartig zog Marie ihn zurück. Aber wenn sie ins Wasser wollte, musste sie sich daran gewöhnen. Marie zwang sich zu einem neuen Anlauf. Es kostete sie einige Überwindung, im Morast stehen zu bleiben, doch nach einer Weile war die Angst vor dem Unbekannten überwunden und sie genoss es, wie das kühle Wasser ihre Füße in kleinen Wellen umspielte. Hier würde sie eine Bank aufstellen! Und mit dem Blick aufs Wasser abends den Tag ausklingen lassen. Vielleicht könnte sie einen Steg bauen, einen eigenen Badesteg? Und sich vielleicht ein Boot zulegen und angeln lernen? Maries Gedanken bekamen Flügel, eine Welle des Glücks durchflutete sie. Sie wollte jetzt nicht fragen, womit sie das verdient hatte, sie wollte dieses Geschenk einfach nur genießen. Und ihrer Tante danken!

Sie beendete den Rest ihres Rundgangs mit der nördlichen Grundstücksseite. Auch hier schob sich der Wald direkt heran, begrenzt von einem einfachen Zaun und wildem Gesträuch. Die Sträucher, die den Wald in Schach hielten, bestanden hauptsächlich aus Ebereschen und Rotdorn. ›Wie würden sie im Herbst in der Sonne leuchten. Das würde sie noch erleben‹, dachte Marie. ›Aber würde sie auch den Flieder noch mal blühen sehen, die Schlehen und den Holunder? Wäre sie dann noch hier?‹ Sie schob den Gedanken beiseite. Es war zu früh, so weit in die Zukunft zu denken. Erst musste sie Boden unter die Füße bekommen, dann konnte sie Pläne machen.

Als Marie schließlich das Haus betrat, fand sie, dass es schon viel angenehmer roch. Ihre gestrige Putzaktion schien zu wirken. Gutgelaunt stieg sie die Treppe ins obere Stockwerk hoch, um sich die Schlafkammer ihrer Tante vorzunehmen. Als sie die Tür öffnete, traf sie der Schlag.

Der Wolkenbruch gestern Abend hatte ein Leck in das marode Dach geschlagen, genau über der Stelle, wo sich das Bett befand. Das große Federbett hing nass und schwer auf der Matratze, die ebenfalls völlig durchnässt war. Wasser floss in kleinen Rinnsalen Richtung Tür. Es roch nach Moder, ranzigem Fett und altem Schweiß. Marie riss das schmale Fenster auf. Sie musste sofort die anderen Kammern inspizieren. Bei den beiden, die sie schon kannte, war zum Glück alles heil und trocken geblieben. Bei der letzten überfiel sie erneut ein heftiges Gefühl des Unwohlseins. Es war schon da, wenn sie nur an der Kammer vorbeiging, aber je näher sie der Tür kam, umso heftiger wurde es. Marie flüchtete den Flur entlang zurück ins Schlafzimmer. Die letzte Kammer konnte sie auch später prüfen, beruhigte sie sich, Hauptsache, sie schaffte erst mal das nasse Zeug aus dem Haus.

Sie schleppte das klumpige, durch die Nässe zentnerschwer gewordene Bettzeug nach unten, zerrte die sperrige, ebenfalls bleischwere Matratze die Treppe hinunter, und stapelte alles draußen im Garten. Erschöpft hielt sie inne. War es wirklich eine gute Idee, hier wohnen zu wollen? Doch, war es! Sie musste nur Grund reinbringen, das war alles. Marie ging zurück ins Haus und begann, Bestandsaufnahme zu machen. Eine halbe Stunde später war klar, was zu tun war: das Dach musste neu gedeckt und die Wasserleitungen nachgesehen werden, zwei Fenster und eine Tür klemmten, was mit dem Kamin im Wohnzimmer war, wusste sie noch nicht, aber die Elektroleitungen schienen in Ordnung. Selbst der Herd und der alte Kühlschrank sprangen wieder an, als sie die Schalter umlegte. Marie wusste, dass sie das Geld für die Dachreparatur im Moment nicht aufbringen konnte, aber den Klempner musste sie rufen. Und sie musste überlegen, was sie mit den Sachen ihrer Tante machte.

Einen Installateur zu finden, war erfreulich unkompliziert. Vor Ort gab es nur zwei, einer von ihnen versprach, direkt vorbeizukommen. Marie konnte es kaum fassen, als er tatsächlich eine halbe Stunde später aufs Grundstück fuhr.

Herr Holm, ein Mann mittleren Alters, dessen orangefarbener Arbeitsoverall gefährlich über der Körpermitte spannte, war ausgesprochen höflich und ein Meister seines Fachs. Ruckzuck hatte er alte Hähne durch neue ersetzt, Zulaufrohre von Rost und Kalk gereinigt, sowie eine Verstopfung, die er beim Abfluss der Dusche entdeckt hatte, beseitigt.

Als sie das erste Mal die neuen Hähne ausprobierte und das Wasser warm und in dickem Strahl hervorsprudelte, überkam sie eine Welle des Glücks.

Während Holm sich um die sanitären Anlagen kümmerte, hatte Marie damit begonnen, das Wohnzimmer zu sichten und einen guten Teil der Sachen ihrer Tante auszuräumen.

In den Schubladen des alten Büffets fand sich, neben einigen, vom langen Liegen fleckig gewordenen Tischdecken, allerlei Kleinzeug: Batterien, Gummibänder, ein abgebrochener Bleistift, eine Bedienungsanleitung für den Fernseher, kaputte Glühbirnen. Marie füllte alles zügig in einen großen Müllsack, bis ihr ein kleiner Plastik-Salzstreuer, dem der Deckel fehlte, in die Hände fiel. Er hätte nicht unscheinbarer sein können, um sie Innehalten zu lassen.

Was tat sie hier? Das war das Leben ihrer Tante, das sie mal eben in einem schwarzen Plastiksack verschwinden ließ. Welches Recht hatte sie, eine Vergangenheit einfach so auszuräumen? Diese Dinge, egal ob sie alt waren oder kaputt, hatten eine Bedeutung gehabt für Helga Weber. Sie hatte sich mit ihnen umgeben, sie benutzt, Erinnerungen hingen daran. Marie fühlte sich wie ein Grabfledderer. Sie überlegte, was sie tun sollte. Andererseits: nichts davon war mehr zu gebrauchen. Einen kaputten Salzstreuer zu behalten, würde die Tante weder ins Leben zurückholen, noch sie Marie näherbringen. Dafür musste Marie andere Wege finden, falls es überhaupt welche gab. Sie ließ den Streuer den anderen Sachen folgen und band den Plastiksack zu.

In den Seitentüren des Büffets verbarg sich das Porzellan. Auch hier war das meiste angeschlagen und unvollständig. Marie packte alles in einen Karton und behielt am Ende nur zwei alte Sammeltassen, die sie hübsch fand, sowie eine Schachtel mit einem schwarz angelaufenen silbernen Vorlegebesteck. Lieber wenige Dinge behalten, aber dafür solche, die sie benutzen würde und die sie deshalb immer an ihre Tante erinnern würden.

In einer Ablagebox aus festem Karton, die ebenfalls im Büffet stand, befanden sich diverse Papiere. Auf den ersten Blick nichts Besonderes, wie Marie feststellte, aber da sie nirgendwo sonst schriftliche Unterlagen entdeckt hatte, stellte Marie den Ablagekorb sorgsam beiseite. Sie würde sich die Sachen später in Ruhe ansehen.

Inzwischen war es weit nach Mittag. Marie knurrte der Magen. Außer dem Orangensaft unter dem strengen Blick der Haushälterin am Morgen hatte sie nichts mehr gehabt. Sie überlegte, ob sie schnell zum Supermarkt fahren sollte, entschied sich aber dagegen. Zu viel war noch zu tun. Ein Blick auf die Wetter-App reichte, um zu zeigen, was als Nächstes dran war. Gegen Abend sollte es sich wieder zuziehen, und noch einen Regenguss wollte Marie nicht riskieren.

Sie holte die Alu-Leiter, die ihr schon in ihrer Berliner Altbauwohnung mit den hohen Decken gute Dienste geleistet hatte, aus dem Sprinter, und zog sie zum ersten Mal auf volle Länge aus, knapp fünf Meter. Marie war selbst mulmig zumute, als sie die ersten Stufen hochstieg, zum Glück war sie schwindelfrei, und die Leiter lang genug, um an das Leck im Dach heranzureichen. Je höher Marie stieg, umso mehr erkannte sie, wie schwarz und brüchig das Stroh unter seinem Moosbewuchs war. Es gelang ihr, die undichte Stelle ausfindig zu machen. Sie schien nicht so groß zu sein, wie befürchtet, und Marie beschloss, sie mit einer Plastikplane abzudecken, die sie engmaschig festnageln wollte. Vorsorglich hatte sie aus Berlin auch Renovierungsmaterial mitgebracht, darunter Maler- und Abdeckfolie in verschiedenen Stärken. Etwas davon würde sich schon eignen.

Sie war gerade dabei, ein entsprechendes Stück zurechtzuschneiden, als hinter ihr eine fordernde Stimme erklang.

»Was machen Sie hier?«

Sie erkannte den Tonfall sofort. Die kurze Hoffnung, dass er einfach weitergehen würde, zerschlug sich auf der Stelle, denn Johannson war schon um den Wagen herumgekommen.

»Ach, Sie …« In seiner Stimme schwang weniger Überraschung als Verächtlichkeit.

»Ja, ich!« Marie erhob sich. »Was dagegen?«

»Kommt drauf an, was Sie hier machen.«

»Wieder als Dorfpolizist unterwegs?«

»Das Haus gehört einer alten Dame.«

»Jetzt gehört es mir.«

»Was Sie nicht sagen.«

Er sah sie unbeeindruckt an. Marie hielt den Blick, ohne auszuweichen

»Was ist mit der alten Frau, die hier wohnte?«

Marie horchte elektrisiert auf.

»Kannten Sie sie?«

»Nein.«

»Was geht Sie das dann an?«

Johannson musterte sie stumm. Dann ging er zu seinem Pick-up in der Einfahrt zurück. Marie fiel auf, dass sie ihn nicht hatte kommen hören.

»Frau Weber ist verstorben. Ich wohne jetzt hier.«

Johannson drehte sich um. Die Nachricht schien ihn sichtlich zu überraschen. Für einen Moment sah es aus, als wolle er etwas erwidern, überlegte es sich aber anders. Ein süffisanter Zug umspielte seine Lippen.

»Sagten Sie nicht, Sie wollten nicht mehr herkommen?«

»Hätte ich gewusst, dass Sie mir ständig über den Weg laufen, hätte ich's mir auch noch mal überlegt.«

Gereizt hob Marie ihre zurechtgeschnittene Plane auf und bestieg die Leiter. Oben angekommen, klaubte sie eine Dose mit Nägeln und einen Hammer aus ihrer Hosentasche und begann, die Plane durch das Reet hindurch am Dachstuhl festzuklopfen.

»So wird das nichts.«

Johannson sah zu ihr hinauf. Genervt hielt Marie ihm den Hammer entgegen.

»Wenn Sie's besser können …«

»Man muss zuerst das Moos abschälen, damit man sieht, ob das Rohr darunter verfault ist. Aber wenn Sie mich fragen: bei dem Dach können Sie alles neu machen.«

»Ich frage Sie aber nicht.«

»Ändert nichts an der Tatsache.«

Marie warf ihm einen genervten Blick zu und hämmerte weiter. Johannson ging zu seinem Wagen. Bevor er einstieg, rief er noch mal zurück.

»Wollen Sie wirklich hier wohnen?«

»Nur, wenn Sie am anderen Ende des Ortes bleiben.«

Entschlossen schlug sie einen weiteren Nagel ein. Es war schwieriger als gedacht, die Sparren des Dachstuhls zu finden. Das dicke Moos lag wie ein nasser Pelz auf dem Dach, und das Rohr selbst war zum Teil zu borstig, um durchzukommen, zum Teil zu weich, um Halt zu bieten. Aber Marie gab nicht auf. Verbissen probierte sie immer neue Stellen, um die Plane festzunageln. Ihre Gereiztheit wuchs.

Sie würde es allen zeigen! Sollten sie doch über sie lachen, sie würde das Haus schon bewohnbar machen! Sie würde eine Weile hier leben, sich über ihren weiteren Weg klar werden, und dann würde sie Entscheidungen treffen. In dieser Reihenfolge! Sie schlug den nächsten Nagel ein. Und noch einen ... und noch einen ... Die Sonne stand hoch am Himmel, Schweiß floss Maries übers Gesicht, die Plane flirrte vor ihren Augen. Plötzlich gellte ein Schrei durch die nur von ihrem Hämmern unterbrochene Stille. Es war ihr eigener.

Blut spritzte wie eine Fontäne aus ihrem Daumen, lief ihr Handgelenk entlang und tropfte als dicke, rote Punkte auf die Abdeckplane. Marie sah auf die hellroten Pfützen, die sich auf dem Plastik sammelten. Dann setzte der Schmerz ein. Sie erwachte aus ihrer Starre und suchte hektisch in den Taschen ihres Overalls nach einem Papiertaschentuch. Das Einzige, was sie zutage förderte, war eine Rolle Klebeband. Sie presste den verletzten Daumen fest gegen den Stoff der Arbeitshose und kletterte, so schnell es einhändig ging, die Leiter herunter. Irgendwo unter ihren Sachen aus Berlin musste Verbandszeug sein. Aber der Schmerz wurde heftiger, die Brustfläche der Arbeitshose war schon blutverschmiert. Marie beschloss, keine Zeit mit der Suche nach Pflaster und Verbandsmull zu vergeuden, sondern sofort zu einem Arzt zu fahren. Sie lief in die Küche, wickelte ein Geschirrtuch um die Hand und eilte zu ihrem Wagen.

In Höhe des Versorgungszentrums überquerte ein älterer Mann die Straße. Marie hielt neben ihm.

»Wo finde ich den nächsten Arzt?«

»Hier gibt's keinen.«

Marie wurde flau. Was jetzt?.

»Nur ne Ärztin«, grinste der Alte vielsagend.

»Und wo finde ich die?«

»An der alten Schule.«

»Und die ist wo?«

»Da rein, Dorfstraße runter.« Der Mann zeigte auf den Abzweig der Bäderstraße.

»Sind Sie sicher, dass Sie dahin wollen?«

»Ist die Frau nicht gut?«

»Woher soll ich das wissen? Ich geh da nich hin.« Der Mann gab ein keckerndes Lachen von sich und setzte seinen Weg fort.

Marie verdrehte die Augen und folgte der Wegbeschreibung. Wenige Minuten später parkte sie vor einem alten, aber sichtbar modernisierten Schifferhaus, dessen hellgelb gestrichene Wände mit dem rot geklinkerten Dach in der Sonne um die Wette leuchteten. Zwei gemauerte Torpfosten gaben den gepflasterten Fußweg zur Eingangstür frei, die in typisch Darßer Art mit buntem Schnitzwerk verziert war. Eine grün lackierte Schlange, die sich um einen Äskulapstab wand, prangte kunstvoll in der Mitte der Schnitzerei. Abgesehen davon wies nur ein dezentes Schild neben der Tür, auf dem die Sprechzeiten angegeben waren, darauf hin, dass hier das Haus von Inga Witt, Ärztin für Allgemeinmedizin, war.

Das Wartezimmer war bis auf zwei Personen leer. Als die Ärztin sie hereinrief, wusste Marie sofort, dass sie gut aufgehoben war. Inga Witt war etwas jünger als Marie, hochgewachsen, rothaarig, und von erfrischender Geradlinigkeit.

»Ein Notfall?«, sah sie Marie unaufgeregt entgegen. »Was haben Sie denn?«

Inga kam Marie entgegen. Marie streckte ihr die verbundene Hand hin. »Nagel in den Daumen gerammt.«

»Rostig?«

Marie schüttelte den Kopf.

»Dann werden Sie ihre Enkel noch erleben.«

Im Gegensatz zu ihrem burschikosen Ton wickelte die Ärztin das Tuch um Maries Hand mit großer Behutsamkeit ab. Ein langer Riss ging vom ersten Glied des Daumens quer über den Ballen bis zum Sattelgelenk. Die Hand war blutverschmiert, aber die Blutung selbst schien im Augenblick gestoppt.

»Mal so machen.« Inga bewegte ihren eigenen Daumen in verschiedene Richtungen. Marie tat es ihr nach, sofort schoss das Blut wieder aus der Wunde.

»Sieht schlimmer aus, als es ist«, sagte die Ärztin gelassen und riss ein Papiertuch von einer Rolle, das sie Marie reichte. Marie hielt es unter ihre Hand.

»Solange Sie das gute Stück noch bewegen können, ist nichts durchtrennt. Trotzdem, nähen muss ich, sonst kommt das nicht zur Ruhe.« Inga griff in eine Schublade und zog eine Spritze hervor. »Irgendwelche Unverträglichkeiten gegen Lokalanästhetika?«

»Nicht, dass ich wüsste.«

»Wie sieht es mit Tetanus aus?«

»Tja, wie sieht es damit aus?« Marie lächelte schuldbewusst. Inga seufzte.

»Also das volle Programm.« Sie zog die Spritze auf, klopfte dagegen und drückte die letzte Luft heraus.

»Zuhause besorgen Sie sich ein Impfbuch und lassen nachtragen, was sonst noch alles fehlt.«

Ingas Blick duldete keinen Widerspruch. Marie nickte. Die Ärztin setzte die Spritze in den Daumenballen, Marie zog die Luft ein.

Ohne genau sagen zu können, warum, fühlte sie sich in Ingas Gegenwart aufgehoben und geborgen. Vielleicht lag es an der direkten Art, mit der die Ärztin die Dinge ansprach, oder an der ruhigen Überzeugtheit, mit der sie handelte, vielleicht auch daran, dass Marie unter dem burschikosen Ton eine empfindsame Seite spürte, jedenfalls war Inga Witt Marie vom ersten Moment an grundsympathisch. Sie musste an den Mann denken, den sie nach dem Weg gefragt hatte, an sein abfälliges Lachen, als er über die Ärztin sprach.

»Nicht leicht, sich hier oben durchzusetzen, was?«

»Schon gar nicht, wenn man groß, rothaarig und Ärztin ist«, gab Inga lachend zurück und warf Marie einen Blick zu.

»Was ist Ihr Handicap? Sie sind doch auch nicht von hier.«

»Ich nehm mir grad ne Auszeit.«

»Auszeit wovon?«

»Von allem, was mir nicht guttut«, entfuhr es Marie spontan. Sie spürte Ingas Blick auf sich.

»Entschuldigung, so geheimnisvoll sollte es sich nicht anhören. Eigentlich bin ich Journalistin.«

»Und uneigentlich?« Inga begann, die Wunde zu reinigen.

»Weiß ich nicht, wie es weitergehen soll.«

Marie wunderte sich selbst, wie leicht es ihr fiel, mit Inga zu reden. So offen hatte sie bis jetzt niemandem erzählt, was mit ihr los war. Inga quittierte das Vertrauen, indem sie nicht weiter nachbohrte. Sie nickte nur, um zu signalisieren, dass sie verstand, was Marie bewegte, und drückte auf deren Daumenballen. Dann führte sie die vorbereitete Nadel durch die ersten Hautschichten.

»Wie ist das passiert?«

»Ich wollte eine Stelle im Dach abdichten und bin mit dem Nagel abgerutscht.«

»Selbst ist die Frau«, kommentierte Inga trocken.

»Offenbar nicht, sonst säß ich nicht hier.« Marie seufzte. »Ich bin nicht sonderlich begabt in handwerklichen Dingen.«

»Übung macht den Meister, nichts anderes. Frauen sind nur deshalb schlechte Handwerker, weil man ihnen dauernd einredet, sie könnten das nicht. Deshalb machen sie's nicht.«

»Bei mir liegts eher daran, dass ich zu bequem war.« Marie grinste. »Ich hatte nie was dagegen, dass mir jemand Bohren, Hämmern und Lampen aufhängen abnahm.«

»Tja dann, Strafe muss sein«, grinste Inga zurück und rollte das letzte Stück Mull um Maries Daumengelenk, bevor sie den Verband fixierte. Dann verabreichte sie Marie die Impfung gegen Wundstarrkrampf und reichte ihr eine Packung Schmerzmittel.

»Maximal fünf am Tag, nicht mehr. Und vierzehn Tage nicht aufs Dach!«

»So lange?«

»Wenn alles gut geht.«

Marie atmete durch. »Und was hält den Regen so lange in Schach?«

»Positives Denken.«

Als Marie heimkehrte, hatte sich die Hitze des Tages etwas gelegt, es war jetzt angenehm warm und der Himmel von jenem zarten Hellblau, das mit zunehmender Dämmerung violett werden würde. Die Vögel zwitscherten in den Bäumen und der Bodden am Ende des Grundstücks lockte mit glitzerndem Wasser. Marie nahm das Bild in sich auf. Sie konnte kaum glauben, dass sie jetzt an einem solchen Ort wohnte. Alles atmete Ruhe und Frieden. Die Schönheit der fast unberührten Natur war überwältigend.

Nur das Haus wirkte abweisend. Marie dachte an das Gefühl, bei ihrer Ankunft zurück.

Hier war etwas ...

Ein Muskelkater meldete sich im rechten Arm. Bestimmt würde sie nach der ungewohnten körperlichen Arbeit hier besser schlafen als zu Hause.

›Zuhause‹, dachte Marie. ›Wo war das? In Berlin? Nicht mehr. In Darkow? Noch nicht.‹ Sie war in einem Zwischenreich, einem Raum zwischen gestern und morgen.

Marie trat ins Haus. Obwohl es nach ihren ersten Anstrengungen deutlich frischer und reinlicher roch, hing immer noch ein Hauch süßlicher Fäulnis in der Luft. Marie nahm sich vor, gleich morgen noch einmal alles zu inspizieren, um die Quelle des Übels zu finden und endgültig abzustellen.

Sie umwickelte den Verband an ihrer Hand fest mit Frischhaltefolie und nahm eine erfrischende Dusche. Dann machte sie sich ein leichtes Abendbrot und trug es auf die Terrasse. Eine Amsel saß auf der höchsten Spitze eines Baumes neben dem Haus und flötete in immer neuen Variationen ihr Abendlied. Die untergehende Sonne ließ den Himmel in einem Meer aus Rot und Gold explodieren. Marie goss sich ein Glas kühlen Weißweins ein. Zufriedenheit überkam sie. Es war richtig gewesen, hierherzukommen. Einen besseren Ort, sich zu sortieren, gab es nicht.

Sie wollte gerade zu ihrem Käseteller greifen, als ihr Telefon brummte.

»Wo bist du gewesen?« Katjas Stimme klang verärgert.

»Was meinst du?«, fragte Marie irritiert.

»Ich war zwei Mal da heute Nachmittag und konnte dich nirgends finden.« Die Verärgerung ging jetzt in vorwurfsvolle Schärfe über.

»Ich war kurz bei der Ärztin.«

»Ist dir was passiert?«

»Nichts Schlimmes, mach dir keine Sorgen.«

»Natürlich mache ich mir die. Was ist los?«

Katja würde nicht lockerlassen, so gut kannte Marie ihre Cousine inzwischen. Sie entschloss sich zu einer abgespeckten Version der Ereignisse.

»Es ist nichts, nur ein kleiner Kratzer. Ich hatte nur kein Verbandszeug.«

Katja reagierte dennoch wie erwartet.

»Ich hab ja gleich gesagt, du kannst in diesem Loch nicht wohnen. Pack deine Sachen, ich bin gleich bei dir.«

»Wozu?«

»Um dich abzuholen natürlich, was sonst?«

»Nein, bitte nicht.«

»Du kannst da nicht übernachten, sei doch endlich vernünftig.« Katjas Stimme wurde langsam ungehalten. Aber Marie hielt dagegen.

»Ich wohne jetzt hier.«

»Und wie lange soll dein Abenteuer dauern? Eine Woche? Einen Monat?«

»So lange, wie es nötig ist.«

»Du bist also wirklich entschlossen, hierzubleiben?«

»Fest entschlossen. Und damit alles seine Ordnung hat, werde ich mich als erstes um den Nachlass von Tante Helga kümmern. Du weißt sicher, wer hier für Testamentsbescheinigungen zuständig ist?«

»Hast du denn ein Testament?« Katjas Überraschung war unüberhörbar.

»Ich hab Tante Helgas Brief, in dem sie mir alles vermacht hat.«

»Ach ja – richtig.«

»Natürlich werde ich belegen müssen, dass Sie mir das Haus zu Recht vermacht hat, aber es gibt ja sicher eine Besitzurkunde oder Eintragungen im Grundbuchamt.«

»Ja sicher, bestimmt. Weißt du was? Ich rede mit den Amtskollegen, dann kannst du dir mit deiner Anmeldung, Ummeldung, Testamentseröffnung oder was immer so viel Zeit lassen, wie du willst.«

»Ich will keinen Ärger. Davon hab ich in Berlin genug gehabt.«

»Du bist nicht mehr in Berlin. Hier ist alles entspannter. Hier kennt man sich und weiß, dass nichts davonläuft.«

Marie lächelte dankbar.

»Danke! Dann kümmere ich mich erst mal darum, die Büdnerei wieder auf Vordermann zu bringen.«

»Wie du willst. Schlaf gut, Cousinchen.«

»Du auch, bis bald.«

Marie drückte das Gespräch weg und genoss das Farbspiel am Himmel, bis die untergehende Sonne langsam verblasste. Beinahe unbemerkt eroberte sich die Dunkelheit ihren Platz. Etwas huschte vor Marie durch die Luft, ein pfeilschneller schwarzer Schatten. Noch einmal … Mehr aus dem Augenwinkel wahrnehmbar als mit direktem Blick. Da – wieder … Marie glaubte, das Rauschen kleiner Schwingen zu hören und ahnte plötzlich, was sie sah. Die Dämmerung hatte die hervorgerufen, denen schon immer die Stunde zwischen Tag und Nacht gehörte: Fledermäuse. Fasziniert beobachtete Marie die unglaublichen Flugkünste der zierlichen Tiere. Die Freude, sie zu beobachten, war Marie nicht lange vergönnt, denn mit Sonnenuntergang erhob sich auch eine andere Spezies aus ihren Schlupflöchern: Gewältige Schwärme von Mücken fielen auf dem Darß mit abnehmendem Licht über Mensch und Tier herein und trieben auch Marie bald ins Innere der Büdnerei.

Eine halbe Stunde später, Marie machte gerade Abwasch, klopfte es zweimal kurz, aber forsch an die Haustür. Das Geräusch war so neu, dass Marie zusammenzuckte. Noch bevor sie überlegen konnte, wer das sein mochte, tauchte ein Gesicht vor dem Küchenfenster auf. Ein freudiger Schreck durchzuckte Marie. Tom Kunow hielt grinsend eine Flasche hoch. Marie bedeutete ihm, sich selbst hereinzulassen und entledigte sich rasch ihrer Gummihandschuhe. Sie fuhr sich kurz durchs Haar und warf die Schürze in die Ecke, als Tom auch schon in der kleinen Küche stand.

»Alles Gute zum Einzug!«

»Woher weißt du davon?« Marie sah Tom verblüfft an.

»Regel Nummer eins: Darkow ist ein Nest. Woraus Regel Nummer zwei folgt: Hier bleibt nichts geheim.«

Er grinste und entdeckte ihre verbundene Hand.

»Hey, was Schlimmes?«

»Nein, nein …«

Tom schwenkte erleichtert die Flasche.

»Na dann. Eiskalt ist er, fehlen nur noch Gläser.«

Marie erkannte, was er mitgebracht hatte.

»Champagner, bist du verrückt?«

»Große Ereignisse müssen groß gefeiert werden.« Tom lächelte und begann, lässig die Agraffe zu lösen. Marie sah ihm, immer noch überrascht über sein plötzliches Auftauchen, zu. Die Freude, ihn wiederzusehen, überraschte sie selbst. Tom grinste.

»Was ist? Trinken wir aus der Flasche?«

»Oh, Moment …« Eilig suchte Marie in einer der noch unausgepackten Kisten nach zwei Sektgläsern. Hinter ihr flog mit lautem Knall der Korken gegen die Wand. Der Champagner schäumte aus der Flasche, Marie hielt schnell die Gläser darunter. Plötzlich fühlte sie sich wie beschwingt.

»Also dann: Willkommen in der Wildnis.«

Tom sah Marie in die Augen, als sie anstießen. Der Champagner perlte in den Gläsern, im Garten senkte sich die laue Sommernacht nieder, der Abend hatte eine unverhoffte Wendung genommen.

»Danke!« Sie lächelte gelöst. »Die Überraschung ist dir gelungen.«

»Dir aber auch.« Tom schmunzelte, doch die leise Frage in seinen Augen war unübersehbar.

»Ja, ich weiß. Kommt alles etwas plötzlich. Auch für mich.«

»Ach was. Nie lange nachdenken – immer machen. Ist auch meine Devise.«

Er füllte ihre Gläser erneut.

»Wenigstens einer, der sich freut, dass ich hier bin.«

»Wer tut das nicht?« Tom warf ihr einen launigen Blick zu.

»Ich glaube, Katja ist nicht so glücklich über mein Erscheinen.«

Tom winkte lässig ab. »Das liegt nur an dem alten Kasten hier. Sie will nicht, dass du im Geisterschloss wohnst.«

Marie lachte herzhaft auf.

»Von Schloss kann wohl kaum die Rede sein.«

»Aber von Geistern.«

Etwas, das NICHT GUT ist!

Marie lachte etwas zu munter.

»Ein Grund mehr, hierzubleiben. Ich wollte immer schon mal echte Gespenster treffen.«

Tom blieb ungewohnt ernst. Irritiert hakte sie nach.

»Du glaubst doch nicht etwa daran?«

»Ich?« Tom warf ihr einen so ungläubigen Blick zu, dass die Frage sich von selbst beantwortete.

»Ich glaub höchstens an Kellergeister.« Er hob die Flasche und schenkte erneut nach.

»Wie kommt Katja auf so etwas?«

Tom machte eine vage Handbewegung. »Im Dorf wird viel geredet. Ich sag ja: Darkow ist ein Nest.«

»Worüber wird denn geredet? Ist hier etwas passiert?«

»Hier passiert nie etwas, das ist ja das Problem.« Tom leerte sein Glas in einem Zug. Marie beschloss, das Thema gut sein zu lassen.

»Katja muss sich keine Sorgen machen. Ich fühle mich hier sehr wohl.«

»Dann ist doch alles gut.« Tom sah Marie an und fuhr ihr ganz leicht mit dem Rücken seines Mittelfingers über die Wange. Die Berührung war zart wie der Hauch eines Schmetterlingsflügels. Für einen Augenblick schien es, als lege sich ein Schatten auf Toms Gesicht, so, als ob sich eine Wolke vor die Sonne schiebt. Doch schon im nächsten Moment zog sie weiter. Tom grinste.

»Alles, bis auf die Luft hier drin. Hast du ne Leiche versteckt?«

»Ich hab nur vergessen, wo?«, grinste Marie.

»Wie hältst du das aus?«

»Wer sagt, dass ich das tue?«

»Angeblich soll ja durch Fenster frische Luft kommen.«

»Ich hatte noch keine Zeit, Fliegengitter anzubringen.«

Tom schlug sich entsetzt vor den Kopf.

»Marie …! Bist du wahnsinnig? Das ist das Erste, was man hier als Hausbesitzer macht.«

»Ich hatte keine Ahnung, dass die Biester in Truppenstärke auflaufen.«

»Vor allem, wenn man so nah am Wasser wohnt, ist es ne wahre Invasion. Ich sag dir was. Vergiss Gemeinderäte und Grundbesitzer, Kapital und Politik. Die wahren Herrscher der Halbinsel sind die Mücken. Ihre Gier ist noch unermesslicher. Und sie wollen nur eins: Blut!«

»Hu …« Marie schauderte gespielt mit. »Vielleicht sollte ich meinen Einzug doch noch mal überlegen.«

Da war er wieder, der Schatten, augenblickslang, bis er genauso schnell wieder verschwand und Tom wieder grinste.

»Oder du hältst bis Freitag durch.«

»Was ist da?«

»D-Day für deine Plagegeister.« Tom warf Marie eine Kusshand zu. »Schick mir die Maße. Ich bring die Fliegengitter mit.«

»Willst du schon gehen?«, fragte Marie überrumpelt.

»Sorry … hat nichts mit deinen Leichen im Keller zu tun.«

Tom lächelte jungenhaft und war so schnell weg, wie er aufgetaucht war. Offenbar war seine Sprunghaftigkeit ein Dauerzustand, an den man sich gewöhnen musste. Marie beschloss, den Abwasch bis morgen liegen zu lassen und schenkte sich stattdessen noch ein Glas Champagner ein, das sie mit ins Wohnzimmer nahm. Sie breitete eine Decke über das alte Sofa ihrer Tante. Fürs Erste würde das ihr Bett sein. Sie warf einen Blick auf die Uhr. Einen Moment lang überlegte sie, Frank anzurufen, verwarf den Gedanken aber wieder. Es wäre nur ein Pflichtanruf, der schlechteste Ausgangspunkt für ein Gespräch, wenn man so weit entfernt war. Ihre Gedanken gingen zu Tom zurück, sie dachte an seine Unbeschwertheit und Leichtigkeit. Überrascht stellte sie fest, dass sie ihn vermisste.

Marie erwachte früh am nächsten Morgen, und gerädert. Sie hatte wieder schwer geträumt, ohne dass sie hätte sagen können, was. Die ganze Nacht hindurch waren merkwürdige Geräusche zu hören gewesen, ein Rascheln und Trippeln im ganzen Haus. Der üble Geruch im Haus hatte sich über Nacht wieder verstärkt. Doch als sie beim Aufstehen aus dem Fenster sah und nur ins Grüne blickte, war alles vergessen. Marie hielt es nicht im Haus, noch im Pyjama lief sie nach draußen und streifte barfuß durch das taunasse Gras bis zu der Stelle im Schilf, die sich zum Wasser hin öffnete. Wie ein roter Ball erhob sich die Sonne aus dem spiegelglatten Bodden. Marie spürte den kühlen weichen Boden unter den bloßen Füßen, die Wärme der ersten Sonnenstrahlen auf ihrem Gesicht, sie roch das feuchte Grün der Bäume, den leichten Moder des Schlicks am Boddenrand, sie hörte das kurze helle Geräusch des Wassers, das ein springender Fisch hinterließ, und das Morgenkonzert der Vögel, das sich wie ein Chorgesang über allem erhob – sie hätte vor Freude weinen können.

Die nächsten Tage verbrachte Marie damit, das Haus auf Vordermann zu bringen. Beim Ausklopfen des alten Sofas hatte sie freudig überrascht festgestellt, dass es sich ausklappen und zu einem richtigen Schlafsofa umfunktionieren ließ. Marie beschloss daraufhin, zunächst nur das Erdgeschoss zu bewohnen. Sie wusste, es war nicht nur, um Renovierungskosten zu sparen.

Der Wohnraum war inzwischen sehr gemütlich geworden. Mit neuen hellen Wänden, großen bunten Kissen und

Maries persönlichen Gegenständen wirkte er frisch und gleichzeitig persönlich. Marie fühlte sich wohl darin, ebenso wie in der Küche, die sie in einem kräftigen Orange gestrichen hatte. So viel Mut hatte sich Marie selbst nicht zugetraut, aber der Erfolg gab ihr recht. Sobald man die Küche betrat, ging die Sonne auf.

Auch das Bad war annehmbar geworden. Sie hatte die alten Spiegelfliesen abgenommen und den schimmligen Putz darunter abgekratzt. Ein neuer Anstrich und hellere Glühbirnen machten den Raum größer.

Die Arbeiten im Haus gingen zügig voran, dennoch waren es Stunden um Stunden, die Marie täglich schuftete. Aber der Lohn war es wert. Am Ende der Woche strahlte das Erdgeschoss in neuem Glanz. Sie freute sich darauf, Katja zum ersten Kaffee einzuladen und ihr zu zeigen, wie gut alles lief. Das würde ihrer Cousine endgültig die Sorge um sie nehmen.

Das Einzige, was sich trotz der körperlichen Arbeit und der Stille der Natur nicht einstellte, war ein erholsamer Schlaf. Trotz der harten Arbeit am Tag, fand sie nachts keine Ruhe. Sie brauchte Stunden, bis sie einschlief, und mehr als einmal überkam sie, während sie auf den Schlaf wartete, eine merkwürdige Beklommenheit, die sich auf sie legte wie ein schweres, dunkles Tuch. Gelang es dann doch, in den Schlaf zu finden, quälten sie schwere Träume, an die sie sich am nächsten Morgen nie erinnern konnte. Sie spürte nur immer die seltsame Qual, die sie während des Traumes empfunden hatte, ohne dass sie hätte sagen können, woher sie rührte.

Es war in der dritten Nacht, die sie im Haus verbrachte, als Marie im Schlaf erneut diese Last auf sich spürte. Ihr war, als säße etwas auf ihrem Brustkorb und und presse ihn zusammen. Ihr Atem ging immer schneller und flacher, aber die Luft wurde immer dünner, die Anstrengung, Sauerstoff in ihre Lungen zu pumpen, immer größer. Sie drohte zu ersticken! Panisch schlug sie die Augen auf – ein Adrenalinstoß jagte durch ihre Adern. Sie blickte in zwei phosphoreszierende, violett leuchtende Schlitze unmittelbar vor ihrem Gesicht. Das Gewicht kam von ihnen. Maries Hände flogen zu ihrer Brust. Sie griff in etwas Fellartiges und schrie auf. Sie wollte, was immer das war, von sich schleudern, doch das Tier krallte sich mit aller Kraft fest. Heißen Nägeln gleich durchstießen die spitzen Krallen den Stoff von Maries Nachthemd und bohrten sich in die Haut. Wie ein Widerhaken saßen sie im weichen Fleisch. Marie spürte, wie ihr Blut floss. Die Kreatur riss ihr Maul auf und stieß ein Fauchen aus, das Marie das Blut in den Adern gefrieren ließ. Es war kein tierischer Laut. Es war ein Schrei aus einer anderen Welt. Unbändiger Hass und wilder Zorn lagen darin. Der Geruch halb verdauten, rohen Fleisches entströmte dem offenen Maul. Marie wurde übel. Das Tier zog die Lippen zurück und bleckte seine Zähne, ihr makelloses Weiß stach in der Dunkelheit hervor, zwei spitze Eckzähne ragten aus dem messerscharfen Gebiss. Eine neue Woge fauligen Atems ergoss sich, als das Wesen seinen Kopf ein Stück zurückbog, bereit, im nächsten Augenblick mit voller Wucht nach vorne zu stoßen und Maries Halsschlagader zu treffen. Ohne nachzudenken, nur noch getrieben von nacktem Überlebenswillen, packte Marie jetzt auch mit ihrer verletzten Hand zu, krallte sich mit beiden Händen in den Nacken des Tieres und setzte alles daran, es von ihrer Brust zu reißen. Mit eisernen Muskeln wand sich das Pelzpaket unter Maries Griff, nicht bereit, sich zu ergeben. Es klammerte und fauchte, kreischte und spuckte, Tropfen weißen Speichels flogen durch die Luft. Marie keuchte ebenfalls, schweißgebadet, und ignorierte den wilden Schmerz in ihrer Brust, den die Krallen des Tieres – *der Kreatur*, die nicht bereit war, aufzugeben – ihr schlugen. Es war ein Kampf auf Leben und Tod.

Mit eisernem Willen gelang es Marie, sich unter dem Gewicht des Angreifers aufzusetzen und – mit einer einzigen großen Anstrengung, in der sie alle Kräfte, die ihr blieben, bündelte – sich die Bestie vom Leib zu reißen und von sich zu schleudern. Fauchend und kreischend flog das Ding durch die Luft, sein zorniger Schrei der Verblüffung ging über in Maries schrillen Schrei des Entsetzens, beide flossen zusammen und vereinigten sich zu einem einzigen erbärmlichen, wehklagenden Aufheulen, wie sie nur das Leid geplagter Kreaturen zustande bringt.

Mit dumpfem Krachen und dem Geräusch splitternden Holzes landete das Ding an der Wand. Im fahlen Licht des Mondscheins, der durchs Fenster fiel, sah sie es leblos auf dem Boden liegen.

Sie atmete schwer. Hatte sie es, was immer es war, umgebracht?!

Im selben Moment erhob sich das pelzige Wesen, als sei nichts gewesen, und starrte Marie an. Schemenhaft erkannte sie, wie groß das Tier war, sein Fell von so tiefem Schwarz, dass es mit der Dunkelheit im Raum zur Unkenntlichkeit verschmolz. Unbeweglich stand es da und ließ Marie nicht aus den Augen. Kein Blinzeln, keine Bewegung, nur der starre Blick aus den glänzenden Phosphoraugen, der Marie fixierte. Als wolle das Tier sie töten allein mit diesem Blick.

Marie wagte kaum zu atmen. In Zeitlupe tastete ihre Hand nach der Lampe neben dem Sofa. Das Tier schien jederzeit bereit zu einem neuen Angriff. Ohne den Blick von den violetten Schlitzen abzuwenden, suchte Marie zitternd den Lichtschalter.

Die Kreatur setzte zum Sprung an. Geschmeidig spannte sie Muskeln und Sehnen unter dem Fell und leitete die Kraft in die Hinterläufe, um – gleich dem Bogen einer Sehne, der, bis aufs Äußerste gespannt, losgelassen wird – mit einem einzigen Sprung abzuheben und aufs Ziel zu schießen.

Panisch tastete Marie nach Licht, stieß gegen ein Buch, das zu Boden fiel, der Aufprall schien in der Stille ohrenbetäubend. Endlich – der Schalter! Im jähen Licht, das den Raum erhellte, schmolz die Kreatur schlagartig in sich zusammen. Es war nur eine Katze. Eine ganz gewöhnliche Katze.

Sie stieß ein letztes Fauchen aus und stolzierte hoch erhobenen Hauptes aus dem Raum.

Marie ließ ihren Atem los. Die Lungen pumpten nach Sauerstoff, ihr Herz raste, die schweißnassen Haare klebten ihr im Gesicht. Eine Weile saß sie einfach nur da und wartete, bis sie sich wieder beruhigt hatte. Dann spürte sie den Schmerz in der Brust. Sie sah an sich hinunter, ihr Hemd war rot gefärbt. Sie zog es aus und tastete vorsichtig die Wunden ab. Lange Striemen zogen sich über Dekolleté und Brustbein. Die Katze hatte ganze Arbeit geleistet, es würde Tage dauern, bis alles verheilt war. Zum Glück war nichts Lebensgefährliches daran.

Wie konnte sie sich bloß vor einer Katze so erschrecken? Musste sie aufpassen, dass sie nicht durchdrehte?

An Schlaf war nicht mehr zu denken. Marie ging in die Küche und setzte, immer noch mit zitternden Händen, Teewasser auf. Während sie wartete, dass es kochte, desinfizierte sie die Wunden. Wer weiß, wo die Katze sich herumgetrieben hatte? Aber war es wirklich eine Katze gewesen? Hätte sie nicht schwören können, dass es etwas anderes war?

Aber was hätte ihr sonst auf der Brust sitzen sollen? Nichts, beruhigte Marie sich selbst.

In der Nacht sieht vieles anders aus. Gedanken, die man hat, bauen sich zu Problemen auf, Probleme zu unüberwindbaren Hürden, am nächsten Morgen ist alles verschwunden und man fragt sich bei demselben Gedanken am Tage, was in der Nacht daran so schlimm war?

So musste es auch mit der Katze sein. Die Nacht hatte Marie einen Spuk vorgegaukelt, bei Licht betrachtet, war alles ganz normal. Marie beschloss, die Klappe, die sie unter der Treppe entdeckt hatte, fest zu verschließen, dann war der Spuk vorbei. Und der Gestank hoffentlich auch. Sie hatte zwar nie Hinterlassenschaften entdeckt, aber es konnte nur noch der einzige Grund sein. Beruhigt nahm sie das Teesieb aus der Kanne und schenkte sich ein.

Die Frage, wie die Katze es geschafft hatte, aus dem Stand heraus zwei Meter hoch zu springen und die schwere Klinke zur Wohnzimmertür zu öffnen, diese Frage stellte Marie sich nicht.

Sie war stattdessen froh, dass der Morgen so früh graute. Die Nacht saß ihr in den Knochen. Es sollte ein heißer trockener Tag werden, ideal, um den letzten Akt ihrer Renovierung anzugehen: den Neu-Anstrich der Fensterrahmen. Wenn Tom wie versprochen am morgigen Abend die Fliegengitter davor montierte, musste das erledigt sein.

Noch vor Sonnenaufgang schlüpfte Marie in ihren Arbeitsoverall und legte los. Sie war froh, sich mit der Arbeit abzulenken. Auch wenn sie sich immer wieder sagte, dass alles ganz harmlos und nur eine Überreaktion von ihr war: Das nächtliche Ereignis hatte sie zu Tode erschreckt. Wie von einem Alptraum befreite sie sich erst nach und nach davon.

Bis zum frühen Nachmittag hatte sie sämtliche Fenster im Erdgeschoß grundiert, lackiert und sogar noch Zeit gehabt, die Kletterrose am Haus zu beschneiden und hochzubinden. Marie war gerade mit der Arbeit fertig, als sie eine Stimme hörte.

»Das ist ja wunderschön geworden!«

Inga Witt stand in der Einfahrt und nickte anerkennend. Marie freute sich sofort, die Ärztin zu sehen.

»Finden Sie?«

»Ich lüge nie. Meistens jedenfalls nicht.«

Marie musste lächeln und sah Haus und Garten mit Ingas Augen. Unter dem alten Dach stach das jetzt helle Blau von Fenstern und Haustür doppelt farbig hervor. Die frisch geputzten Fensterscheiben spiegelten sich in der Sonne, das weiße Leinen der Halbgardinen schimmerte hinter den Küchenfenstern, neben der in Form gebrachten Kletterrose bauschte sich ein zartgelber Vorhang durchs geöffnete Wohnzimmerfenster, eine zyklamfarbene Topfhortensie, die Marie neben dem Eingang aufgestellt hatte, rundete das Bild harmonisch ab.

»Wie wär's mal mit ner Pause?«

»Wie schreibt sich das Wort?«, grinste Marie.

»Wie Prerow. Da muss ich heute Abend kurz hin. Wenn Sie Lust haben, könnten wir anschließend ne Runde um den Leuchtturm drehen.«

»Oh ja, gern!« Marie strahlte. »Den kenne ich noch gar nicht.«

»Dann wird's Zeit. Halb fünf, nach Praxen-Schluss?«

»Passt prima.«

»Pumpen Sie Ihr Rad auf. Wir treffen uns am Ortsausgang.«

»Ich hab noch keins. Kein Fahrrad, mein ich.« Marie lächelte entschuldigend.

»Oh, dann hol ich Sie hier einfach ab.«

Die Ärztin ging zu ihrem Wagen, drehte sich aber nach wenigen Schritten noch einmal um.

»Übrigens, ich heiße Inga.«

Beide lächelten.

Pünktlich um 16:30 Uhr hielt Ingas froschgrüner Opel Corsa vor der Einfahrt, sie nahmen die L21 bis zum nordwestlich gelegenen größten Ort des Darß, wo Inga einer alten Dame ein Rezept brachte. Kurz darauf parkten sie auf dem Besucherparkplatz, von wo aus der Wanderweg durch den Wald führte.

»Ich hoffe, du bist gut zu Fuß? Ohne Rad zieht sich das ein bisschen.«

»Müssen wir eben schneller laufen«, grinste Marie.

»Mit der Einstellung wirst du es hier weit bringen.« Inga klopfte Marie grinsend auf die Schulter.

Sie gingen zügig los, ein gemeinsamer Rhythmus stellte sich sofort ein. Der Wald war dicht, grün und herrlich kühl, Vögel zwitscherten in den Baumkronen, hier und da war das laute Klopfen eines Spechts zu hören. Marie atmete tief durch, die Schrecken der letzten Nacht fielen endgültig von ihr ab. Inga warf ihr einen Blick zu.

»Tut gut, hm?«

Marie nickte.

»Man sollte viel öfter rausgehen, ich hänge eindeutig zu viel in der Praxis herum.«

»In Japan nennen sie das *Waldbaden*. Es gibt sogar Anleitungen dafür.«

»Wie man spazieren geht?« Inga schüttelte den Kopf.

»Vielleicht schätzen sie die Natur nur einfach anders, weil sie ständig in die Enge der Städte gepfercht sind.«

»War das auch bei dir der Grund?«

Marie warf Inga einen fragenden Blick zu.

»Hierherzukommen, meine ich«, erklärte Inga.

»Nein, das war Verirrung.«

Jetzt war es Inga, die nicht sofort verstand. Marie ergänzte.

»Verirrung in der Arbeit, in der Liebe, im Leben.«

»Ach, mehr nicht?«

Inga sah schmunzelnd zu Marie. Marie lächelte entspannt zurück. Es war seltsam, aber Inga war der erste Mensch seit Langem, bei dem sie das Gefühl hatte, keine Geheimnisse haben zu müssen, sich öffnen zu können, ohne später dafür in irgendeiner Weise bezahlen zu müssen. Vor allem aber: verstanden zu werden, auch wenn man anderer Meinung war.

Marie spürte auf einmal das Bedürfnis, sich mitzuteilen und begann von sich zu erzählen. Sie hatte das Wesentliche zusammengefasst, als sie den backsteinroten Leuchtturm erreichten. Inga hatte aufmerksam zugehört, hier und da die richtigen Fragen gestellt, und sah Marie verstehend an.

»Keine leichte Zeit in den letzten Monaten für dich.«

»Nein, aber das wird schon.« Marie nickte zuversichtlich. »Irgendwie geht's immer weiter.«

»Zum Beispiel jetzt«, schmunzelte Inga. »Wenn du noch kannst, könnten wir noch die Landspitze umrunden. Das eigentliche Highlight dieser Gegend.«

»Unbedingt. Das will ich sehen!«, lachte Marie.

Da der Leuchtturm selbst schon geschlossen hatte, sparten sie sich die 134 Stufen bis zum Ausblick und schlugen gleich den Rundweg um die Inselspitze ein. Er begann als

Sandweg durch flaches Marsch- und Wiesenland. Das Gras stand hoch, die Hitze der letzten Wochen hatte es braun verbrannt, hier und da unterbrachen Schilfgürtel und kleine Kiefernwälder den Blick. Wäre nicht in der Ferne der alte Nothafen erkennbar gewesen, aus dem einst rot das ankernde Boot der deutschen Seenotrettungshilfe hervorragte, man hätte nicht geglaubt, in unmittelbarer Nähe des Meeres zu sein. Dafür war es ein ideales Gebiet zur Wildbeobachtung. Vor allem im Herbst konnte man hier Rothirsche bei ihrer Brunft beobachten, wusste Inga. Nicht selten ließen sie in der Kernzeit der Brunft nicht nur ihre tief röhrenden Schreie hören, sondern lieferten sich mit ihren mächtigen Geweihen Kämpfe auf Leben und Tod. Die Nordspitze der Insel war, was Fauna und Flora anbelangte, in vielerlei Hinsicht einzigartig. Ein Umstand, den sie nicht zuletzt ihrer Geschichte verdankte.

Marie war fasziniert, was Inga zu erzählen wusste. Inga gab zu, intensiv Heimatkunde betrieben zu haben. Als Zugezogene war das für sie selbstverständlich. Sie wollte die Gegend kennenlernen, in die es sie vor zwei Jahren verschlagen hatte.

Ursprünglich stammte Inga aus Warendorf im Münsterland, wo sie eine behütete Kindheit auf dem Land verbracht hatte. Nach dem Studium ging sie als Stationsärztin nach London. Hier lernte sie auch Fred kennen, der wie sie aus Deutschland stammte. Doch Inga war bald klar, dass das nicht die Zukunft sein konnte. Sie war Mitte dreißig und suchte eine Perspektive, die ihr selbstbestimmteres Arbeiten und mehr Privatleben erlaubte als die Arbeit in einem Großklinikum. Als sie von der frei werdenden Praxis in Darkow erfuhr, zögerte sie nicht lange. Der Wunsch, eine eigene Familie zu gründen, rückte näher. Nur Fred rückte weg. Für ihn war die Zeit des Settlens noch nicht gekommen. Er wollte noch einmal hinaus in die Welt. Als »Ärzte ohne Grenzen« seine Bewerbung annahm und ihn nach Syrien schickte, versprachen sie sich, dass es nur eine Trennung auf Zeit sei. Nach seinem Einsatz wollte er auf den Darß nachfolgen. Seitdem waren anderthalb Jahre vergangen.

»Vermisst du ihn nicht?«, fragte Marie mitfühlend.

»Doch. Zum Glück hab ich aber wenig Zeit dazu.«

»Die eigene Praxis bedeutet also nicht weniger Arbeit als die Klinik?«

»Doch, schon. Vor allem die Arbeitszeiten sind geregelter. Das Problem hier sind die Vorurteile, gegen die ich ankämpfen muss.«

»Die hab ich bemerkt.«

Inga zuckte die Achseln. »Ich bin immer noch die Zugereiste. Viele der Alteingesessenen trauen mir auch nach zwei Jahren noch nicht, die wollen ihren alten Doc zurück.«

»Und ich dachte schon, es läge an deinem Gardemaß und der flammenden Mähne, dass du den Leuten hier Angst einflößt«, grinste Marie.

»Nicht zu sprechen von meiner Jugend mit knapp vierzig!«, grinste Inga zurück.

Sie hatten inzwischen den Vogelturm erreicht und kletterten hinauf. Vor ihnen lag der Libbertsee, eine Wasserfläche, die sich, wie zwei weitere kleine Seen, durch ständige Verschiebung von Sandmassen von der Ostsee abgetrennt hatte. Sein Salzgehalt sank dadurch ständig, sodass er für bestimmte Vogelarten ein wichtiges Rückzugsgebiet bot.

Inga erklärte Marie, dass diese Sandablagerungen und Nehrungsbildungen ein anhaltender Prozess waren. Durch die überwiegend vorherrschende Weströmung an der Küste wurde der Sand des Fischlandes ständig abgetragen und am Darßer Ort wieder angespült, sodass sich die Nordspitze der Halbinsel in einem dauernden Veränderungsprozess befand.

Fasziniert sah Marie auf die vor ihnen liegende Landschaft aus Wasserflächen und Dünen mit der dahinterliegenden blauen Ostsee. Ein Boot mit vollen weißen Segeln glitt dahin.

Sie entdeckte einen Schatten am Himmel und bat Inga um ihr Fernglas. Es war ein großer Vogel, der majestätisch ruhig über die Landschaft schwebte.

»Was ist das?«, fragte Marie leise und reichte Inga das Fernglas zurück. Inga fokussierte kurz, dann hatte sie den Flieger gefunden und lächelte.

»Gratulation. Du hast deinen ersten Seeadler entdeckt.«

»Im Ernst?«

»Mit etwas Glück kreist er noch ein bisschen.«

Inga übergab das Glas wieder an Marie. Sie folgte dem König der Lüfte eine Weile, der mit weit gespreizten Flügeln und scharf vorgerecktem Kopf die Landschaft nach Beute absuchte, bis er sich mit wenigen Schlägen seiner kräftigen

Schwingen ein Stück höherschraubte und nordwärts abdrehte, um woanders sein Glück zu versuchen.

»Wunderschön«, flüsterte Marie, berührt von dem Schauspiel der Natur.

Sie kletterten vom Aussichtsturm herunter und setzten ihren Rundgang fort, der nun als Holzbohlensteg durch eine hügelige Dünenlandschaft führte, die beträchtliche Höhen erreichte, bis sie nach der letzten Anhöhe plötzlich den Blick aufs Meer freigab. Marie hatte mehr wissen wollen über den Ort und seine Umgebung und Inga erzählte, dass der Name Prerow aus dem Slawischen stammte und so viel bedeutete wie »Graben« oder »Durchbruch«. Deshalb bezeichnete er zuerst auch nur den Prerow-Strom, der jahrhundertelang eine wichtige Wasserstraße zwischen Barth auf der Festlandseite und der Ostsee war. Zu der Zeit war Zingst noch eine richtige Insel, zu der man vom Darß aus mit dem Boot übersetzen musste.

Aber dann kam das Jahr 1872, und mit ihm die große Sturmflut – die größte, die das Land hier oben je gesehen hatte. Das kleine und das große Meer vereinigten sich zu einer einzigen großen Kraft, Dämme wurden aufgerissen, Land weggespült, ganze Häuser gingen unter in den Fluten, mit Mann und Maus. Die Gewalt des Wassers sorgte dafür, dass der Prerow-Strom verschlossen wurde.

Es dauerte eine Weile, bis sich die Überlebenden von dem Unglück erholt hatten. Aber da es in der Natur des Menschen liegt, auch nach großen Katastrophen wieder aufzustehen, begannen sie mit dem Wiederaufbau, und machten, was den Strom anbelangte, aus der Not eine Tugend: 1874 schütteten sie ihn endgültig zu und verbanden Zingst so mit der Halbinsel Fischland-Darß.

»Tja, und heute wollen sie ihn wieder aufreißen.« Inga warf Marie einen kopfschüttelnden Blick zu.

»Ach ja? Warum?«

»Na ja, nicht gerade aufreißen, ich glaube, da würden ihnen die Zingster aufs Dach steigen«, grinste Inga. »Aber anders nutzen. Es gibt immer wieder Pläne für touristische Vergnügungen auf dem Teil, der vom alten Strom noch übriggeblieben ist.«

Marie bemerkte den nachdenklichen Ton Ingas.

»Und das ist schlecht?«, fragte sie nach.

»Hängt davon ab, wen du fragst,« antwortete Inga. »Alle, die noch mehr Touristen und Rummel wollen, sind dafür. Die Umweltschützer sind dagegen. Der Strom ist ein geschütztes Biotop.«

Marie nickte.

»Der ewige Kampf zwischen Kommerz und Ökologie.«

»Bei dem Thema tobt er gerade heftig. Aber hier gibt es immer Streit um irgendwas. Je kleiner die Insel, umso größer die Gegensätze.«

»Ich hatte den Eindruck, hier ist alles so friedlich?!«

»Nur an der Oberfläche. Darunter werden die Messer gewetzt. Auch hier toben die Interessenskämpfe. Wenn es dich interessiert: morgen trifft sich unsere Bürgerinitiative, komm doch einfach dazu. Um acht im *Dorfkrug*.« Inga »Würd ich gern, aber ich bekomme neue Fliegengitter.«

»Abends?«

»Wird privat erledigt«, lächelte Marie. »Kennst du Tom? Tom Kunow?«

»Sag bloß, er bringt dir die Dinger an?«

»Er besorgt sie auch noch. Ist das nicht unglaublich nett?« Marie sah Inga freudig an.

»Ja, das ist es.«

Inga sah nachdenklich zurück.

In der lauen Abendluft hatten sie den Abzweig zum Leuchtturm ignoriert und waren einfach weiter gegangen. Die Sonne senkte sich langsam dem Horizont entgegen, das Licht war noch goldener und das Meer blauer geworden. Die meisten Badegäste hatten ihren Platz am Strand bereits gegen einen Tisch im Restaurant getauscht. Nur hier und da saßen einzelne Gestalten noch auf ihrem Handtuch und warteten auf den letzten Teil des Sonnenuntergangs. Die Frauen schlenderten gemächlich den Strand entlang, spürten die Wärme des Sandes unter ihren Füßen, dessen Abermillionen von kleinsten Quarzkristallen die Hitze des Tages noch speicherten, und genossen die friedliche Abendstimmung.

Plötzlich brach in einiger Entfernung vor ihnen ein Reiter seitlich aus dem Küstenwald. Als er den Strand erreichte, zügelte er das Tempo kurz, sah, dass der Weg frei war, und drückte seine bloßen Füße in die Flanken des Pferdes, das in wildem Galopp jetzt Richtung Süden jagte.

Der schlanke Körper des Reiters hob und senkte sich synchron im Rhythmus des vibrierenden Tieres unter ihm. Die Hufe des Pferdes ließen bei jedem Aufprall den Sand unter ihnen wie eine Fontäne aufstieben. Im Licht der untergehenden Sonne schienen Pferd und Reiter miteinander zu verschmelzen. Marie blieb hingerissen stehen.

Plötzlich erkannte Marie die Silhouette.

»Das ist Tom!«, rief sie verblüfft. »Tom Kunow!«

Inga schirmte ihre Augen mit der Hand gegen die untergehende Sonne ab.

»Du hast recht«, nickte sie und schüttelte den Kopf.

»Muss der aber auch immer ne Show abziehen.«

»Er hat doch gar keine Zuschauer«, verteidigte Marie Tom automatisch.

»Ist bei Tom egal. Der kann einfach nicht anders.«

Marie winkte und rief.

Aber sie waren zu weit entfernt. Tom hörte sie nicht. Er hatte gedreht und spornte sein Pferd wieder an. Hochaufgerichtet, die Hände lässig neben dem Körper, dirigierte er eine halbe Tonne Lebendgewicht nur mit dem Druck seiner Schenkel, mit dem er sich gleichzeitig im Sitz hielt. Sie hielten zurück auf den Küstenwald zu und verschwanden nach wenigen Sekunden wieder darin.

Inga sah Maries Gesichtsausdruck und lachte.

»Aber ich gebe zu: er kann beeindruckend sein.«
Der Sonnenuntergang, der sich so vielversprechend angekündigt hatte, verpuffte ebenso unspektakulär knapp über dem Horizont in einem schmalen Streifen aus Schleierwolken. Marie ließ ihren Blick über den wilden Weststrand schweifen, der sich vor ihnen erstreckte. Sie spürte deutlich das Bedürfnis, weiterzugehen. Doch Inga drängte da-

rauf, umzukehren. Die Dämmerung kam nun schnell und sie hatten noch einen langen Marsch vor sich. Marie zögerte. Sie warf einen letzten Blick auf den langen Strand, dessen warmes Gelb langsam verlosch und zu tristem Grau wurde. Der Zauber war vorbei. Sie drehten um und legten einen zügigen Schritt ein.

Am Leuchtturm hatten sie unverhofftes Glück: die letzte Kutsche zurück wartete noch und ersparte ihnen den langen Fußmarsch durch den Wald. Als sie gegen halb zehn wieder im Ort eintrafen, merkten beide, wie hungrig sie waren. Inga schlug eine kleine Pizzeria vor, wo sie den Abend ausklingen ließen. Ihre Gespräche wechselten mühelos zwischen privaten und allgemeinen Themen, sie lachten ebenso viel wie sie an anderen Stellen ernst wurden. Marie fiel erneut auf, wie entspannt und vertraut sich das Zusammensein mit Inga anfühlte.

Als die Marie anderthalb Stunden später vor ihrer Haustür absetzte, umarmte Marie Inga spontan.

»Das war ein wunderbarer Abend! Ich danke dir!«

Inga sah ebenso warm zurück.

»Das machen wir bald wieder.«

Marie blieb stehen und winkte, bis die Rücklichter von Ingas Wagen am Ende des Sandweges um die Ecke bogen und in der Dunkelheit verschwanden. Sie wandte sich um. Der Himmel hatte sich inzwischen bezogen, aber der Mond fand noch eine Lücke. Dunkel erhob sich die Büdnerei auf der milchig leuchtenden Wiese, der Schilfrand dahinter schien wie ein Heer aus hellen Speeren, die das silbrig glänzende

Wasser des Boddens bewehrten, als hüteten sie ein Meer aus Quecksilber, schweigend und mächtig beschirmt vom schwarzen Waldesrand. Ein Bild wie aus einem Märchen.

Tief sog Marie noch einmal die frische Nachtluft ein, bevor sie sich von dem zauberhaften Anblick löste und ins Haus ging. Sie fühlte sich gar nicht müde und schenkte sich in der Küche noch ein Glas Wein ein. Dann suchte sie in der Musikbibliothek auf ihrem Smartphone nach Debussys »Suite Bergamasque« und wählte den dritten Satz aus. Als die ersten Töne des »Clair de lune« aus dem Lautsprecher perlten, lehnte Marie sich auf ihrem Schlafsofa zurück und dachte an ihren Ausflug mit Inga zurück.

Lange hatte sie keinen Menschen mehr kennengelernt, der so offen, verlässlich und humorvoll war. ›Vielleicht konnte daraus eine echte Freundschaft werden‹, dachte Marie und spürte, wie sehr sie sich einen Menschen wünschte, mit dem sie die Höhen und Tiefen des Alltags teilen konnte, jemanden, der ruhig zuhörte und verstand, was sie meinte, wenn sie etwas erzählte. Ihre Gedanken gingen zu Frank. Aber Frank war etwas anderes. Er war eine »Beziehung« – eine ungleiche dazu. Aber darüber wollte sie jetzt nicht nachdenken.

Stattdessen kamen die Bilder der letzten Nacht zurück. Angesichts der wohligen Entspanntheit, die sie nach dem Abend mit Inga erfüllte, des zauberhaften Mondlichts, dass durchs Fenster fiel, und des leisen Klavierspiels, das den Raum erfüllte, kam Marie das Erlebte der letzten Nacht vollkommen unwirklich vor. Sie tastete nach den Kratzern auf ihrer Brust. Wie konnte sie sich nur so erschrecken lassen? Nun, heute würde sie keinen Katzenbesuch bekommen. Sie hatte die Klappe am Morgen fest vernagelt. Auch der Geruch im Haus war verschwunden. Beruhigt kuschelte Marie sich unter ihre Decke und löschte das Licht.

Hinter dem Haus im Schilfgürtel erzitterten unmerklich die Halme. Eine leise Bewegung ging durch sie hindurch. War es ein Windhauch? Die feine Linie schlängelte sich kaum merklich durchs Rohr – lautlos wie ein Panther, der heimlich das Gras der Savanne teilt. Marie bemerkte es nicht.

Pünktlich um acht Uhr am nächsten Morgen stand Marie in Rostock in der Zweigstelle des Autovermieters, bei dem sie den Sprinter geliehen hatte, und gab den Wagen zurück.

Die Nacht war ruhig und traumlos verlaufen und Marie hatte sich gutgelaunt auf den Weg in die knapp fünfzig Kilometer entfernte Hansestadt aufgemacht.

Länger als eine Woche konnte und wollte sie sich den Transporter nicht leisten. Alle wichtigen Dinge, für die sie ein Auto brauchte, waren erledigt, nun musste es ohne gehen. Sie überreichte der top gestylten und top gelangweilten Mitarbeitern Schlüssel und Papiere und stand fünf Minuten später wieder auf der Straße. Aus der Bäckerei an der Ecke gegenüber zog der verlockende Geruch frischer Backwaren. Marie konnte nicht widerstehen und holte sich einen Capuccino to go und ein duftendes Croissant. Beim ersten Biss gab das noch warme Gebäck mit leisem Knistern nach, luftig-leichte, knusprige Splitter füllten Maries Mund und hinterließen den satten Geschmack warmer Butter. Marie schloss für einen Moment die Augen. ›Essen machte doch glücklich‹, dachte sie.

Zu Fuß ging sie Richtung Bahnhof, erklomm den Weg vom Ufer der Warnow bis zur Höhe der St. Marienkirche, die wie eine Festung über dem Fluss hing, überquerte den Marktplatz mit seinen prächtigen Kaufmannshäusern, deren kunstvoll verzierte Kacheln und Giebel in der Sonne leuchteten. Das Steintor vor sich und am blühenden Rosengarten rechts vorbei steuerte sie das letzte Stück direkt auf den Bahnhof zu. Marie bedauerte es, nicht mehr Zeit zu haben, die alte Hansestadt genauer zu erkunden, aber sie hatte noch eine Verabredung, die sie auf keinen Fall verpassen wollte.

Sie kam gerade rechtzeitig auf dem Bahnsteig an, als der Nahverkehrszug einlief. Kaum eine halbe Stunde später stieg sie in Ribnitz aus, nahm sich ein Taxi und stand wenige Minuten darauf in der Eingangshalle eines Pflegeheimes.

Das helle Linoleum unter ihren Füßen war frisch gewischt, doch der feuchte Glanz an den Rändern des Bodens ließ die abgenutzten Stellen in der Mitte nur umso deutlicher hervortreten. Fotos von Sonnenblumen und Clownsfischen zierten türkisfarbene Wände, ein anspruchsloser immergrüner Philodendron flankierte zwei Metallstühle, die Besuchern notdürftig Platz boten. Alles war darauf angelegt, sauber und heiter zu wirken – und hinterließ doch nicht mehr als den Eindruck von Unverbindlichkeit und Tristesse. ›Hier also hatte ihre Tante ihr letztes Lebensjahr verbracht. Wie mochte sie sich gefühlt haben, als sie herkam? Hatte sie diesen Eingangsbereich überhaupt wahrgenommen? Oder war sie schon zu elend, um auf die Umgebung zu achten? Hatte sie Schmerzen bei ihrer Einlieferung? Ahnte sie, dass sie das Heim nicht mehr lebend verlassen würde? Wie auf alle Fragen zu ihrer Tante, würde sie auch auf diese niemals mehr eine Antwort bekommen‹, dachte Marie traurig.

Sie folgte einem Pfeil, der in Richtung »Verwaltung« zeigte, bog in einen Flur ab und klopfte an die erste Tür.

»Ja bitte?«

Marie trat ein. Eine dunkelhaarige, korpulente Frau mittleren Alters saß hinter ihrem Schreibtisch und sah Marie mit dem wenig einladenden Blick von Menschen an, die sich gestört fühlen.

»Marie Cammin, ich hatte mich angemeldet.«

»Ah, richtig, kommen Sie herein.«

Das Büro wirkte so unpersönlich wie die Eingangshalle, daran änderte auch die Batterie halb vertrockneter Zimmerpflanzen auf dem Fensterbrett nichts. Die Frau zwang den Ausdruck professioneller Anteilnahme auf ihr Gesicht.

»Mein Beileid.«

»Danke.«

»Nehmen Sie Platz. Was kann ich für Sie tun?«

»Ich habe ein paar Fragen zu meiner Tante.«

»Ich fürchte, ich kann dem, was ich Ihnen schon am Telefon sagte, wenig hinzufügen.«

»Sie sagten, meine Tante sei vor einem Jahr schwer gestürzt und hätte sich einen Oberschenkelhalsbruch zugezogen. Glücklicherweise konnte sie noch den Notarzt rufen, der sie nach Rostock ins Klinikum brachte. Ihr schlechter Allgemeinzustand zog weitere Untersuchungen nach sich, bei denen man schlussendlich fortgeschrittenen Darmkrebs erkannte. Da wenig Aussicht auf Heilung bestand, lehnte meine Tante eine weitere Behandlung ab. Aufgrund ihrer geschwächten Konstitution, die ein Alleinleben nicht mehr zuließ, wurde sie dann nach Versorgung des Knochenbruchs von Rostock hierher ins Pflegeheim verlegt. Richtig?«

»Exakt«, antwortete die Frau.

»Das ist alles?«

»Was möchten Sie denn noch hören?« Die Frau warf Marie einen ungeduldigen Blick zu.

»Etwas Persönliches vielleicht?« In Maries Stimme schlich sich ein leiser Ton der Verzweiflung.

»Wir haben uns aufopfernd um ihre Tante gekümmert, bis zum Schluss. Aber das Ende war leider absehbar. Sie wollte ja keine Operation mehr.«

Bedauerndes Schulterzucken, das Mitleid signalisieren sollte, und doch nur dazu diente, weitere Fragen abzublocken. Als lauerten hinter jeder Nachfrage arglistige Schuldzuweisungen und die Gefahr, doch noch eventuelle Versäumnisse ans Tageslicht zu bringen. Marie erkannte, dass sie nicht mehr erreichen würde und ließ es gut sein.

»Haben Sie noch Sachen von meiner Tante?«

»Leider nicht. Außer den Kleidern, die sie bei ihrem Sturz am Leib trug und den nötigsten Dingen des Alltags, für die unser Sozialdienst Sorge getragen hat, besaß sie nichts. Die Kleidung wurde bei Neubelegung des Zimmers entsorgt.«

»Und sonst war da nichts? Kein Brief, kein Dokument, irgendetwas, dass sie noch hinterlassen hat?«, bohrte Marie.

»Es tut mir wirklich leid.« Die Frau sah Marie an wie ein Kind, das einfach nicht verstehen will.

»Darf ich ihr Zimmer sehen, bevor ich gehe?«

»Sicher.«

Die Frau hievte sich von ihrem Stuhl, zwängte sich hinter dem Schreibtisch hervor und führte Marie zu einem Fahrstuhl, der sie in den zweiten Stock des Gebäudes brachte.

»Unsere Krankenstation. Die Seniorenwohnungen hat Frau Weber ja leider nicht mehr beziehen können.«

Die Heimleiterin stieg aus dem Aufzug, bog zügig in einen Flur ein und eilte den Gang entlang, bis sie vor einem Zimmer am Ende des Flures stehen blieb. Sie warf Marie einen mahnenden Blick zu.

»Die beiden Damen, die jetzt die 210 bewohnen, sind nach Ihrer Tante dort eingezogen.«

»Keine Sorge, ich werde sie nicht mit Fragen belästigen. Aber ich würde gern noch mit der jungen Pflegerin sprechen, die meine Tante versorgt hat.«

»Annika.«

Marie nickte.

»Ich rufe sie.«

Parallel zu dem schmalen Lächeln, mit dem sie sich verabschiedete, zog die Heimleiterin einen Beeper aus der Tasche und entfernte sich. Marie klopfte leise an die Tür und betrat vorsichtig das Zimmer. Es war in dämmriges Halbdunkel gehüllt, zwei Betten befanden sich darin, ausgestattet mit Vorrichtungen zum Heben und Senken der Patienten, neben einem davon stand ein Rollstuhl. Auf einem Tischchen mit zwei Stühlen, die normalerweise Besuchern Platz bieten sollten, fochten Türme von Windelpaketen, Kartons mit Papiertüchern, eine hastig hingeworfene Decke und leere Wasserflaschen einen stillen Kampf darum, wer den meisten Platz einnahm. Einer Glasschüssel voller braunschaliger Bananen entströmte der Geruch überreifer Früchte, der sich mit den Resten leerer Joghurtbecher auf einem vergessenen Frühstückstablett zu einem säuerlich-süßen Gemisch verdichtete, in das sich ein stechender Geruch nach Ammoniak mischte. Marie entdeckte einen Urinbeutel, der an einem der Betten hing. Beide Patientinnen hatten die Augen geschlossen. Sie schienen zu schlafen. Oder vor sich hinzudämmern. An der Wand gegenüber sendete ein Fernsehschirm ohne Ton Bilder in die Welt, die ungesehen vorüberzogen.

Hier war nichts mehr von ihrer Tante geblieben. Nichts, das Marie noch entdecken konnte. So leise, wie sie gekommen war, verließ sie das Zimmer wieder. Sie ging zu einem der Fenster, die den Flur mit Tageslicht erhellten, und sah hinaus.

Im Innenhof des Pflegeheimes war ein Garten angelegt. Ein paar Senioren hatten sich einen Schattenplatz auf den Bänken erobert, sie rauchten oder unterhielten sich.

Es lagen nur wenige Meter zwischen den Zimmern im zweiten Stock und dem Hof im Garten, und doch trennte die beiden Bereiche mehr als eine Welt. ›Wer hier lag, würde nie mehr das Licht im Grün der Bäume spielen sehen, nie mehr den Hauch des Windes spüren, der an den Bänken vorbeistrich, nie mehr den Duft einer frisch angezündeten Zigarette riechen. Hatte ihrer Tante das alles gefehlt? Oder hatte sie sich mit der Verweigerung einer Behandlung bewusst der Welt entzogen?‹

Das helle Quietschen von Gummisohlen auf Linoleum holte Marie aus ihren Gedanken. Jemand näherte sich schnellen Schrittes. Marie erkannte die junge Pflegerin, die bei der Beerdigung gewesen war.

»Frau Fischer?«

»Annika reicht. Hallo.« Die junge Frau sah Marie offen an.

»Ich bin Marie Cammin. Die Nichte von Frau Weber. Danke, dass Sie Zeit für mich haben«, lächelte Marie.

»Ich muss gleich zurück.«

»Ich hab nur ein paar Fragen.«

Annika sah Marie abwartend an.

»Sie haben meine Tante das ganze letzte Jahr über gepflegt.«

»Mehr oder weniger.«

»Was war sie für ein Mensch?«

»Das weiß ich nicht. So gut kannte ich sie nicht.«

»Aber, wie war sie denn? War sie freundlich oder eher schwierig?«

»Nein, sie war sehr nett. Hat sich nie über etwas beschwert.« Die junge Frau lächelte, als hätte sie kein größeres Kompliment machen können.

›Hundert Punkte für den Kandidaten‹, dachte Marie ironisch. Das also war der Maßstab, an dem man im Alter gemessen wurde, nicht, welches Leben man geführt hatte, nicht, was man noch zu sagen hatte. Nur, ob man aufmuckte oder alles widerstandslos über sich ergehen ließ.

»Hat meine Tante mal über irgendetwas gesprochen, zum Beispiel von sich erzählt, oder von der Familie?«

»Nein, nie. Sie war sehr still.«

»Gab es sonst noch etwas, das Ihnen aufgefallen ist?«

Annika überlegte und schüttelte den Kopf.

»Was war mit dem Brief, den sie Ihnen gegeben hat?«

»Das war kurz vor ihrem Tod. Ich musste versprechen, ihn dem Pfarrer von Darkow zu geben.«

»Warum hat sie Sie darum gebeten? Warum hat sie ihn nicht der Heimleitung gegeben?«

»Das weiß ich nicht.« Annika zuckte die Achseln.

Es war zwecklos, mehr würde sie nicht erfahren. Marie beschloss, Annika zu erlösen. Sie streckte ihre Hand aus.

»Haben Sie vielen Dank. Auf Wiedersehen.«

Annikas Händedruck war seltsam schwach für jemanden, der harte Arbeit verrichtete. Sie nickte nur kurz und ging. Marie sah ihr nach und folgte einer Eingebung.

»Ach Annika?«

Annika blieb stehen und blickte zurück.

»Sagt Ihnen eine Doppel-Acht etwas?«

Annika überlegte. Für einen Moment keimte in Marie Hoffnung auf. Aber die junge Frau schüttelte den Kopf.

»Nein, nie gehört. Tut mir leid.«

Marie nickte und wandte sich ab. Ihr Blick fiel aus dem Fenster in den Garten, die Bank war jetzt leer. Sie kämpfte gegen die Enttäuschung an.

»Ich mochte Ihre Tante.«

Überrascht drehte Marie sich um. Annika war stehengeblieben und sah sie an.

»Sie war ein guter Mensch«, sagte sie schlicht.

Der Bäderbus, der Marie zurück nach Darkow bringen sollte, hatte eine Gerade erreicht und beschleunigte rasant. Auf riesigen Erdbeerplantagen rechts und links klaubten osteuropäische Erntehelfer in der stechenden Sonne die letzten Früchte der Saison vom Feld. Marie hatte einen der hinteren, erhöhten Sitze gewählt, um während der Fahrt einen Blick auf die Landschaft werfen zu können. Während der Bus die kleinen Winkel der Halbinsel abklapperte, zogen weite Boddenwiesen, schattige Wälder und beschauliche Dörfer an ihr vorbei. Auf langen Radwegen strampelten Touristen ausdauernd gegen den Wind, in den schmalen Straßen der Hauptbadeorte drängten sich die Strandbesucher. Es war Hochsaison und entsprechend voll. Marie stellte sich vor, wie es wäre, wenn sich nicht überall Menschenmassen stapelten, und freute sich insgeheim auf den Herbst.

Ihre Gedanken gingen zurück zu ihrer Tante. Sie verdankte Helga Weber so viel, und konnte doch nichts mehr über sie in Erfahrung bringen. ›Das Los der Einsamen‹, dachte sie. ›Niemand kennt sie, niemand erinnert sie. Wenn sie gehen, verlischt ihre Spur, wie eine Sternschnuppe am Nachthimmel. Aber war Helga wirklich einsam gewesen? Vielleicht hatte sie das Alleinsein bewusst gewählt? Nicht einmal das wusste Marie. Ihre Tante würde für immer ein unbeschriebenes Blatt bleiben‹, dachte sie traurig.

Ächzend hielt der Bus nach knapp einer Stunde in der Dorfmitte von Darkow und spuckte unter dem pneumatischen Seufzen der sich öffnenden Tür eine Handvoll Fahrgäste aus. Ab hier war es noch eine dreiviertel Stunde Fußweg bis zur Büdnerei. Marie beschloss, sich lieber gleich um ein Fahrrad zu kümmern. Aber als erstes schlug sie den Weg zum Friedhof ein.

Das kleine Areal, in dem die Gemeinde die Urnen der mittellos oder ohne Verwandtschaft Verstorbenen beizusetzen pflegte, lag in der prallen Mittagssonne. Am Grab ihrer Tante gab es keine Blumen oder Kränze, wie sie üblicherweise nach einer Beerdigung übrigblieben. Das Erdloch war aufgefüllt worden, eine Schicht Piniendekorrinde deckte die kleine Fläche ab. Marie legte den Strauß Wiesenblumen darauf ab, den sie am Wegesrand gepflückt hatte. Es gab nicht mal ein Gefäß, das sie mit Wasser hätte füllen können.

Sie verharrte eine Weile vor dem bescheidenen Grab und dankte ihrer Tante im Stillen von Herzen für das, was sie ihr vermacht hatte. Das Glück, mit der Büdnerei eine Fluchtmöglichkeit aus ihrem verfahrenen Leben geschenkt bekommen zu haben, war auch jetzt immer noch unfassbar für Marie. Sie nahm sich vor, Helgas Grab von nun an regelmäßig zu besuchen. Und als erstes würde sie beim nächsten Mal eine Vase mitbringen.

Der Weg zum Fahrradladen vom Friedhof aus zog sich, obwohl Marie zügig drauflos marschierte. Dort angekommen, musste sie feststellen, wie klein die Auswahl war. In der Hochsaison wird vermietet, nicht verkauft, war die lapidare Antwort. Am Ende erstand sie aber doch noch ein gebrauchtes Tourenrad, das gut in Schuss war, sowie zwei Gepäcktaschen dazu. Die waren immerhin nagelneu.

Sie belud sie auch gleich mit einem vollen Wochenendeinkauf aus dem Supermarkt nebenan, legte noch einen Gartenbesen drauf, der im Angebot war, und machte sich auf den Heimweg. Schon nach wenigen Metern erkannte sie, dass sie sich hoffnungslos übernommen hatte. Das Rad schwankte unter dem Übergewicht der Gepäcktaschen, der überfüllte Rucksack drückte schwer auf Maries Rücken, zu allem Überfluss drohte der Besen, den sie quer unter den Gepäckträger geklemmt hatte, ständig abzurutschen, und die Grillkohle, die rechts und links am Lenker schlackerte tat ein Übriges, sie aus dem Gleichgewicht zu bringen. Wäre sie doch bloß zwei Mal gefahren, statt alles auf einmal zu erledigen. Aber nun gab es kein Zurück mehr, sie konnte die Sachen schlecht irgendwo unterwegs abstellen. Marie eierte mühsam im Schneckentempo die Dorfstraße entlang und zählte die Meter bis zum Abzweig des Waldweges. Hatte sie den erstmal erreicht, war das Meiste geschafft.

Sie hatte kaum die Hälfte der Strecke zurückgelegt, als ein Wagen mit hoher Geschwindigkeit dicht an ihr vorbei rauschte und sie vollends aus dem Takt brachte. Sie geriet ins Schlingern, der Besen rutschte endgültig aus dem Gepäckträger und schlug laut klappernd auf dem Asphalt auf. Marie schaffte es gerade noch, sich abzustützen, bevor sie mit Sack und Pack umkippte. Was sie nicht mehr schaffte, war, zu verhindern, dass die Beutel mit Grillkohle rissen und ihren Inhalt auf der Straße verstreuten.

»Verdammter Mist!«

»Ist was passiert?«

Der Wagen vor ihr hatte angehalten, der Fahrer kam auf sie zu. Marie kannte die Stimme inzwischen mehr als gut.

»Sind Sie verrückt geworden? Hier gilt Tempo 30!«

»Erst ab da vorn.«

»In jedem Fall waren Sie viel zu schnell. Man braust hier nicht so durch Ort«, beharrte sie.

»Und Sie sollten Ihren Großeinkauf mit dem Wagen machen statt mit dem Rad.«

»Den Wagen gibt's nicht mehr«, schnappte Marie zurück.

Er warf ihr einen schnellen Blick zu.

»Sie wohnen ohne Auto da draußen?«

»Radfahren ist gesünder.«

Wieder einmal konnte sie seinen Blick nicht deuten. Sie nahm sein Bild in sich auf: die schwarzen, leicht gewellten Haare, die ihm ins Gesicht fielen; das karierte Hemd, das offen über einem engen weißen T-Shirt hing, unter dem sich die Muskeln abzeichneten; die lässigen Khakihosen. Er sah gut aus, das musste sie zugeben. Aber etwas war an ihm, dem Marie nicht traute. Sein Blick ließ sie frösteln. Sie wandte sich ab und begann, die Grillkohle aufzusammeln.

»Brauchen Sie Hilfe?«

»Nein, danke!«, antwortete Marie brüsk.

»Wie Sie wollen.«

Er zuckte die Achseln und ging zu seinem Wagen zurück. Marie sah ihm verstohlen nach. Nein, sie traute ihm ganz und gar nicht.

Als sie schließlich die Büdnerei erreichte, hatte sie das Gefühl, als sei während ihrer Abwesenheit jemand im Haus gewesen. Sie konnte nicht sagen, warum, aber etwas fühlte sich anders als sonst an. Marie stellte die schweren Packtaschen auf dem Küchentisch ab und ging über den Flur. Der Gedanke an Johannson schoss ihr durch den Kopf. An seinen Blick, als sie gesagt hatte, dass sie keinen Wagen mehr hatte. ›Und keine schnelle Fluchtmöglichkeit, wenn etwas passierte‹, schoss es ihr durch den Kopf. ›War es das, woran er gedacht hatte?‹ Vorsichtig öffnete sie die Tür zum Wohnzimmer.

Alles war wie immer. Niemand, der sich versteckt hielt und ihr auflauerte. Zur Sicherheit warf sie noch einen raschen Blick in den oberen Flur. Aber auch hier war alles unverändert. Erleichtert atmete sie aus.

Sie ging in die Küche zurück, stellte das Radio an und begann, ihre Einkäufe zu verstauen.

Der Rest des Nachmittags verging wie im Flug. Aus ein paar Steinen und dem Rost ihres Küchen-Backofens baute sie einen Grill im Garten, bereitete zwei frische Salate zu und deckte die Terrasse nett ein. Als sie dazu die Tür vom Wohnzimmer nach draußen öffnete, bemerkte sie, dass sie unverschlossen war. Sie nahm sich vor, besser darauf zu achten. Es konnte sonst wirklich jeder ins Haus, wenn sie nicht da war.

Marie warf einen Blick zur Uhr. Gleich fünf, Tom konnte jeden Moment kommen. Sie stellte noch schnell eine Flasche Wein kalt und sprang unter die Dusche.

Um sechs war Tom immer noch nicht da. Um sieben schickte Marie eine SMS, die unbeantwortet blieb.

Sie starrte auf den Salat vor ihr auf dem Tisch, der langsam in sich zusammenfiel, und beschloss, mit dem Essen allein anzufangen. Aber der Appetit stellte sich nicht ein. Lustlos stocherte sie auf ihrem Teller herum. Das frisch geschnittene Brot trocknete vor sich hin, die Mücken waren unerträglich. ›Soviel zu den Gittern‹, dachte Marie enttäuscht. Sie blickte auf ihre Uhr: kurz vor neun. Wenn sie sich beeilte, traf sie Inga noch im *Dorfkrug* an.

Sie löschte die Kerzen, trug das Essen ins Haus und wollte gerade die Tür hinter sich zuziehen, als sie hinter sich im Flur ein Geräusch zu hören glaubte. Maries Pulsschlag beschleunigte sich, war doch jemand ins Haus eingedrungen? Sie hatte zwar oben im Flur, aber nicht in den Kammern nachgesehen! Marie stand zur Salzsäule erstarrt. Alles war totenstill. Sie nahm all ihren Mut zusammen und drehte sich mit einem Ruck um. Der Flur hinter ihr war leer. Marie atmete aus. Vorsichtshalber stieg sie noch einmal die Treppe ins Dachgeschoß hoch. In Zukunft würde sie wirklich peinlich genau darauf achten, das Haus fest zu verschließen. Sie zog die Tür hinter sich zu und drehte den Schlüssel zwei Mal um. Dann schwang sie sich aufs Rad.

Der *Dorfkrug* war das älteste Gasthaus im Ort und seit jeher zentraler Treffpunkt für alles und jeden. 1850 erbaut, war es im Laufe der Jahrzehnte mehrfach umgebaut und erweitert worden, doch der typische Fachwerkstil und das alles überspannende, große Rohrdach waren erhalten geblieben. Auch die alte Linde vor der Tür stand noch und spendete seit fast zweihundert Jahren all jenen Schatten, die auf der Bank unter ihr Platz nahmen.

Im Inneren des großen Gastraumes stützten mächtige Holzsäulen das alte Gebälk, das vom Rauch unzähliger Kerzen, Pfeifen und Zigaretten schwarz gefärbt war. Zwischen den Säulen standen kleine und größere Holztische, flankiert von Nischen an den Wänden, die durch hölzerne Paneele voneinander getrennt waren, im Volksmund Kapitäns-Kammern genannt.

Ein großer offener Kamin in der Mitte der Gaststube spendete im Winter behagliche Wärme. Der Blickfang aber war die Theke, die die hintere linke Seite des Raumes ausfüllte. Sie war ganz aus Holz geschnitzt, in ihre hohe, mit kunstvoll gedrechselten Säulen verzierte Rückwand waren kleine Regale unterschiedlicher Größe eingelassen, in denen Flaschen und Gläser im Licht indirekter Lampen funkelten. Der rundumlaufende Tresen schimmerte wie eine Reling aus dunklem Honig, ein tiefer, warmer Glanz, wie ihn keine Politur, sondern nur unzählige Jackenärmel schaffen konnten, die seit fast zwei Jahrhunderten darauf abgestützt wurden. Eine sichtlich betagte Keramik-Zapfanlage, deren polierte Messinghähne im Licht alter Kutschenlampen goldgelb schimmerten, verstärkte den Eindruck, dass in dieser Ecke der Welt die Zeit stehen geblieben zu sein schien.

Inga hatte Marie entdeckt und winkte sie freudig überrascht heran. Sie war umringt von einer Gruppe sehr unterschiedlicher Leute, offenbar die Mitglieder der Bürgerinitiative.

»Das ist Marie. Sie ist gerade frisch zu uns gezogen.«

Allgemeines Gemurmel begrüßte Marie. Die Gruppe war in Auflösung begriffen.

»Sitzung leider knapp verpasst«, raunte Inga grinsend.

»Deine Gesellschaft reicht mir völlig.«

»Das wollte ich hören. Auch einen Weißwein?«

Marie nickte. Inga bestellte am Tresen. Dann zogen sie sich an einen Zweiertisch zurück.

»Was ist aus deinem Date geworden?«

»Frag bloß nicht. Außerdem war es kein Date. Tom wollte mir nur Fliegengitter anbringen.«

»Gekommen ist er trotzdem nicht«, schloss Inga amüsiert.

»Wahrscheinlich ist ihm was dazwischengekommen«, verteidigte Marie.

»Wieso hat er dann nicht abgesagt?« Inga traf zielsicher den springenden Punkt.

»Keine Ahnung, aber ich sag's dir, wenn ich ihn gefragt habe. Und überhaupt: So wichtig ist es auch nicht.« Marie lächelte bemüht und wechselte das Thema.

Die Kellnerin trat an den Tisch. Eine junge Frau Ende zwanzig, die blonden Haare zu einem Pferdeschwanz gebunden. Das eng anliegende, großzügig ausgeschnittene Shirt, dass ihre weiblichen Vorzüge betonen sollte, erreichte eher das Gegenteil. Der schmale Körper wirkte noch hagerer. In Verbindung mit ihrem verschlossenen Gesichtsausdruck, der die Härte und Entbehrung, die sie in ihrem Leben empfand, spiegelte, strahlte sie trotz ihrer Jugend etwas Dauerfrustriertes und Missgünstiges aus.

»Danke, Jennifer.« Inga erhob sich lächelnd, um ihr die Gläser abzunehmen.

Jennifer erwiderte nichts, ihr Blick scannte Marie ab.

»Danke,« sagte nun auch die, um der provokanten Musterung zu entkommen.

»Dafür nicht.« Die Frau schob ihr Tablett unter den Arm und zwängte sich durch das gut gefüllte Lokal zurück zum Tresen.

Marie lag es auf der Zunge zu fragen, welches Problem die junge Frau hatte, aber ihre Gedanken gingen insgeheim eher zu Tom.

»Kennst du Tom gut?«

»Ah, doch ein bisschen wichtig«, grinste Inga.

»Fliegengitter oder nicht? Das ist hier die Frage.«

»Tja, ehrlich gesagt, weiß ich nicht viel.« Inga zuckte die Schultern. »Wir sind beide Mitglieder im Tonnenbund.«

»Was ist das?«

»Der Reiterverein im Ort. Man sieht sich, man redet, aber sonst? Ach ja, und er arbeitet hier auf dem Amt.«

»Das weiß ich«, nickte Marie.

»Und er ist ein Alt-Eingesessener, im Gegensatz zu uns.«

»Wie alt?«

»Das musst du ihn jetzt wirklich selbst fragen.«

Inga hob schmunzelnd ihr Glas und prostete Marie zu.

Der Abend war nicht mehr allzu lang geworden, auf Inga wartete am nächsten Morgen der Infostand der Bürgerinitiative auf dem Samstagsmarkt, und Marie hatte sich vorgenommen, ihren ersten »freien« Tag auf dem Darß mit einer ausgiebigen Radtour zu begehen.

Es versprach, ein wunderbarer Tag zu werden. Sie sprang aus dem Bett, öffnete weit die Terrassentür und rief die 1. Suite von Peer Gynt in ihrer Musikbibliothek auf. Zu den Klängen der »Morgenstimmung« machte sie ein paar Dehnungsübungen auf der Terrasse. Anschließend sprang sie unter die Dusche, setzte die Caffetiera auf und wartete, während die Milch warm wurde, vorfreudig auf das Zischen und Fauchen des fertigen Kaffees. Ihr fiel auf, dass die Musik nicht mehr spielte. Sie hätte nicht sagen können, wann sie aufgehört hatte. Sie ging nach nebenan. Als sie ihr Telefon zur Hand nahm, traute sie ihren Augen nicht: nicht nur der Musikstream war unterbrochen, das Gerät war komplett ins Chaos gestürzt. Sämtliche Einstellungen waren durcheinander, einige Funktionen ließen sich gar nicht mehr bedienen. Wie konnte das passieren? War sie Opfer eines Hackerangriffs geworden? Hatte sie sich unbemerkt einen Virus zugezogen? Oder lag es am Stromnetz, auf dem das Telefon zum Laden lag? Hatte das eine Störung? Marie probierte sofort sämtliche Lichtschalter und Lampen aus, alles funktionierte tadellos. Sie hatte keine Erklärung, warum ihr Smartphone verrückt spielte. Es kostete sie eine Stunde, bis sie mit Hilfe ihres Laptops über das Internet die Grundeinstellungen am Telefon wieder eingerichtet hatte, sowie eine weitere Stunde, um ihre persönlichen Daten zu reinstallieren.

Nicht zu wissen, woran der Ausfall lag, beunruhigte Marie. Was, wenn es wieder passierte? Ohne Auto im Wald zu leben war okay. Aber der Gedanke, ohne überhaupt eine schnelle Verbindung nach außen allein in einem Haus mitten im Wald zu sein, der behagte ihr nicht. Nachdenklich steckte Marie das Telefon ein und sah zur Uhr.

Der Morgen war inzwischen weit fortgeschritten. Da sie nachmittags mit Katja verabredet war, musste sie sich beeilen, wenn sie die Tour, die sie sich auf der Landkarte ausgesucht hatte, noch schaffen wollte.

Sie packte zügig ihre Tasche und trat aus der Büdnerei. Im selben Moment veränderte sich das Licht. Eine Wolke schob sich vor die Sonne und schluckte alle Helligkeit. Was eben noch warm und freundlich schien, war auf einmal kalt und grau. Die Farben wichen aus dem Gras, den Blumen, den Bäumen, von einem Moment zum anderen ging der Tag in Nacht über. Auch die Tiere waren plötzlich verstummt, kein Vogel war mehr zu hören, keine Biene, die noch summte. Marie fröstelte. Ein Unbehagen überkam sie, ein Unwohlsein, so tief, dass ihr auch innerlich kalt wurde. Was ging hier vor?

Sie wandte ihren Blick zum Himmel. Im selben Moment riss die Wolke auf und gab die Sonne wieder frei. Genauso plötzlich, wie Licht und Wärme gewichen waren, kehrte alles zurück. Eine Amsel zwitscherte laut. Marie ließ den Atem, den sie unwillkürlich angehalten hatte, wieder los. Sie konnte das Gefühl, das sie vor wenigen Sekunden überkommen hatte, nicht in Worte fassen – es war das Gefühl von etwas Dunklem, das über sie kam ... Das Gefühl von Angst.

Marie versuchte, es abzuschütteln. Es gelang ihr nur nach und nach, aber der sonnige Tag half ihr. Die trüben Gedanken verschwanden mit jedem Meter, den sie kurz darauf durch die Boddenwiesen radelte. Sie hatte zunächst den Weg durchs Dorf genommen, vorbei an alten, rohrgedeckten Häusern mit bunten Türen und Holzverkleidungen, zwischen die immer wieder Neubauten gesetzt waren, die ausschließlich touristischen Zwecken dienten. Das Brummen der Rasenmäher und Klappern der Astscheren begleitete sie bis zum Ortsausgang. Danach schlug sie den Radweg zum Bodden ein. An einer Stelle, an der das Wasser direkt an den Weg kam, blieb sie stehen und ließ ihren Blick über die glitzernden Wellen gleiten. Die bunten Segel der Windsurfer, die vor einer nahe gelegenen Wassersportschule ihre Übungsbahnen zogen, blähten sich im Wind, eine Schar Gänse flog schnatternd aus dem Schilfrand auf, nur, um sich wenige Meter dahinter wieder niederzulassen. Marie setzte ihren Weg fort, begleitet von einer Schar kleiner Schwalben, die sie auf Augenhöhe umkreisten. Offenbar hatte sie eine Ansammlung der Tiere gestört. Sie saßen kaum erkennbar auf den Spitzen der Schilfzweige und starteten von dort aus wahre Hochgeschwindigkeitsrundflüge um Maries Kopf, bevor sie sich wieder auf ihren Sitz im dichten Schilf zurückzuzogen. Sie flogen so nah, dass Marie den Hauch ihres Flügelschlags auf ihrer Wange zu spüren glaubte. ›Wann war sie Geschöpfen der freien Natur jemals so nahegekommen‹, dachte sie glücklich.

Als ein schmaler Weg nach rechts abzweigte, bog Marie ab. Jetzt lag die gesamte Weite der Boddenwiesen vor ihr. Steinklee, Wasserminze, Wilder Majoran, alles stand in voller Blüte, am Wegesrand überboten sich blaue Disteln, rote Malven und weiße Margariten. Stare erhoben sich in kleinen Schwärmen vor ihrem Rad vom Sandboden, um sich nur wenige Meter weiter wieder niederzulassen, bis das Spiel von vorn begann, sobald Marie erneut heranrollte. Lerchen stiegen aus den Wiesen auf und standen singend in der Luft, bevor sie kamikazeartig zurück zu Boden stürzten.

Das Land war von kleinen Wassergräben durchzogen, aus denen auf- und abschwellender Froschgesang ertönte, in regelmäßigem Rhythmus unterbrochen vom dunkelgutturalen Quaken der Kröten. Hier und da grasten Rinder auf den salzigen Sumpfböden. Marie spürte den warmen Fahrtwind an ihrem Körper und löste das Gummi in ihrem Haar. Sie fühlte sich frei wie lange nicht, leicht und voller Leben.

Zwei riesige Windräder standen wie Landmarken in den Wiesen. Ihre mächtigen Flügel durchschlugen die Luft mit lautem Sirren und Flappen, als schlüge wieder und wieder ein Laken gegen eine Wand. Der rotierende Schatten, den sie warfen, sah aus wie ein Ausholen zum Diskuswurf im Turbogang. Während sie die Ungetüme passierte, überlegte Marie kurz, was passieren würde, wenn einer der Flügel bräche, und war froh, als die Räder hinter ihr lagen. Sie rollte auf Ahrenshoop zu, das sich als nächstes anschloss, entschied aber, nicht den Weg durch den Ort zu nehmen, sondern direkt zum Hafen durch zu fahren.

In der Fischbraterei wurden gerade die eisernen Türen der Räucherschränke geöffnet, die Öfen verströmten einen unwiderstehlichen Duft. Marie erstand eine Portion Heilbutt und wanderte das Hafenbecken entlang. Am Rand des alten Holzboothafens setzte sie sich auf eine Bank und verspeiste mit Blick auf die sorgfältig restaurierten historischen Boote den noch heißen Fisch. Er war so frisch, dass er unter ihren Fingern schmolz.

Sie sah einem Segelboot zu, das sich gerade durch die Hafenmündung schob, beobachtete die Urlauber, die auf dem Hafenvorplatz flanierten, und die Kellnerin, die auf der Terrasse des einzigen Lokals die Tische für das Mittagsgeschäft eindeckte. Sie kam sich sehr weit weg von ihrem alten Leben vor. Dabei waren es erst wenige Tage, die sie aus Berlin fort war – und ihre Probleme längst nicht gelöst. Und hier, am neuen Ort? War da alles in Ordnung?

Marie verdrängte den Gedanken. Sie wollte jetzt keine Probleme wälzen, sie wollte einfach nur mal glücklich sein. Und das hier machte sie glücklich.

Sie bestieg ihr Rad wieder und folgte einem nun schmaler werdenden Weg, vorbei an blühenden Gärten, zwischen deren Obstbäumen Wäsche im Wind schaukelte und kleine

Verkaufstische mit selbstgemachten Marmeladen und Keramiken vor der Gartentür zum Anhalten einluden. Ein Abzweig zur Küste brachte sie auf eine Allee, die schnurgerade durch Felder rechts und links hinauf zum Steilufer führte. Im Schatten der hohen Pappeln, die den Weg säumten, strampelte Marie tapfer, bis sie den Kliffweg erreicht hatte – und da lag es vor ihr: das Meer.

Marie stieg ab, verzaubert von dem malerischen Anblick.

Das tiefe Blau der Ostsee rang mit dem Azur des Himmels um die Vorherrschaft im Rausch der Blautöne, das grüne Plateau der Hochebene bildete den harmonischen Kontrast dazu. Ein Stück entfernt erhob sich eine kleine Anhöhe, der Bakelberg – mit strammen 17,9 Metern, wie Marie lernte, die höchste Erhebung des Fischlandes. Von hier aus konnte man Bodden und Meer gleichzeitig sehen. Wie kleine glänzende Blechspielzeuge schlängelten sich die Autos auf der weit unten liegenden Bäderstraße. In der Ferne leuchteten rot die Dachziegel der ersten Häuser des Ortes.

Dies würde einer ihrer Lieblingsplätze werden, das wusste sie sofort.

Zwischen einem schmalen Streifen Küstenwald und einem weiten Feld, übersät mit rotem Klatschmohn und blauen Kornblumen, radelte sie Richtung Künstlerdorf zurück, passierte einen engen, von duftenden Hundsrosen und wildem Sanddorn gesäumten Pfad hart am Rand der Kliffkante, immer den Blick aufs Meer gerichtet, und rollte schließlich langsam durch das alte Malerviertel in den Ort hinab.

Ab hier schob sie das Rad, um sich Zeit zu nehmen, die kleinen Läden, Restaurants und Wohnhäuser, rechts und links der Dorfstraße, die sie bisher nur beim schnellen Durchfahren aus dem Auto heraus wahrgenommen hatte, genauer zu studieren. In der Tourismuszentrale erstand sie eine Broschüre über die noch existierenden Häuser der ehemaligen Maler, die den Ruf des Ortes als Künstlerkolonie zu Beginn des 19. Jahrhunderts begründet hatten, und nahm sich vor, in den nächsten Tagen einen historischen Rundgang zu machen und dabei auch die zahlreichen Galerien und das Museum des Örtchens zu besuchen.

Kurz vor dem Ortsausgangsschild schwang sie sich wieder auf den Sattel und setzte ihren Weg auf der Deichkante fort, der sie alsbald an die Grenze zwischen Fischland und Darß und weiter in den Darßwald führte. Es war ihre erste Begegnung mit dem Wald, der an manchen Stellen sogar zum Urwald wurde, weil man das Wachstum dort völlig sich selbst überließ. Marie war begeistert von der faszinierenden Schönheit dieses wilden, romantischen Dschungels. Nadelbäume wie Kiefern und Fichten, Eiben, Lärchen und Douglasien wechselten mit lichten Hainen aus uralten knorrigen Rot- und Weißbuchen. Von fern hörte man die Brandung des Meeres rauschen, die verstummte, je näher man den feuchten Erlenbrüchen in der Mitte des Waldes kam. Hier standen die Bäume geheimnisvoll und still um moorige Senken und nasse Tümpel, aus denen zierliche weiße Sumpfblumen ragten. Großflächig wachsender Adlerfarn und dicht stehende Heidelbeerbüsche machten ein Durchkommen unmöglich, wo nicht eigens Wege für Radler und Wanderer angelegt waren. Diese waren jedoch so gut gekennzeichnet, dass Marie sich mühelos zurechtfand und in der Höhe von Darkow den Wald wieder verließ, um die Bäderstraße zu überqueren und zur Büdnerei zurückzufahren.

Sie hatte gerade noch Zeit, sich frisch zu machen, als sie schon wieder aufbrechen musste zum Reiterhof, wo sie mit Katja verabredet war. Marie entdeckte ihre Cousine auf dem Turnierplatz. Sie ritt einen Schimmel und sah wie immer elegant aus. Katja lenkte das Pferd streng und konzentriert durch den Parcours. Gerade nahm sie Anlauf zu einem doppelten Galoppsprung. Das Pferd ging mit, wich aber im letzten Moment seitlich aus und verweigerte den Sprung. Katja ließ es ein paar Runden frei laufen, dann nahm sie erneut Anlauf. Dieses Mal ging der Schimmel über beide Hindernisse, riss aber beim letzten die Stange. Nach der Landung ließ Katja es auslaufen und führte es aus dem Gelände. Dabei entdeckte sie Marie, die vom Zaun aus zugesehen hatte.

»Hey! Bist du schon lange da?«

»Lange genug, um zu sehen, wie gut du reitest.«

»Die Stute ist noch nicht soweit. Viel Potenzial, keinen Mut.«

Man spürte Katjas Unwillen über die Leistung des Pferdes deutlich.

»Nur, weil sie ein Mal gescheut hat?«

»Wer einmal scheut, scheut immer wieder. Kein verlässlicher Partner. Dabei hat sie eine großartige Abstammung.«

»Dann gehört sie auch zu deinen Zuchtpferden?«

Katja nickte und klopfte die Schulter des Pferdes.

»Wir müssen nur hart genug arbeiten, dann wird das schon.«

Es klang, als wolle Katja sich mit ihren Worten selbst beruhigen.

»Und bei dir?«

Marie dachte an den Vorfall mit der Katze und ihrem Telefon. Aber sie wollte nicht schon wieder eine Diskussion um die Büdnerei entfachen.

»Läuft alles«, lächelte sie stattdessen. »Wann kommst du mich besuchen?«

»Vielleicht ist es schöner, wenn du zu mir kommst.«

Marie sah Katja geradeheraus an.

»Warum magst du die Büdnerei nicht?«

»Wie kommst du darauf?« Maries Direktheit schien Katja unangenehm zu sein. Sie lächelte schmal.

»Ich bin sicher, du hast es dir schön gemacht.«

»Warum siehst du es dir dann nicht an?«

»Das mache ich. Ich komme bestimmt bald vorbei.«

Marie wusste im selben Augenblick, dass sie es nicht tun würde.

»Frau Branderup?« Klaus Vogt kam über den Hof auf sie zu.

»Nicht jetzt.«

»Aber die Zahlungen warten. Und die Regressansprüche wegen der Drainage ...«

»Sie verschwenden meine Zeit, Vogt! Ich kümmere mich bereits darum.« Die Schärfe in Katjas Worten ließ Marie zusammenzucken. Auch Vogt nickte nur noch stumm und entfernte sich wieder. Katja übergab die Zügel einem Stallmädchen. Angespannt sah sie zu Marie.

»Was treibst du den ganzen Tag?«

»Ich hatte viel zu tun. War ne Menge Arbeit, das Haus bewohnbar zu machen.«

Katja schwieg, es schien sie nicht zu interessieren.

»Du wolltest mir noch sagen, wer bei euch für Erbrechtsangelegenheiten zuständig ist«, wechselte Marie das Thema.

»Ja, richtig«, nickte Katja. »Der Kollege ist gerade in Urlaub.«

»Wann kommt er zurück?«

»Mach dir keine Gedanken, ich erledige das für dich.« Katja ging zügig die Stallgasse entlang. Marie musste mühsam Schritt halten.

»Das ist lieb von dir, aber ich muss mich auch anmelden und …«

»Das kann ich gleich mit abwickeln«, fiel ihr Katja ins Wort. »Ich bin schließlich jeden Tag auf dem Amt, da musst du deine Zeit nicht auch noch da verplempern.«

»Na, ich hoffe, verplempern tust du sie da nicht«, scherzte Marie.

»Mist, erwischt«, grinste Katja und legte einen Arm um Marie. »Im Ernst: ich mach das gern. Nutz du mal deine Zeit für Besseres als Behördengänge.«

Der Druck von Katjas Arm verstärkte sich bekräftigend. Marie freute sich über die ungewohnte Geste der Nähe.

»Ausnahmsweise sage ich mal nicht Nein«, schmunzelte sie warm.

Der Abend war bereits fortgeschritten, Marie war gerade dabei, sich ein leichtes Omelett zu machen, als es von außen an das Küchenfenster klopfte. Sie spähte durch die Scheibe.

»Tom!?« Ihn hatte sie als Letzten erwartet. Sie öffnete das Fenster.

»Darf ich reinkommen oder muss ich mir erst einen Zeh abhacken?« Tom setzte ein reumütiges Gesicht auf.

»Die Zunge wär besser.«

»Die Zunge?«

»Sie macht Versprechungen, die sie nicht einhält.« Marie warf ihm einen Blick zu. »Wieso Zeh?«

»Weil ich gestern nicht gekommen bin.«

»Wenigstens weißt du von selbst, warum ich sauer sein könnte«, räumte Marie ironisch ein.

»Bist du's nicht?« Tom lächelte überrascht.

»Hör zu, es ist nicht schlimm, dass es nicht geklappt hat. Ich verstehe auch, wenn du keine Lust mehr hast, mir bei den Gittern zu helfen. Aber du hättest Bescheid sagen können.«

Tom schniefte und wischte sich die Nase.

»Erkältet?«

»Nur ne Allergie.« Zerknirscht sah er sie an.

»Macht es so einen Unterschied, ob wir es heute oder morgen machen?«

»Nein. Aber wir waren verabredet. Ich hatte Essen gemacht und hab auf dich gewartet.«

Marie hörte sich selbst und ärgerte sich. Das Letzte, was sie wollte, war, wie eine jammernde Freundin zu klingen.

»Genaugenommen war ich da. Ich war später da.« Tom grinste. »Aber da warst du nicht da.«

›War sie jetzt etwa schuld an dem verpatzten Treffen?‹, dachte Marie. Sie ertappte sich dabei, nicht zu wissen, ob sie Tom glauben sollte oder nicht. Doch warum sollte er lügen?

»Ich bin noch in den *Dorfkrug* gegangen.«

»Wenn ich das gewusst hätte!«

»Du hättest eine meiner SMS beantworten können, dann hätte ich es dir gesagt.«

»Wollen wir jetzt ewig streiten?«

»Es sollte gar kein Streit sein«, lächelte sie einlenkend.

»Umso besser.« Tom lächelte zurück. »Dann können wir ja jetzt ans Meer.«

»Jetzt?«

»Hast du was Besseres vor?«

»Nein …«

Er streckte galant die Hand durchs Fenster. Marie fühlte, wie sich aller Ärger in Luft auflöste und freudiger Überraschung Platz machte.

Die Dämmerung war bereits in Nacht übergegangen, als sie den Strand erreichten. Marie hatte kurz überlegt, zu fragen, *warum* Tom ihre Verabredung versäumt hatte, sich aber dagegen entschieden.

Als sie den Dünenkamm erklommen, breitete sich der Strand wie ein weiches Laken vor ihnen aus. Das Mondlicht warf einen silbernen Streifen aufs Meer und spielte leise mit den Wellen, als sprängen winzige glitzernde Fische aus dem dunklen Wasser. In der Ferne, am Ende der Bucht, schimmerten die Lichter des Künstlerdorfs wie Leuchtkäfer im Dunkel. Die Luft war wie Seide. Eine Nacht, in der alles möglich war.

Tom hatte eine Decke mitgebracht und eine kleine Kühltasche, aus der er eine Flasche eiskalten Riesling und zwei Gläser zauberte.

Sie lagen auf dem Rücken, Seite an Seite, die Hände hinter dem Kopf verschränkt, ihre Ellbogen berührten sich. Der Sternenhimmel über ihnen leuchtete. Myriaden von Lichtern funkelten im schwarzen Samt des Firmaments. In Maries Kopf drehte es sich ein wenig – vom Wein und vom Anblick der Sterne. Sie erkannte den großen Wagen, das Sommerdreieck – mitten in der Milchstraße: Altair im Adler, Wega in der Leier und Deneb im Schwan. Südlich davon Jupiter, hellstrahlend, und Saturn. Und dann, ganz plötzlich, leuchtete ein heller Streif auf und war ebenso rasch wieder verglüht – eine Sternschnuppe.

»Zeit, sich was zu wünschen«, sagte Tom leise. Er hatte sich auf seinen Ellbogen gestützt und beugte sich zu Marie. Sein Gesicht war dem ihren jetzt ganz nah. Das Weiß seiner Augen schimmerte im Mondlicht, sein Haar duftete warm.

»Und was?«, flüsterte Marie mit angehaltenem Atem.

»Was immer du willst«, antwortete Tom mit einem Lächeln und beugte sich ein Stück tiefer. Ihre Lippen waren nur noch wenige Zentimeter voneinander entfernt. Marie hielt den Atem an. Sie sah die Sehnsucht in Toms Blick, sein Begehren, aber auch Melancholie. Sie schloss die Augen in Erwartung seines Kusses, aber Tom beugte sich abrupt zurück.

»Am besten legst du ne Reihenfolge für deine Wünsche fest«, grinste er leichthin.

»Was meinst du?«

»Es warten noch tausende von Schnuppen in dieser Woche auf dich.« Er blieb auf seinen Ellbogen gestützt neben Marie liegen, aber er wand den Kopf ab, sein Blick ging aufs Meer hinaus. Marie war verwirrt, bemühte sich aber um einen leichten Ton. »Klingt, als hättest du das Schauspiel da oben inszeniert?«

Tom drehte den Kopf wieder zu ihr. Die Sehnsucht kehrte in seinen Blick zurück. »Und wenn ich jetzt Ja sagen würde?«, fragte er leise.

»Würde ich dir vielleicht sogar glauben.«

Marie stützte sich auf, um ihm näher zu kommen. Doch Tom wich aus und setzte sich auf.

»Kann ich leider nicht mit dienen. Du musst dich bei den Perseiden bedanken. Die kommen immer Mitte August.«

Er sah wieder aufs Meer hinaus. Abwesend glitt seine Hand durch den weichen Sand und ertastete eine kleine Muschel. Er nahm sie auf und betrachtete sie. Dann holte er weit aus, und ließ los. Die Muschel glänzte sekundenlang auf. Tom sah ihr nach. Er schien weit weg zu sein. Marie versuchte, an den Moment wenige Sekunden zuvor anzuknüpfen.

»Und auf dich warten die Sterne nicht?«, fragte sie sanft.

Tom erwiderte ihren Blick nicht, er sah in die Ferne. Sein Gesicht lag im Schatten, Marie konnte es nicht erkennen, doch ihr schien, als könne sie das Mahlen seiner Wangen-knochen sehen. Seine Stimme klang spröde, als er antwortete.

»Ich brauche keine Wunscherfüller. Ich hab alles, was ich brauche.«

Tom hob die Flasche und lächelte in alter Unbekümmert-heit. »Noch einen Schluck?«

Marie sah ihn nachdenklich an und zögerte, dann hielt sie ihm ihr Glas entgegen. Beide gaben sich Mühe, so zu tun, als sei nichts gewesen. Marie musste an ihre Beinahe-Begegnung am Leuchtturm denken.

»Ich hab dich gesehen.«

Tom, der gerade neu nachschenken wollte, hielt mit der Flasche auf halbem Weg inne.

»Wo?«

»Am Strand. Vor drei Tagen.«

»Ach, am Darßer Ort! Wieso hast du nicht gerufen?« Seine Entspannung war deutlich sichtbar.

Er schüttelte die Flasche leicht, um zu prüfen, wie viel noch darin war. Dann verteilte er den letzten Rest.

»Hab ich. Du hast mich nicht gehört.«

»Was für ein Jammer. Wir hätten zusammen baden kön-nen.« Er lächelte doppeldeutig, aber Marie hatte keine Lust mehr, darauf einzugehen.

»Inga Witt war bei mir, wir waren auf dem Weg nach Prerow.«

»Es gibt immer ein nächstes Mal«, lächelte Tom flirtend und hob sein Glas. Aber der Zauber war endgültig verflogen.

Sie tranken den Rest des Weins, dann brachte Tom sie nach Hause zurück.

Am nächsten Nachmittag hatte Marie gerade einen Apfelkuchen aus dem Ofen gezogen, als sie Ingas Wagen in der Einfahrt hörte. Sie warf einen Blick zur Uhr und stellte fest, wie zuverlässig Inga war.

»Jetzt seh ich das Schmuckstück endlich auch mal von innen,« rief die Ärztin fröhlich, als Marie in der Tür erschien, um sie zu begrüßen. Sie umarmten sich spontan.

Marie führte Inga durch ihr kleines Reich. Inga war sichtlich angetan.

»Du hast alles rausgeholt aus dem alten Kasten.«

»Gefällt es dir?«

»Sehr.« Inga sah sich anerkennend um.

Marie zögerte. »Nichts Komisches hier?«

»Nein, was sollte das sein?«

Marie zögerte erneut. Dann gab sie sich einen Ruck.

»Neulich abends, als ich zum *Dorfkrug* aufgebrochen bin, hatte ich das Gefühl, jemand steht hinter mir.«

»Im Haus?«

Marie nickte. »Mir war, als hätte ich ein Geräusch gehört.«

»Die Fantasie spielt schon mal verrückt, wenn man allein wohnt. Vielleicht war es auch ein Marder. Die haben gerade Paarungszeit.«

Marie nickte erleichtert. Sie dachte an den nächtlichen Besuch der Katze. Da hatte ihr die Fantasie auch einen Streich gespielt.

»Ich hab auf der Terrasse für uns gedeckt.«

Eine Stunde später gingen sie, die Sonne im Rücken, den Weststrand entlang, begleitet vom Wellenschlag des Meeres auf der einen und dem Rauschen des Darßwaldes auf der anderen Seite.

Marie war noch einmal auf ihren Rauswurf beim ›Mittag‹ zurückgekommen, der immer noch in ihr arbeitete.

»Warum also hab ich gelogen, betrogen, andere skrupellos mit reingerissen und mir selbst die Karriere zerstört? Wofür?«

»Weil dein Artikel Unrecht aufdecken und Menschen helfen sollte. Ich schätze, da darf man nicht zimperlich sein, sonst wird man selbst Opfer des Systems.«

»Könnte man meinen. Aber die Wahrheit liegt tiefer. Sie hat mit mir selbst zu tun. Mit meinen Ängsten, meinen Schwächen, meinem Versagen.«

»Gehst du da nicht etwas zu hart mit dir ins Gericht?« Inga warf Marie einen skeptischen Blick zu. Marie schüttelte den Kopf.

»Ich hatte viel Zeit zum Nachdenken. Und es fällt mir nicht leicht, meine Fehler zuzugeben, aber zumindest eins kann man mir nicht nachsagen: dass ich feige bin. Meine Beweggründe, den Artikel zu fälschen, waren weder helden- noch ehrenhaft. Sie waren selbstsüchtig, zornig und verbissen.«

»Immerhin hast du auf der Seite der Bedürftigen gestanden und für deren Rechte gekämpft.«

»Nein, ich habe sie nur benutzt. Um meine eigenen Interessen durchzudrücken: einen großen Leitartikel bei einer renommierten Tageszeitung zu veröffentlichen, der mir endlich die Tür zu Anerkennung, Respekt und mehr Verdienst öffnen sollte. Alles Dinge, denen ich jahrelang erfolglos hinterhergerannt bin.«

Marie kickte frustriert mit dem Fuß in den Sand. Eine Möwe, die über den Strand hüpfte, nahm Reißaus.

»War dir das schon klar, als du den Artikel geschrieben hast?«

»Ich war ziemlich geschickt darin, mich selbst zu belügen.«

Inga sah zu Marie hinüber, sagte aber nichts.

»Zum Beispiel habe ich die Tatsache, immer erfolglos und ständig klamm zu sein, einfach als ›Künstlerexistenz‹ verbrämt. Da konnte ich mir auf das Desaster sogar noch was einbilden.«

Marie lachte sarkastisch auf.

»Wenn du wüsstest, wie oft ich vor anderen getönt habe, wie ›lustvoll und anspornend es ist, für jeden Artikel den richtigen Platz zu finden, damit er seine volle Kraft entfalten kann‹, nur, um damit zu verbergen, wie zeit- und nervtötend das ständige Klinkenputzen war.«

»Das muss sehr frustrierend gewesen sein«, sagte Inga mitfühlend.

»Ich hatte alles so satt!«, nickte Marie, aus tiefstem Herzen zustimmend.

»Mich jedes Mal aufs Neue verkaufen zu müssen, nach außen hin immer aufs Optimum getrimmt, freundlich, engagiert, unerschütterlich, nur um zu sehen, wie andere trotzdem an mir vorbeizogen, weil sie die besseren Seilschaften hatten, das verlogene Spiel besser beherrschten. Ich hatte es satt, für zeitintensive und mühevolle Arbeit mit einem lausigen Zeilenhonorar abgespeist zu werden, von dem ich kaum leben konnte. Ich hatte es satt, dass mein Einsatz nie angemessen belohnt wurde, dass ich gezwungen war, ständig neu auf die Jagd zu gehen, mich ständig neu beweisen zu müssen. Und ich hatte es satt, Angst zu haben vor dem Älterwerden. Mir war alles egal, als ich den Ausweg vor mir sah. Und nein, ich hab meine Karriere nicht zerstört, ich habe erst gar keine gemacht.«

»Wenn man jahrelang seinen Zorn über das, was man als Benachteiligung oder Ungerechtigkeit empfindet, unter den Teppich kehrt, schlägt er irgendwann zurück. Im Grunde genommen ist dein Betrug eine Verzweiflungstat.«

»Das täuscht über meinen Selbstbetrug auch nicht hinweg.«

Inga lächelte. »Wer so schonungslos über sich nachdenkt, bei dem kann eigentlich nichts mehr schiefgehen.«

»Erkenntnis ist das eine, danach zu leben etwas anderes.«

»Aber du hast doch schon angefangen, danach zu leben«, antwortete Inga schlicht.

Dankbar sah Marie sie an.

Das Gespräch hatte Marie gutgetan. So gut, dass sie sogar eine vage Idee, wie sie ihre Finanzen aufbessern könnte, in die Tat umsetzte. Sie stellte einen selbstgebackenen Kuchen in die Einfahrt. Und der Erfolg gab ihr Recht. Schon am zweiten Tag stellte sie mehr als einen nach draußen, am

Ende der Woche beschloss sie sogar, dem Wunsch der vorbeiziehenden Radler und Wanderer nachzukommen und lieh sich Ingas Wagen und Rasenmäher, um in Ribnitz ein paar einfache Gartenstühle und Tische zu besorgen. Sie mähte die Wiese und verlagerte ihren Ausschank von der Einfahrt unter den alten Baum vorm Haus, von dem sie inzwischen wusste, dass es sich um eine Traubenkirsche handelte. Die bunten Stühle und Tische unter dem knorrigen Baum mit seinem filigranen Blätterdach sahen einladend aus und die Gäste fanden großen Gefallen an der Rast im Garten, die sie an einzelnen Tagen in der Woche anbot. Sie selbst mochte es, wenn der Duft des frisch gebackenen Kuchens durchs Haus zog, und wenn sie abends das Geschirr zusammenräumte und die Stühle einklappte, hatte sie das Gefühl, etwas Sinnvolles getan zu haben. Meist nahm sie danach noch ein Bad im Bodden und zog sich anschließend auf ihre Couch zurück, wo sie in einem Buch blätterte, bevor ihr die Augen zufielen.

Die Abende brachen nun schon früher an, aber Tom hatte ihr doch noch geholfen, einen Mückenschutz anzubringen, sodass sie trotz Licht die Fenster offenstehen lassen und den Abendwind spüren konnte, der durchs Zimmer ging.

Die erste Begegnung mit Tom nach ihrer Strandnacht schien wie immer. Aber Marie wusste, dass in dieser Nacht einen Moment lang etwas zwischen ihnen anders gewesen war. Und es hatte Spuren hinterlassen. Ein Stück Unbekümmertheit im Umgang miteinander war verloren. Sie fand keine Erklärung für Toms widersprüchliches Verhalten am Strand. Aber sie spürte deutlich, dass hinter seiner gutgelaunten Nonchalance neuerdings eine nervöse Unruhe irrlichterte, die anders war als jene, die Marie schon an ihm kannte.

Sie liebte es, an ihren freien Tagen am Strand spazieren zu gehen, den Farben von Himmel und Meer zu folgen, in leuchtendes Smaragd oder betörendes Indigo einzutauchen, den Wind in ihrem Harr zu spüren und, vom Kreischen der Möwen begleitet, weiter und weiter geradeaus zu gehen, als gäbe es kein Ende des Meeressaums, kein Ende der Welt.

Es waren ruhige, beschauliche Tage, eine kurze Spanne des Innehaltens, als schlösse man die Augen und höbe sein Gesicht zur Sonne, um im Glanz ihrer Strahlen einen Atemzug lang nichts mehr zu denken, nur noch zu sein.

Tage, von denen man später erzählt, dass sie zu den glücklichsten im Leben gehörten – weil allein die Abwesenheit von Unglück schon Glück bedeutete.

Es waren die letzten dieser Art – bevor sich alles verändern sollte.

Die Ereignisse rollten bereits heran. Sie kamen langsam, unmerklich, aber unaufhaltbar. Nichts sollte danach mehr sein wie zuvor. Und nichts davon ahnte Marie in diesen letzten ruhigen Tagen.

III. ENTDECKUNG

Er sah auf die Uhr: 270 Kilometer unter zwei Stunden – nicht schlecht. Er hatte die linke Spur der Autobahn für sich besetzt und das neue Cabrio voll ausgefahren. Beim Kauf hatte er kurz geschwankt, ob er sich die für neue C-Klasse oder die AMG-Reihe entscheiden sollte, war aber mit seiner Wahl zufrieden. Der Roadster bot ihm alles, was er wollte. Beschleunigung und Fahrgefühl waren ein Traum. Mit Verlassen der Autobahn hatte er das Verdeck eingefahren, die roten Ledersitze leuchteten in der Sonne und aus den Boxen dröhnte Jack White »Love is blindness«.

Das Einzige, was ihn störte, war, dass er die eingeholte Zeit jetzt damit verplemperte, nach einer Adresse zu suchen, die keine war. Hinter dem Ort rechts, durch den Wald geradeaus und nochmal rechts, hatte sie geschrieben, aber welchen Wald zum Teufel meinte sie? Hier war überall Wald und überall gingen Wege ab, einmal war er schon falsch abgebogen und mit dem tiefergelegten Fahrwerk beinahe im Sandboden versackt. Jetzt nahm er die Straße, die direkt in den Ort führte.

Marie war gerade dabei, im Garten ein Stück Erde auszuheben, um den Sommerflieder einzusetzen, den sie im Supermarkt entdeckt hatte, als ihr Telefon in der Hosentasche vibrierte. »Bin im *Dorfkrug* und warte. Kuss, F.«

Überrumpelt starrte Marie auf die SMS. Frank war da?! Im ersten Moment wusste sie nicht, ob sie sich freuen oder ärgerlich sein sollte. Wieso hatte er nicht Bescheid gesagt? Typisch für ihn: wenn er etwas wollte, machte er es. Ohne Rücksicht auf andere.

Dann überwog aber doch die Freude über die Überraschung. Sie ließ ihren Spaten fallen, ging ins Haus und schlüpfte in frische Shorts und eine leichte Bluse. Die Kratzspuren auf ihrem Dekolleté waren langsam verheilt, auch die Naht an ihrem Daumen begann, zu verblassen. ›Langsam sehe ich wieder normal aus‹, dachte Marie, und betrachte sich prüfend im Spiegel.

Als sie eine halbe Stunde später auf den *Dorfkrug* zu radelte und Frank auf der Bank unter der alten Linde sitzen sah, spürte sie einen kleinen Stich in der Magengrube. Er war ihr noch so vertraut, und doch auch schon so fremd. Er hatte eine Limonade neben sich und sah in sein Telefon. Vermutlich checkte er die Börsenkurse. Sie klingelte laut und winkte. Er sah auf, über sein Gesicht ging deutliche Wiedersehensfreude. Fast noch im Fahren sprang sie vom Rad und lief auf ihn zu.

Als sie sich in die Arme schlossen, war es für einen Moment, als hätte es die letzten Wochen nicht gegeben. Frank machte einen Schritt zurück.

»Lass dich ansehen. Braun bist du geworden.«

»Auf dem Land verbringt man seine Zeit im Freien«, lachte Marie. »Wieso hast du nicht Bescheid gesagt, dass du kommst?«

»Ich wollte dich überraschen.«

»Ist dir gelungen.«

»Eigentlich wollte ich dich zu Hause abholen, aber die Wegbeschreibung aus deinen ersten Tagen hier oben war nicht zu gebrauchen.«

»Die Büdnerei liegt etwas abseits, stimmt«, grinste Marie. »In the middle of nowhere trifft's eher.«

Sie waren Franks Vorschlag gefolgt und hatten das Mittagessen im *Alten Kurhaus* eingenommen. Während der gesamten Dauer hatten sich beide bemüht, einen leichten Ton anzuschlagen und Konfliktthemen zu vermeiden, doch als die Bedienung Maries kaum angerührte Tomatencremesuppe und Franks Reste einer Seezunge in Weißwein abräumte, war beiden klar, dass sie nicht länger so tun konnten, als würden sie den Elefanten, der im Raum stand, nicht sehen. Doch keiner wollte ihn zuerst ansprechen. Marie wich auf ein anderes Thema aus.

»Ist dein letzter großer Deal bis zum Schluss gut ausgegangen?«

»Der Vertrag ist in trockenen Tüchern.«

»Daher das neue Auto?«, lächelte Marie.

Frank lächelte nicht mit. Sein Telefon neben ihm auf dem Tisch brummte zum wiederholten Mal.

»Geh ruhig ran«, sagte Marie und erschrak selbst, wie müde sie klang.

Frank warf einen schnellen Blick aufs Display. »Nicht wichtig.«

»Für die Person am anderen Ende scheinbar schon«, lächelte Marie bemüht.

Frank ging nicht darauf ein, er gab sich einen Ruck.

»Wie geht es jetzt weiter?« Seine Stimme klang ungewohnt verhalten. Marie wich aus.

»Wir könnten einen Strandspaziergang machen.«

Frank sah sie immer noch an. »Du weißt, was ich meine.«

Marie nickte und hörte auf, sich dem unausweichlichen Gespräch zu entziehen.

»Ich vermute, du willst heute noch zurückfahren?«

»Das hängt von dir ab.«

Abwartend sah er sie an. Marie blickte verblüfft zurück.

»Die Entscheidung hängt nicht von mir allein ab. Und ich glaube, sie ist längst gefallen.«

Beide sahen sich an.

»Es ist kein Abschied, hast du gesagt, als wir uns das letzte Mal gesehen haben.«

»Das sollte es auch nicht sein.« Marie schüttelte den Kopf.

»Aber wie oft haben wir uns seitdem gesprochen? Oder geschrieben. Oder aneinander gedacht?«

Frank schwieg. Marie beantwortete die Frage selbst.

»Zwei Telefonate, in all den Wochen, fünf Minuten lang.«

Frank stützte seine Handflächen jetzt gegen die Tischkante, sein Oberkörper ging automatisch zurück. Man musste kein Psychologe sein, um die Signale zu erkennen: Distanz und Abwehr. Der Körper reagierte schneller als der Kopf.

»Wie oft hattest du Sehnsucht nach mir? Das Gefühl, mich zu vermissen, es ohne mich nicht auszuhalten?«, fragte Marie.

»Ich bin immerhin hier.«

»Sagen wir: du bist gekommen, weil du Klarheit wolltest. Und es ist gut, dass wir die jetzt haben.« Marie lächelte traurig. Frank wollte etwas sagen, wusste aber nicht was. Beide sahen aufs Meer hinaus.

»Es hätte so schön werden können mit uns.«

»Nein, hätte es nicht.« Sie lächelte traurig. »Und es ist gut, dass wir das rechtzeitig erkannt haben.«

Er wollte sie noch nicht gehen lassen und griff nach ihrer Hand.

»Du warst immer etwas Besonderes für mich.«

»Ich hab's dir nie leicht gemacht.«

»Vielleicht deshalb. Du warst anders.«

»Und du hast mir Sicherheit gegeben.«

»Und das ist keine Basis?«

»Es heißt zwar immer ›Unterschiede ziehen sich an‹, aber das ist nur die halbe Wahrheit.«

»Und die ganze ist?«

»Man braucht viele Gemeinsamkeiten, um glücklich zu werden.«

Marie hauchte ihm einen Kuss auf die Wange und schenkte ihm ein letztes liebevolles Lächeln. Dann entzog sie ihre Hand und ging. Er sah ihr nach. Sie drehte sich nicht mehr um.

Als sie aus dem Restaurant trat, fuhr der Bäderbus an der Haltestelle schräg gegenüber gerade ab. Der nächste kam erst in einer dreiviertel Stunde, Marie kannte den Fahrplan inzwischen auswendig.

Sie überlegte, ob sie in den Ort gehen sollte, aber ihr fiel nichts ein, was sie dort tun konnte. Sie nahm auf der

Bank an der Haltestelle Platz und beschloss, zu warten. Und plötzlich kamen sie, die Tränen. Marie ließ sie laufen. Sie war erleichtert, dass die Entscheidung zwischen Frank und ihr gefallen war, aber sie war auch traurig und fühlte sich allein.

»Brauchst du'n Lift?«

Inga sah durchs offene Seitenfenster ihres froschgrünen Corsas. Niemanden hätte Marie jetzt lieber gesehen.

Erst jetzt sah Inga, dass Marie geweint hatte.

»Was ist passiert?«

»Frank war da.«

Inga sah sie überrascht an. Sie kannte Frank aus Maries Erzählungen. Auf ihren langen Spaziergängen hatten sie auch über die Männer in ihrem Leben gesprochen.

»Ich wusste nicht, dass er kommt. War ein Überraschungsbesuch.«

»Habt ihr gestritten?«

»Wir haben uns getrennt.«

»Oh …« Ingas Betroffenheit war deutlich sichtbar. »Das tut mir leid.«

»Mir auch«, lächelte Marie traurig und schnallte sich an.

Inga warf ihr noch einen Blick zu, dann blickte sie im Rückspiegel auf den endlosen Verkehr, der sich wie immer durch den Ort quälte, und wartete auf die Lücke, um sich wieder einzufädeln. Marie wischte sich eine Träne ab.

»Der Abschied hatte schon in Berlin begonnen, heute war nur das letzte Ende davon.«

»Trotzdem«, sagte Inga schlicht und sah teilnahmsvoll zu Marie hinüber.

Marie war dankbar für das Mitgefühl der Freundin. Es tat gut, einen Menschen zu haben, der Empathie nicht nur empfinden, sondern auch zeigen konnte, und der verstand, das hinter Worten, die man scheinbar leichthin aussprach, eine tiefere Wahrheit lag. Ja, es war alles gut – aber dennoch fühlte sie tiefes Bedauern, das Gefühl des Alleinseins verstärkte sich. Als spürte Inga Maries Einsamkeit, legte sie eine Hand auf ihren Arm. Marie hielt sie fest und drückte sie lange und dankbar. Eine Weile fuhren sie schweigend.

Sie passierten die Ortsgrenze des alten Künstlerdorfes. Die Landschaft vor ihnen öffnete sich jetzt. Maries Blick ging über die weiten Boddenwiesen. Die beiden Windräder in ihrer Mitte waren auf diese Entfernung zu Spielzeugtürmen geschrumpft, ihre Flügel kreisten lautlos.

»Frank kann einem leidtun, dass er dich verloren hat. Aber für dich bin ich froh, dass du dich befreit hast.«

»Wir waren zu verschieden. Aber er hatte gute Seiten. Er war großzügig, charmant, stilvoll. Auf seine Weise war er immer für mich da.«

»Nur, dass seine Weise nicht deine ist«, sagte Inga sanft.

Marie ließ sich von Inga am *Dorfkrug* absetzen, wo sie ihr Fahrrad hatte stehen lassen, bevor sie mit Frank aufgebrochen war. War das wirklich erst wenige Stunden her? Es kam ihr wie eine Ewigkeit vor.

»War das Ihr Freund?« Wie aus dem Nichts stand Johannson neben ihr.

»Wen meinen Sie?«

»Den Mann, der sie besucht hat.« Johannson sah sie undurchdringlich an.

»Woher wissen Sie, dass mich jemand besucht hat?«

»Ich sah sie hier am *Dorfkrug*.« Beobachtete er sie?

Sein dunkler Blick lag wie ein Gewicht auf ihr. Er wurde ihr langsam unheimlich.

»Selbst wenn: was geht es Sie an?«

»Dachte nur …«, antwortete Johannson und schien zu überlegen, was er dachte. »Vielleicht kann er Ihnen den Wagen vermachen.«

»Den würde ich gar nicht wollen.«

Noch bevor sie die Worte ausgesprochen hatte, bereute sie sie. Es klang, als wolle sie Frank diskreditieren oder sich von ihm distanzieren.

»Was geht Sie das überhaupt an?«, fragte sie gereizt.

»Ist nicht gut, im Wald allein, ohne Auto«, antwortete er, ohne den Blick von ihr zu wenden.

»Ist nicht Ihre Sorge, oder?«, antwortete Marie kühl und trat in die Pedale.

Sie fuhr bis zum ersten Abzweig im Wald, bevor sie schweißüberströmt das erste Mal das Tempo senkte. Immer noch hatte sie das Gefühl, möglichst viel Abstand zwischen sich und Johannson einlegen zu wollen. Was für ein Tag! Erst die Trennung, dann das unnötige Zusammentreffen mit Johannson – Marie war froh, als sie in die Einfahrt zur Büdnerei rollte. Der alte Katen mochte ja in den Augen anderer eine Bruchbude sein – für sie war er jetzt ihr Zuhause.

Sie würde sich einen Tee kochen, noch eine Runde schwimmen, und den Abend dann mit dem jüngsten Buch, das sie in der *Bunten Stube* entdeckt hatte, ausklingen lassen. Alles, was sie heute noch wollte, war Ruhe.

Aber der ersehnte Frieden stellte sich nicht ein, im Gegenteil: der Druck im Magen war plötzlich wieder da. Sie hatte Inga schon bitten wollen, sie zu untersuchen, vielleicht bildete sich ein Magengeschwür. Aber dann war die letzte Zeit ruhig verlaufen, und sie hatte es schleifen lassen. Der Gedanke, dass sie mit der Trennung von Frank die letzte Verbindung zu ihrem alten Leben aufgegeben hatte, überkam sie. Er beunruhigte sie merkwürdig. Der Druck wurde heftiger. Sie hatte das Gefühl, eine Faust bohre sich ihr in den Leib.

Sie beschloss, die Teige für den nächsten Tag vorzubereiten. Das Wiegen und Abmessen, Rühren und Kneten hatten in der Tat eine meditative Wirkung und brachten Marie auf andere Gedanken. Im Hintergrund spielte leise das Radio, Perry Como sang »Round and Round«. Marie erinnerte sich, dass es die Titelmusik eines alten Filmes war, der auf Kuba spielte, und summte mit. Sie stellte sich gerade vor, wie es wäre, am Vorabend der Revolution in einem alten Ford den Malecon entlangzufahren, als hinter ihr etwas explodierte. Ein lauter Knall zerriss die Luft, gefolgt von einem zischenden Fauchen. Erschrocken wirbelte Marie um die eigene Achse. Der Mixer hatte Feuer gefangen. Eine Stichflamme schoss hoch auf. Geistesgegenwärtig riss Marie ein Küchenhandtuch vom Halter und schlug auf das Feuer ein. Es brauchte mehrere Versuche, bis die Flamme erstickt war. Die Küche roch nach verschmortem Gummi und heißem Plastik. Marie riss das Fenster auf und starrte auf die verkohlten Überreste. Sie war sicher, das Gerät zuvor nicht überhitzt zu haben. Auch das Kabel war unversehrt. Der Mixer war urplötzlich aus sich selbst heraus explodiert. Und er hätte Sekunden später das Holz des alten Küchenschrankes und die ganze Büdnerei in Brand gesetzt. Wie konnte so etwas passieren? Sie hatte keine Antwort auf diese Frage.

Auch nicht darauf, wie der Mixer auf den Schrank kam. Sie hatte ihn auf der Anrichte abgelegt.

Am Nachmittag darauf ereignete sich ein weiterer Vorfall, auf den sie ebenso wenig eine Antwort fand.

Es war gegen Ende ihres Kaffeeausschanks. Ein dumpfes Grollen war zu hören. Im Westen ballten sich gewaltige Wolkentürme aufeinander. Marie beeilte sich, das Geschirr der letzten Gäste abzuräumen. Ihr Kuchenbüffet im Garten hatte sich herumgesprochen. Diese Woche hatte sie zum ersten Mal ein echtes Plus erwirtschaftet. Gut, sie hatte ihre Arbeitszeit zu niedrig berechnet, aber wenn es so weiterging, könnte sie mit dem Backen vielleicht wirklich ein bisschen Geld verdienen. Vielleicht ließe sich das sogar ausbauen? Mit einer Aushilfskraft könnte sie mehr Tische bedienen und ihr Angebot vergrößern, im Winter vielleicht Glühwein und heiße Suppe im Stehen anbieten.

Gedankenversunken stellte Marie ein volles Geschirrtablett unter dem Küchenfenster ab, als das Fenster mit voller Wucht aufsprang und gegen ihren Kopf schlug. Ein stechender Schmerz flammte über ihrem rechten Auge auf. Etwas floss über ihre Wange. Sie taumelte ins Badezimmer und sah in den Spiegel. Sie blutete. Zum Glück war es keine Wunde, die genäht werden musste. Sie hielt einen Waschlappen unters kalte Wasser und drückte ihn gegen die pochende Stirn. Ein paar Millimeter mehr, und die Fensterkante hätte ihr das Auge ausgestochen. Das Grollen draußen wurde lauter, auf der Terrasse schlug das Spannseil des Sonnenschirms wild gegen die Stange.

Der Wind musste das Fenster aufgedrückt haben. Aber sie hatte die Fenster geschlossen. Das wusste sie genau.

Sie ging in die Küche zurück und sah sich das Fenster genauer an. Ein Flügel stand offen, der andere war fest verriegelt. Das konnte nicht der Wind gewesen sein.

Es war kurz nach elf, als Marie von Inga aufbrach und sich auf ihr Rad schwang. Der Ort lag verlassen da, um diese Zeit waren sämtliche Bürgersteige hochgeklappt, die meisten der Häuser dunkel. Nur hier und da brannte noch Licht und gab ein Stück vom Leben hinter den Mauern preis. Marie mochte es, durch die erleuchteten Fenster zu sehen, es gab ihr das Gefühl, nicht allein zu sein. Das trügerische Gefühl von Geborgenheit.

Sie radelte still vor sich hin, von Lichtkegel zu Lichtkegel, den die Laternen auf den Boden zeichneten. Wie dunkel musste es früher gewesen sein? Vor mehr als hundert Jahren. Welche Erleichterung musste die Elektrifizierung auf den Straßen für die Menschen damals bedeutet haben?

Als Marie die Einfahrt zum Wald erreichte, erfuhr sie, was es bedeutet hatte. Schlagartig wurde es stockfinster. Sie spürte, wie die Temperatur abfiel. Sie zog den Reißverschluss ihrer Windjacke höher und folgte dem zitternden Schein ihrer Fahrradlampe, der vor ihr auf dem Boden tanzte. Inzwischen kannte sie den Weg gut genug, um zu wissen, wo die größten Hindernisse lauerten, aber im Dunkeln war er trotzdem nicht ungefährlich. Äste, Wurzeln und Unebenheiten brachten einen schnell zu Fall. Marie fuhr langsam und vorsichtig, war aber dennoch froh, als sich das Ende der Strecke näherte. Noch ein kurzes Stück, und sie war zu Hause. Sie bog um die letzte Ecke – und stieg in die Bremse. Das Fenster im alten Schlafzimmer ihrer Tante war hell erleuchtet!

Maries Atem ging schneller. Jemand war im Haus! Wer konnte das sein?

Was sollte sie tun? Hineingehen? Verschwinden? Nein, hier wurde nicht eingebrochen, das sagte jeder. Sie musste das Licht angelassen haben, das war die einzige Erklärung. Marie stellte ihr Rad ab und ging zur Haustür. Verschlossen, so wie sie sie zurückgelassen hatte. Mit angehaltenem Atem trat Marie in den Flur und machte Licht.

»Ist da jemand?«

Sie stand still und wartete.

»Hallo?! Ist da jemand?!«

Nichts rührte sich. Sie machte Licht im Wohnzimmer und in der Küche und prüfte die Fenster. Alles fest verschlossen, ebenso wie die Hintertür im Flur. Marie beruhigte sich etwas. Sie nahm ein Messer aus der Küchenschublade, knipste die Taschenlampe an und stieg langsam die Treppe zum Dachgeschoß hoch. Das Herz klopfte ihr bis zum Hals. Am obersten Treppenabsatz blieb sie stehen.

»Ist da jemand?«

Nur das Knarren der Dielen unter ihren Füßen antwortete ihr. Langsam ging sie den Flur entlang bis zur Tür der Schlafkammer und riss sie mit einem Ruck auf. Der Raum war leer und verlassen. Die Lampe an der niedrigen Decke geriet durch den plötzlichen Luftzug in Bewegung. Im Kegel des schaukelnden Lichts traten die Hinterlassenschaften ihrer Tante wie in einem Schattenspiel hervor. Marie trat auf den Flur zurück und öffnete die Tür zur gegenüberliegenden Kammer. Sie knipste das Licht an. Nur das ihr bekannte Gerümpel trat im Schein der Lampe hervor.

Rasch, um die Überprüfung hinter sich zu bringen, ging sie nun zur leeren Kammer neben der Stiege, Auch hier alles wie immer. Blieb nur noch eine Tür.

Marie nahm innerlich Anlauf. Sofort überkam sie wieder das flaue Gefühl im Magen. Sie ging einen Schritt näher, den Blick auf die Tür gerichtet. Übelkeit stieg in ihr auf, sie hatte das Gefühl, zu schwanken, als würde ein Schwindel sie erfassen.

Sie zwang sich, die Hand nach dem Schloss auszustrecken. Es war von außen verriegelt. In dem Raum konnte niemand sein. Eine Welle der Erleichterung durchströmte sie. Eilig zog sie den Schlüssel ab, ging zum Schlafraum zurück, löschte das Licht, schloss die anderen Türen und beeilte sich, nach unten zu kommen. Sie verstaute den abgezogenen Schlüssel in der Schublade des Büffets. Ihre Hände zitterten. Sie ging in die Küche und öffnete eine Flasche Rotwein. Schon das Geräusch beim Herausziehen des Korkens hatte eine beruhigende Wirkung, als der Wein ihre Kehle hinabbrann, konnte sie fühlen, wie sich Wärme in ihrem Magen ausbreitete. Ihr Adrenalinpegel sank langsam wieder.

Ihr Blick fiel auf ihren Wecker. Die Zeiger waren stehen geblieben, kurz nach neun. Es musste am Strom liegen. Es war nicht das erste Mal, dass ihre Geräte verrücktspielten. Gleich morgen würde sie einen Elektriker holen. Marie gab sich beruhigt. Doch ihr Instinkt ließ sich nicht täuschen.

Etwas war nicht gut hier.

Der Schein der Bogenlampe warf ein trübes Licht auf den Parkplatz vor dem Amt. Sein Wagen stand im Schatten. Hier war er ungestört. Er warf einen Blick auf die Uhr – später als er dachte. Aber noch früh genug. Er zog ein kleines Tütchen hervor und schüttete den Inhalt auf einen Taschenspiegel. Mit der Kante seiner EC-Karte schob er das Pulver zu einer Line zusammen und sog sie ein. Die Wirkung war unmittelbar. Er fühlte, wie die Energie seinen Körper strömte. Jetzt war er bereit. Für alles. Er steckte gerade den Schlüssel ins Zündschloss, als unverhofft die Beifahrertür aufschwang.

»Nicht so eilig.«

»Woher wissen Sie …?«

»Wo ich dich finde?« Der Mann lachte spöttisch.

»Ich brauche noch etwas Zeit!«

»Das höre ich schon zum zweiten Mal.«

»In einer Woche. Ich versprech's.«

»Beim nächsten Mal lieferst du, kapiert?«

Er hörte ein Geräusch, etwas glänzte auf im fahlen Licht. Die Klinge eines Springmessers.

»Wir wissen, wo du wohnst.«

»Ja bitte?« Wie ein schwarzer Schatten stand Cilla in der Mittagssonne in der Tür.

»Ich wollte zu meiner Cousine.«

»Haben Sie einen Termin?«

»Um meine Verwandte zu besuchen?«

»Wer ist denn da? Gunnar?« Katja tauchte hinter Cilla auf.

»Du bist's. Komm rein.«

Marie wusste nicht, wen von beiden sie abweisender empfand. Katja ging vor und blieb im Esszimmer stehen. Keine Einladung ins Wohnzimmer.

»Ist irgendwas?«, tastete Marie sich vor.

Katja sah sie angespannt an und überging die Antwort.

»Was möchtest du?«

»Fragen, ob du den Stammbaum gefunden hast?«

»Also, du hast wirklich Nerven!«

»Ich dachte, weil du sagtest, es gäbe einen und du würdest ihn suchen.« Marie lächelte. »Ich weiß, ist 'ne Weile her, aber es geht mir nicht aus dem Kopf.«

»Ich hab weiß Gott im Moment anderes zu tun, als in alten Kisten zu wühlen.«

»Entschuldige, ich wusste nicht, dass ich so ungelegen komme.«

Wie von Geisterhand öffnete sich die Tür zum Flur. Cilla stand im Halbdunkel. Hatte sie an der Tür gelauscht? Marie folgte ihr zum Ausgang. Cilla schloss wortlos die Tür hinter ihr und kehrte ins Esszimmer zurück. Katja stand unverändert am Tisch und starrte vor sich hin. Aus dem Flur schlug die Standuhr zur halben Stunde. Die Nachmittagssonne fiel schräg durch die halb geschlossenen Vorhänge, Staubmoleküle tanzten in ihrem Licht.

»Soll ich Ihnen einen Tee machen?« Cillas Stimme drang sanft durch den Raum. Katja hob den Kopf.

»Ja, danke.«

Marie ging Katjas abweisendes Verhalten nicht aus dem Kopf. War ihre Frage nach dem Stammbaum so störend gewesen? Andererseits wusste sie, dass Katja viel Stress hatte. Sie nahm sich vor, in Zukunft rücksichtsvoller zu sein. Auch wenn sie mit Katja nie so eng geworden war wie mit Inga: Katja war ihre Cousine, und Marie war froh, in ihr ein Stück Familie gefunden zu haben.

Gedankenversunken wanderte Marie durch den weichen Sand. Sie war mit dem Rad quer durch den Darßwald gefahren und in der Mitte des Weststrandes ans Meer gekommen. Sie musste schon eine Weile unterwegs sein, denn plötzlich spürte sie, dass der Wind auffrischte. Sie sah auf. Der Abend brach bereits herein. Sie hatte ihr Zeitgefühl verloren und ihre Schritte unbewusst in Richtung Leuchtturm gelenkt. Sie blieb stehen und sah den Strand entlang. Er war menschenleer, hier und da verstellte Treibholz den Weg. Gewaltige Stämme lagen wie gefällte Riesen quer zum Wasser. Hatte das Meer sie angeschwemmt, oder der Sturm sie dem Küstenwald entrissen? Wer wollte das sagen? Wurzelteller, groß wie Windräder, reckten ihre bleichen Glieder gen Himmel. Abseits standen die letzten Windflüchter und streckten dem nahen Waldrand ihre gebeugten Kronen entgegen, als suchten sie Schutz im Kreis der anderen Bäume. Noch trotzten sie dem ewigen Sturm, ohne zu brechen. Aber ihre Tage waren gezählt. Zu rau, zu wild war die Natur hier oben, um vereinzelt zu überleben.

Marie wusste, sie musste umdrehen, wenn sie im Hellen zu Hause ankommen wollte, aber etwas zog sie weiter. Sie erinnerte sich an dieses Gefühl von ihrem ersten Spaziergang mit Inga. Aber dieses Mal war es mächtiger. Marie schloss die Augen.

Sie fühlte den Wind auf ihrer Haut, das Salz in der Luft.

Der Sog wurde stärker, sie gab sich ihm hin, spürte den Sand unter ihren Füßen, dann auch unter ihrem Körper, etwas presste die Luft aus ihren Lungen. Sie wollte sich wehren, aber konnte es nicht. Etwas Nasses, Kaltes umfing sie, sie sank hinab, tief und tiefer. Die Kälte nahm zu. Sie konnte nicht mehr atmen und öffnete den Mund. Etwas drang in sie, verschloss ihre Kehle.

Marie riss die Augen auf. Sie lag bäuchlings im Meer, den Kopf zum Horizont gerichtet, den Mund voll Salzwasser. Panisch schlug sie um sich und versuchte, Boden unter die Füße zu bekommen. Um Luft ringend, die Hände auf die Oberschenkel gestemmt, spuckte sie keuchend aus. Ihr Atem ging flach und schnell, wie das Herz eines verletzten Vogels. Sie hatte keine Ahnung, wie sie ins Wasser gekommen war. Sie musste am Strand das Bewusstsein verloren haben. Und dann Richtung Meer gekrochen sein.

Warum war ihr niemand zu Hilfe gekommen? Sie richtete sich auf und sah, dass sie ganz allein war. Marie fröstelte. Sie warf einen Blick aufs Meer. Spiegelglatt lag es da, seine Oberfläche von der beginnenden Dämmerung in helles Eisblau getaucht. Alles war ruhig und friedlich – und kalt und fremd. Marie machte, dass sie wegkam.

Gunnar Schmidt betrachtete das Glas in seiner Hand. Golden spiegelte der Cognac die Reflexe des Kaminfeuers, das Cilla entzündet hatte. Die Abende wurden jetzt manchmal schon kühl. Katja stand an der Glasfront zur Terrasse und sah in den dunklen Garten hinaus.

»Du solltest mit Tornow und Zabel noch mal sprechen. Ich bin nicht sicher, wie lange sie unser Vorhaben noch unterstützen. Wie lange sie dich noch unterstützen.«

Katja blickte überrascht auf.

»Zabel hat mir nach unserem Treffen noch den Rücken gestärkt.«

»Mir hat er was anderes erzählt.« Schmidt sah durchdringend zurück.

›Ratten, nichts als Ratten, die sich am gedeckten Tisch durchfressen‹, dachte Katja.

Schmidt, Tornow und Zabel waren ihre Mitstreiter im Gemeinderat und bei einigen anderen Sachen. Katja straffte sich.

»Sie werden kein besseres Projekt finden.«

»Nein.« Schmidt nickte zustimmend. »Aber vielleicht eins, dass ihre Bedürfnisse schneller befriedigt. Du weißt doch …« Er verzog den Mund zu einem spöttischen Grinsen »Man sucht von Weibern und von Fischen, das Mittelstück stets zu erwischen.«

»Verschon mich mit Tornows Sprüchen!«

»Sie bringen auf den Punkt, was er will.«

Schmidt ließ die bernsteinfarbene Flüssigkeit kreisen.

»Er bekommt seinen Erfolg, so fett, dass er daran erstickt.«

»Und wenn er nicht mehr daran glaubt?«

»Die beiden können jetzt nicht aussteigen!«

Schmidt schwieg. Er wusste, sie konnten, und er wusste, dass auch Katja das wusste.

»Noch sind wir im Zeitplan.«

»Aber die Zeit läuft uns davon.«

»Glaubst du, das wüsste ich nicht?«

»Dann verstehe ich nicht, warum du nichts unternimmst?« Schmidt setzte sein Glas etwas zu heftig auf dem Marmortisch vor ihm ab.

»Wer sagt, dass ich das nicht tue?«

»So, wie du den Kuchenverkauf deiner Cousine abstellst? Du weißt, dass auch das ein Problem ist.«

»Und du scheinst zu vergessen, wer unser Projekt initiiert hat.«

»Die Frage ist, ob du es halten kannst?«

»Was ist? Willst du auch aussteigen?«

Ihr Blick traf ihn direkt. Schmidt lächelte.

»Ich bin weder dumm noch ungeduldig. Das Einzige, worum ich mich sorge, sind unsere Partner.«

»Ich hab mir noch nie etwas kaputt machen lassen!«

»Trink das erst mal.«

Marie saß auf Ingas Sofa in eine Decke gehüllt und schloss ihre Hände um einen Becher mit heißer Milch.

»Wieso bist du ins Wasser gegangen?« Inga setzte sich neben sie.

Marie wusste nicht, wo sie anfangen sollte. »Mir passieren in letzter Zeit laufend seltsame Dinge.«

»Seitdem du in der alten Büdnerei wohnst?«

Marie sah auf.

»Irgendetwas ist mit dem Haus. Der Mixer fängt Feuer, Lampen brennen mitten in der Nacht, das Telefon dreht durch ...«

Inga sah Marie ernst an.

»Kann es das Stromnetz sein? Die Kabel sind uralt.«

»Das dachte ich zuerst auch, aber ...« Marie ließ den Satz gedankenverloren in der Luft hängen.

»Was noch?«

Marie berührte die Beule an ihrer Stirn.

»Ich hab mich nicht einfach gestoßen. Das Fenster stand plötzlich offen, obwohl es fest verschlossen war. Und vor ein paar Tagen gehe ich aus dem Haus und plötzlich wird es Nacht.«

»Nacht?«

»Wie bei einer Sonnenfinsternis. Das Licht verschwand, die Tiere legten sich zur Ruhe. Als würde jemand die Welt für einen Augenblick anhalten. Als täte sich ein Spalt auf … Ein Spalt zu etwas anderem …«

»Es gab keine Sonnenfinsternis.«

»Nein. Und ich bin nicht mal sicher, ob jemand anderes das Phänomen überhaupt gesehen hat. Es war … nur für mich, glaube ich.«

Marie schluckte gegen die Enge in ihrem Hals an.

»Neulich nachts bin ich wach geworden, da stand ein Tier in meinem Zimmer, eine Katze, aber es war keine Katze. Es war etwas anderes. Es ist mir auf die Brust gesprungen. Ich hatte das Gefühl, es wollte mich umbringen.«

Inga nahm eine Hand Maries in ihre.

»Wieso hast du mir das nicht längst erzählt?«

»Weil ich es selbst nicht wahrhaben wollte.«

»Und heute am Strand?«

»Ich weiß es nicht. Ich bin spazieren gegangen, dann muss ich irgendwie das Bewusstsein verloren haben, jedenfalls fand ich mich wieder, wie ich im Wasser lag.«

Marie spürte, wie ihre Beherrschung langsam schwand und die Angst, die sie dahinter in Schach gehalten hatte, hervorkroch.

»Irgendetwas passiert mit mir. Aber ich weiß nicht, was es ist!«

Der Hals wurde noch enger.

»Glaubst du, ich werde verrückt?«

»Nein. Das glaube ich definitiv nicht. Aber du musst etwas tun.«

Inga sah Marie ernst an. »Du weißt, was über das Haus geredet wird.«

»Tom hat mal erwähnt, dass es im Dorf ›Geisterhaus‹ genannt wird.«

»Einige glauben, dass von diesem Haus Böses ausgeht.«

»Das ist doch Blödsinn. Ein Spukhaus, in dem Geister ihr Unwesen treiben? Ich bitte dich!«

»Und wenn es doch wahr wäre?«

»Ich kann so etwas nicht glauben, ich bin ein rationaler Mensch.«

»Ich bin auch ein rationaler Mensch. Gerade deshalb glaube ich an vieles. Zumindest, bis das Gegenteil bewiesen ist. Du musst da ausziehen, Marie.«

»Das kann ich nicht. Und ich will es auch nicht. Ich will mich nicht vertreiben lassen.«

»Und wenn nächstes Mal noch Schlimmeres passiert?«

»Ist die Frage nicht eher, warum passiert überhaupt etwas?« Beide sahen sich an.

»Wenn du nicht ausziehen willst, bleibt dir nur eins: genau das herauszufinden.«

Marie wusste, Inga hatte recht. Sie durfte nicht länger verdrängen, was geschah. Sie musste sich dem stellen.

»Wer könnte mir denn etwas über das Haus erzählen?«

Ffllp, ffllp, ffllpp, ffllpp. Die Wischblätter schwenkten gleichmäßig hin und her. Dieser Sommer war anders als die anderen. Schon wieder hatte es die ganze Nacht geregnet. Wie ein nasser Film legte sich die feuchtschwere Luft auf alles und jeden. Nebel zog in dichten Schwaden über das Land. Katja warf einen besorgten Blick in den Himmel. Regen war das, was sie am wenigstens gebrauchen konnte. Die Weiden waren schon jetzt zu nass. Ffllpp, ffllp … Die Scheibenwischer rissen die Schlieren auf der Windschutzscheibe auf, sekundenlang stellte sich das Rot der Ampel scharf, bevor sich der Vorhang wieder schloss und das Licht zu einem formlosen Farbklecks zerfloss.

Sie dachte an die Aufgabe, die vor ihr lag. Sie durfte keine Fehler machen. Und sie durfte keine Zeit mehr verlieren. Alles musste genau nach Plan laufen. Aber ihr Plan war gut. Nicht mehr lange, und sie war am Ziel.

Ein energisches Hupen hinter ihr riss sie aus ihren Gedanken. Die Ampel war auf Grün gesprungen. Sie schaltete auf D – der Rover setzte sich lautlos in Bewegung.

Das Autotelefon summte. Sie sah aufs Display und nahm ab.

»Cilla? Was gibt es?«

»Herr Vogt wartet im Empfangszimmer.«

Katja schwieg sekundenlang. »Wir hatten keinen Termin.«

»Ich weiß. Aber er sagt, es sei sehr dringend. Ich habe versprochen, dass ich mich um ihn kümmere.«

Wenn sie sich auf jemanden verlassen konnte, war es Cäcilia Pohl.

»Gut gemacht. Sagen Sie ihm, er soll zusätzliche Pumpen aufstellen. Ich komme morgen Nachmittag auf den Hof.«

»Kann ich sonst noch etwas tun?«

»Nein, danke.«

»Sie müssen es nur sagen.«

»Ich weiß. Danke.«

»Sie sahen nicht gut aus gestern Abend, als Herr Schmidt da war.«

Für einen Moment spürte Katja tiefe Müdigkeit. Aber sie durfte nicht nachlassen. Nicht jetzt.

»Gestern war ein schwieriger Tag.«

»Dann müssen wir dafür sorgen, dass die Zeiten wieder leichter werden.«

Im Gegensatz zu ihrer sonstigen Kühle klang die Stimme der Haushälterin fast warm. Katja lächelte.

»Das müssen wir. Einen schönen Tag, Cilla.«

Tom erschien auf der Stelle in Katjas Büro, als sie ihn rufen ließ. Das Bauamt mit der Abteilung Liegenschaften, dessen Leiter er war, lag nur zwei Etagen unter der Verwaltungsleitung.

»Moin, Moin!«

»Mach die Tür zu und setz dich.«

Toms Munterkeit verschwand schlagartig. Vorsichtig nahm er auf der Stuhlkante Platz.

»Womit kann ich dienen?«, versuchte er scherzhaft, die Anspannung zu lockern.

»Die Frage ist, womit hast du mir nicht gedient?«

»Was meinst du?«

»Ich sehe keine Erfolge.«

»Ich hab alles gemacht, was ich sollte.«

»Warum stehen wir dann immer noch da, wo wir waren? Du hattest einen klaren Auftrag.«

»Den hab ich erfüllt.«

»Dann musst du mehr tun!«

»Aber …«

»Es ist mir egal, wie du es anstellst. Du weißt, welche Resultate ich erwarte. Und zwar umgehend!«

Die Kälte in Katjas Blick ließ Tom wortlos aufstehen und den Raum verlassen.

Die Luftfeuchtigkeit kondensierte auf Maries Regenjacke zu Tropfen. Sie stellte ihr Rad am Gartenzaun ab, warf noch einmal einen prüfenden Blick auf die Hausnummer und betrat den winzigen Vorgarten, der von einem niedrigen, schmiedeeisernen Gitter in typischer DDR-Ausführung umzäunt war. Der Flachdach-Bau mit nachträglich ausgebautem Erker zur Straßenseite hin entstammte sichtlich den Sechzigerjahren. Was damals der letzte Schick gewesen sein musste, schien heute arg renovierungsbedürftig. ›Vermutlich waren die schmalen Renten der Bewohner und nicht deren Desinteresse schuld daran, dass manche Häuser langsam verkamen‹, dachte Marie, als sie die Klingel drückte. Vom Rand des schrägen Drahtglas-Vordachs tropfte Wasser in ihren Kragen.

Im Haus blieb alles still. Als sie gerade überlegte, ob sie wieder gehen sollte, ging die Haustür auf. Ein alter Mann, in kariertem Hemd und Hosenträgern, sah sie an.

»Herr Duske? Alfried Duske?«

»Kennen wir uns?«, fragte der Alte misstrauisch.

»Nein, entschuldigen Sie bitte! Ich bin Marie, Marie Cammin.«

Marie streckte ihre Hand aus. Der Mann ergriff sie nicht.

»Ich wohne seit Kurzem in der alten Büdnerei und hätte ein paar Fragen. Die Ärztin, Frau Witt, riet mir, mich an Sie zu wenden.«

Die hellwachen Augen im wettergegerbten Gesicht beäugten sie kritisch.

»In der alten Büdnerei?«

Marie nickte. Der Alte schien unschlüssig, was er von ihr halten sollte.

»Sie würden mir wirklich sehr helfen«, versuchte Marie es noch einmal und spürte auf einmal, wie wichtig ihr dieses Gespräch war. *Lass ihn Ja sagen.*

Als hätte der Alte ihren Stoßseufzer gehört, öffnete er die Tür ein Stück weiter und machte einen Schritt zur Seite.

»Kommen Sie rein.«

»Danke.«

Marie trat in einen schmalen Flur. Dämmerlicht und der Geruch nach gebratenem Fisch umfing sie.

»Da können Sie sich aufhängen. Sind ja pitschnass.« Der Mann ging den schmalen Flur entlang. Marie zog ihre Jacke aus und suchte einen Platz dafür an der Garderobe, die vor Mänteln, Jacken und Mützen überquoll. Dann folgte sie dem Mann in die Küche am Ende des Flurs.

Er stand am Herd und wendete Fische in einer Pfanne.

»Frische Heringe. Muss man sofort braten.«

Marie nickte, als wisse sie, wovon er sprach.

»Früher wurden die noch unter die Felder gepflügt. Heute ist man froh, wenn man überhaupt noch welche kriegt.«

»Wieso unter die Felder?«

»Na, als Dünger.« Der Alte warf Marie einen Seitenblick zu. Viel schien sie nicht zu wissen. »Alle, die man nicht verkaufen konnte, kamen auf den Acker.« Er schob die Pfanne vom Feuer. »Früher hat meine Frau das gemacht, sie war die beste Köchin, die es gab. Egal, was ich anbrachte, sie hat jeden Fisch verarbeitet.«

»Sie waren Fischer?«

Der Alte nickte. »Auf dem kleinen und großen Wasser.«

»Sie meinen: Bodden und Meer?«

Der Mann überging ihre Frage.

»Was machen Sie in der alten Kate?«

»Ich wohne da.«

»Das haben Sie schon gesagt.« Der Mann warf Marie einen Blick zu. »Ich mein: warum?«

Marie atmete durch und überlegte, wie die Kurzfassung hieß.

»Meine Tante hat mir das Haus vererbt. Und ich musste weg aus Berlin.«

»Haben Sie was angestellt?«

»Ja!«, bekannte Marie ehrlich. »Aber das ist eine lange Geschichte.«

»Gut. Menschen mit kurzen Geschichten trau ich nicht.«

Marie schmunzelte. Sogar der Alte schien ein winziges Lächeln auf den Lippen zu haben.

»Dann erzählen Sie mir etwas über das Haus? Über seine Geschichte?«

»Tja, wenn ich die wüsste, gern. Aber ich fürchte, viel ist das nicht.«

Duske hatte recht behalten. Marie hatte nichts Wesentliches von ihm erfahren, nur eine nervöse Unruhe hatte sie nach dem Besuch bei ihm befallen. Und nicht mehr losgelassen.

Eine diffuse, nicht benennbare Angst machte sich in ihr breit. Als käme etwas auf sie zu, dem sie nicht begegnen wollte. Dem sie ausweichen musste. Nicht zu wissen, was das war.

Etwas, das nicht gut war …

… machte sie noch unruhiger, sie fühlte sich wie ein Schnellkochtopf vorm Überhitzen.

Sie öffnete die heiße Ofenklappe und holte einen Marmorkranz aus dem Rohr. Marie stellte ihn zum Abkühlen auf die Spüle und konzentrierte sich darauf, die Zutaten für einen Hefezopf abzuwiegen. Der Zucker fehlte. Sie nutzte die erste Regenlücke, um Schlag acht die erste Kundin im Supermarkt zu sein. Als sie ihn eine viertel Stunde später wieder verließ, hatte der Regen das Abziehen mit Ankommen verwechselt, es schüttete wie aus Kübeln. Noch eine Viertelstunde später stand sie völlig durchnässt an der Straße und sah auf den Platten an ihrem Vorderrad.

Der Wind trieb den Regen in dichten Schleiern vor sich her, es hatte sich abgekühlt, die Tropfen schlugen ihr wie harte spitze Nadeln ins Gesicht. Ein vorbeifahrender Wagen ließ eine Fontäne aufsprühen und tauchte sie in eine Extraportion Wasser. Marie biss die Zähne zusammen und begann, zu schieben, als sie einen zweiten Wagen hinter sich hörte. Sie stoppte und drehte ihren Körper von der Straßenseite weg, um den Wasserschwall abzumindern, aber die Dusche blieb aus. Der Wagen hatte hinter ihr angehalten.

»Werfen Sie Ihr Rad hinten drauf.«

Sie musste sich nicht umdrehen, um zu wissen, dass es ein weißer Pick-up war.

»Alles okay, danke.«

»Alles okay?«

Marie wünschte, sie hätte sich nicht umgedreht, dann wäre ihr sein spöttischer Blick erspart geblieben. Er betrachtete sie wie jemand, der ein seltenes Insekt gefunden hatte.

»Ich meine, es geht schon«, rief Marie genervt.

»Wollen Sie wirklich lieber im Regen bleiben?«

Er ließ nicht erkennen, ob er überrascht war oder nicht. Sein sachlicher Ton kühlte Marie herunter.

»Nein.«

Johannson schwieg und wartete. Eine zweite Einladung würde nicht kommen, begriff Marie und beeilte sich, ihre Gepäcktaschen zu lösen und auf die Ladefläche zu bugsieren. Das Rad selber war schwerer als erwartet, sie machte zwei Versuche, es hinauf zu hieven, aber die Ladefläche war zu hoch. Johannson musste sie im Spiegel beobachtet haben, er stieg aus und kam durch den Regen gelaufen. Mit einem einzigen Handgriff hob er das Rad auf die Ladefläche und beeilte sich, in den Wagen zurückzukommen. Marie tat es ihm nach. Sie schwang sich auf den Beifahrersitz und zog die Tür zu. Das Wasser lief nur so an ihr hinunter. Eine Pfütze bildete sich neben ihr auf dem Sitz. Sie wischte sie weg, es war mehr ein symbolischer Akt.

»Tut mir leid.«

Johannson überging die Entschuldigung. Er warf ihr einen Blick zu.

»Benutzen Sie Ihren Kopf jetzt als Punching Ball?«

Marie sah in den Außenspiegel. Die Beule an ihrer Stirn war inzwischen grünlich verfärbt, die Schwellung unter dem Auge changierte zwischen lila und braun. Etwas reizte sie, ihn herauszufordern.

»Vielleicht hab ich nur jemandem gesagt, was ich von ihm halte?«

»Hat sich hoffentlich gelohnt.«

»Ich hab jedenfalls keine Angst, Position zu beziehen.«

»Im Gegensatz zu mir, wollen Sie sagen?«

Sein spöttelnder Ton ließ keinen Zweifel, was er von Maries Worten hielt. Ärgerlich biss sie sich auf die Lippen.

»Ich will gar nichts sagen. Nur, dass ich mich nicht aus allem raushalte.«

»Wer sagt, dass ich das tue?«

»Nicht?«

Herausfordernd sah sie ihn an. Er warf ihr einen Seitenblick zu.

»Warum interessiert Sie, was ich mache?«

»Tut es nicht. Vergessen Sie's.«

Eine Weile fuhren sie schweigend.

»In jedem Fall sollte man immer wissen, wofür man sich engagiert«, nahm er das Thema wieder auf.

»Wenn man zu lange überlegt, vergisst man, worum es ging.«

»Mein Gedächtnis ist in Ordnung. Keine Sorge.«

»Ich mach mir keine Sorgen um Sie. Da haben Sie was falsch verstanden.«

Er war inzwischen auf den Waldweg eingebogen. Für den Rest der Strecke sahen beide geradeaus und schwiegen. Marie atmete auf, als ihre Einfahrt in Sicht kam. Sie löste den Gurt.

»Danke fürs Mitnehmen. Ich komm allein klar.«

»Verbal bestimmt.«

Marie überlegte, ob sie noch etwas erwidern sollte, ließ es aber und sprang aus dem Wagen. Sie zog ihre Satteltaschen vom Wagen, dann hievte sie ihr Rad von der Ladefläche, runter ging es leichter. Es landete scheppernd auf dem Boden. Egal, Hauptsache, sie hatte nicht noch einmal seine Hilfe gebraucht.

Als sie ihre Einfahrt passierte, sah sie, dass ihr Schild für die Café-Gäste heruntergefallen war. Nein, nicht heruntergefallen. Jemand hatte es abgerissen und darauf herumgetrampelt. Es lag zerbrochen im Dreck. Marie sah sich automatisch um, niemand war zu sehen. Sie fühlte sich merkwürdig verwundet. Als wäre jemand in ihr privates Reich eingedrungen und hätte sie verletzt. Sie hob das Schild auf und blickte noch einmal um sich. Wurde sie beobachtet? Hatte derjenige, der das getan hatte, sich im Wald versteckt, und sah ihr zu, wie sie hier stand und nach ihm Ausschau hielt? ›Ein Fremder, der mehr über dich weiß, als du über ihn‹ – der Gedanke war beunruhigend. Unbehaglich ging Marie ins Haus.

Sie verstaute ihre Einkäufe und wollte mit dem Hefezopf weitermachen, aber sie konnte sich nicht konzentrieren. Nachdem sie dreimal die Zutaten falsch gewogen hatte, brach sie ab. Sie sah zum Himmel, inzwischen konnte sie die Wolken ein wenig lesen, es sah nicht aus, als ob der Regen sich verziehen würde. Keine Chance für ihr kleines Garten-Café heute.

Ihre Unruhe war jetzt heftiger als zuvor. Sie überlegte, sich einen Tee zu machen, aber nach wenigen Handgriffen gab sie auf. Etwas zog sie ins Dachgeschoss. Was immer es war, das sie anzog – sie musste sich dem stellen. Sie ging durch den Flur zur hinteren Treppe, setzte den Fuß auf die erste Stufe und holte tief Luft. Dann stieg sie ins Obergeschoss hinauf. Vor der ersten Tür links blieb sie stehen. Die verbotene Tür.

Der innere Druck, den sie den ganzen Tag gespürt hatte, verwandelte sich in so heftige Beklemmung, als griff eine Hand nach ihrem Magen und quetschte ihn zusammen, eine Welle von Übelkeit überflutete sie. Sie war kurz davor, sich zu übergeben, Schweißperlen standen ihr auf der Stirn. Sie wollte nicht da rein! Sie wollte nichts als weg, zurück nach unten.

Und dann sah sie es: Der Schlüssel steckte. Sie wusste genau, sie hatte ihn abgezogen und in eine der Büffetschubladen gelegt. Aber jetzt – steckte er! Wie konnte das sein? Maries Gedanken flogen. ›Hatte sie sich getäuscht? Hatte sie ihn abziehen wollen und es doch nicht getan? So musste es gewesen sein. Wie anders kam er sonst hierher?!‹

Mehr denn je wollte Marie weg von der Tür. Aber die Macht war stärker, sie hielt Marie fest, als hätte sie ein unsichtbares Band um sie geschlungen.

Ihre Hand zitterte, als sie den Schlüssel berührte. Er fühlte sich kalt und glatt an. Marie zögerte ein letztes Mal, dann gab sie sich einen Ruck und drehte ihn herum. Geschmeidig, als würde er täglich benutzt, schnappte der Riegel zurück. Widerstandslos sprang die Tür einen Spalt auf. Mit angehaltenem Atem drückte Marie die Tür ein Stück weiter auf. Dunkelheit wartete dahinter, der Geruch von uraltem Staub und Moder.

Immer noch mit angehaltenem Atem tastete Marie nach dem Lichtschalter, jeden Augenblick konnte sie etwas packen und hineinziehen in die Dunkelheit, in der sich weiß Gott was verbarg.

Da. Sie hatte ihn!

Marie drehte den alten Bakelitschalter um – trübes Licht schien auf. Es reichte, um den Raum spärlich zu erhellen – keine Leiche, die ihr entgegenstarrte. Kein Skelett, das vom Dachbalken hing. Wie in der Kammer nebenan war alles, was sich darin befand, nichts als altes Gerümpel. Sachen, die zu lange dem Vergessen anheimgegeben waren. Maries

Anspannung löste sich in einem kurzen hysterischen Lachen. In was hatte sie sich da hineingesteigert? Sie musste aufpassen, dass sie nicht wunderlich wurde, so allein, hier draußen. Eilig drehte sie sich um, um wieder zu gehen – aber etwas hielt sie fest. Etwas, das nicht wollte, dass sie den Raum verließ.

Maries Atem ging flach. Sie wusste nicht, was sie tun sollte. Unschlüssig verharrte sie in der geöffneten Tür. Ihr Blick ging über ausgemusterte Haushaltsgegenstände, alte Koffer und Truhen, einige unter ihrem eigenen Gewicht zusammengesackte Kartons. Sie standen auf einer alten Weidentruhe, wie man sie früher für Wäsche benutzte. Etwas drängte Marie, die Truhe zu öffnen. Bedacht, nicht an die von der Decke hängenden Spinnweben zu stoßen, räumte sie die Kartons beiseite und hob vorsichtig den Deckel an, der sich knarzend öffnete. Das mit Leinen ausgeschlagene Innere der Truhe war mit dem gefüllt, womit man Wäschekörbe füllte: Laken und Decken. Ihr einst strahlendes Weiß, mit dem sie Tische und Betten geziert haben mochten, hatte sich unrettbar in stockfleckiges Gelb verwandelt. Marie lüpfte vorsichtig ein paar Lagen, aber außer einer Spinne, die sie aufstörte, konnte sie nichts Besonderes entdecken. Sie wollte den Deckel schon wieder schließen, als sie unter einem der Laken etwas Schwarzes hervorlugen sah. Sie beugte sich tief über die Truhe und zog es heraus. Es war ein Schreibheft. Marie schlug die erste Seite auf und blickte auf die Schrift ihrer Tante.

»Und wieder beginne ich zu schreiben. Auch, wenn heute al-

les anders ist. Ich bin zurückgekehrt, in das alte Haus. Etwas geht vor sich. Ich muss es festhalten, denn wenn ich es nicht zu Ende bringe, muss es jemand anderes tun. Es MUSS getan werden!« Inga sah von dem Heft auf.

»Ist das alles?«

Marie nickte.

»Warum hat sie nicht mehr geschrieben? Offenbar sind deiner Tante ähnliche Dinge in dem Haus passiert, wie dir.«

»Aus Vorsicht? Das Tagebuch war ja auch versteckt.«

Inga legte das Heft beiseite und schenkte ihnen Tee nach.

»Wusste Duske wirklich gar nichts über das Haus?«

Marie schüttelte den Kopf. Inga warf ihr einen Blick zu und sah, dass etwas nicht stimmte.

»Was?«

Marie rang mit sich. »Irgendetwas passiert mit mir.«

»Wie meinst du das?«

»Ich spüre es körperlich. Als würde sich etwas meiner bemächtigen. Es ist, als würde ich getrieben, etwas Bestimmtes zu tun, gleichzeitig spüre ich die Angst davor geradezu physisch. Mir wird speiübel, ich bekomme kaum noch Luft.«

»Vor deinem Betreten der Kammer auch schon?«

»Genau genommen zum ersten Mal an dem Morgen, an dem ich den Brief mit der Todesnachricht erhielt.«

Inga überlegte. »Siebter Sinn?«

»Aber für was? Ich hab in der Kammer keine Leiche gefunden. Nur ein paar Sätze in einem Tagebuch. Warum werde ich deswegen halb krank? Und warum stecken plötzlich

Schlüssel in Schlössern, die ich tief in eine Schublade gepackt hatte?«

Ingas Miene wurde noch ernster.

»Ich habe keine Ahnung, Marie.«

»Aber du bist Ärztin! Du weißt, warum man wie reagiert!«

»Das hat mit ärztlicher Kunst nichts mehr zu tun.«

Inga sah Marie besorgt an.

Das Haus ächzte unter heftigen Böen, schwere Tropfen
peitschten gegen die Fensterscheiben, die Welt schien in
einem biblischen Wolkenbruch untergehen zu wollen. Sie
fühlte sich müde und zerschlagen. Seit sie am Abend zuvor
von Inga zurückgekommen war, war ihr das Haus unheimlich. Es kam ihr vor, als sei sie nicht allein, sie fühlte sich beobachtet. Anders als sonst, hielt das Gefühl dieses Mal an.
Während der ganzen Nacht hatte sie Geräusche gehört, die
ihr fremd waren, und mehr als einmal war ihr, als sähe sie
Schatten im Zimmer. Irgendwann hatte die Müdigkeit sie
dann doch übermannt, aber auch im Schlaf fand sie keine
Ruhe. Etwas Schweres, Dunkles rollte auf sie zu und nahm
ihr die Luft, mehr als einmal schreckte sie schweißgebadet
hoch, nur um festzustellen, dass sich nichts verändert hatte.
Der Regen draußen hielt unvermindert an und die Zeiger
der Uhr hatten sich kaum bewegt.

Sie quälte sich aus dem Bett, stellte das Radio an und setzte
Kaffee auf. Selten hatte Marie sich so getröstet gefühlt von der
Stimme eines Moderators. Sie sah in den Regen hinaus. Wie
graue Vorhänge trieb der Wind die Wassermassen vor sich her.

Etwas geht vor sich, hatte ihre Tante geschrieben. ›*Etwas, das nicht gut ist*‹ – ›Ich weiß immer weniger‹, dachte Marie mutlos. Und sie kam nirgendwo weiter. Nur sich selbst verlor sie immer mehr. Es gab nur eins, was sie tun konnte: Aufhören. Genau das würde sie machen. Sie würde nicht länger die Ursachen des Unheils suchen. Sie wollte ein ruhiges Leben führen, statt zu sterben oder verrückt zu werden. Wenn das bedeutete, die Segel zu streichen und zu gehen, dann tat sie das jetzt. Marie stand auf und begann zu packen. Doch noch während sie den ersten Koffer füllte, wusste sie, dass sie nicht aufhören durfte. Die Worte ihrer Tante ließen sie nicht los. *Es MUSS getan werden!!!*

Als sie unter Duskes Vordach schlüpfte, öffnete sich die Haustür wie von selbst. Alfried hatte sie bereits erwartet. Er schlug den Kragen seines Südwesters hoch und trat hinaus.

»Schietwetter aber auch!«

Gemeinsam gingen sie, die Köpfe gebeugt, durch den Ort. Marie hatte es sich abgewöhnt, einen Schirm zu benutzen. Niemand trug hier einen. Man nahm das Wetter, wie es kam.

Nach einem schonungslos offenen Bericht von Marie und angesichts ihres hartnäckigen Drängens war Alfried bereit gewesen, den Namen einer alten Bekannten zu nennen, die möglicherweise mehr über die alte Büdnerei wissen konnte. Er hatte sich ausbedungen, Marie zu begleiten. Die alte Dame hatte bald ihren neunundneunzigsten Geburtstag, er wollte sicherstellen, dass sie sich nicht fürchtete, wenn eine fremde Frau bei ihr auftauchte.

Die Tochter, Monika Tappenbeck, eine freundliche, rüstige Frau Anfang siebzig, öffnete ihnen.

»Moin, Diern!«

»Alfried! Kieks mol wedder in? «

»Jo. Gesund siehs' aus.«

»Wat mutt, dat mutt. Weeß ja.«

Die Frau richtete einen fragenden Blick auf Marie. Alfried wechselte ins Hochdeutsch.

»Das ist Marie. Sie ist neu bei uns.«

»Hallo«, warf Marie freundlich lächelnd ein.

»Kommt rein.«

Die Frau winkte Alfried und Marie ins Haus. Sie schüttelten ihre nassen Sachen aus.

»Marie wohnt in der alten Büdnerei.«

»Ach was!« Monika fuhr verwundert zu Alfried herum, dann ging ihr Blick wieder zu Marie.

»Meine Tante hat sie mir vermacht«, erklärte Marie. »Das ist auch der Grund, weshalb ich hier bin: Ich wüsste gern mehr über die Geschichte des Hauses. Alfried, Herr Duske meinte, Ihre Mutter könnte mir vielleicht helfen?«

»Tja, ich weiß nicht.«

»Wie geht es ihr denn? Ich hab sie lange nicht gesehen«, fragte Alfried.

»Sie schläft viel. Und ist manchmal verwirrt.«

Marie spürte Monikas Widerstand. »Bitte! Es wäre sehr wichtig für mich.«

Monika sah zu Alfried, der nickte fast unmerklich.

»Ich werde nachsehen. Warten Sie.«

Monika öffnete die Tür zu einem kleinen Zimmer, dessen Fenster zur Straße hin gingen. Es war – wie man es bei vielen der alten Häuser hier sah – offenbar in späteren Jahren an das ursprüngliche Haus angebaut worden und diente als Esszimmer und Aufenthaltsraum. Um einen Tisch herum, der mit einem karierten Wachstuch bedeckt war, standen vier einfache Holzstühle, daneben ein alter, von der Sonne verschlissener Polstersessel. Ein Flachbildfernseher auf einem mit Nippes vollgestellten Regal wirkte wie ein Eindringling aus einer anderen Welt.

»Sie ist wach. Aber ich weiß nicht, ob Sie Ihnen viel erzählen kann«, kehrte Monika zurück.

»Darf ich trotzdem kurz zu ihr?«

Marie spürte plötzlich deutlich, wie wichtig dieser Besuch war. Sie hätte alles gegeben, um mit der Frau sprechen zu können. Monika rang sich zu einem Nicken durch.

»Aber regen Sie sie nicht auf!«

Eine Welle der Erleichterung durchflutete Marie. Alfried nickte Monika kurz zu und setzte sich in Gang. Marie folgte ihm. Er kannte das Haus offenbar gut.

Sie betraten Luise Tappenbecks Schlafzimmer. Dem großen Doppelbett nach zu urteilen, war es ihr früheres Eheschlafzimmer. Ein dunkler, von einem Spiegel in zwei Hälften geteilter, Kleiderschrank stand dem Bett gegenüber. Schwere Vorhänge über einer zugezogenen Tüllgardine ließen nur spärliches Licht herein. Im Dämmerlicht machte

Marie neben dem Bett einen Rollstuhl aus, auf einem Tisch lagerten Hygieneartikel – einzige Zeugen der Neuzeit in einem Zimmer, in dem die Zeit zum Stillstand gekommen war. Luise lag zwischen weißen Laken, das feine, von unzähligen papierdünnen Fältchen durchzogene Gesicht von noch weißeren Haaren umrahmt. Sie wirkte klein und zerbrechlich, wie eine Porzellanpuppe. Ihre Augen waren geschlossen, die Arme ruhten neben dem Körper.

»Luise?« Alfried trat leise ans Bett. »Ich bin es, Alfried.«

Die alte Dame rührte sich nicht.

»Luise?«, setzte er behutsam, fast zärtlich nach.

Luises Brustkorb hob und senkte sich so unmerklich wie eine Feder, die im Wind schwebt. Alfried sah bedauernd zu Marie und wandte sich zum Gehen, als eine Stimme erklang.

»Bleib.«

Alfried beugte sich über seine alte Nachbarin. Ihr Augen waren noch immer geschlossen.

»Guten Tag, Luise. Wie geht es dir?«

Er streichelte ihre Hand. Luise antwortete nicht. Es war nicht klar, ob sie ihn überhaupt gehört hatte.

»Ich habe Besuch mitgebracht.«

Wieder keine Reaktion. ›Wie viel von dem, was sie umgab, mochte ihr Bewusstsein noch erreichen?‹, dachte Marie. Als hätte sie ihren Gedanken laut geäußert, schlug Luise plötzlich die Augen auf. Sie waren hell wie die eines jungen Mädchens. Ihr Blick traf auf Marie, ungläubiges Staunen ging über ihr Gesicht.

»Helga!«

»Nein, nicht Helga. Das ist Marie«, sagte Alfried behutsam.

Vorsichtig trat Marie einen Schritt vor. »Guten Tag.«

Luise antwortete nicht, sie sah Marie nur stumm an. Ihr Blick hielt sie magisch fest, als wickle er ein unsichtbares Band um sie, das sie eng und enger umschlang. Marie fühlte sich wie auf ihrem Platz festgenagelte. Die Alte richtete sich ein Stück auf und streckte eine zittrige Hand nach Marie aus. Marie wusste nicht, was sie tun sollte. Sie spürte, dass Luise etwas von ihr wollte, aber sie wusste nicht, was? Verwirrt starrte sie auf die schmale, blaugeäderte Hand vor ihr.

Als hätte sie zu lang gezögert, fiel der Arm der Alten aufs Laken zurück, ihr Kopf sank erschöpft in die Kissen. Die Augen schlossen sich wieder. Der Bann war gebrochen. Welche Kraft auch immer gewirkt hatte, sie war nicht mehr da. Marie wartete einen Augenblick, dann trat sie behutsam näher und sah Luise an.

»Ich brauche Ihre Hilfe«, sagte sie leise, aber fest.

Luise antwortete nicht. Aber jetzt überkam sie plötzliche Unruhe. Ihre Augenlider begannen zu flattern, wie das Herz eines Vogels in Gefangenschaft. Ihr Atem ging heftig.

»Sie kommen! Sie kommen!«

»Wer kommt?«, drängte Marie.

Luise richtete sich auf und packte Marie am Handgelenk. »Sieh doch! Sieh!«, rief sie beschwörend.

»Was denn?«, fragte Marie verzweifelt.

»Hören Sie auf!«, Monika drängte Marie massiv zur Seite.

»Aber …«

»Gehen Sie jetzt!« Monika sah Marie drohend an. Marie war hin und hergerissen, ihr Blick ging zu Luise, die, halb verdeckt von ihrer Tochter, immer noch aufrecht im Bett saß und jetzt in eine imaginäre Ferne starrte.

»Die Vögel. Sie kommen, ja, sie kommen!«

»Was meint sie?« Maries Blick ging überfordert zu Monika.

»Ich hab ihnen doch gesagt, sie ist verwirrt.« Monika wand sich ihrer Mutter zu und sprach beruhigend auf sie ein. Langsam wandte Luises Blick sich ab und kehrte zu ihrer Tochter zurück. Was immer sie in der Ferne gesehen hatte, ob es ihr Angst oder Freude gemachte hatte, niemand würde das je wissen.

Monika bettete ihre Mutter in die Kissen und wiederholte ihre Beruhigungsformel.

»Niemand kommt, Mama, niemand. Beruhige dich. Es ist alles gut.«

»Meine Suppe, ich will meine Suppe!«, quengelte Luise jetzt mit der Stimme eines ungeduldigen Kindes.

Alfried legte einen Arm um Marie und führte sie hinaus.

Nach dem Dämmerlicht in Luises Schlafzimmer blendete das Tageslicht ihre Augen. Sie blieben an der Gartenpforte stehen.

»Einen Versuch war's wert.« Alfried lächelte aufmunternd.

»Das war's. Ich danke Ihnen. Sehr!«, nickte Marie tapfer.

Alfried tippte sich an seine Schiffermütze und ging.

Der Himmel hatte seine Schleusen inzwischen geschlossen, die Welt atmete wieder auf, eine Amsel flötete aus voller Kehle. Enttäuschung brandete wie eine Welle über Marie hinweg. So sehr sie sich vor dieser Begegnung gesträubt hatte, so sehr hatte sie auf Hilfe, auf Aufklärung gehofft. Und was hatte sie gefunden? Nichts. Sie drehte sich im Kreis, es schien, als blieben alle Fragen, die sie hatte – an sich, an ihr Leben, ihre Familie, an das alte Haus – als blieben alle diese Fragen unbeantwortet. Resigniert machte sich Marie auf den Heimweg. Auf den Straßen stand das Wasser. Die Gullydeckel hatten sich gehoben. Es roch nach nassem Asphalt. Aber unter dem Aroma von Feuchtigkeit und nassem Stein lag noch eine andere Ausdünstung. Ein Odor von etwas modrig-süßlichem – einer Fäulnis, die tief aus der Erde kam. Als stünde ganz Darkow auf verdorbenem Boden.

IV. KAMPF

Mit Macht bewies der Sommer am nächsten Tag, dass seine Zeit noch nicht vorüber war, und präsentierte einen Himmel so strahlend blau, dass Maries Kuchenverkauf im Garten bereits am frühen Mittag brummte und der Strom der Ausflügler bis zum Abend nicht abriss. Sie hielt länger geöffnet als sonst, aber da die Tage zuvor wetterbedingt ausgefallen waren, war ihr das nur recht. Sie war gerade dabei, aufzuräumen und Kasse zu machen, als eine zornige Stimme hinter ihr ertönte.

»Ab heute ist Schluss mit dem Zinnober, ist das klar!?«

Das zorngerötete Gesicht gehörte einem Mann um die fünfzig, groß und stämmig.

»Was meinen Sie?«

»Komm mir bloß nicht dumm, Mädchen!« Der Mann machte einen Schritt auf sie zu. Marie wich instinktiv zurück.

»Ich weiß wirklich nicht, was Sie von mir wollen. Und ich bin nicht ›Ihr Mädchen‹. Ist das klar?«

»Dann sag ich's mal anders …« Die Stimme des Mannes wurde gefährlich leise.

»Du stoppst deinen Verkauf oder es gibt Ärger.«

»Ich stoppe gar nichts. Und ich wüsste nicht, was es Sie angeht, was ich auf meinem Grundstück mache.« Der Frust des Vortages schien sich positiv auszuwirken. Ihre Stimme klang fest und sicher.

»Und wie mich das was angeht. Du nimmst mir meine Gäste weg.«

»Hören Sie auf, mich zu duzen. Wir kennen uns nicht.«

»Du kannst mich gern kennenlernen.«

Der Unterton war unüberhörbar. Marie wurde mulmig. Sie überschlug, welche Fluchtmöglichkeiten sie hatte, falls er handgreiflich würde.

»Ich seh jedenfalls nicht länger zu, wie die Meute sich hier vollstopft und ich leer ausgehe.«

Der Wirt der *Waldschenke*, das musste er sein. Sein Lokal lag am Ende des Waldweges, der bei Marie vorbeiführte, direkt am Eingang des nächsten Ortes. Sie kannte es selbst nur vom Vorbeifahren.

»Dann waren Sie es, der mein Schild abgerissen hat?«

Statt zu antworten kam er einen Schritt näher. Marie roch die Alkoholfahne. Blanke Wut lag in seinen Augen, drohend hob er den Zeigefinger und richtete ihn auf Marie.

»Das ist meine letzte Warnung. Kapiert?«

Marie nahm all ihren Mut zusammen. »Sonst?«

Für den Bruchteil einer Sekunde schien er aus dem Takt gebracht. Seine Augen verengten sich. »Das wirst du schon sehen!«

Mit diesen Worten drehte er um und stapfte davon. Marie hörte, wie der Motor aufjaulte und die Räder durchdrehten, bevor sich sein Wagen entfernte. Als sie die angehaltene Luft losließ, spürte sie, wie ihre Knie zitterten.

Auf dem Pferdehof herrschte wie immer lebhaftes Treiben.

Eltern feuerten ihre Kleinen in der Ponyreitschule an, ein Ausritt für die Großen wurde vorbereitet, eine Kutsche kam von einem Ausflug zurück. Dennoch spüre Marie die nervöse Unruhe, die über allem lag, als sie ihr Rad abstellte. Sie erblickte Katja, die neben einem Mitarbeiter stand und ihm die Zügel von ›Black Diamond‹ in die Hand drückte. Der Hengst tänzelte nervös hin und her. Seine Augen glänzten fiebrig.

»Bringen Sie ihn weg.«

Katjas Stimme verriet latente Wut. Der Mitarbeiter führte das Tier Richtung Stall. Er hatte Schwierigkeiten, den bockenden Hengst zu bändigen. Marie wartete einen Moment, bevor sie näherkam.

»Hi!«

Katja fuhr herum. »Marie? Ich hab jetzt keine Zeit.«

Noch bevor Marie antworten konnte, kam Vogt eilig aus Richtung der Weiden.

»Die Koppeln stehen unter Wasser. Ein Pferd hat sich schon verletzt. Die Pumpen reichen nicht. Ich hab's gesagt! Wir hätten längst eine andere Drainage einziehen müssen! Und wenn die Gemeinde nicht endlich für eine vernünftige Kanalisation sorgt, nutzt selbst die nichts mehr.«

Marie war klar, dass er mit Gemeinde Katja meinte.

»Ich bezahle Sie nicht fürs Jammern. Ich erwarte klare Vorschläge.«

Die Schärfe in Katjas Ton war unüberhörbar.

»Neue Weiden und Stallungen für uns, ein neues Abwassersystem für den Ort. Klar genug?«

Katjas Mund umspielte ein bitteres Lächeln, sie überging seine Worte.

»Verständigen Sie den Besamer. ›Black Diamond‹ ist noch nicht so weit.«

»Auch das noch«, stöhnte Vogt.

Katja ließ ihn einfach stehen. Marie lief ihr besorgt nach.

»Warum ist es so schlimm, dass die Wiesen nass sind? Nach dem Regen ist das doch kein Wunder.«

»Du hast wirklich keine Ahnung!«

»Deshalb frage ich ja.«

Katja drehte sich um, ihre mühsam zurückgehaltene Wut hatte ein Opfer gefunden. Ihre Augen sprühten vor Zorn.

»Hör endlich auf, dich einzumischen, verdammt!«

Getroffen zuckte Marie zusammen. Katja brachte sich wieder unter Kontrolle.

»Die Weiden versumpfen, unabhängig vom Regen. Keine Ahnung, woran das liegt. Pferde aber dürfen nicht im Morast stehen. Wohin also mit denen aus der Robusthaltung? Und das Problem betrifft nicht nur die Weiden. Die Spring- und Reitplätze trocknen auch nicht mehr.«

»Verstehe.«

Katja warf ihr einen Blick zu, der das bezweifelte. Ihr Ton wurde leicht ironisch.

»Wolltest du ausreiten?«

»Ich wollte fragen, ob du meinen Erbeintrag schon regeln konntest.«

»Ich hab dir gesagt, dass ich mich darum kümmere. Vertraust du mir nicht?« Katja war deutlich gereizt.

»Doch natürlich vertraue ich dir. Ich dachte nur du hast so viel zu tun, gerade jetzt … ich will dich mit meinen Amtsangelegenheiten nicht zusätzlich belasten.«

»Warum ist alles immer so kompliziert mit dir?« Katja sah Marie verärgert an.

»Ja, ich hab viel zu tun. Aber ich erledige das! Ich bin nur noch nicht dazu gekommen. Drängele mich nicht!«

»Das wollte ich nicht.«

»Was machen dann ein paar Tage? Du wohnst doch sowieso da.«

Katja sah Marie mit einem Blick an, den Marie nicht deuten konnte. Sie kam sich plötzlich kleinlich vor mit ihrem Wunsch, die Verhältnisse klären zu wollen.

»Ich muss los,« sagte Katja übergangslos und ließ Marie stehen.

»Sehen wir uns trotzdem bald mal? Vielleicht auf einen Kaffee? Du wolltest mir doch auch immer noch mal unseren Stammbaum raussuchen«, rief Marie ihr nach.

Katja hielt inne. Wieder dieser Blick.

»Sicher. Ich ruf dich an.«

Kies spritzte auf, Katja parkte mit vollem Schwung vor dem Gemeindeamt ein und sprang bei laufendem Motor aus dem Wagen. Sie stürmte die Treppe zum Bauamt hinauf und riss die Tür zum Büro des Amtsleiters auf.

»Wo ist Kunow?«

Die Sachbearbeiterin im Vorraum zuckte zusammen.

»Telefoniert.«

»Dann sag ich's Ihnen: sämtliche Prüfberichte zur Kanalisation und Abwasserleitung auf meinen Tisch.«

»Aber das gehört zur Tief- und Straßenbauab …«

»In einer Viertelstunde!«

Katja marschierte an der jungen Frau vorbei zu Toms Büro und riss die Tür auf.

«Da kommt gerade was Dringendes. Ich melde mich.«

Tom drückte das Gespräch weg. Die Sekretärin im Vorraum spitzte die Ohren. Tom sprang auf und schloss die Tür.

»Geht's etwas höflicher?«

»Machst du dir Sorgen um dein Ansehen?«

»Immerhin bin ich Amtsleiter.«

»Und wir beide wissen, wie du es geworden bist.«

»Was soll das jetzt?«

»Du lieferst nicht.«

»Die Dinge brauchen ihre Zeit.«

»Zeit ist das Einzige, was du nicht hast.«

Katjas Stimme war messerscharf und kalt. Sie trat einen Schritt näher.

»Du hast die Sache zu lange verschleppt. Jetzt gibt es nur noch eine Lösung. Du weißt, was ich meine.«

»Verlang das nicht von mir.«

»Deine Familie hat nie versagt. Willst du der Erste sein?«

Ein Schweißfilm bildete sich auf seiner Oberlippe.

»Wir müssen das Projekt durchziehen. Alle werden davon profitieren. Ich verlasse mich auf dich!«

Katja beugte sich noch näher. »Vergiss nicht: ich habe dich gemacht, ich kann dich jederzeit wieder vernichten.«

Der Tag begann, in den Abend überzugehen. Marie radelte den Boddenrand entlang. Fliederfarbener Dunst ließ den Horizont verschwimmen und verwandelte das Wasser zu einer Fläche aus hellem Blau. ›Die Zeit der Schwäne‹, dachte sie, als sie den ersten in einer Schilfbucht entdeckte. Noch schien sein Gefieder weiß gegen den dunkelnden Himmel, aber mit jeder weiteren Minute würde es die Farben des Sonnenuntergangs annehmen – rosenrot, veilchenblau, violett. Langsam würde er im schwindenden Licht zu seinen Gefährten schwimmen, sie würden sich sammeln, um dann, wenn der Zeitpunkt gekommen war, gemeinsam ihre Flügel auszubreiten und ihre schweren Körper nach und nach aus dem Wasser zu erheben, um mit rauschendem Schlag in die Nacht zu entschwinden.

Der Anblick versöhnte Marie mit allem, was ihr in den letzten Tagen widerfahren war. Sie blieb stehen und sah übers Wasser, bis das Blau in Anthrazit überging und Saturn am Himmel auftauchte.

Zu Hause schob sie einen tiefgekühlten Gemüseauflauf in den Ofen, zündete ein paar Kerzen an und legte Rantalas Goldberg Variation Nr. 1 auf. Sie setzte sich aufs Sofa und schloss die Augen. Die Bilder des Tages zogen an ihr vorüber. Die dankbaren Wanderer am Kuchenbüffet, der aufgebrachte Wirt aus dem Nachbarort, die angespannte Situation auf Katjas Reiterhof. Sie ließ die Gedanken ziehen und lauschte der Musik. Der Flug der Schwäne tauchte vor ihrem Auge auf, ihr gleichmäßiger Flügelschlag, flach über dem Wasserspiegel gen Süden. Der erste Duft des warmen Auflaufs zog aus der Küche durchs Haus.

Plötzlich ein ohrenbetäubender Knall, schrilles Klirren, etwas Schweres landete vor ihr auf dem Boden. Marie sprang auf. Ein unförmiger Stein lag zu ihren Füßen auf dem Boden, er hatte das Fenster durchschlagen, überall lagen Glassplitter. Maries Puls raste. Unfähig, sich zu bewegen, starrte sie auf den Stein. Sie erkannte etwas Rotes darauf.

»Verpiss dich!«

Nur zwei Worte, mit rotem Filzstift.

Im selben Moment flog ein zweiter Stein durchs Fenster. Ohne nachzudenken stürmte sie nach draußen. Der Zorn spülte jede Angst hinweg. Sie lief auf die Wiese vor dem Haus.

»Hey! Hey?!«

Niemand war zu sehen. Die Dunkelheit war inzwischen voll hereingebrochen, es war stockfinster. Nur die erleuchteten Fenster des Hauses strahlten hell in die Nacht. Maries Herz klopfte bis zum Hals.

»Zeig dich wenigstens, Arschloch!«

Niemand antwortete. Sie traute sich nicht, sich zu bewegen und versuchte, die Dunkelheit mit ihrem Blick zu durchdringen. Aber die Nacht verschluckte selbst das, was nur wenige Meter entfernt war. Warum hatte sie bloß nicht an die Taschenlampe gedacht! Sie kniff die Augen zusammen und scannte den Garten Meter um Meter mit ihrem Blick ab. Als sie sich einmal um sich selbst gedreht hatte, erstarrte sie. Johannson stand in der Einfahrt.

»Was machen Sie hier? Was wollen Sie?«, rief Marie leicht hysterisch.

»Nichts. Nichts. Beruhigen Sie sich.« Johannson hob entwaffnend die Hände. »Ist was passiert?«

»Jemand hat einen Stein auf mich geworfen.« Marie spürte, dass sie zu zittern begann.

»Haben Sie den Mann erkannt?«

»Woher wissen Sie, dass es ein Mann war?«

Weil er es war! Sie wich einen Schritt zurück.

»Also, haben Sie jemanden erkannt?«

»Und wenn?«

»Sollten Sie zur Polizei gehen.«

Er sah Marie abwartend an. Maries Gedanken rasten.

»Soll ich mal nachsehen?« Er machte einen Schritt auf sie zu.

»Bleiben Sie, wo Sie sind!« Maries Stimme klang schrill.

»Ich tu Ihnen nichts.«

»Bleiben Sie stehen!«

Er stoppte.

»Gehen Sie!«

Nachdenklich sah er sie an. »Sicher?«

Marie nickte. Er zögerte, dann drehte er sich um. Sein Wagen war nur wenige Meter entfernt geparkt, wie Marie jetzt sah. Sie wartete, bis er weggefahren war. Als sie ihren Atem wieder losließ, überfiel das Zittern ihren ganzen Körper. Sie rannte ins Haus zurück, schob den Riegel vor und rief Tom an.

Hi – und sorry, bin gerade nicht erreichbar. Nachrichten nach dem Beep.

Marie drückte den Anruf weg und wählte erneut.

Inga war sofort dran.

»Ich komme sofort!«, war ihr einziger Kommentar. Marie atmete auf, als sie wenige Minuten später Ingas Scheinwerfer in der Einfahrt aufleuchten sah. Sie lief ihr entgegen, Inga nahm sie in die Arme und warf einen prüfenden Blick in die Dunkelheit.

»Gehen wir lieber rein.«

Sie führte Marie ins Haus zurück. Zerbrochenes Glas knirschte unter ihren Füßen. Marie sackte auf dem Sofa zusammen und spürte, wie der Damm brach. Alles, was sich in den letzten Wochen in ihr angestaut hatte – Fehlschläge, Frust, Schmerzen, Angst – brach in diesem Augenblick hervor. Sie begann, hemmungslos zu weinen.

»Was habe ich getan, dass alles immer schiefläuft? Was?«

Inga nahm Marie in die Arme und streichelte ihren Kopf.

»Alles geht immer kaputt,« schluchzte Marie. »Ich schaff's einfach nicht … Ich krieg mein Leben nicht in den Griff …«

Inga hielt Marie noch fester, aber es dauerte lange, bis Marie sich beruhigt hatte.

»Du kommst heute Nacht mit zu mir«, entschied Inga. Sie nahm Marie an die Hand, zog den Auflauf aus dem Ofen und löschte das Licht.

Der Sonnenaufgang am nächsten Morgen versprach einen strahlenden Tag. Marie stand am Fenster und dachte an die letzte Nacht zurück. Inga tauchte hinter ihr auf.

»Lust auf Frühstück?«

Marie drehte sich um und nickte lächelnd.

»Alles okay?«

»Alles gut. Danke für gestern!«

»Nicht dafür. Bist du wirklich okay?«

»Ja. Tat gut, mal loszulassen.« Marie lächelte. Sie gingen in die Küche, Inga schenkte Kaffee ein.

»Wirst du Anzeige erstatten?«

»Gegen wen?«

»Deinen Konkurrenten im Nachbardorf. Der, der dich am Gartenzaun angemacht hat.«

»Der war es nicht.«

»Wer soll es sonst gewesen sein?«

»Johannson.«

Inga sah Marie verblüfft an.

»Wie kommst du darauf?«

»Er konnte mich noch nie leiden.«

Inga überlegte und schüttelte den Kopf.

»Trotzdem. Das kann ich mir nicht vorstellen.«

»Was treibt er sonst nachts in meinem Garten?«

»Er war auf einem öffentlichen Weg.«

»Als ich ihn entdeckt habe …«

»Johannson mag seltsam wirken, aber so was … Das glaube ich nicht.«

Marie schwieg.

»Jemanden nicht zu mögen, ist kein Grund, Scheiben einzuwerfen. Krause von der *Waldschenke* hingegen, der hätte einen. Immerhin hat er dich schon direkt bedroht.«

»Egal, ich kann sowieso nichts beweisen.«

»Was ist mit Fingerabdrücken auf dem Stein?«

»Die Kriminaltechnik in Rostock wartet schon auf den Fall ihres Lebens.«

Marie hatte recht. Nicht mal die Dorfpolizei würde einem eingeworfenen Fenster mehr Beachtung schenken, als die Anzeige aufzunehmen und den Fall mangels Beweisen im Sande verlaufen zu lassen. Marie stand auf und nahm ihre Tasche.

»Wo willst du hin?«

»Nach Hause.«

Inga sah Marie besorgt an.

»Bleib hier. Wenigstens für ein paar Tage.«

Marie schüttelte den Kopf.

»Ich lass mich nicht vertreiben. Jetzt erst recht nicht.«

Der Schmerz wühlte wie ein Tier in ihrem Kopf, unablässig hämmerte er wie ein Rammbock gegen die Schädeldecke, ihr war speiübel, sie hatte das Gefühl, sich jeden Moment übergeben zu müssen.

›Kontrolle, ich muss die Kontrolle zurückgewinnen!‹

»Frau Branderup?«

Cilla stand in der Tür. Katja konnte ihren besorgten Blick auf sich spüren, ohne die Augen zu öffnen.

»Die Herren aus den Niederlanden, es sind nur noch vier Minuten.«

»Ich komme.«

»Soll ich Ihren PC für das Onlinemeeting schon öffnen?«

»Ja, bitte.« Allein der Gedanke, aufzustehen, verursachte neue Übelkeit. Mühsam richtete sie sich halb von der Couch auf und wartete, bis der Brechreiz abebbte.

»Möchten Sie noch eine Tablette?«

Katja winkte ab. »Ich muss einen klaren Kopf behalten.«

Sie setzte sich noch ein Stück höher. Der Schmerz ging in ein helles, schnelles Pulsieren über.

Katja presste ihre Hände an die Schläfen.

»Wie geht es Ihrer Cousine?«

»Sie richtet sich ein. Und ihr Interesse für die Familie ist nach wie vor entfacht.«

»Oh …« Cilla ging zum Fenster, um die Vorhänge einen Spalt zu öffnen. Ein schmaler Lichtstrahl durchschnitt den abgedunkelten Raum. Er traf Katjas schmerzenden Kopf wie ein Flammenschwert.

Cilla dreht sich zu Katja um, ihre Stimme wurde fester.

»Bei allem, was zu tun ist, wird Herr Kunow sicher behilflich sein.«

»Nicht alle wachsen an ihren Aufgaben.«

Cilla sah Katja nachdenklich an, dann nickte sie beruhigend.

»Wir haben immer alles geschafft.« Sie sah auf die Uhr. »Noch zwei Minuten bis zum Videotalk.«

›Kontrolle!‹, dachte Katja und erhob sich.

Einen Tag nach dem Anschlag hatte Marie neue Scheiben im Fenster. Sie bemühte sich, ihr Leben fortzusetzen, als sei nichts geschehen. Um keinen Preis wollte sie Angst zulassen. Nur mit einem kühlen Kopf hatte sie eine Chance, den Geschehnissen auf die Spur zu kommen. Als sie spätabends in der Küche stand und darüber nachdachte, Krause einfach direkt zu fragen, ob er Steine nach ihr warf, war ihr, als sähe sie aus dem Augenwinkel einen Schatten vor dem Haus. Er schien über den Rasen zu huschen. Adrenalin schoss wie eine Rakete in ihre Blutbahn, sämtliche Instinkte stellten sich auf Flucht ein. Sie löschte das Licht, ging zum Fenster und spähte in die Dunkelheit. Nichts regte sich. Aber sie war sicher, etwas gesehen zu haben. Sie holte das Kochmesser aus der Schublade und zwang sich, zur Haustür zu gehen. Sie öffnete die Tür einen Spalt und stellte sich dahinter. Mit zitternden Händen hielt sie das Messer umklammert, aber nichts geschah. Marie sah in die Dunkelheit hinaus. Alles war ruhig. Sie verriegelte die Tür, legte das Messer ab und ging ins Wohnzimmer zurück.

Johannson stand in der offenen Terrassentür.

Das Licht der Scheinwerfer sprang auf und ab. ›Hoffentlich überlebte die Benzinleitung. Verdammter Boden‹, dachte er. ›Verdammter Ort! Verdammter Scheiß, überall! Sollte er zurückfahren? Nein, ein Zurück gab es nicht.‹

Er gab noch mehr Gas, der Wagen schlug härter auf. Als die Räder endlich festen Boden erreichten, sah er auf die Uhr. Erst zehn. Um Mitternacht könnte er da sein. Fiebrige Unruhe erfasste ihn. Er drehte das Steuer herum und trat das Gaspedal durch.

Dunkel stand er auf der Schwelle. Sein Gesicht lag im Schatten.

»Alles okay?«

Sie spürte, wie sein Blick ihren Körper abtastete. Ihr Mund fühlte sich plötzlich rau an wie Sandpapier.

»Was wollen Sie?«

»Nur sehen, ob alles in Ordnung ist.«

»Ja, danke. Alles wunderbar.«

Das Messer lag noch im Flur, sie würde nur zwei Sekunden brauchen, bis sie es hatte, es sei denn, er stürzte sich mit einem einzigen Sprung auf sie.

»Sicher?«

»Ja«, antwortete sie mechanisch.

Er musterte sie noch immer.

»Rufen Sie an, wenn was ist.«

Er legte eine Visitenkarte auf die Fensterbank.

Lautlos verschwand er in die Dunkelheit. Marie wagte nicht, sich zu rühren. Minutenlang stand sie da, bereit, auf jedes Geräusch und jede Bewegung zu reagieren. Als alles ruhig blieb, machte sie einen Satz zur Terrassentür und verriegelte sie. Sie schloss sämtliche Fenster und zog die Vorhänge zu. Was sie jetzt brauchte, war ein Drink. Irgendwas Starkes. Der Rum fiel ihr ein, den sie zum Backen benutzte. Sie ging in die Küche und trank direkt aus dem Flachmann. Nach dem zweiten Schluck entspannte sie langsam. Sie ging ins Wohnzimmer zurück. Ihr Blick fiel auf die Karte auf der Fensterbank. Geschickte Täuschung, Hilfe anzubieten, um die wahren Absichten zu verschleiern.

Andererseits: wenn er ihr wirklich etwas antun wollte, wäre jetzt die beste Gelegenheit gewesen. Wieso hatte er nicht zugeschlagen?

Warum schlich er im Dunkeln um ihr Haus? Marie stellte leise Musik zu ihrer Beruhigung an und ging zurück in die Küche, um sich einen dritten Schluck zu genehmigen. Diesmal schüttete sie zweifingerbreit in ein Glas. Als sie ins Wohnzimmer zurückkehrte, spielte John Taylor im Hintergrund.

You can say what you like/I'll pay you no mind/Cause I've heard it before/A million times

You can break my bones/But you'll never break me/Cause what you get here/Is just what you see.

Sie griff nach der Karte. Hausmeisterservice Arvid Johannson. Auf der Rückseite Adresse und Telefon.

And I'll lay down my guns/I'm not here to fight/But I'll stick out my neck/If I think that I'm right.

Nachdenklich drehte sie die Karte zwischen den Fingern.

Mit der Morgendämmerung stieg der Nebel aus den Wiesen. Die Nächte kühlten bereits deutlich ab. Sobald die Sonne jedoch an Kraft gewann, zerriss sie die milchigen Schleier und gab den Blick auf einen tiefblauen Himmel frei. Es versprach ein strahlendes Wochenende zu werden, das letzte in diesem August.

Marie baute ihre Utensilien für den Kuchenverkauf auf. Sie war fest entschlossen, sich nicht einschüchtern zu lassen. Während sie Pappteller und Servietten nach draußen trug, kreisten ihre Gedanken um die letzte Nacht. Immer wieder sah sie Johannson vor sich, der sich unbemerkt Zutritt verschafft hatte.

Zum ersten Mal fiel ihr auf, wie ungeschützt das Haus war. Die einsame Lage hatte ihr immer besonders gefallen, die

Abgeschiedenheit und Ruhe, die sie bot, waren ihr mehr als lieb gewesen. Ihr Wächter war der Wald gewesen, ihr Schutz das Schilf. Nach vorne die freie Sicht.

Aber die letzten Ereignisse veränderten diesen Blick.

Die Bäume waren nicht länger Schattenspendende Freunde, sie rückten zusammen zu einer dunklen Wand. Wer wusste, was sich dahinter verbarg? Das Schilf nicht länger ein sanft wiegendes Meer aus hohen Halmen, das den Klang vorbeituckernder Boote dämpfte, sondern ein undurchdringliches Röhricht, das vor Blicken schützte.

Aber nicht mich vor fremden Blicken, sondern Fremde vor meinem Blick.

Marie ließ ihre Sachen stehen und ging zum Boddenzugang. Sie suchte den schmalen Weg, den sie einst entdeckt hatte, der sich nach wenigen Metern im Schilf verloren hatte. Er war inzwischen so gut wie zugewachsen. Dieses Mal würde sie nicht den Rückweg antreten, wenn der Boden in Wasser überging und die Mücken unerträglich wurden, dieses Mal würde sie den Weg fortsetzen.

Marie kämpfte sich durch den feuchten Morast und sehnte nichts mehr herbei als ein Paar Gummistiefel. *Johannson hatte welche getragen!* Beklommen watete Marie weiter durch den dichten Dschungel und durchquerte die Wasserstelle. Wenige Meter danach wurde der Boden unter ihren Füßen fester. Der Pfad war jetzt wieder deutlich erkennbar. Halme lagen zertreten am Boden. Jemand war vor ihr hier gewesen! Langsam ging sie weiter durch das mannshohe Schilf. Nach einer Weile durchbrach sie das letzte Stück und stand unvermittelt auf dem Boddenweg, der aus dem Dorf kam und hier abknickte, um durch den Wald zu führen. Marie drehte sich um. Hinter ihr hatte sich das Schilf wieder geschlossen, der Weg, den sie gerade verlassen hatte, war nicht mehr zu sehen. Man musste ihn kennen, um den Einstieg zu finden – er war eine direkte Verbindung vom Dorf zu ihrem Grundstück. Marie lief ein Schauer über den Rücken. Wie oft war sie schon heimlich beobachtet worden? Wie oft hatte sie sich sicher gewähnt, während verborgene Augen sie beobachteten? Unwohl machte sie sich auf den Rückweg.

Der Weg war trotz allem weit und beschwerlich, sie war mehr als eine Stunde unterwegs gewesen, als sie völlig verschwitzt ihr Grundstück wieder erreichte. Und zurückprallte – Johannson ging um ihr Haus und spähte durch die Fenster.

»Hallo? Ist jemand da?«

Seine Haltung war leicht gebeugt, er schien etwas vor der Brust zu tragen.

»Was wollen Sie?«

»Ihre Standardbegrüßung ist nicht besonders nett.«

»Dazu hab ich auch keinen Grund. Also?«

Erst jetzt drehte er sich zu ihr um. Er hielt einen Hund auf seinen Armen.

»Ich wollte Ihnen etwas bringen.«

Marie schwieg. Johannson sah den Hund an.

»Na komm, sag ›Guten Tag‹.«

Plötzlich verstand sie und starrte ihn ungläubig an.

»Meinen Sie etwa den Hund?«

»Er braucht ein Zuhause. Ich kann ihn nicht behalten.«

»Und da soll ich ihn nehmen?«

»Er hat viel hinter sich.«

»Das haben wir alle.«

Marie fühlte sich überrumpelt. Die Situation war absurd. Johannson sah sie wortlos an, dann atmete er durch.

»Dann eben nicht. Tut mir leid, wenn ich Sie gestört hab.«

Er drehte sich um und ging. Sein Wagen parkte vor der Einfahrt.

»Was ist denn mit ihm passiert?«

»Das weiß ich nicht.«

Johannson setzte den Hund behutsam auf den Boden. Er war mittelgroß, hatte schwarz-braunes Fell, halblang und glatthaarig, er schien eine Mischung aus Labrador und Jagdhund zu sein. Sein rechtes Vorderbein war bandagiert, er hatte Mühe, sofort die Balance zu finden. Ein Ohr war halb bandagiert, ebenso wie sein Schwanz. In seinem Fell klafften mehrere kahle Stellen. Die meisten waren vernarbt, zwei frisch gepflastert.

»Ich hab ihn an der 105 gefunden. Er wurde ausgesetzt.«

»Wer tut so etwas?« Mitfühlend sah Marie auf das Tier. Johannson zuckte die Achseln.

»Es sind die Hunde, die für den Menschen sterben. Nicht umgekehrt.«

Marie sah überrascht auf. Ihre Augen trafen sich für einen Augenblick. Johannson wendete sich ab und streichelte dem Hund über den Kopf. Der Hund leckte Johannsons Hand.

»Er ist bald wieder der Alte. Also?«

»Ich weiß nicht. Wie heißt er denn?

»Hund?«

»Das ist kein Name.« Marie zögerte und überlegte.

»Ich werde ihn Ori nennen.«

»Ori?«

»Eine Abkürzung von Orion.«

»Ah ja.«

Sie hörte an seinem Tonfall, dass er sich lustig machte über den Namen.

»In der griechischen Mythologie war Orion ein großer Jäger. Er hat doch offenbar Jagdhund in sich, oder?«

Herausfordernd sah sie Johannson an, er zuckte die Achseln.

»Ich kenn nur Orion am Himmel.«

»Na immerhin.« Marie lächelte ironisch und konnte es nicht lassen, nachzusetzen.

»Eins der schönsten Sternbilder. Gerade wieder aufgetaucht.«

»So wie der Hund bei Ihnen.«

Sie konnte den Spott in seiner Stimme hören. Gereizt wollte sie nachsetzen, als sie einen Zug in seinem Gesicht sah, den sie nicht kannte. Lächelte er? Im selben Moment wandte er sich ab und beugte sich zu dem Hund hinunter, um seinen Kopf zu streicheln.

»Also Hund, jetzt weißt du, wie du heißt.«

Johannson ging zu seinem Wagen und holte einen Schuhkarton vom Beifahrersitz. »Salben und Verbandszeug. Und keine Sorge, die sind vom Tierarzt.«

Er klopfte dem Hund kurz den Rücken und machte sich auf den Rückweg. Der Hund folgte ihm automatisch. Johannson blieb stehen und sah ihn an.

»Du bleibst hier.«

Der Hund legte den Kopf schief. Er schien nicht zu verstehen und machte einen Schritt auf Johannson zu. Der hob die Hand zu einer Stop-Geste. Der Hund gehorchte aufs Wort. Johannson streichelte ihm ein letztes Mal über den Kopf und ging. Der Hund war hin und hergerissen zwischen antrainiertem Gehorsam und seinem eigenen Wunsch, Johannson zu folgen. Er wartete auf ein Zeichen und jaulte. Aber Johannson drehte sich nicht mehr um. Zügig stieg er in seinen Wagen und fuhr davon. Der Hund rannte humpelnd zur Einfahrt und sah dem Wagen nach. Er jaulte wehmütig. Marie stellte den Karton ab und ging zu ihm. Sie streichelte ihn.

»Komm, ich zeig dir alles, und wir suchen einen Platz für dich.«

Der Hund zögerte, er sah in die Richtung, in der der Pickup verschwunden war, dann zu Marie.

»Probier's mal mit mir«, lächelte Marie.

Langsam trottete Orion ihr hinterher.

Er inspizierte das Haus und schnüffelte einmal in jede Ecke. Auf der Treppe zum Dachraum erhöhte sich seine Körperspannung. Oben angekommen, blieb er stehen. Alles an ihm verriet äußerste Wachsamkeit. Marie, hinter ihm, verharrte. Orion ging langsam den Flur auf und ab, er roch an den Türen, vor der »verbotenen«, wie Marie sie immer noch nannte, blieb er stehen. Er stand völlig still, abwartend, die Ohren hochgestellt, jeder Zoll gespannte Aufmerksamkeit. Dann wandte er sich plötzlich ab und lief die Treppe hinunter. Den Rest des Tages lag er vor der Haustür im Halbschatten und beobachtete Marie und das Treiben am Kuchenstand.

Marie wartete insgeheim darauf, dass Krause auftauchen würde, aber nichts geschah. Der Tag verlief ruhig und ungestört.

Als sie abends in Ermangelung von Hundefutter ein paar Haferflocken anrührte, hob Orion, der neben ihr in der Küche hockte, zweimal den Kopf, als hätte er etwas gewittert. Aber nach einem Augenblick ließ seine Spannung nach. Marie fühlte sich plötzlich unendlich erleichtert und sicher wie lange nicht. Als der Hund wenig später neben ihr vor dem Sofa saß und seinen Kopf in ihren Schoß legte, dachte sie über Johannson nach. Konnte ein Mensch, der einem gequälten Tier half, böse sein?

Der nächste Tag brachte endlich den Sonntag, auf den alle seit Wochen hin fieberten: das Tonnenabschlagen – ein Brauch, der in vielen Familien seit Jahrhunderten verwurzelt und jedes Jahr das Ereignis des Sommers war. Das Dorf putzte sich heraus, Straßen und Vorgärten waren festlich geschmückt, Fahnen und Wimpelketten flatterten im Wind. Bei dem zu Pferde ausgetragenen Wettstreit ging es darum, unter einem in der Luft hängenden Heringsfass hindurchzureiten und das Fass mit dem kräftigen Schlag eines Holzknüppels nach und nach in bestimmte Einzelteile zu zerlegen. Wer den letzten Schlag erfolgreich ausführte, wurde zum Tonnenkönig ernannt. Die Reiter in ihrer uniformierten Kleidung sahen ebenso festlich aus wie ihre Pferde, deren auf Hochglanz gestriegelten Felle im Sonnenlicht schimmerten, die Hälse mit Kränzen aus Buchsbaum und Blumen geschmückt. Marie erkannte Inga und Tom. Inga winkte ihr zu, musste sich ansonsten aber auf ihr Pferd konzentrieren, das ständig aus der Reihe tänzelte. Es schien unruhig und nervös zu sein, Inga hatte Mühe, es immer wieder zu parieren. Marie wusste, dass es ein Leihpferd war und hoffte inständig, dass alles gut ging. Tom hingegen saß auf seinem eigenen Pferd und sah – dem offiziellen Anlass zum Trotz – wie immer lässig aus. Marie hielt Ausschau nach Johannson. Sie wusste von Inga, dass er nicht im Reiterbund war und daher nicht mit ritt. Aber er war auch nicht unter den Zuschauern. Dafür war Katja in doppelter Position vertreten. Sie war Tonnenkönigin des letzten Jahres und wurde in der Ansprache des Hauptmannes auch als Bürgermeisterin traditionell als Erste begrüßt.

Die Kapelle setzte ein, die Fahnenträger ritten voran. Hinter den Reitern folgten die Zuschauer zu Fuß.

Auf der Festwiese stand alles im Zeichen alten Brauchtums. Für die Kleinen wurden traditionelle Kinderspiele angeboten, die etwas älteren Kinder hatten bereits ihren eigenen Reitwettbewerb, die Frauen des Ortes verkauften Getränke und selbstgebackenen Kuchen. Der Duft frisch gebackener Waffeln mischte sich mit dem heißer Grillwürstchen. Marie schlenderte über den Platz, beobachtete, wie die Einheimischen sich begrüßten, zusammenstanden, miteinander scherzten. Sie kannte keinen von ihnen. Außer Inga, Katja und Tom war sie niemandem nähergekommen. Johannson fiel ihr wieder ein. Warum hatte er ihr den Hund gebracht? Ori war zweifellos das beste Geschenk, das sie seit Langem bekommen hatte, aber Freundlichkeiten passten nicht zu Johannson. Was verbarg sich dahinter? Sicher, er wollte das Tier loswerden, aber er hätte es auch zu jemand anderem bringen können. Marie wusste weniger denn je, was sie von ihm halten sollte.

Sie schlenderte weiter und sah in die fremden Gesichter. Würde sie irgendwann dazugehören? Oder würde sie immer außen vor bleiben, eine Fremde? Das Gefühl von Einsamkeit überkam sie wieder.

Die Wettkampfreiter hatten inzwischen Aufstellung genommen. Marie zwängte sich an den Rand der Rennbahn durch. Nach erfreulich wenigen Worten des Moderators erfolgte das Startsignal und der erste Reiter stürmte in kurzem Galopp über die Bahn, wobei er in der Mitte das über der Bahn hängende Fass mit einem schweren Knüppel zu treffen versuchte. Es schien schwieriger zu sein, als es aussah, und vor allem, viel Kraft zu erfordern. Mit jedem Ritt lernte Marie, die Unterschiede zwischen den Reitern besser zu erkennen. Sie war fasziniert vom Zusammenspiel aus Geschicklichkeit, Kraft und Eleganz, die einige aufwiesen.

Auch Inga schlug sich großartig, obwohl ihr Pferd immer noch extrem nervös war. Zweimal musste es aus der Aufstellung vor dem Ritt hinausgeführt werden, um sich zu beruhigen. Marie machte sich Sorgen um ihre Freundin, zumal ein anderer Reiter bereits gestürzt war. Inga selbst hingegen schien fest entschlossen, bis zum Schluss durchzuhalten. Katja preschte einer Amazone gleich über die Bahn, bei jedem ihrer Schläge spürte man die Entschlossenheit, auch dieses Jahr gewinnen zu wollen. Tornow, der Fischhändler des Dorfes und Mitglied im Gemeinderat, hielt sich mit erstaunlicher Geschmeidigkeit auf seinem Pferd. Marie bedauerte das Pferd, das Tornows massigen Leib ertragen musste. Unübertroffen aber war Tom. Er schien mit seinem Pferd zu verschmelzen. Marie dachte daran, wie sie ihn zügellos am Strand galoppieren sah, auch heute ging seine Bewegung über in die des Pferdes und umgekehrt. Es war kein Reiter, der ein Pferd antrieb, es war kein Pferd, das einen Reiter ertrug, beide wurden zu einer Einheit, die in völliger Harmonie mit Kraft und Konzentration dahinflog. Tom war es auch, der nach etlichen Durchläufen den letzten Teil des Fasses zerschlug und damit zum Stäbenkönig gekürt wurde. Der Wettkampf wurde kurz unterbrochen, um die Ehrung gebührend in Szene zu setzen. Toms Strahlen, als er sich von seinem Pferd beugte, die Schärpe umgelegt bekam und ins Publikum winkte, war Ausdruck puren Glücks. Er schien wie befreit, vollkommen eins mit sich und dem Augenblick.

Seine Mitstreiter trugen ihn auf ihren Armen ins Festzelt, wo Tom als neuer König der Stäbe ein schnelles Getränk ausgab, dann ging es zügig auf die Rennbahn zurück, um den Wettkampf fortzusetzen. Marie ging unterdessen zur kleinen Koppel am Anfang der Rennbahn, in der die

Pferde während der Pause warteten. Ingas Grauschimmel stand abseits der anderen, er hob und senkte ungeduldig den Kopf und tänzelte am Zaun entlang, als suche er den Ausweg, dem Pferch zu entkommen. In seiner Nähe stand ein Fuchs, der völlig ruhig war. Fast stoisch stand das rotbraune Tier in der aufgeladenen Wettkampfenergie, die von seinen Artgenossen ausging. Marie betrachtete das Pferd, das im selben Augenblick seinen Kopf Marie zuwandte. Sie blickte direkt in seine feuchten, braunen Augen. Das Pferd hielt den Blick. Plötzlich wusste Marie, das etwas passieren würde. Sie konnte nicht sagen, woher das Wissen kam, aber sie wusste es.

Der Fuchs wand ruhig seinen Kopf wieder ab und schlug mit dem Schwanz ein paar Fliegen weg. Die anderen Pferde drängten jetzt an einer Seite der Koppel zusammen: die Reiter kehrten zurück. Es gelang Marie, im Gedränge Inga abzufangen, die auf ihren Schimmel zuging.

»Steig nicht auf!«

»Was?«

»Ich hab kein gutes Gefühl.«

»Was ist denn?«

»Ich weiß nicht. Die Pferde sind nervös.«

»Die stecken sich nur gegenseitig an. Sie spüren, dass jetzt der letzte Durchlauf kommt.«

Inga warf Marie ein beruhigendes Lächeln zu und saß auf. Marie vergaß ihre Angst vor Pferden und griff in die Zügel.

»Das geht nicht gut!«

Inga sah Marie an und zögerte, aber noch bevor sie etwas antworten konnte, ertönte der Ruf des Rennleiters, die Reiter nahmen ihre Startpositionen ein, Inga fügte sich in die Reihe ein. Der Kommentator begann die Anmoderation für den Höhepunkt des Festes: die Entscheidung, wer der neue Tonnenkönig würde. Marie ging zurück auf ihren Platz an der Seite der Rennbahn. Der erste Durchgang verlief problemlos, aber der Tonnendeckel wurde nicht heruntergeholt. Beim zweiten Durchgang gab es offenbar Tumult unter den Reitern, der Start verzögerte sich. Marie sah, dass Inga mit ihrem Pferd zur Seite ritt und abseits ein paar Runden drehte, um es zu beruhigen. Als sie in den Startbereich zurückkehrte, hätte der Wettkampf weitergehen können, aber nichts tat sich. Der Startbereich blieb ein unübersichtliches Gemenge. Der Moderator gab sich Mühe, die Verzögerung zu überbrücken, auch er wusste nicht, was los war. Dann kam die Meldung der Rennleitung. Nummer zwölf zieht ihren Start zurück. ›Inga!‹ Marie atmete auf.

Das Rennen ging weiter. An die Startnummer Elf würde sich nun sofort die Dreizehn anschließen. Das Startsignal ertönte, die Elf galoppierte los. Der Reiter hatte noch nicht seinen Schlag gegen den Tonnendeckel ausgeführt, als hinter ihm bereits der Nachfolger ansetzte. Es war die Dreizehn, der Fuchs. Offenbar hatte sein Reiter das Tier nicht halten können, der Fuchs war ausgebrochen und jagte die Bahn entlang. Als wolle er das Beste aus der Situation machen, holte der Reiter mit seinem Knüppel aus, um die Regeln einzuhalten, aber die Wucht des mächtigen Schlages ging am Tonnendeckel vorbei und brachte den Reiter aus dem Gleichgewicht, er versuchte sein Pferd zu zügeln, aber das Tier beschleunigte weiter. Da es durch den Fehlstart seinem Vorgänger zu dicht auf war, touchierte es die Elf, dessen Reiter kopfüber zu Boden ging, und preschte kopflos weiter. Der Reiter des durchgehenden Fuchses verlor endgültig die Balance und stürzte ebenfalls zu Boden. Sein Fuß verfing sich im Steigbügel, das Pferd, außer Kontrolle, schleifte ihn in wildem Galopp mit sich. Es erreichte die mit Buden und Ständen verstellte Grenze der Festwiese, Entsetzensrufe füllten die Luft, angstvolle Schreie, das Pferd, panisch, an seiner Flucht gehindert zu werden, drehte um und stürmte zurück, mitten hinein in die Festmenge, angstverzerrt stoben die Menschen auseinander. Nur ein Mann löste sich aus der Menge, stellte sich dem fliehenden Pferd in den Weg und schaffte es, das Halfter zu ergreifen. Es war Johannson.

Das Ganze hatte nur Sekunden gedauert, sie schienen eine Ewigkeit gewesen zu sein. Inga rannte zu den Verletzten. Während der Reiter des Fuchses wie ein lebloses Bündel im Staub der Rennbahn lag, eilten mehrere andere herbei, um den Reiter der Elf zu verarzten, der sich zum Glück gerade von allein wieder erhob. Der Fuchs stand mit pumpenden Flanken an der Seite, er drehte den Kopf zu Marie, seine Augen waren jetzt stumpf und leer. Marie schauderte. Jemand kam, um das Tier wegzuführen. Die Sirene des in der Nähe stehenden Rettungswagens war zu hören. Der Wagen bog auf die Wiese ein und bahnte sich einen Weg durch die

Menschenmasse, die Sanitäter sprangen heraus. Nach endlos scheinenden Minuten der Erstversorgung wurde der Reiter der Dreizehn behutsam auf eine Liege gebettet, Inga sprang mit in den Rettungswagen, die Türen schlossen sich hinter ihnen, mit Blaulicht und Sirene fuhren sie vom Platz. Johannson war nirgendwo mehr zu sehen.

Der Moderator tat sein Bestes, den Vorfall angemessen zu kommentieren. Man hatte sich entschlossen, den Wettkampf fortzusetzen, vermutlich auch, um das Fest vor den Augen der Touristen nicht mit einem Desaster zu beenden. Einigen war der Schrecken noch ins Gesicht geschrieben, andere, weiter entfernt Stehende, hatten gar nicht richtig mitbekommen, was passiert war, aber alle einte der Wunsch, sich den Spaß nicht verderben zu lassen. ›Lupus est homo homini‹, dachte Marie. ›Ein Wolf ist der Mensch dem Menschen.‹ Ihr reichte es.

Als sie an der Büdnerei ankam, begrüßte Ori sie mit freudigem Bellen. Angesichts des erwartbaren Festgetümmels und seines verletzten Vorderlaufs hatte sie ihn bewusst zu Hause gelassen.

Marie schickte eine SMS an Inga, nahm das Buch, das sie gerade las, und setzte sich in den Schatten der Traubenkirsche vor dem Haus. Ori legte sich neben sie. Aber schon nach den ersten Zeilen merkte sie, dass ihr die Konzentration fehlte. Sie dachte an die verletzten Reiter. ›Was, wenn der schwerer Verletzte es nicht schaffte? Oder lebenslang gelähmt blieb? Trug sie eine Verantwortung an dem, was passiert war? Hätte sie darauf bestehen müssen, dass das

Rennen abgebrochen wurde? Hätte sie das überhaupt durchsetzen können?‹ Wieder sah sie die Augen des Fuchses vor sich. Es war, als hätte es in jenem Augenblick eine Verbindung zwischen ihr und dem Tier gegeben. Aber sie kannte weder das Pferd noch den Reiter. Gab es so etwas überhaupt?

Der Signalton von Ingas Rückantwort riss sie aus ihren Gedanken. *Alles gut. Bin auf dem Rückweg.*

Selten hatte Marie sich so erleichtert gefühlt. Übermütig puschelte sie Orion das Fell, der nicht wusste, wie ihm geschah, es aber freudig über sich ergehen ließ. Jetzt machten die Buchstaben auf dem Papier auch wieder Sinn und Marie vertiefte sich in die Lektüre, ohne zu bemerken, wie die Zeit verging.

Erst als Orion anschlug und sie Ingas grünen Corsa in der Einfahrt auftauchen sah, bemerkte sie, dass es kalt geworden war. Der Abend war hereingebrochen.

»Du bist ja noch gar nicht umgezogen«, rief Inga überrascht, als sie auf Marie zukam.

»Ich komm nicht mit.« Marie setzte ihr breitestes Lächeln auf, um erst gar keine Diskussion aufkommen zu lassen.

»Klar kommst du! Ist der süß.«

Inga beugte sich zu Orion. Nachdem er gemerkt hatte, dass Inga offenbar »erlaubter« Besuch war, hatte er sich ruhig verhalten und ließ sich jetzt freudig streicheln.

»Musst du deinem Erzfeind ausnahmsweise mal dankbar sein, was?« Inga grinste. Sie wusste bereits, wie Marie ›auf den Hund‹ gekommen war.

»Umgekehrt. Ich hab ihm den Hund abgenommen.«

»Wenn du ihn nicht mehr willst, nehm ich ihn. Guck mal Ori, was ich habe.«

Der Hund spitzte die Ohren. Inga zog eine Minisalami aus der Tasche.

»Oh nein! Fang bloß nicht an, ihn außerhalb der Mahlzeiten zu füttern!«

»Das ist kein Futter, das ist ein Leckerli. Du isst auch Schokolade zwischendurch.«

»Ich bin ein Mensch und kann mich kontrollieren.«

Inga grinste kopfschüttelnd. »Zieh dich lieber um.«

»Wie kannst du nach diesen Unfällen heute ans Feiern denken?«

»Also erstens: es geht beiden gut. Sven, der mit der Elf, ist schon wieder zu Hause. Und Werner, die Dreizehn, hat nur eine Gehirnerschütterung. Er bleibt noch für ein paar Tage zur Beobachtung in der Klinik in Stralsund, dann kann er auch zurück.«

»Nur …«

»Ja, wir wissen beide, was hätte passieren können, allein das ist ein Grund zum Feiern. Außerdem: ein gewisses Risiko gehört beim Reiten und beim Wettkampf dazu. Das wissen alle. Trotzdem danke!«

Inga umarmte Marie.

»Wofür?«

»Ich wär anstelle der Nummer Elf geritten.« Inga sah Marie ernst an. »Normalerweise wäre ich nicht rausgegangen, nur weil mein Pferd unruhig ist.«

Marie nickte, sagte aber nichts.

»Woher wusstest du, das etwas passiert?«

»Es war so ein Gefühl.«

Inga sah Marie forschend an. Marie lächelte gezwungen.

»Vielleicht doch siebter Sinn?«

Inga nickte nachdenklich, ohne weiter nachzuhaken.

»Also, worauf wartest du?«

Marie wusste, es war zwecklos, sich zu widersetzen. Sie warf Inga einen gedehnten Blick zu und ging Richtung Haus.

Das Festzelt war gestopft voll. Selbst die, die nachmittags den Wettkampf versäumt hatte, ließen es sich nicht nehmen, zum krönenden Abschluss des Tages, dem Tonnenball, zu erscheinen. Auf der Bühne spielte die Blaskapelle, die das Geschehen schon seit dem frühen Morgen begleitet hatte, daneben war bereits das Pult für den DJ aufgebaut, der am späteren Abend übernehmen sollte. Marie hatte sich für ein Wickelkleid in Kornblumenblau entschieden, das ihren Körper fließend umspielte. Es war nichts Elegantes, aber es stand ihr und sie fühlte sich wohl darin. Sie erkannte Katja, die selbst auf die Entfernung hin angespannt wirkte. Marie hatte inzwischen erfahren, dass Tornow, Katjas Mitstreiter im Gemeinderat, es geschafft hatte, als Letzter den Deckel der Tonne abzuschlagen, für das kommende Jahr war er der neue Tonnenkönig. Katja hatte ihm den Orden nicht nur abtreten, sondern auch noch selbst überreichen müssen. Vermutlich war das der Grund für ihre wenig begeisterte Stimmung. Die Blaskapelle spielte einen Tusch. Tornow löste sich von seinen Leuten und erklomm trotz seiner Leibesfülle erstaunlich behände die Bühne. Mit einer ausladenden Armbewegung verschaffte er sich zusätzlich Ruhe. Er hieß alle Anwesenden willkommen, bedankte sich bei denen, die es betraf, für ihre Mitarbeit am diesjährigen Fest, gedachte artig der Verletzten des Tages, und rief unmittelbar an dieses Gedenken zum traditionellen Königstanz auf, der den Ball offiziell eröffnete. Er wählte sich eine Partnerin aus, die Marie nicht kannte und drehte schwungvoll ein paar Runden mit ihr übers Parkett, dann fielen die Unter-Könige in den Tanz mit ein, wobei Tom sichtbar fehlte. Zum Schluss durfte jeder, der wollte, sich einreihen. ›Alles schön der Reihe nach‹, dachte Marie, ›so, wie es immer war.‹ Sie fragte sich, was Traditionen eher förderten: emotionale Stabilität oder blinden Gehorsam, hatte aber keine Antwort auf die Frage und hielt nach Tom Ausschau. Sie entdeckte ihn an der Bar, wo er bester Laune und wild mit den Armen fuchtelnd eine Geschichte zum Besten gab. Eine der jungen Frauen in seiner Nähe hing sichtlich begeistert an seinen Lippen. Marie suchte nach Inga. Sie war gleich, nachdem sie mit Marie erschienen war, von einigen Kollegen aus dem Reiterbund umringt und ›entführt‹ worden. Jetzt schwebte sie gerade am Arm eines kleinen stämmigen Blonden auf die Tanzfläche. Sie nippte an ihrem Glas und ließ ihren Blick über die Menge schweifen. Die Kapelle wechselte gerade von einem Walzer zu einem anderen. Alle amüsierten sich prächtig. Nur sie selbst stand abseits. Das Gefühl von Einsamkeit stieg wieder in ihr auf. Sie stellte ihr Glas ab und wollte gerade gehen, als sie eine Stimme hinter sich hörte.

»Möchten Sie tanzen?«

Johannson sah sie abwartend an. Marie war so überrascht, dass sie stotterte.

»Das … kann ich nicht.«

Einen Moment lang schien er zu überlegen, was er mit der Antwort machen sollte.

»Weil Sie's nicht können oder nicht wollen?«

»Ich meine, ich kann nicht tanzen.«

»Für die Bauern wird's schon reichen.« Ungerührt hielt er ihr seine Hand hin. Marie zögerte, ergriff sie dann aber. Sie wollte nicht zickig wirken. Johannson führte sie zur Tanzfläche, zog sie ein wenig an sich und machte den ersten Schritt. Ungelenk fiel Marie ein, drohte aber schon nach dem zweiten Schritt zu stolpern. Johannson hielt sie, und Marie machte weiter, verhaspelte sich aber erneut und trat ihm voll auf den Fuß, er brach ab. Sie spürte, wie ihr die Röte ins Gesicht stieg.

»Ich hab's ja gesagt.« Sie wollte nichts wie weg aus dieser peinlichen Situation. Aber seine Hand hielt sie fest.

»Ganz ruhig.«

Er begann erneut und setzte zu einer einfach Pendelbewegung nach rechts und links an. Marie schwang mit und entkrampfte ein wenig. Wenigstens das konnte sie. Plötzlich zog Johannson sie mit einem Ruck eng an sich und machte gleichzeitig einen Schritt nach vorn, sie spürte seinen Schenkel zwischen ihren und schnappte nach Luft, aber es funktionierte: sie machte automatisch den entsprechenden Schritt zurück. Er setzte sofort nach, zog sie jetzt noch enger an sich und schwang mit ihr herum. Dann schob er sein anderes Bein vor, sie gab nach, und plötzlich ging es. Marie bewegte sich, ohne nachzudenken und folgte seinen Bewegungen. Er hielt sie leicht seitlich versetzt, seine rechte Hand lag auf ihrem linken Schulterblatt, ihre Oberschenkel waren bis zur Hüfte fest mit einander verschweißt. Durch den Nebel jahrzehntelanger Vergessenheit erinnerte Marie sich, dass dies die korrekte Tanzhaltung war. Er setzte zu einer neuen Drehung an, Marie schwang problemlos mit. Je weniger sie sich auf die Schritte konzentrieren musste, umso mehr nahm sie den fremden, sehnigen Körper dicht an ihrem wahr – seinen angenehmen Duft – warm, erdig, nach Holz und Moos, mit einem Spritzer Citrus darin, Grapefruit vielleicht. Durch den Stoff seines Hemdes konnte sie bei jedem Schritt das Spiel seiner Rückenmuskeln spüren. Seine rechte Hand lag fest und warm in ihrem Rücken.

»Geht doch,« sagte Johannson, ohne die Schrittfolge oder das Tempo zu verändern.

»Ich hab's mal gelernt, aber lange nicht gemacht.«

»Dann wurde es ja Zeit.« Er setzte zu einer Drehung an. Marie war verblüfft, wie gut er die Bewegungen beherrschte.

»Ich hätte nicht gedacht, dass Sie tanzen?«

»Meine Frau hat's mir beigebracht.«

Marie verstolperte sich beinahe.

»Sie sind verheiratet?«

»Ich war es.«

Er lehnte sich ein wenig zurück, um sie anzusehen.

»Sie war Tänzerin«, setzte er nach, während er sie in die nächste Drehung mitnahm.

»Oh.« Marie bemerkte, dass Jennifer, die junge Kellnerin aus dem *Dorfkrug*, in der Nähe der Tanzfläche sie argwöhnisch beobachtete.

»Und Sie? Was machen Sie, wenn Sie nicht gerade Dächer decken?«

»Teig anrühren.«

»Sie sind Bäckerin?« Er schien überrascht.

»Nein, eigentlich Journalistin. Aber jetzt nicht mehr.«

»Oh, eine Vertreterin der vierten Gewalt.« Es klang eher spöttisch als beeindruckt.

»Dachte mir schon, dass Sie Leute, die sich engagieren, nicht mögen.«

»Sie denken ziemlich viel, was?«

»Aus Ihrem Mund klingt das nicht gerade nach einem Kompliment.«

»Nehmen Sie es trotzdem als eins. Schöne Worte sind hier rar gesät.«

Er warf ihr einen Blick zu, ein amüsiertes Lächeln umspielte seine Lippen.

»Dann erhöh ich mal die Quote: Es war sehr mutig von Ihnen heute Nachmittag, sich dem Pferd in den Weg zu stellen.«

Er zuckte die Achseln.

»Es hatte keine Fluchtmöglichkeit. Einer musste es stoppen.«

»Hatten Sie keine Angst?«

Die Musik war zu Ende. Johannson löste sich von ihr und sah sie an.

»Nur wer sehr liebt oder hasst oder von blindem Zorn erfüllt ist, hat keine Angst.«

Was wollte er damit sagen? Unsicher flüchtete Marie in Ironie.

»Verstehe, Sie fürchten weder Tod noch Teufel.«

»Nein.« Er schüttelte den Kopf. »Die Zeit, wo ich mit bloßen Füßen durch einen Schneesturm gehen konnte, ohne es zu merken, ist vorbei.«

Er sah sie immer noch an, aber etwas Verlorenes lag jetzt in seinem Blick. An was auch immer er denken mochte, es hatte nichts mit ihr, ihrer Frage oder diesem Moment zu tun, das spürte Marie.

Die Musik setzte wieder ein. Noch bevor einer von ihnen etwas sagen konnte, schob sich Tom dazwischen.

»Sorry Arv, jetzt bin ich dran.«

Grinsend zog Tom Marie mit sich. Bevor sie im Gewühl der Tanzfläche verschwanden, sah Marie, wie Jennifer neben Johannson auftauchte und seine Aufmerksamkeit auf sich zog. Die Kapelle spielte ein schnelles Stück, die Paare wirbelten um sie herum, manche in klassischem Foxtrott, andere jeder für sich. Tom machte eine wilde Mischung aus beidem. Er wirbelte Marie unkonventionell um sich selbst, dann ließ er sie los und tanzte für sich allein, bis er sie lachend wieder an die Hand nahm und nach einem Rhythmus, den nur er selbst kannte, um sich herum dirigierte. Marie erkannte die Musik. Es war »Can't take my eyes of you«. Sie dachte an eine Filmszene, die sie zu dieser Melodie einmal gesehen hatte und die trotz des schnellen Rhythmus' sehr romantisch war. Plötzlich empfand sie eine merkwürdige Traurigkeit. Tom vollführte übermütig eine Extra-Pirouette. Maries Blick ging zur Seite an den Rand der Tanzfläche. Johannson stand dort, wo sie ihn verlassen hatte, und sah zu ihr.

Für eine Sekunde begegneten sich ihre Blicke, dann wandte er seinen Kopf ab. Jennifer, die sich bei ihm eingehängt hatte, sagte etwas zu ihm. Tom schlang einen Arm um Marie und riss sie mit sich fort, quer über die Tanzfläche. Die Musik endete mit einem schwungvollen Schlussakkord, Tom gab Marie frei, er rang nach Luft und sah sie glücklich an. Sie freute sich für ihn.

»Ich hab dir noch gar nicht gratuliert.«

»Hast du mich gesehen?«, fragte er stolz.

Sie nickte. »Ein toller Ritt!«

»Er war perfekt. Absolut perfekt«, strahlte Tom. »Ein Schlag, und ich hatte das Ding.«

Sein Gesicht leuchtete vor Freude, Marie gönnte ihm den Erfolg von Herzen.

»Vielleicht lern ich doch noch mal reiten. Aber nur, wenn du es mir beibringst.«

Das Leuchten auf seinem Gesicht erlosch. Die unbeschwerte Ausgelassenheit wich der nervösen Unruhe, die sie an ihm kannte.

»Hab ich was Falsches gesagt?«

»Nein, nein.« Tom bemühte sich um ein unbekümmertes Lächeln; es geriet zu einem schiefen Grinsen.

Marie sah ihm in die Augen.

»Was ist mit dir, Tom? Was bedrückt dich?«

Tom schwieg, aber dieses Mal wich er ihrem Blick nicht aus. Für einen Moment war Marie, als könne sie in ihn hineinsehen. Sie spürte einen tiefen Schmerz. Unwillkürlich streckte sie die Hand nach ihm aus.

»Tom.«

»Marie«, flüsterte er rau und presste ihre Hand. In seinem Blick lagen Sehnsucht und Resignation zugleich.

Marie hatte keine Ahnung, was dieses Mal seinen Stimmungswechsel hervorgerufen hatte, aber sie sah, dass er sich mit irgendetwas quälte.

»Wollen wir einen Moment an die frische Luft gehen?«

Doch was immer ihn gestreift hatte, in diesem Moment schüttelte er es wieder ab und lachte.

»Ich hol uns erst mal was zu trinken.«

Die Musiker setzten wieder ein. Tom verschwand an die Bar. Als er zurückkam, hatte er zwei seiner Reiterkumpel im Schlepptau, die Männer ergingen sich bald in Anekdoten über das zurückliegende Turnier. Marie hörte nur halb zu und entdeckte Katja, die, wie schon den ganzen Abend über, mit Leuten zusammenstand, die Marie nicht kannte. Vermutlich Gemeindemitglieder oder Leute aus dem Amt. Inga war wieder auf der Tanzfläche. Mit ihrem Gardemaß und den flammend roten Haaren stach sie überall heraus. Marie winkte ihr zu. Inga lachte. Die Musiker spielten einen alten Leo Sayer Hit als langsamen Walzer, »When I need you«. Im Hintergrund bereitete sich der DJ darauf vor, zu übernehmen. Johannson und Jennifer waren nirgendwo mehr zu sehen. Marie zog ihre Jacke über und ging Richtung Ausgang.

Orions Vorderlauf heilte besser, als Marie gedacht hatte. Als sie am nächsten Tag Verband und Pfotenschuh wechselte, wässerten die Wunden am Bein und in den Ballen schon nicht mehr. Sie sah sich die Pfote genauer an. Sie sah aus, als hätte man ihn gezwungen, durch Scherben zu laufen. Oder als hätte er versucht, sich aus Stacheldraht zu befreien. Sie mochte sich kaum vorstellen, was genau man ihm angetan hatte. Aber sie würde alles dafür tun, dass er seine Vergangenheit und die Qualen, die damit verbunden waren, vergaß. Als spürte der Hund ihre Gedanken, sah er sie an und leckte ihre Hand. Es war erstaunlich, dass er, trotz seiner verstörenden Erfahrungen mit Menschen, so schnell Zutrauen zu ihr gefasst hatte. Aber vielleicht spürte er, wann es jemand gut mit ihm meinte, wann er vertrauen konnte? Johannson hatte er scheinbar auch vertraut.

Sie dachte an ihren gemeinsamen Tanz. Er schien ihr wie einer jener Augenblicke, die man seit Jahrhunderten dem Einfluss von Feen oder Hexen oder Außerirdischen zuschrieb – in denen sich für einen flüchtigen Moment etwas oder jemand verändern konnte – und die niemanden unverwandelt zurückließen.

Was bedeutete sein letzter Satz? Dass er Angst hatte, weil er nicht liebte, nicht hasste, nicht zornig war? Oder dass er keine hatte, weil er es tat?

Er hatte ihr geantwortet, und doch nichts gesagt, er hatte sie mit ihrer Frage allein gelassen. Oder wollte er ihr etwas anderes sagen?

Selten war Marie so froh gewesen, Inga zu sehen. Sie hatte einen Tisch im Restaurant am Hafen bestellt und einen Platz direkt am Fenster bekommen. Ungeduldig wartete sie mit Blick nach draußen, bis sie Inga über die Außenterrasse des Lokals kommen sah.

»Da bist du ja endlich!« Marie ging ihr entgegen und umarmte Inga stürmisch, als sie den Gastraum betrat. Inga sah auf ihre Uhr.

»Wir hatten sieben gesagt, es ist eine Minute nach!?«

»Ich freu mich nur so. Komm, setz dich.«

Inga sah unter den Tisch.

»Ja, wen haben wir denn hier? Ja, komm mal her, Ori, komm!«

Orions Kopf zwängte sich energisch zwischen Tischkante und Ingas Knien hindurch, bis er in ihrem Schoß lag. Unter dem Tisch schlug sein Schwanz kräftig gegen Maries Beine. Offenbar hatte er Inga in den Kreis der Familie aufgenommen. Inga streichelte seinen Kopf, bis er sich wieder beruhigt hatte, dann sah sie Marie an und lächelte.

»Und jetzt zum Anlass für dieses unverhoffte Treffen.«

Marie wusste, dass sie sich Ausflüchte sparen konnte, Inga hatte sie bereits durchschaut.

»Ich wollte nur mal was fragen.«

»Ich bin ganz Ohr.«

»Was weißt du über Johannson?«

»Ah, daher weht der Wind«, grinste Inga.

»Nichts weht. Schon gar kein Wind. Ich will einfach nur wissen, wer er ist.«

»Hat dich bisher aber nicht interessiert?«, schmunzelte Inga weiter.

»Machst du es mir jetzt extra schwer?« Marie sah Inga halb vorwurfsvoll, halb grinsend an.

»Ich bin nur neugierig.«

»Genau wie ich. Also?«

»Was genau willst du denn wissen?«

»Zum Beispiel, wo er arbeitet?«

»Er ist selbstständig.«

»Als Hausmeister?«

»Nicht wie du denkst. In seinem Fall bedeutet die Bezeichnung, dass er Immobilien von Zweitwohnungsbesitzern betreut. Er kümmert sich um deren Häuser und Wohnungen, wenn sie nicht da sind, pflegt die Gärten, was so anfällt.«

»Und privat?«

Inga lächelte, zuckte aber die Achseln.

»Weiß ich nur, was ich dir schon gesagt habe. Er ist erst vor ein paar Jahren ins Dorf zurückgekommen. Seitdem lebt er allein und sehr zurückgezogen.«

»Wusstest du, dass er verheiratet war?«

»Mich wundert, dass du es weißt«, schmunzelte Inga.

»Ich glaube, jetzt ist er mit der Kellnerin aus dem *Dorfkrug* zusammen.«

»Hat er dir das auch beim Tanzen erzählt?«

»Das sehe ich noch von allein. Und damit keine falschen Vorstellungen aufkommen: es geht mir nur darum, jemanden nicht falsch zu beurteilen.«

»Natürlich.« Inga nickte treuherzig. »Nicht auszudenken, dass du ihn für ein Scheusal hältst, wenn er ein normaler Mensch wäre.«

»So lustig ist das auch nicht.« Marie warf Inga einen tadelnden Blick zu. »Er hat mich von Anfang an mit seinen Boshaftigkeiten verfolgt. Und zweimal stand er nachts auf meinem Grundstück.«

»Trotzdem glaube ich immer noch, dass er keine bösen Absichten hat.« Auch Inga war jetzt ernst geworden.

»Aber es zeigt, worum du dich dringend kümmern musst! Was ist jetzt mit dem Haus?«

»Im Moment ist Ruhe. Vielleicht bleibt es ja so.«

Marie sah durch das Fenster nach draußen. In der Ferne baute sich eine dunkle Wolkenwand über dem Bodden auf. Auch die Kellnerinnen hatten den drohenden Wetterumschwung bemerkt, sie begannen, die Gäste draußen zügig abzukassieren. Eine erste Windbö fegte über die Terrasse und zerrte heftig am Leinen der Sonnenschirme. Die Gäste ergriffen ihre Teller und Gläser selbst und stürmten den Gastraum. An der Mole flüchteten die Spaziergänger, Jacken und Kapuzen überstülpend, zu ihren Autos zurück, andere liefen Richtung Ortsmitte, zum Wartehäuschen der Busstation. Innerhalb von Sekunden war alles leergefegt. Die Wetterfahne am Haus des Hafenmeisters stand stramm im Wind.

»Das glaubst du doch selbst nicht?«

Inga sah Marie sprachlos an. Die Wolkenbank rückte näher. Die Farbe des Boddenwassers wechselte von Blau zu Grün. Plötzlich geriet die Wetterfahne ins Trudeln, flatterte noch ein paar Mal und fiel kraftlos nach unten. Auch die Blätter der Bäume bewegten sich nicht mehr. Selbst die Spatzen in der Hecke rund um die Terrasse waren verstummt. Die Luft stand still, kein Ton war mehr zu hören. ›Die Ruhe vor dem Sturm‹, dachte Marie und sah ein Kind auf der Hafenmole stehen. Ein Mädchen. Es trug ein dünnes Kleidchen aus weißem Mousseline und stand ganz still. Es sah zu Marie hinüber.

»Sieh mal!«

Inga folgte Maries Blick. »Was?«

»Das Kind!«

»Welches Kind?«

»Das Mädchen da!«

»Ich seh nichts.«

Das Kind stand unverändert da und sah zu Marie. Ein Windhauch blies in ihr dünnes Kleid, die langen blonden Haare wehten ihm ins Gesicht.

»Auf der Mole!«, präzisierte Marie.

Inga spähte wieder hinaus. Das Kind hüpfte jetzt ein paar Mal auf und ab.

»Wer lässt denn sein Kind bei so einem Wetter allein?«, fragte Marie besorgt.

Im selben Moment brach der Sturm los. Ein Windstoß brachte die Gartenstühle auf der Terrasse krachend zu Fall; heftige Böen wirbelten Staubfontänen auf; Starkregen setzte ein und überschwemmte in Sekundenschnelle den Parkplatz; auf dem jetzt schwarzen Bodden tanzten wild die Schaumkronen. Die Temperatur sank schlagartig ab. Das Mädchen stand jetzt wieder still und sah zu Marie hinüber. Es musste erfrieren in seinem dünnen Kleid.

»Das ist doch nicht zu fassen!«

Marie sprang auf, ihr Stuhl kippte um, sie drängte sich quer durch das vollbesetzte Lokal Richtung Ausgang. Inga lief ihr nach und hielt sie fest.

»Marie!«

»Lass mich! Ich muss ihr helfen.« Marie versuchte Inga abzuschütteln.

Die Gäste im Lokal waren aufmerksam geworden und verfolgten das Schauspiel interessiert. Inga hielt Maries Arm mit eisernem Griff umklammert

»Da ist niemand!«

»Da steht sie doch!« Marie zeigte hinaus. Die Mole war leer.

»Aber …« Marie brach verwirrt ab. »Gerade eben war sie noch da! Ein kleines Mädchen in einem weißen Kleid!«

Inga führte Marie zum Tisch zurück, hier und da eine Entschuldigung murmelnd. Die anderen Gäste taten so, als sei nichts gewesen. Insgeheim aber folgten sie ihnen mit Blicken, neugierig zu erfahren, was der Anlass für diesen Ausbruch war und wie es weiterginge.

Orion war während des Tumults unbemerkt unter dem Tisch hervorgekommen und stand am Fenster, den Blick konzentriert auf die Mole gerichtet.

Marie sank beschämt auf ihren Stuhl. Sie wünschte, Inga hätte etwas gesagt, aber Inga sah sie nur ernst und nachdenklich an. Nach einer Weile, die Marie wie eine Ewigkeit vorkam, hörte sie Inga sagen:

»Dies ist kein Ort für dich, Marie!« Ihre Stimme war ruhig und fest. »Du musst hier weg!«

»Du glaubst mir also, dass ich sie gesehen habe?«

»Ich glaube an das, was ich bei dir wahrnehme, und das macht mir Sorgen.«

Ingas Blick ruhte auf Marie, die Sorge war ihr deutlich anzusehen.

»Du hast mich gefragt, ob ich glaube, dass du verrückt wirst. Und ich habe Nein gesagt. Ich glaube es immer noch nicht. Aber du verlierst die Kontrolle über dich.«

»Ich weiß, was ich tue.«

»Auch, als du ins Meer gegangen bist?«

Marie schwieg.

»Seitdem du hier bist, stolperst du von einer Gefahr in die nächste. Blutvergiftungen, Kabelbrände, gefährliche Kopfverletzungen, korrigier mich, falls ich etwas vergesse. Und das sind nur die Vorkommnisse, die real waren. Dazu kommen die Fantasien, wie die verwandelte Katze oder das Mädchen gerade.«

»Das sind keine Fantasien, das ist real.«

»Und was passiert nächstes Mal, wenn du etwas siehst? Springst du von einer Klippe? Wirfst dich vor ein Auto?«

Marie schwieg betroffen und sah wieder zum Fenster hinaus. Das Unwetter war weitergezogen, zurückgeblieben war nur ein leichter Regen, hier und da noch begleitet von fernem Donnergrollen. Inga legte eine Hand über die Maries.

»Hör zu, ich weiß nicht, ob es Stress ist, was das bei dir auslöst. Aber du kannst nicht mehr unterschieden zwischen Realität und Einbildung.«

»Ich kann nichts dazu. Die Dinge geschehen von allein.«

»Nein, sie geschehen, seitdem du in der alten Büdnerei wohnst!«

Inga zögerte – und sprach aus, was sie dachte.

»Dieses Haus bringt dich um. Du musst da raus, Marie. Und weg vom Darß.«

»Wo soll ich hin? Meine Wohnung ist vermietet, Frank ist auch nicht mehr da …«

»Du kannst bei mir wohnen. Oder ich leih dir Geld fürs Hotel, egal.«

»Ich weiß, dass du das tun würdest. Und das ist furchtbar lieb von dir. Aber es wäre nur eine Lösung für ein paar Tage, keine auf Dauer. Außerdem: Flucht ist keine Option. War es noch nie.«

Inga schloss resigniert die Augen. Marie legte jetzt ihre Hand auf Ingas.

»Ich kann und will nicht aufgeben. Aber ich finde heraus, was mit dem Haus ist. Das verspreche ich!«

Inga sah Marie lange an.

»Und wenn du gar nicht mehr dazu kommst?«

»Wird schon nicht passieren.«

Marie rang sich ein Lächeln ab. Es kostete mehr Mühe als gedacht.

»Auf keinen Fall!« Luises Tochter Monika stand in der Haustür und sah Marie abweisend an.

»Und wenn ich verspreche, dass ich sie nicht aufregen werde?«

»Dann geht es so aus wie letztes Mal.«

»Ich bin sicher, Sie kennen die Geschichten, die über die alte Büdnerei erzählt werden. Und ich bin sicher, dass sie stimmen. Etwas ist mit dem Haus. Ich weiß, das klingt komisch, aber seitdem ich da wohne, geschieht etwas mit mir. Ich bin in Gefahr, und nur Ihre Mutter kann mir vielleicht noch helfen. Erlauben Sie mir einen letzten Versuch, bitte.«

Ob sie Maries Not spürte, oder ob sie wusste, dass an den Geschichten über die Büdnerei etwas dran war, jedenfalls trat Monika nach einem letzten Zögern zurück und bedeutete Marie, einzutreten.

»Wehe, ich höre einen Mucks.«

»Danke.«

Marie fiel ein Stein vom Herzen. Sie ging allein nach hinten durch. Leise klopfte sie an die Tür.

Luise Tappenbeck lag in ihren Kissen. Sie war wach und sah Marie freundlich an.

»Da bist du ja.«

»Sie erinnern sich an mich?« Marie war überrascht.

»Ich wusste, dass du kommst.«

Die Alte lächelte. Marie war sich nicht sicher, ob sie sie wirklich erkannte oder wieder für jemand anderen hielt. Behutsam trat sie näher.

»Ich bin gekommen, weil ich Ihre Hilfe brauche. Ich muss alles über die alte Büdnerei erfahren, was Sie wissen.«

Luise sah Marie stumm an. Marie beugte sich näher.

»Was ist in dem Haus geschehen?«

Luise schloss die Augen. Marie fragte sich, ob sie ihre Frage überhaupt verstanden hatte, aber letztlich war es egal. Die alte Dame wollte entweder nicht reden oder wusste nichts. Marie betrachtete das kleine, faltendurchzogene Gesicht und wartete noch einen Moment, dann richtete sie sich wieder auf.

»Entschuldigen Sie, dass ich Sie gestört habe«, sagte Marie leise und ging zur Tür.

»Was hast du gesehen?«

Elektrisiert fuhr Marie herum. Luise sah sie an. Marie ging zum Bett zurück.

»Gestern ein Kind. Ein Mädchen. Es stand an der Mole, als ein Unwetter aufzog.«

»Immer, wenn das Kind sich zeigt, geschieht Unheil im Dorf.«

Marie spürte einen dumpfen Schlag in die Magengrube.

»Passiert etwas Schlimmes?«

Luise nickte.

»Was?« Maries Stimme war zu einem Flüstern verkommen.

»Scheunen brennen, Menschen sterben. So vieles in all den Jahren.«

»Und das liegt an dem Kind?«

Luise nickte. Marie wollte es nicht glauben.

»Aber das ist unmöglich.«

»Nichts ist unmöglich. Ich lebe schon lange hier, ich habe viele Dinge gesehen. Sie haben Macht.«

Marie wusste nicht, von wem Luise sprach, aber ihr Herz klopfte bis zum Hals. Luises Blick ging in die Ferne.

»Manchmal erkennt man sie, manchmal nicht. Sie sind wie Augenpaare, die dir folgen, doch wenn du dich umdrehst, ist da nichts. Nichts außer dem Wald und seiner Grabesstille, vielleicht ein Rascheln im Unterholz, oder der laute Schlag eines Vogels, der sich aus den Baumkronen erhebt.«

Ein flacher Atemstoß entrang sich ihr.

»Mit dem Wald ist nicht zu spaßen.«

Marie hatte keine Vorstellung, was Luise vor ihrem geistigen Auge sah, oder ob sie überhaupt noch mit ihr sprach. Sie wartete einen Moment, aber Luise schwieg.

»Und mit dem Haus?«, kam sie auf ihre Frage zurück.

»Sieh! Und du wirst wissen«, flüsterte sie.

»Was soll ich sehen?«

»Das musst du selbst erkennen.«

Luises Kopf begann jetzt, vor und zurück zu schaukeln, sie atmete heftiger.

»Nein, nein!«

Besorgt fasste Marie Luise an der Schulter.

»Frau Tappenbeck?«

Luise wurde ruhiger.

»Du musst aufpassen. Sieh dich vor, Kind,« rief sie beschwörend.

»Was meinen Sie?«, fragte Marie atemlos. Aber Luise schüttelte den Kopf. »Nutze die Kraft!«

Marie durchfuhr es eiskalt. Das waren die Worte ihrer Tante an sie!

»Welche Kraft? Ich weiß nicht, was Sie meinen.«

»Die Gabe.«

»Welche Gabe?« In Maries Stimme schlich sich leise Verzweiflung.

»Weißt du nicht, dass du sie hast?«, fragte Luise erstaunt.

»Was soll ich haben?«

»Das zweite Gesicht.«

Marie fuhr zurück. Ihr Pulsschlag verdoppelte sich. Ihre Hände wurden eiskalt.

»Nein! Nein, das hab ich nicht!«

»Deine Tante hatte es auch.«

»Aber, aber das will ich nicht!«

»Es ist keine Frage, ob du es willst oder nicht.«

Luise sah Marie an.

»Ich bin müde.«

Marie stand auf und drückte Luises Hand. Dann verließ sie leise das Zimmer.

Auf dem Weg nach draußen fing die Tochter sie ab.

»Was hat sie Ihnen erzählt?«

Marie fragte sich, wie viel Monika wusste? Hatte sie auch die Gabe und konnte Marie als Gleichgeartete erkennen?

»Was genau ist in der Büdnerei passiert? Warum sagen die Leute, dass es da spukt?«

»Tut es das?« Die Neugier war Monika ins Gesicht geschrieben.

»Was wissen Sie?«

»Nicht mehr als das, was alle erzählen.« Monika zuckte die Achseln. »Dass das Haus verflucht ist, und jeder, der darin wohnt auch.«

»Aber warum?«

»Das ist im Laufe der Jahre verloren gegangen. Erzählt wird immer nur, dass eine bösartige Alte da hauste, die jedem Unglück brachte.«

»Wann war das?«

»Keine Ahnung.« Monika machte eine vage Geste. »Irgendwann im vorletzten Jahrhundert.«

Sie wusste nicht, wie sie die nächsten Stunden ohne Ori herumgebracht hätte. Er war die perfekte Ablenkung, um Luises Worten zu entfliehen. So wie sein Bein heilte, wurde sein Bewegungsdrang größer. Der Labrador in ihm kam durch und wollte ins Wasser, aber das ließen die Verbände noch nicht zu. Marie hatte einen Teil des Nachmittags damit verbracht, ihm beizubringen, dass der Zugang zum Bodden am Ende des Gartens noch tabu war. Den anderen hatten sie ihn mit Stöckchen-Werfen auf Trab gehalten. Als er sich schließlich erschöpft auf seine Decke verzog, wusste Marie, dass die Aufschubfrist vorbei war und holte ihren Laptop hervor.

»Du meinst, du kannst die Gedanken anderer Menschen lesen?« Inga sah sie verblüfft an. Sie saßen auf Maries kleiner Terrasse hinter dem Haus und tranken ein Bier. Es war einer der letzten Sommerabende, an denen es noch warm war. Marie schüttelte den Kopf.

»Nein, Gedanken kann man nicht lesen. Aber wenn zwei Menschen über die Gabe verfügen, können sie sich über ihre Gedanken miteinander unterhalten, ohne dass sie den Mund öffnen müssen.«

»Auch über Entfernung hinweg?«

Marie nickte.

»Kaum zu glauben.« Inga schüttelte den Kopf. »Noch mehr?«

»Man kann Dinge sehen. Meistens, bevor sie passieren. Aber manchmal auch solche, die schon vergangen sind.«

»Ich dachte immer, das gibt es nur im Film?« Ingas Skepsis schwand nur langsam.

»Es scheint vererbt zu werden. Es gibt sowieso nur wenige, die diese Gabe haben. Und von denen gibt es noch wenigere, die sie einsetzen können.«

Marie zuckte die Achseln.

»Die meisten wissen gar nicht, dass sie sie besitzen. Und wenn sie sie spüren, tun sie es ab, als Intuition oder Ähnliches.«

»Aber wer sie hat, erkennt sie bei anderen? Oder woher wusste Luise Tappenbeck das von dir?«

»Wenn man sie selbst hat, kann man sie beim anderen spüren. Es ist wie eine Art Aura, die ihn umgibt.«

»Es gibt vermutlich doch mehr Dinge zwischen Himmel und Erde, als wir denken.« Inga sah Marie nachdenklich an.

»Ich wünschte trotzdem, ich hätte nichts damit zu tun.«

»Vielleicht lässt du es zu, um es so zu steuern?«

Nutze die Kraft.

»Jedenfalls bin ich froh, dass es eine Erklärung für das geben könnte, was du siehst. Das ist mehr, als wir gestern wussten.«

Marie stützte den Kopf in die Hände.

Inga wusste, wie verstört Marie innerlich war. Sie hätte ihr gern geholfen. Aber sie wusste auch, dass dies die Grenze war zu jenem Bereich, in dem jeder allein ist und bleibt.

Marie versuchte, einen klaren Kopf zu behalten, aber etwas, das sie nie wirklich empfunden hatte, machte sich in ihr breit: Angst. Sie hatte Angst davor, diese Gabe zu besitzen, Angst davor, was sie bedeutete. Sie versuchte sich zu beruhigen, indem sie die Gabe ins Positive drehte. Wenn man etwas im Vorhinein weiß, kann man Dinge positiv beeinflussen. Aber hatte sie irgendetwas tun können?

Sie wusste jetzt, dass ihr ungutes Gefühl beim Öffnen des Briefes, der die Todesnachricht ihrer Tante enthielt; das Zögern beim Verlassen der Wohnung, als sie das erste Mal auf den Darß fuhr; die Beklommenheit beim ersten Bleiben und der Druck im Magen bei ihrer Rückkehr hierher – dass all das Vorahnungen waren, die sie warnten. Aber sie hatte sie nicht ernst genommen. Hatte sie beiseitegeschoben. Sie war blind hineingestolpert in etwas, das größer war als sie, und dass sie nicht begriff. Aber das sie verstehen musste, wenn sie unbeschadet bleiben wollte.

Marie fühlte eine Last auf sich, als läge ein Betonblock auf ihren Schultern. Sie wünschte, sie wäre niemals auf den Darß und in die alte Büdnerei gekommen.

Sie schloss die Augen und wartete auf ein Zeichen, eine Eingebung. Doch nichts geschah. Sie horchte tiefer in sich hinein, lauschte nach außen, konzentrierte sich mit allen Sinnen darauf, etwas zu spüren, zu sehen. Vergebens. Sie konnte nichts ›erkennen‹. Absolut nichts. Nur ein Jaulen aus dem Flur war zu hören. Orion stand vor der Haustür und wollte nach draußen.

Marie schnappte sich ihre Jacke, setzte Ori in den Fahrradanhänger, den sie für lange Strecken für ihn besorgt hatte, und machte sich in Richtung Künstlerdorf auf.

Als sie auf dem Klippenweg stand, wusste sie, dass es genau der Ort war, den sie jetzt brauchte. Zur einen Seite das offene Meer, zur anderen, hinter Feldern und Dorfrand, der Bodden. Alles war weit und licht und offen. Die Möwen ließen sich kreischend vom Wind tragen, auf der Suche nach Beute, eine Schar Tauben zog in großen Schleifen über die Felder, ein Schäferhund aus einem der Häuser am Feldrand schlug warnend an. Orion spitzte die Ohren und verharrte in Habachtstellung, dann entschied er, dass der Artgenosse zu weit entfernt war, um eine Bedrohung zu sein. Er begann, sich durch abgeerntete Getreidereste und am dichten Küstenwald entlang zu schnüffeln.

Sie waren allein auf dem Plateau. Der Himmel hatte die Farbe von dunklem Graphit angenommen, ein kräftiger Wind aus West drückte über die Kliffkante hinweg Sanddorn und Hundsrosen tiefer ins Land hinein, das Meer brandete aufgewühlt gegen den Wellenbrecher. Marie breitete ihre Arme aus und stellte sich mitten in den Wind. Er zerrte an ihren Kleidern, riss an ihrem Haar, sie fühlte sich zum ersten Mal seit Langem frei und leicht. Die Last, die sie seit ihrem letzten Besuch bei Luise auf sich liegen fühlte, wich von ihr. Als hätte der Wind sie aufgenommen und davongetragen.

Marie setzte ihren Weg fort. Ein Kitesurfer hatte sich aufs Wasser gewagt. Sein rot-blaues Segel trieb mit großer Geschwindigkeit übers Meer. Marie blieb stehen und beobachtete fasziniert das waghalsige Schauspiel. Mit einem Sprung hob der Surfer ab, drehte sein Board in der Luft, kam wieder auf die Wasseroberfläche und jagte auf den schäumenden Wellen zurück. Er flog am Wellenbrecher vorbei, hob dahinter erneut zu einer Jump Transition ab und setzte zum Rückweg an. Marie stockte der Atem, es sah aus, als presche er direkt auf den Steinwall zu, in letzter Sekunde aber zog er außen daran vorbei, jagte wieder aufs offene Meer hinaus, machte erneut einen Luftsprung und setzte wieder zum Rückweg an. Marie erkannte, was er vorhatte. Zwischen Strand und Wellenbrecher breitete sich eine kleine Lagune aus, eine nur wenige Zentimeter hohe Wasserfläche von drei bis vier Metern Breite. Auf dieser Pfütze wollte er scheinbar zwischen Strand und Betonmauer hindurchgleiten. Das konnte nicht gut gehen. Marie hielt die Luft an. Der Kiter hatte die Lagune erreicht und segelte mit unverminderter Geschwindigkeit auf dem hauchdünnen, schmalen Wasserbett über den Strand. Eine einzige falsche Bewegung, ein einziger Fehler am Lenkseil des Drachens, der bei dieser Geschwindigkeit mit tonnenschwerer Kraft an den Muskeln des Kiters zerrte, und er wäre auf den harten Sand oder gegen den Betonwall geschlagen. Aber er war bereits am Ende der Fläche und zog wieder auf die offene See hinaus. Zwei weitere Kiter, die sich gerade am Strand bereit machten und ihn beobachtet hatten, zollten anerkennenden Beifall. Marie riss sich von dem faszinierenden Anblick los und nahm die lange Holztreppe, die vom Kliff zum Strand hinunterführte. Sie lenkte ihre Schritte zum Kiesstrand unterhalb des Steilufers. Die im hohen Steilabbruch nistenden Uferschwalben vollführten bei diesem Wind wahre Kunstflüge, um ihre Nester anzufliegen. Die Gischt schäumte über den breiten, mit Steinen übersäten Strand. Porphyr, Granit und Gneis, Sand-, Kalk- und Feuersteine – ihre Vielfalt war so beeindruckend wie der Gedanke, dass einige von ihnen Milliarden Jahre alt waren. Die ganze Pracht ihrer Farben und Musterungen entfalteten sie im nassen Zustand, wenn die Wellen zurückliefen und die Steine feuchtigkeitsglänzend zurückließen. Marie setzte sich auf einen großen Findling aus rotem Granit und sah auf die offene See hinaus, sie lauschte auf das Rauschen der Wellen, die zu ihren Füßen in stetem Rhythmus an- und abrollten. Die Möwen kreischten über ihr, die Uferschwalben zwitscherten gegen das Brausen des Windes an. Orion lief hier- und dorthin, seine Nase immer dicht am Boden. Die Mischung aus Tang, Muschelresten und Moder musste einer olfaktorischen Explosion auf seinen sensiblen Schleimhäuten gleichkommen. Marie hätte ewig bleiben mögen, aber die innere Uhr mahnte zum Aufbruch.

Noch bevor sie selbst erkannte, wer sich unterhalb des Aufstiegs zum Kliff abmühte, die riesige Plane des rotblauen Drachens bei diesem Wind zusammenzulegen, war Orion losgestürmt und umsprang seinen einstigen Retter. Johannson wuschelte ihm freudig das Fell. Der schwarze Neopren-Anzug, der seinen Körper eng umschloss, glänzte im Sonnenlicht, Wassertropfen hingen glitzernd in seinen nassen Haaren.

»Vermissen Sie ihn?«, fragte Marie, als sie aufschloss.

»Dafür war er nicht lange genug bei mir.«

Seine Antwort kam etwas zu schnell. Marie ahnte, dass sie nicht stimmte.

»Ich könnte ihn jetzt schon nicht mehr hergeben.«

Beide sahen auf Orion, der zwischen ihnen stand und mit Blick aufs Meer ein sehnsüchtiges Jaulen ausstieß. Er wusste, dass er noch nicht rein durfte, aber es zog ihn sichtlich hin. Marie beugte sich zu ihm und kraulte sein Ohr.

»Zum Glück mag er mich auch.«

»Die bedingungslose Liebe der Hunde.«

Was wollte er damit sagen? Dass sie jeden lieben, dass sie es nicht wert war? Verletzt richtete sie sich wieder auf.

»Was ist daran schlecht? Warum müssen Sie immer alles verspotten? Alles klein machen? Ihnen ist nie etwas gut genug. Sind Sie so viel besser?«

»Was?« Er war sichtlich perplex.

»Ja, was?«, gab Marie giftig zurück. »Stimmt es etwa nicht, dass Sie auf alles und jeden herabsehen? Sogar die Zuneigung eines Tieres müssen Sie abwerten.«

»So sehen Sie mich?«

»Ach. Vergessen Sie's«, stieß sie ärgerlich hervor.

Er sah sie immer noch an. Ratlosigkeit im Blick – und etwas Verwundetes.

»Ich wollte mich nicht über die Treue von Hunden erheben, im Gegenteil. Ich wollte sagen, dass Hunde im Gegensatz zu uns Menschen in der Lage sind, grenzenlos zu lieben.«

Sie hatte ihn zu Unrecht angegriffen. Irritiert suchte sie nach einem Themenwechsel. Sie zeigte auf das Segel, das sich unter seinen Füßen im Wind blähte und gab sich lässig.

»Beeindruckende Vorstellung übrigens.«

»Das war nichts.«

»Mehr Komplimente gibt es nicht. Sie wissen doch: schöne Worte sind hier rar gesät.«

»Und deshalb merken Sie sich meine?«

Ein leises Lächeln war in seine Züge zurückgekehrt. Marie drehte den Kopf weg.

»Trainieren Sie für einen Wettbewerb?«

»In meinem Alter?« Er lachte laut heraus. Augenblicklich kam sie sich dumm vor.

»Ich bin nur schon lange dabei. Die wahren Cracks sehen Sie bei zwei Windstärken mehr.«

Er wandte sich wieder dem Segel zu und rollte es weiter ein. Unschlüssig, was sie tun sollte, stand Marie daneben.

»Brauchen Sie Hilfe?«

»Sehen Sie zu, dass Sie nach Hause kommen.«

Seine Stimme war nicht unfreundlich, aber nach dem Waffenstillstand am Ende ihres Gesprächs empfand Marie seine Worte als rüde und abweisend.

»Ich wollte mich nicht aufdrängen.«

Johannson bemerkte die Kühle in ihrem Ton und sah irritiert auf.

»Ich wollte nur sagen: dem Wetter ist heute nicht zu trauen.«

»Oh, Sie brauchen gar nichts zu sagen. Sie müssen nicht mal mit mir reden, ich bin schon weg.«

Verletzt stapfte sie Richtung Treppe.

Orion brauchte einen Moment, zu begreifen, bei wem er jetzt bleiben sollte, aber dann folgte er doch Marie. Als sie ihn in den Fahrradanhänger verfrachtet hatte, warf sie einen letzten Blick zum Strand. Johannson hatte sein Segel eingerollt und ging den Strand entlang in die andere Richtung. Ein kleiner Punkt, der immer winziger wurde. Marie schluckte gegen die Enge in ihrem Hals an.

Das Bedauern über das verpatzte Treffen ließ sie nicht los, genau wie die Scham über ihr dummes Verhalten. Unruhig tigerte Marie zu Hause hin und her, bis sie Ori in den Anhänger setzte und losfuhr. Der Wetterumschwung hatte sich nicht durchsetzen können. Die Sonne zauberte jetzt wieder durch das Blätterdach des Ortswaldes goldene Sprengsel auf den Waldrand, die Vögel zwitscherten, feuerrote Ebereschen säumten den Weg, es roch nach Kiefernharz und feuchtem Moos. Ein Wald aus dem Bilderbuch. Marie atmete auf. Ihre Unruhe legte sich. Befreit nahm sie die Natur in sich auf, bog hier und dort ab und merkte zu spät, dass sie vom Weg abgekommen war. Sie stieg vom Rad und sah sich um. Ein Specht klopfte, ein Eichelhäher keckerte, die schlanken Stämme der Fichten knarzten leicht im Wind, sonst war alles still. Sie befreite Orion aus dem Anhänger und spazierte quer durchs Unterholz, bis sie eine Lichtung erreichte. Es war ein idyllischer Ort. Tief im Wald versteckt, war er vor neugierigen Blicken geschützt, der Boden war mit weichem Gras bedeckt, die Bäume umstanden den Platz wie stumme Wächter, der Blick nach oben ging in einen blauen, wolkenlosen Himmel. Ein Platz zum Liegen und Träumen, ein Ort für Verliebte.

Marie ging in die Mitte der Lichtung und setzte sich ins weiche Gras. Als ihre Hand den Boden berührte, spürte sie etwas Hartes unter ihren Fingern. Sie nahm es auf. Es war die Hälfte eines kreisrunden Holzstücks, in seiner Mitte schienen zwei Löcher gewesen zu sein, eine eingeritzte Schlaufe umrandete das, was noch von ihnen übrig war. Marie betrachtete das Fundstück. Die Reste eines Knopfes vielleicht. Nachdenklich steckte sie ihn ein. Orion wurde unruhig, es war Zeit, aufzubrechen.

Kurz bevor sie wieder in den Wald eintraten, begann Orion am Rand der Lichtung zu schnüffeln. Marie drängte ihn vorwärts, sie wollte nicht länger verweilen, aber Orion ließ sich nicht beirren. Irgendetwas hatte seinen Jagdinstinkt ausgelöst, er schnupperte sich an einer Stelle fest und begann, trotz seines Pfotenschuhs mit beiden Tatzen zu buddeln. Nach wenigen Augenblicken brachte er ein schmutziges Stück Stoff zum Vorschein. Marie wurde ungeduldig und rief, aber der Hund blieb sitzen, die Beute fest in seiner Schnauze. Sie ging ein paar Schritte zu ihm zurück.

»Was hast du denn da?«

Marie überwand ihren Ekel und griff nach dem Fetzen. Bereitwillig ließ Orion los. Sie hielt das Stück Stoff hoch. Es starrte vor Dreck, hier und da waren kleine Löcher hineingefressen. Vermutlich hatten Würmer eine Abwechslung im Speiseplan probiert. Angewidert ließ Marie es wieder fallen. Orion sah sie an und bellte. Um ihn ruhigzustellen, gab Marie nach. Sie zog eine der Tüten hervor, mit denen sie Orions Hinterlassenschaften unterwegs entsorgte, und ließ den Fetzen hineingleiten.

»Und jetzt los!«

Willig fügte sich der Hund nun dem Befehl und trabte voran. Ohne Mühe fand er den Weg durchs Dickicht zurück und führte sie sicher zur Bäderstraße.

Kaum zu Hause, legte er sich in den Schatten der Traubeneiche und war zwei Minuten später eingeschlafen. Marie hockte sich neben ihn. Zwei Hummeln torkelten im milden Licht der Spätsommersonne schwerfällig durch die Luft, vielleicht die letzten für dieses Jahr, am Baum nebenan leuchtete das Rot der Äpfel, die jeden Tag praller wurden. Es war eine friedliche Nachmittagsstimmung, doch Maries Gedanken kreisten. Sie zog die Tüte mit dem ausgegrabenen Stoffstück aus ihrer Tasche. Mit spitzen Fingern griff sie hinein und starrte auf den schmutzstarrenden Fetzen. Warum hatte er das ausgegraben? Sie ging ins Bad und hielt den Stoff unter den Wasserhahn. Als sich der Dreck langsam löste, traten hier und da Reste einer zarten Stickerei hervor. Es war ein altes Damentaschentuch, bestickter Batist, etwas, das man im Zeitalter der Papiertaschentücher kaum noch kannte. Marie betrachtete das Fundstück, ein Gedanke überkam sie. Sie eilte nach oben in das Schlafzimmer ihrer Tante und begann, den Kleiderschrank zu durchwühlen. In einem seiner Fächer fand sie, was sie suchte: eine kleine viereckige Stofftasche mit Umschlagklappe, in der man früher Taschentücher aufbewahrte. Als sie das erste herauszog, sah Marie sofort, dass es dem gefundenen glich. Ihre Tante war an derselben Stelle gewesen wie sie! Hatte sie auch dasselbe gesehen? War sie zufällig dorthin geraten oder hatte sie einen Grund, sich durch das Dickicht zu schlagen?

Das grüne Licht schimmerte schon von Weitem einladend in die Nacht hinaus. Der beleuchtete Platz unter dem von zwei Säulen getragenen Vordach empfing ihn wie ein alter Bekannter. Es war wie ein Nachhausekommen. Seine Stimmung hob sich augenblicklich. Nur wenige Schritte noch und sein Tritt würde im weichen Flor versinken. Gedämpfte Stimmen drangen schon zu ihm hinüber, die leisen Geräusche, die ihm so vertraut waren. Als er an den Tisch trat, spürte er, wie der Druck, der ihn seit Wochen bis zur Unerträglichkeit begleitet hatte, von ihm abfiel. Seine zittrigen Hände wurden endlich wieder ruhig. Nichts existierte mehr, außer der erleuchteten Insel vor ihm. Eine Hand ergriff den Stern, er hörte die Kugel fliegen. Die Farben flossen ineinander. Alles war gut. Er hatte sich widersetzt – aber jetzt war alles gut.

Marie saß vor ihrem Morgenkaffee und sah nach draußen. Orion tollte durch den Garten. Sie dachte an Johannson. Sie hatte sich noch gar nicht für den Hund bedankt. Vielleicht sollte sie das tun, und sich dabei gleich entschuldigen, dass sie manchmal überreagierte. Bei diesem Gedanken wurde ihr sofort leichter ums Herz. Die Scham und das Bedauern über ihr letztes Treffen lösten sich auf. Genau das würde sie machen. Und zwar gleich. Marie stand auf und stellte ihre Tasse in die Spüle. Ihr Blick fiel auf den Holzknopf, der auf dem Tisch lag. Sie nahm ihn auf und betrachtete ihn noch mal genau. Die eingeritzte Verzierung umrahmte die Ausbuchtung der Löcher wie eine Schlaufe. Eine Schlange? Oder eine elegante Raute. Wenn man sie auf der weggebrochenen Seite ergänzte, ergab sich eine kunstvolle Doppelschlinge. Sie verbarg sich in den zwei Schlaufen. Zusammen ergaben sie – eine doppelte Acht! 🙌

Katja stürmte durchs Wohnzimmer hindurch in den angrenzenden Raum, der als ihr Privatbüro diente. Sie riss die Schreibtischschublade auf und suchte hektisch nach etwas. Cilla war ihr gefolgt.

»Ich muss nach Amsterdam, sofort. Wo ist Tom?«

»Ich konnte ihn noch nicht erreichen. Im Büro hieß es, er sei krankgemeldet.«

»Zu Hause ist er nicht, da war ich gerade.«

»Was ist passiert?«

»Die Holländer werden unruhig, zu viel Zeitverlust.«

Katja zog einen Brief aus ihrer Tasche und warf ihn auf den Schreibtisch. Dann fand sie, was sie suchte und stieß die Schublade zu.

»Ich melde mich. Suchen Sie Tom. Er muss seine Aufgabe erledigen.«

»Ich werde mich um alles kümmern. Machen Sie sich keine Sorgen.«

Katja nickte dankbar und stürmte davon. Cilla nahm den Umschlag auf und zog das Schreiben darin hervor. Ihre Miene blieb unverändert, während sie las.

Marie tigerte unruhig hin und her. Hüte dich vor der Doppelacht. Die Worte ihrer Tante aus ihrem Abschiedsbrief. Was hatte sie Marie damit sagen wollen? Hatte das Taschentuch der Tante auf der Lichtung damit zu tun?

Marie drehte den Knopf zwischen ihren Fingern. Ihr war, als hätte sie das Zeichen schon einmal gesehen. Nur wo? So sehr sie sich auch zwang, die Erinnerung wollte nicht kommen.

Sie gab auf und füllte Orions Napf mit frischem Wasser. Er stürzte sich begierig darauf. Marie griff nach der Tüte mit ihrem Müsli – und plötzlich wusste sie, wo sie suchen musste.

Das Haus lag still und verlassen. Keiner öffnete auf ihr Klingeln. Marie ging nach hinten auf die Terrasse. Sie spähte durch die große Fensterfront. Niemand war zu sehen. Sie ging nach vorn zurück und drückte die Türklinke hinunter. Die Tür war unverschlossen. Marie trat in den Flur. Feiner Geruch nach teurer Möbelpolitur lag in der Luft.

»Hallo?«

Alles blieb still. Marie ging in den angrenzenden Raum und richtete den Blick auf das Bild über der Tür. Da war sie – MARY CELESTE! Die Erinnerung, die sich unbemerkt in ihr Unterbewusstsein eingegraben hatte, hatte sie nicht getrogen. Am Heck des imposanten Schiffes, das sein Maler dazu verdammt hatte, auf ewig die immergleichen Meereswellen an der immergleichen Stelle zu durchpflügen, erkannte sie das Symbol. Eine unscheinbare Malerei an einer unscheinbaren Stelle. Aber wer wusste, wo er hinsehen musste, entdeckte sie: die Doppel-Acht. Und wer dazugehörte, wusste auch, dass es keine Zier an einem prächtigen Schiff war, sondern ein geheimes Zeichen.

Sie musste Katja warnen, dringend. Noch hatte sie keine Ahnung, wie alles zusammenhing, aber wenn wirklich eine Gefahr für sie bestand, dann war möglicherweise auch Katja in Gefahr, immerhin hing ein Bild mit diesem Symbol in ihrem Haus, ohne, dass sie davon wusste. Denn hätte sie davon gewusst, hätte sie Marie gewarnt. Katja hatte ihr bisher bei allem geholfen, sie waren Cousinen. Jetzt war es zum ersten Mal an Marie, Katja zu helfen.

»Was tun Sie hier?«

Marie wirbelte herum und sah in die kalten Augen der Haushälterin.

»Ich suche meine Cousine.«

»Frau Branderup ist nicht im Haus.«

»Gut, dann fahr ich eben ins Büro.« Marie lächelte bemüht und beeilte sich, zu gehen.

»Frau Branderup ist auf Reisen.«

Marie drehte sich überrascht wieder um. »Auf Reisen? Wohin?«

»Eine Dienstreise.«

»Wann kommt sie zurück?«

»Das weiß ich nicht. Aber ich sage Ihnen gern Bescheid, wenn sie sich meldet.«

»Ja, danke.«

»Interessiert Sie das Bild?«

»Nicht besonders.« Marie lächelte verkrampft und spürte den Blick der Haushälterin in ihrem Rücken noch, als sie die Auffahrt hinunterging. Unwillkürlich zog sie ihre Jacke enger. Die Gegenwart Cillas ließ sie jedes Mal frösteln.

Kaum zu Hause, warf Marie ihre Tasche in die Ecke und klappte den Rechner auf. Die MARY CELESTE war ein zweimastiges Segelschiff, eine sogenannte Schonerbrigg, die 1872 auf halbem Weg zwischen den Azoren und Portugal verlassen auf dem Atlantik treibend aufgefunden wurde.

Sie war am 7. November desselben Jahres mit einer Ladung Industrie-Alkohol aus New York aufgebrochen und befand sich auf dem Weg nach Genua, als sie knapp einen Monat später führerlos treibend gesichtet wurde. Ein Handelsfrachtschiff entdeckte das Schiff, acht Kilometer von der Backbordseite entfernt. Die Segel des Schiffes waren schlaff, es schien vom Kurs abgekommen zu sein. Ein Kommando setzte über. Als die Männer an Bord gingen, bekreuzigten sie sich. Das Bild, das sich ihnen bot, war so furchterregend wie rätselhaft: das Schiff war komplett nass, zwischen den Decks stand das Wasser, selbst das Kapitänsbett war völlig durchnässt, »ein total nasses Durcheinander«, sollte der erste Offizier später berichten. Luken und Türen standen offen, in der Kombüse war der Ofen herausgerissen, sämtliche Küchenutensilien lagen wild verstreut, die Schiffsuhr war zerstört, der Kompass außer Funktion. Sextant und Chronometer waren nicht mehr zu finden. Außer dem Logbuch fehlten sämtliche Papiere. Die Fracht hingegen und die persönlichen Besitztümer der Mannschaft waren unversehrt. Ebenso gab es Essen für sechs Monate an Bord und es waren keine weiteren Zeichen von Kampf oder Gewalt zu sehen. Die Brigg war immer noch seetüchtig. Nur von der Mannschaft fehlte jede Spur.

Von jenem Tag an rankten sich Mythen und Legenden um das Schiff. Die unterschiedlichsten Szenarien wurden bemüht, um das Mysterium zu erklären. Von Piraten bis zu Außerirdischen, über Seebeben, einer Explosion der Ladung oder dem Auflaufen auf Treibsandbänken wurde alles herangezogen, was eine mögliche Ursache hätte sein können. Aber was wirklich geschah, weiß bis heute niemand. Die Mary Celeste blieb und bleibt eins der größten maritimen Rätsel aller Zeiten.

Nach diesem Vorfall geriet das Schiff in eine nicht abreißende Kette von Unglücken, bis es schlussendlich einige

Jahre später vor Haiti auf Riff lief und versank. Von dem Geheimsymbol am Heck jedoch, wie Marie es auf dem Ölgemälde in Katjas Haus gesehen hatte, war nirgendwo die Rede. Marie versuchte, mehr über das verbliebene Logbuch ausfindig zu machen. Offenbar hatte die Crew aus acht Besatzungsmitgliedern bestanden, dazu waren drei Gäste an Bord gewesen, Frau und Tochter des Kapitäns sowie ein Händler namens Johann Grahl aus Pommern in Preußen. Aber mehr war auch hier nicht zu erfahren. Nachdenklich klappte Marie den Lapptop wieder zu. Ihr fiel die kleine Bibliothek ein, die es im Ort gab. Sie hatte sie noch nie aufgesucht, aber dies war die Gelegenheit.

Zwei Stunden später war Marie klar, dass die Bücher über Lokalgeschichte nichts hergaben. Auf keinem Foto ein Hinweis auf die Doppelschleife. Müde rieb sich Marie die Augen. Zeit für den letzten Gang nach draußen. Orion stand bereits an der Tür und wartete. Mit einem Satz war er in der Dämmerung verschwunden. Marie trat aus dem Haus und streckte sich. Das lange Sitzen hatte sie verspannt.

Die Luft war herbstlich kühl und erfrischend, der Himmel wechselte von dunklem Blau langsam über in nächtliches Schwarz. Marie schlüpfte aus ihren Sandalen und machte ein paar Schritte über das vom Abendtau benetzte Gras. Und blieb schlagartig stehen.

Trotz seiner Größe sah sie ihn erst, als sie Richtung Wasser ging. Riesengroß und rot stand er über dem Bodden. Zum Greifen nah. Als müsse man nur durchs Schilf gehen, um ihn zu berühren – den Blutmond. Gebannt starrte Marie auf das Himmelsschauspiel. Der Erdtrabant schien von innen zu leuchten. Wie Adern auf einer alten Hand schlängelten dunkle Schatten über seine orange glühende Oberfläche. Er war der, der er immer war, und doch völlig anders. Seine Größe, seine Farbe, seine Nähe machten ihn zu einem Fremden. Während sie den Mond betrachtete, schien sich seine Leuchtkraft zu verstärken, seine Größe anzuschwellen. Sein Anblick war faszinierend, anziehend – unheimlich.

Und dann kamen sie, aus dem Nichts. Aus einem winzigen Punkt am Horizont, der langsam größer wurde. Ihm folgte ein weiterer, dann noch einer und noch einer – eine ganze Heerschar von Vögeln zog über dem blutroten Mond auf. Marie erkannte das V der Zugvögel. Aber der Zug hörte nicht auf, er schwoll weiter, schwoll, bis der ganze Himmel bedeckt war. Ein schwarzer Teppich, der mit lautlosem Flügelschlag über das Land flog, über den Garten, über Marie hinweg. Und aus den heiser ausgestoßenen Rufen, die den Vogelkehlen entströmten, wurden Stimmen, erst einzelne, dann mehr und immer mehr, bis eine nicht mehr von der anderen zu unterscheiden war, und sie ineinanderflossen und sich zu einem brausenden, alles übertönenden Gesang vereinigten, der wie ein Choral in den Himmel stieg.

Erst als sie Orions feuchte Schnauze in ihrem Gesicht spürte, kam Marie wieder zu sich. Sie schob ihn zur Seite und wischte sich mit der Hand über die Wange. Da war mehr als Hundesabber, sie spürte etwas Flüssiges. Benommen starrte sie auf ihre Finger. Sie waren feucht, und dunkel. Marie rappelte sich auf. Der Himmel über ihr war klar, die Sterne funkelten. Der Mond war aufgestiegen, sein rundes Gesicht stand da, wo es hingehörte, weiß wie immer. Marie ging ins Bad und machte Licht. Ihr Gesicht und T-Shirt waren blutverschmiert. Aber das Blut war nicht rot. Es war schwarz.

»Wirklich nur kurz, nur eine Frage! Ich würde nicht kommen, wenn es nicht so wichtig wäre. Bitte! Helfen Sie mir!«

Monika Tappenbeck ließ Marie ins Haus.

»Aber machen Sie es kurz.«

Marie nickte und eilte nach hinten durch. Luise lag in ihrem Bett, sie hatte die Augen geschlossen.

»Luise?«, flüsterte Marie.

Luises Lider flatterten leicht. Sie brauchte einen Moment, bis sie Marie erkannte.

»Kindchen.«

»Ich habe die Vögel gesehen.«

Luise sah Marie stumm an.

»Ich muss wissen, was sie bedeuten.«

»Hast du mit ihnen gesprochen?«

»Nein!« Marie wehrte heftig ab.

»Aber du hast sie gehört?«

Marie zögerte.

»Du hast sie nicht verstanden«, nickte Luise wissend. »Das kommt noch.«

Marie sah Luise fest an. »Ich kann nicht mit Vögeln sprechen. Niemand kann das.«

»Es sind keine Vögel. – Es sind die Geister der Verstorbenen.«

Marie brachte kein Wort hervor. Luise ergriff Maries Hand.

»Du musst fort von hier, Kind. Du bist in Gefahr.«

»Was ist in der Büdnerei passiert?«

»Die Vögel haben nichts mit dem Haus zu tun.«

»Warum sehe ich sie dann?«

»Sie kommen, wenn es Zeit ist.«

»Zeit wofür?«

Luise zögerte. »Jemanden aufzunehmen.«

Marie schluckte, als sie verstand. Sie nahm all ihren Mut zusammen und sah Luise an.

»Bin ich das?«

»Das weiß ich nicht.« Luise schloss die Augen. Noch immer spürte Marie Luises Griff um ihr Handgelenk und hörte ihre letzten Worte. »*Bring dich in Sicherheit, Kind!*«

Sie hockte auf der Mole des Boddenhafens und sah aufs Wasser hinaus, der Wind kräuselte die Oberfläche. Er kam aus Norden und trug bereits den Duft der Wolken in sich, die sich in weiter Ferne erst über dem Meer sammelten. Marie bemerkte ihn nicht. Ebenso wenig wie die Kälte, die in ihr hochkroch. Sie saß nur da – und wusste nicht mehr weiter.

Was sollte sie tun? Luise glauben, aufgeben, weggehen? Wohin?

Und wenn sie blieb und weitermachte? Würde wirklich etwas passieren? Marie musste an Krause denken und seine

Drohung. Oder galt die Gefahr doch jemand anderem? Wem dann? Und konnte sie etwas dagegen tun?

Was war mit den übersinnlichen Fähigkeiten, die sie offenbar hatte? Konnten die helfen? Oder ihr nur Angst machen? Wenn sie jetzt schon die Geister der Toten hören konnte, wo sollte das enden? Marie wurde sich langsam selbst unheimlich. Und fühlte sich einsamer denn je.

Sie wusste nicht, wie lange sie auf der Mole gesessen hatte, aber als sie aufstand, waren ihre Glieder steifgefroren. Sie beschloss, auf dem Rückweg eine Flasche Rum mitzunehmen und Inga anzurufen.

Als hätte die Freundin geahnt, wie dringend Marie jemanden zum Reden brauchte, hing ein Zettel an der Einfahrt. »18 Uhr, Große Maase – muss dir dringend was zeigen. Inga.«

Marie vertagte den Grog auf den Abend und nahm stattdessen eine heiße Dusche. Als sie den Anhänger vom Rad löste, schwante Orion, der ihre Aktivitäten wie immer aufmerksam verfolgt hatte, dass er nicht mitdurfte. Kurzentschlossen nahm er sich seine eigene Freiheit und büxte aus. Marie sah auf die Uhr. Wenn sie wartete, bis er zurückkam, käme sie zu spät. Notgedrungen ging sie noch einmal ins Haus zurück und öffnete die Terrassentür einen Spalt für ihn. Dann beeilte sie sich, loszukommen.

Der Wind brauste in der Luft und zerrte an ihren Kleidern, als sie die Bäderstraße überquerte. ›Nirgendwo heult er wie hier‹, dachte Marie und blickte in den Himmel. Wie konnte etwas, das man nicht sieht, solche Klänge hervorbringen? Seit dem Mittag hatte es stetig aufgefrischt, jetzt raste der Wind wie die Wilde Jagd übers Land. Marie überlegte, ob sie umkehren und Inga lieber zuhause treffen sollte, aber Inga hatte geschrieben, dass es dringend war. Marie schob ihr Rad über die Straße. Eine Kiefer am Eingang des Darßwaldes ächzte, es klang wie eine schwere Holztür, die sich mit dunklem Knarren aufschiebt. Ein schmaler Weg öffnete sich vor Marie. Sie kannte ihn. Er würde sie zu einer der Hauptachsen im Wald bringen, von dort aus musste sie ein Stück geradeaus fahren, bis sie sich westlich halten musste, um zur Maase, einer großen ehemaligen Landwirtschaftsfläche, zu gelangen. Marie fuhr los.

Nach wenigen Metern spürte sie, wie es ruhiger wurde. Der Wind blieb hinter ihr zurück. Die Bäume schirmten ihn ab. Als wolle er seine Kraft deshalb doppelt unter Beweis stellen, fuhr er in ihre Kronen und zerrte wütend am Dach des Waldes. Äste brachen und fielen krachend zu Boden, wo es ihm gelang, die Wehr der Bäume zu durchbrechen und ins Unterholz zu dringen. Er schien sich zu einem handfesten Sturm auszuwachsen. Auch das Licht wurde nun spärlicher. Die Wolken, dessen erste Boten Marie mittags an der Mole gestreift hatte, hatten sich auf ihrem Weg von Skandinavien nach Süden mit Wasser vollgesogen und jetzt den Darß erreicht. Was sie neben ihrem schweren Grau an Helligkeit noch duldeten, schluckte der Wald.

Ein paar letzte Radfahrer kamen Marie entgegen, eilig in die Pedale tretend, auf der Suche nach Schutz, dem raschen Weg nach Hause. Dann war sie allein unterwegs. Der

Wald begann, ihr fremd zu werden. Als verändere er sich. Sie passierte einen Baumstamm, dessen unterer Teil aussah, als grüben sich lange, schmale Finger mit spitzen Nägeln in den Boden. Ein altes Gedicht von Joseph von Eichendorff fiel ihr plötzlich wieder ein.

Dämmrung will die Flügel spreiten, / Schaurig rühren sich die Bäume, /
Wolken ziehn wie schwere Träume – / Was will dieses Graun bedeuten?

Hast ein Reh du lieb vor andern, / Laß es nicht alleine grasen,
Jäger ziehn im Wald und blasen, / Stimmen hin und wieder wandern.

Hast du einen Freund hienieden, / Trau ihm nicht zu dieser Stunde,
Freundlich wohl mit Aug' und Munde, / Sinnt er Krieg im tück'schen Frieden.

Was heut gehet müde unter, / Hebt sich morgen neugeboren.
Manches geht in Nacht verloren – Hüte dich, sei wach und munter!

Marie schauderte. Sie hatte ewig nicht an diese Zeilen gedacht, ja, nicht einmal gewusst, dass sie sie noch im Gedächtnis hatte. Warum fielen sie ihr ausgerechnet jetzt ein?

Endlich hatte sie den Abzweig zur Maase erreicht. Ab hier musste sie schieben, der Weg war zu schmal, zu überwachsen, umgestürzte Bäume erschwerten das Durchkommen zusätzlich. Hier ging selten jemand, in diesem Teil des Waldes gab es nichts mehr, was Touristen anzog. Es dauerte weitere Minuten, bis sie das Gatter, welches das Gelände abschirmte, erreichte. Inga war nicht da. Marie sah auf die Uhr. Es war bereits viertel nach sechs. Sie beschloss, zu warten. Die Wolken über ihr konnten ihre Last jetzt nicht länger tragen. Mit Wucht prasselte der Regen aufs Land und durchschlug das dichte Dach der Bäume. Marie zog ihre Kapuze hoch und flüchtete unter eine besonders dicht belaubte alte Buche. Halb sieben und von Inga nichts zu sehen. Marie wollte gerade aufbrechen, als sie aus den Augenwinkeln eine Bewegung rechts von ihr wahrnahm. Das musste sie sein.

»Inga?«

Marie lief in die Richtung, bemüht, den nassen Zweigen, die im Weg waren, auszuweichen. Der Boden unter ihren Füßen war glitschig. Schon blieb sie an einer Wurzel hängen und schlug hin. Ein heftiger Schmerz am Kopf ließ sie aufstöhnen. Sie fasste an ihre Stirn, als sie ihre Hand zurückzog, vermischte sich das Rot ihres Blutes daran mit dem Wasser des Regens. Sie spürte den morastigen Waldboden unter sich, fühlte, wie die nassen Kleider an ihrem Körper klebten. Erschöpft schloss sie für einen Moment die Augen.

Was machte sie hier? Sie musste weg, nach Hause. Mühsam rappelte sie sich auf, als ein heller Blitz in ihrem Kopf explodierte. Danach war nichts mehr, nur Schwarz.

Als sie das nächste Mal erwachte, war das Hämmern verschwunden. Auch der Schmerz schien fort. Sie öffnete die Augen. Van Goghs Sonnenblumen sahen sie von der Wand gegenüber an. Marie versuchte, sich aufzusetzen. Ein Flammenschwert fuhr ihr in die Seite, sie holte tief Luft und wartete, bis der Schmerz wieder abebbte. Langsam sah sie sich um. Sie lag in einem Krankenhausbett. Etwas war um ihren Kopf gebunden. Ein Verband. Und von ihrem rechten Arm führte ein Schlauch zu einer Flasche, die über ihr hing. Sonst war sie an keine Geräte angeschlossen. ›Das war gut‹, dachte sie und versuchte, sich zu erinnern, wie sie hergekommen war. Vergeblich. Das Letzte, das sie vor Augen sah, war die Pforte zur Großen Maase.

Das nächste Mal, als sie aufwachte, saß Inga neben ihrem Bett. »Da bist du ja wieder.« Ihre Erleichterung war so deutlich, dass Marie trotz ihrer Benommenheit einen Schreck bekam.

»Wie fühlst du dich?«

»Als würde ich das erste Mal auf einem Surfbrett stehen. Alles schwankt.«

»Das ist gut.«

»Wieso bin ich hier? Ich kann mich an nichts erinnern.«

»An gar nichts?«

Marie schüttelte den Kopf.

»Du hast mitten im Wald gelegen, mit einer Kopfverletzung und einer Stichwunde im Rücken.«

»Wie ist das passiert?«

»Das müssen wir herausfinden.« Ingas Miene war ernst.

»Es gab einen schweren Sturm an dem Abend, es könnte sein, dass dir ein Ast, als er brach, auf den Kopf gefallen ist, du dadurch gestürzt und mit der Seite in eine spitze Astgabel gefallen bist.«

Marie versuchte, sich das Szenario vorzustellen.

»Und was könnte noch sein?«

»Dass dir jemand von hinten auf den Kopf geschlagen und dich gestochen hat.«

Marie wusste nicht, was sie sagen sollte.

»Hast du jemanden gesehen, Marie? Jemanden, der in deiner Nähe war? Der dir gefolgt ist?«

»Da war ein Schatten zwischen den Bäumen. Ich dachte, das wärst du?«

»Nein. Ich hab auch den Zettel nicht geschrieben.«

Inga konnte die Frage in Maries Augen lesen.

»Ich war bei dir zu Hause, ich dachte, ich finde vielleicht irgendwelche Hinweise. Er lag noch auf dem Tisch.«

Marie versuchte, Ordnung in ihre Gedanken zu bringen.

»Wir müssen die Polizei einschalten.«

»Nein, warte!«

»Marie, jemand hat dich zu dieser Verabredung gelockt. Du wärst beinahe verblutet!«

»Wer hat mich denn überhaupt gefunden?«

»Ori. Er ist an dem Abend, an dem du verschwunden bist, zu Johannson gelaufen und hat keine Ruhe gegeben, bis der ihm gefolgt ist. Frag nicht, woher der Hund wusste, an welcher gottverdammten Stelle er suchen musste, aber er hat dich gefunden, im dichtesten Unterholz, fernab von jedem Wanderweg.«

Maries Augen füllten sich mit Tränen. Inga drückte ihre Hand.

»Ist ja alles gut gegangen. Auch wenn sich die Ärzte in der ersten Nacht nicht sicher waren. Du hattest viel Blut verloren.«

»Wie lange bin ich schon hier?«

»Drei Tage.«

Marie erinnerte sich vage daran, jemanden in ihrer Nähe gespürt zu haben.

»Hast du die ganze Zeit an meinem Bett gesessen?«

»Wir haben uns abgewechselt.«

»Wir?«

»Johannson und ich. Genaugenommen war er die meiste Zeit hier.«

»Ich weiß nicht, wie ich mich bedanken soll.« Marie lächelte verlegen. Johannson stand am Fußende ihres Bettes, er hielt eine Schale Weintrauben in den Händen.

»Sie haben mir das Leben gerettet.«

»Schön wär's. Ich wollte immer schon mal Held sein. Aber die Lorbeeren gehen eindeutig an Orion.«

»Den ich ohne Sie gar nicht hätte.«

Marie sah Johannson an.

»Ich schätze, auch das war eher seine als meine Entscheidung.«

»Und ich schätze, jetzt sind Sie etwas zu bescheiden.« Sie lächelte.

»Wie er mich bloß gefunden hat?«

»Ich denke, Schutzengel geben ihre Geheimnisse nicht preis.«

Ihre Blicke trafen sich, für einen Moment wurden beide verlegen. Johannson sah auf die Schale Trauben in seinen Händen.

»Wie auch immer, jedenfalls konnten Sie einen gebrauchen. Einen Schutzengel, meine ich.«

Marie spürte, wie ihre Mauer aus Abwehr zu bröckeln begann und sich ihre Augen mit Tränen füllten. Johannson sah sie erschrocken an.

»Hab ich was Falsches gesagt?«

»Im Gegenteil.«

Marie konnte die Tränen jetzt nicht länger zurückhalten.

»Nicht weinen. Jetzt ist doch alles gut.«

»Nichts ist gut, gar nichts, und es tut mir auch leid, dass ich am Strand so unausstehlich war«, schluchzte sie aus tiefstem Herzen. Die Tränen flossen über ihr Gesicht.

»Nicht doch …« Johannson setzte sich aufs Bett, schloss seine Arme um sie und hielt sie wortlos fest.

Sie mussten lange so gesessen haben, denn als Marie sich beruhigte und von ihm löste, war seine Brust nass.

»Sie retten mir das Leben und zum Dank dafür ruinier ich ihr Hemd. Normalerweise heul ich nie.« Marie wischte sich verlegen die Nase mit dem Handrücken. Er reichte ihr ein Taschentuch. »Vielleicht wurde es mal Zeit.«

Marie nickte und sah ihn dankbar an. Ein kleines Lächeln stahl sich um ihre Mundwinkel.

»Na, sehen Sie. Mit den Tränen kommt das Lächeln wieder.« Johannson wurde sich der Nähe zwischen ihnen bewusst, abrupt erhob er sich von der Bettkante, auf der er immer noch saß.

»Tja dann …«

Ihre Blicke trafen sich.

»Danke! Für alles!«

Marie sah ihm in die Augen. Johannson zögerte, als wolle er noch etwas sagen, brachte aber nur ein »Gute Besserung« hervor. Eilig verließ er das Zimmer.

Als es am nächsten Nachmittag gegen fünf kurz, aber entschlossen an der Tür klopfte, wusste sie, dass es Johannson war.

»Sie müssen einen Zacken zulegen beim Gesundwerden. Ori gibt keine Ruhe, er will zu Ihnen.«

»Heute aufstehen, morgen Abmarsch. Schnell genug?«

»Haben das die Ärzte angeordnet oder Sie selbst?«

»Sie haben ja eine schöne Meinung von mir.«

»Wundert Sie das?«

»Nicht, wenn ich daran denke, wie ich mich oft benommen habe.«

Johannson sah ihr in die Augen.

»Nichts, was ich in diesem Dorf je erlebt habe, hat mich überrascht. Nur Sie.«

›Kein Wunder‹, dachte Marie. Aber zu ihrer Überraschung sah sie keine Ablehnung in seinem Blick, sondern ein Lächeln. Hatte sie ihn wieder falsch verstanden?

»Ist das so?«, fragte sie leise.

»Ich sage nie etwas, das ich nicht meine.«

Immer noch hielten sie den Blick verschränkt.

»Ich weiß nichts von Ihnen«, sagte Marie leise.

»Dann lernen Sie mich doch kennen.«

Langsam kam er näher und setzte sich auf die Bettkante. Abwartend sah er sie an. Marie streckte vorsichtig eine Hand aus. Er nahm sie in seine. Schlagartig wurde sich Marie der Nähe zwischen ihnen bewusst, sie spürte die Wärme, die sein Körper verströmte, atmete seinen Geruch, ihr Herz schlug heftig.

»Ich muss dir was gestehen. Ich habe dein Haus beobachtet.«

»Was?« Ihr Gespür hatte sie nicht getrogen. Er war es gewesen.

»Warum?«

»Einmal kam ich spätabends zufällig vorbei und sah jemanden im Dunkeln herumschleichen. Die Büdnerei liegt ziemlich einsam, ich wollte die Sache im Blick behalten. Wer einmal kommt, kommt auch zweimal.«

»Hast du erkannt, wer es war?«

»Beim zweiten Mal hab ich Tom gesehen.«

»Tom?« Er nickte. Marie war verwirrt.

»Wahrscheinlich hat er mich besucht.«

Arvid schwieg.

»Wie oft warst du da?«

Er zuckte die Achseln. »Hab's nicht genau gezählt.«

»Ich hab deinen Wagen nie gesehen?«

»Wenn du ihn gesehen hättest, hätte ihn dein Besucher auch gesehen. Ich bin zu Fuß gekommen, über den Schilfweg.«

»Und hast mich zu Tode erschreckt, als du in der Tür standest.«

»Das wollte ich wirklich nicht. Manchmal läuft die beste Absicht falsch.«

›Er hatte sie beschützen wollen‹, dachte Marie. Und sie hatte ihm Böses unterstellt.

»Es stimmte nicht, dass du Orion nicht behalten konntest? Hab ich recht?«, fragte sie leise.

»Ich musste was erfinden, sonst hättest du ihn nicht von mir angenommen.«

»Ich hab dich so falsch eingeschätzt!«

»Wir haben uns oft falsch verstanden. Vielleicht schaffen wir es ja in Zukunft besser?«

Marie streckte eine Hand aus und berührte vorsichtig seine Wange. Er nahm ihre Hand und küsste zärtlich ihre Fingerspitzen. Sein Blick suchte den ihren. Eine Haarsträhne fiel ihm in die Stirn. Marie schob sie zärtlich beiseite. Sein Handrücken zeichnete behutsam ihre Wangenlinie nach. Marie zog ihn an sich – sie fühlte die Weichheit seiner Haare, atmete seinen Geruch, dann waren seine Lippen auf ihren. Es fühlte sich fremd an – und genau richtig.

Am Abend ihrer Entlassung hatte Arvid es übernommen, eine Pizza zu belegen. Der Duft geschmolzenen Käses zog aus Maries Backofen, während er in der winzigen Küche den Tisch deckte. Inga entkorkte den Barolo, den sie mitgebracht hatte, und schenkte drei Gläser ein. »Auf deine glückliche Rückkehr zu den Lebenden.«

»Nein, auf euch!« Marie sah Inga und Arvid an und empfand tiefe Dankbarkeit, dass es diese beiden Menschen in ihrem Leben gab.

»Wir haben nichts Besonderes gemacht«, winkte Inga selbstverständlich ab.

»Der Dank gebührt nur einem«, lächelte Arvid, und der warme Blick aus seinen dunklen Augen ließ Maries Herz schneller schlagen.

»Ich weiß, du bist der Star!« Marie beugte sich zu Ori, der ihr seit ihrer Rückkehr nicht von der Seite wich. Übermütig wuschelte sie seinen Kopf und drückte einen Kuss auf seinen Schädel.

»Die Frage ist, wie es jetzt weitergeht?« Ingas besorgter Ton holte Marie in die Gegenwart zurück. Arvid sah sie ernst an.

»Bist du sicher, dass du keine Anzeige stellen willst?«

»Gegen Unbekannt? Was soll das bringen?«

»Das war ein Mordanschlag, Marie! Du kannst das nicht einfach übergehen.«

»Was soll die Polizei machen?« Marie sah Inga ratlos an.

»Es hat wie aus Kübeln gegossen an dem Abend, sämtliche Spuren vor Ort sind verwischt oder im Schlamm untergegangen. Und der Schnitt neben meiner Lunge konnte ebenso gut von der messerscharfen Spitze einer gebrochenen Astgabel stammen wie von einer wirklichen Messerspitze. Hast du selbst gesagt.«

»In jeder Großstadtklinik hätte man die Wunde entsprechend untersucht oder zumindest fotografiert. Ein Hoch auf das Dorfleben«, antwortete Inga sarkastisch.

Arvid ging zu Marie und setzte sich neben sie.

»Was hast du stattdessen vor?«, fragte er ruhig.

»Packen und wegziehen, was sonst?«, antwortete Inga an Maries Stelle.

»Nein, Inga!« Marie sah Inga mit einer Entschlossenheit an, dass diese verstummte.

»Ich will nicht weg. Nicht weg von euch. Nicht weg vom Darß. Ich will mich nicht vertreiben lassen.«

»Dann bleibt nur eins.«

Arvids Stimme klang ruhig und gefasst.

Marie war ihm dankbar, dass nicht auch er sie in eine Richtung zu drängen versuchte, sondern ihren Willen und ihre Entscheidung akzeptierte und von da aus weiterdachte.

»Wir müssen herausfinden, wer dir Böses will.«

»Luise Tappenbeck hat es vorhergesagt. Wenn das Kind sich zeigt, stirbt jemand.«

Auch Arvid wusste inzwischen von Maries ›Erscheinungen‹. Sein Blick suchte ihren.

»Glaubst du, es kann noch jemanden anderen treffen?«

»Ich weiß es nicht. Die alten Geschichten existieren zwar noch als unheilvolle Vorhersagen, aber ob sie einmal wahr waren, oder warum, das ist verlorengegangen. Ihre realen Ursprünge sind verloren gegangen.«

»Gut, aber der Spökenkiekerkram ist eins, der Anschlag auf dich etwas anderes«, sagte Arvid.

»Ich nehme Luises Worte sehr ernst.«

»Ich weiß«, räumte er ein. »Ich wollte auch nur sagen: ich denke, dass es zwei Fronten sind, an denen du kämpfst, zwei unterschiedliche. Auf der einen Seite gegen das Übersinnliche, auf der anderen Seite gegen etwas aus der realen Welt.«

»Wer sollte denn im normalen Leben etwas von Marie wollen, dass er ihr nach dem Leben trachtet?«, warf Inga ein.

»Krause vielleicht?« Marie war sich selbst nicht sicher, aber der Café-Konkurrent war der Einzige, der ihr einfiel.

»Nein, der bestimmt nicht«, winkte Arvid ab. »Krause blökt laut, aber tut nichts. Ich kenne ihn. Außerdem: so viel Umsatz nimmst du seiner Waldschenke nicht weg. Für einen Mordanschlag muss mehr dahinterstecken.«

»Okay, nehmen wir an, es gibt jemanden Konkretes, der dich beiseite räumen will: wem bist du im Weg? Und warum?«, fragte Inga.

»Ich hab keine Ahnung«, antwortete Marie aus tiefstem Herzen. »Ich kenne hier nur euch. Und Tom und Katja.«

»Vielleicht hat es was mit diesem Zeichen zu tun?«

»Die Doppel-Acht, vor der dich deine Tante gewarnt hatte?« Arvid sprang auf den Gedanken an.

»Ich hab sie auf einem Bild in Katjas Haus wiederentdeckt.«

»Was?« Inga sah Marie elektrisiert an. »Wann?«

»Nach unserem letzten gemeinsamen Abend. Sie ist am Heck eines Schiffes zu sehen, von dem ein Bild in Katjas historischem Empfangszimmer hängt.«

»Was für ein Schiff?«, hakte Inga nach.

»Es hieß MARY CELESTE. Ein Handelsschiff aus dem 19. Jahrhundert. Es war ständig vom Pech verfolgt und ging aufgrund merkwürdiger und unerklärlicher Vorfälle als Geisterschiff in die Annalen ein.«

»Warum hat deine Cousine ein Bild davon?«, fragte Arvid.

»Keine Ahnung. Der Raum ist voll mit Schiffsmotiven. Vermutlich stammen sie alle aus derselben Zeit.«

»Das heißt, Katjas Großvater hat sie aufgehängt?«

»Wohl eher ihr Urgroßvater.«

»Waren die Vorfahren deiner Cousine Seefahrer?«, hakte Arvid nach.

»Nein, Händler.« Marie fiel es wie Schuppen von den Augen. »Es war ein Händler aus Pommern an Bord. Johann Grahl.«

Alle drei sahen sich an.

»Okay, ich werde versuchen, herauszufinden, ob er zu Katjas Familie gehört. Aber das heißt noch lange nicht, dass sie mir Böses will, nur weil ein komisches Zeichen in ihrem Haus hängt. Eher ist sie auch in Gefahr. Ich muss sie warnen.«

»Auf keinen Fall. Wir müssen erst mehr wissen, bevor du mit deiner Cousine sprichst. Noch ist jeder verdächtig.«

Obwohl sich Marie gegen die Vorstellung, dass Katja auf irgendeiner dunklen Seite stehen könnte, wehrte, behielt ihr Verstand die Oberhand.

»In Ordnung.«

Im Gegensatz zu Inga hatte Arvid den unbedingten Wunsch Maries, allein in der Büdnerei zu bleiben, akzeptiert und vor seine Sorge um sie gestellt. Sie spürte noch seine Lippen auf ihren.

»Du lässt das Telefon in deiner Nähe, okay?«, versicherte er sich mit einem Blick in ihre Augen.

Sie hatte genickt und dann Inga umarmt.

»Macht euch keine Sorgen. Ori ist ja bei mir.«

Es war auch Marie nicht leichtgefallen, sich von den beiden zu trennen. Vor allem von Arvid nicht. Die Sehnsucht nach einander stand fast greifbar im Raum.

Aber für das, was sie vorhatte, musste sie heute Nacht allein sein.

Nachdem die beiden gegangen waren, hatte sie aufgeräumt, alle Lichter gelöscht und die Vorhänge weit aufgezogen. Wie ein weißer Streifen lag das Mondlicht auf der Wiese zum Bodden. Silbrig glänzte das Schilf am Wasserrand. Wenn es Mächte auf beiden Seiten dieser Welt gab, die gegen sie arbeiteten, dann war es jetzt an der Zeit, die des Schattenreiches hervorzurufen.

Marie setzte sich auf einen Stuhl in die Mitte des Wohnraumes und schloss die Augen. Sie atmete tief ein und aus. Nach einer Weile spürte sie, wie sie ruhiger wurde, die Tagesereignisse fielen von ihr ab, sie fokussierte sich. Ihre Stimme war klar und fest, als sie sprach.

»Ich weiß nicht, wer du bist – aber ich bin sicher, dass du mich hörst. Ich möchte dir sagen, dass ich nichts Böses will. Nicht dir und niemandem sonst. Aber wenn es etwas gibt, das ich wissen muss, oder das ich tun soll, dann gib mir einen Hinweis. Sprich mit mir. So wie du mit meiner Tante gesprochen hast. Denn das hast du getan, sonst hätte sie hier nicht in Frieden gelebt. Ich brauche deine Hilfe. Wer bist du?«

Marie wusste nicht, wie lange sie so dasaß, sie spürte nur eine große innere Ruhe. Darüber hinaus jedoch geschah nichts. Weder empfing sie eine Stimme, die ihr antwortete, noch bekam sie irgendein anders geartetes Zeichen.

Ohne Licht zu machen, ging sie irgendwann in die Küche, um sich ein Glas Wasser zu holen. Als sie damit in den Wohnraum zurückkam, war sie da.

Sie stand neben der Tür zur Terrasse, dunkel zeichnete sich ihre Silhouette vor dem hellen Schein des Mondes ab. Sie war von mittlerer Statur, ihre Figur von einem langen schwarzen Rock umhüllt. Um die Schultern hatte sie ein schwarzes wollenes Tuch geschlungen. Die Haare waren im Nacken zu einem Knoten gebunden, sie schienen früh ergraut, wie sie insgesamt vorzeitig gealtert wirkte. Sie stand ganz still.

»Wer bist du?«, flüsterte Marie.

Aber die Frau antwortete nicht. Marie blieb stehen, wo sie war und wartete. Sie schloss die Augen.

Plötzlich formten sich Worte in ihrem Kopf.

Am Ende des Weges liegt der Anfang.

Marie konnte den Satz nicht deuten und wartete auf mehr, aber die Verbindung schien abgerissen. Sie öffnete die Augen. Der Platz an der Terrassentür war leer.

Sie schlief unruhig in dieser Nacht. Immer wieder wachte sie auf. Die Wärme staute sich im Zimmer. Sie stand auf, um das Fenster zu öffnen – kühle Nachtluft strömte herein. In tiefen Zügen atmete sie ein und aus und sah zum Waldrand. Ihr war, als stünde ein Schatten zwischen den Bäumen, jetzt trat er hervor, ein Mann kam auf die Einfahrt zu und lehnte sich an den Zaun daneben. Er sah zu ihr. Das Mondlicht ließ die Konturen seines Gesichtes hervortreten, seine hohe Stirn, die scharfgezeichnete Linie seiner Wangenknochen. Er war so jung. Fast schmerzte sie sein Anblick, seine Verwundbarkeit. Schon bald würden sich tiefere Linien in die feinen Züge graben, Schatten in die Augenhöhlen legen, die Spuren der Mühsal des täglichen Lebens sich einbrennen – aber noch trug die Kraft der Jugend ihn, die Leichtigkeit, der Hunger aufs Leben, sie trugen ihn, wohin er wollte. Und sie konnte nichts dagegen tun. Er hob seine Hand und winkte ihr zu. Sein Lächeln malte einen weißen Strich auf sein schmales Gesicht. Aber er sah sie nicht wirklich, er sah nur ihren Schatten. Unwillkürlich streckte sie ihre Hand aus, wollte ihn berühren – es ging nicht. Etwas Helles schien zwischen den Bäumen auf, es bewegte sich sehr schnell, dann ließ es den Wald hinter sich und lief ins Mondlicht. Er wandte den Blick von ihr ab. Ohne dass sie es sah, wusste sie, dass sein Lächeln jetzt ein Strahlen wurde. Er breitete seine Arme aus. Sie flog hinein. Er hob sie hoch. Auch sie war so jung, so ungestüm, so voller Freude. Ihr elegantes weißes Kleid wirbelte einen Schleier um ihn, als sie sich drehten. Er setzte sie ab und nahm ihre Hand, sie gingen den Weg hinunter. Er drehte sich ein letztes Mal zu ihr um und lachte, sein Glück zog ihr das Herz zusammen. Sie wollte ihn rufen, ihn zurückhalten, aber sie brachte keinen Ton hervor. Sie hatten die Biegung des Weges erreicht, noch zwei Schritte, noch einer, dann waren sie fort. Tränen liefen über ihr Gesicht.

Marie fuhr aus dem Bett hoch, ihr Gesicht war nass, ihre Kehle schmerzte vor unterdrücktem Schluchzen. Ein alles durchdringender Schmerz lag auf ihr wie ein Grabdeckel. Sie brauchte einen Moment, bis sie wusste, dass sie geträumt hatte.

Es war dunkel im Raum. Das Mondlicht hatte sich verzogen, heftiger Regen schlug gegen die Fenster. Nein, es war kein Traum. Sie hatte etwas *gesehen*.

Sie wusste nicht, was es bedeutete, aber sie wusste, dass es die Frau war, die ihr den Traum geschickt hatte.

Drei Meter weiter, und sie wäre unter die Räder gekommen. Der Wagen preschte mit so hoher Geschwindigkeit aus der Einfahrt, dass niemand ihn mehr zum Stoppen gebracht hätte. Eine Fontäne aus Wasser und Schlamm spritzte auf, als Tornow nach links abbog und weiter beschleunigte. Eigentlich hatte Marie nur eine Runde joggen wollen, dann aber doch ihre Schritte auf Katjas Reiterhof gelenkt. Sie hatte das unbestimmte Gefühl, dass Gefahr in Verzug war. Auf dem Hof herrschte nervöse Unruhe, Pferde wurden eilig von hier nach da bewegt, ungehalten fuhr Vogt, der Verwalter, gerade ein Stallmädchen an. Das junge Ding ging eilig in Deckung.

»Guten Morgen.«

Vogt fuhr zu Marie herum. »Gut ist hier gar nichts! Was wollen Sie? Ich hab keine Zeit.«

»Ich suche meine Cousine.«

»Da haben wir was gemeinsam«, antwortete Vogt sarkastisch.

Marie besann sich auf die alte Journalistentaktik, Versuchsballons loszulassen, um etwas zu erfahren. »Ist mir schon aufgefallen, dass Katja Sie mit den Problemen hier allein lässt.«

Sie hatte den richtigen Knopf gedrückt. Vogt platzte zornig heraus. »Ich hab's Ihrer Cousine gesagt. Zucht ist was für Leute, die Geld haben wie Heu.«

»Ganz so dicke ist es bei uns leider nicht.« Marie lächelte komplizenhaft, während ihre Gedanken hastig die Information überschlugen, die Vogt ihr gab.

»Der Hof brauchte schon vorher dringend Investitionen. Stattdessen haben wir einen Hengst, der nicht deckt, und jetzt das …! Da hilft auch keine Drainage mehr.«

Sein Blick ging über das Gelände. Der nächtliche Dauerregen hatte seine Spuren hinterlassen. Der halbe Hof versank im Schlamm.

»Es ist, als ginge der Boden ins Meer zurück«, sagte Vogt düster und drückte die Spitze seines Gummistiefels in den Schlamm. Wasser stieg auf. »So was hab ich hier noch nicht gesehen.«

Marie nickte und schickte den nächsten Ballon los.

»Kein Wunder, dass Tornow sauer ist.«

»Das Springturnier absagen zu müssen, ist für ihn vielleicht nicht schön, aber für uns eine Katastrophe.« Vogt stapfte wütend davon.

Marie wartete, bis er außer Sichtweite war. Dann ging sie Richtung Stallungen, in denen das Mädchen verschwunden war.

Ein Strauß Feldblumen lag vor der Tür, als sie nach Hause kam. Der Gedanke, dass Arvid unterwegs Blumen für sie gepflückt hatte, zauberte ein Lächeln auf ihr Gesicht. Marie hinterließ ihm eine SMS, dann klappte sie ihren Laptop auf.

Sie bemerkte erst, wie spät es geworden war, als es an der Tür klingelte. Arvid hielt sein Telefon mit der SMS hoch und grinste.

»Ich hab ne Einladung!«

»Ist es schon so spät?«, fragte Marie überrascht.

»Ich verstehe ja, dass du die Zeit vergisst, wenn ich bei dir bin, aber ohne mich?«

Er zog sie an sich. Sein schlanker Körper wurde ihr immer vertrauter. Er roch nach Erde, und Holz, und Zitrus. Sie kannte seinen Duft inzwischen. Sie küssten sich.

»Tut mir leid. Ich hab den ganzen Tag recherchiert.«

»Na, dann kommt, ihr zwei.« Er schnippte nach Ori.

»Wohin?«

»Zu mir. Ich koche zur Belohnung.«

Es war das erste Mal, dass Marie Arvids Haus betrat. Es war ein Kniestockhaus aus dem 19. Jahrhundert, die Fensterrahmen stachen schneeweiß aus den ochsenblutfarbigen Holzpanelen der Außenverkleidung hervor, die zweiflügelige Haustür in der Mitte des Hauses war ebenfalls in rotweiß gehalten, anstelle der typischen Darßer Schnitzarbeiten war sie im oberen Teil mit kleinen farbigen Fensterscheiben ausgestattet. Ein grün-weißer Dreiecksgiebel über der Tür schmückte den Eingang zusätzlich. An vier über die Vorderseite des Hauses verteilten Rankhilfen kletterten Waldreben in Weiß und Violett empor. Zur Straßenseite hin wurde das Haus von einer halbhohen Buchenhecke abgeschirmt, in seinem Rücken komplettierte ein Garten das Grundstück.

Orion sprang von der Ladefläche des Pick-up und nahm schnüffelnd und Duftmarken setzend die ihm bekannte Umgebung wieder in Besitz.

Arvid schloss die Haustür auf. Ein heller Flur bildete die Mittelachse, an der sich die beiden Hälften des Hauses nahezu symmetrisch spiegelten. Arvid bewohnte eine davon, die andere stand leer.

»Warum vermietest du nicht unter?«

»Das ist mein Elternhaus. Ich muss nicht vermieten.« Lächelnd streckte er seine Hand aus. »Komm, ich zeig's dir.«

Er führte Marie durch das Haus. Es war modern und geschmackvoll, aber schlicht eingerichtet. Nichts fehlte, aber alles war auf seinen Zweck hin ausgesucht, es gab nichts Überflüssiges, keine Verspieltheiten.

»Gefällt es dir?«

»Ja«, antwortete Marie. »Es ist sehr männlich.«

Arvid lachte. »Du meinst spartanisch-unterkühlt.«

»Eher skandinavisch. Aber ein paar bunte Kissen könnten nicht schaden.«

»Ich hatte keinen Grund, mich wohnlicher einzurichten.« Für einen Moment verschloss sich sein Blick, dann lächelte er wieder.

»Glas Wein?«

»Gern.«

Während Arvid in die Küche ging, wanderte Marie das Bücherregal ab, das eine komplette Seite des Wohnzimmers einnahm. Philosophen, Klassiker der Literatur und vor allem englischsprachige Bücher teilten sich den Platz mit Reiseberichten aus aller Welt und auffällig vielen Büchern über Meereskunde und Nautik. Auf einem der Regalbretter stand ein Bilderrahmen. Die Frau auf dem Foto hatte sehr langes, sehr blondes Haar und einen milchweißen Teint, ihre hellblauen Augen blickten geradewegs auf Marie.

»Ein junger Chianti, ich hoffe, du magst tanninhaltige Weine.«

Wie ertappt fuhr Marie herum. Er reichte ihr ein Glas.

»Ich hätte nicht gedacht, dass du so viel liest.«

»Gelogen«, korrigierte Arvid. »Du dachtest, dass ich gar nicht lese.«

Sie sahen sich an und tranken. Plötzlich lag Spannung im Raum. Er nahm ihr das Glas aus der Hand und stellte es weg, dann zog er sie an sich und küsste sie. Marie erwiderte den Kuss. Seine Hand streichelte ihren Rücken, durch den dünnen Stoff ihres Shirts tastete er das große Pflaster, dass die Stichwunde neben ihren Rippen abdeckte. Behutsam hielt er inne.

»Tut das weh?«

Marie schüttelte den Kopf und lächelte.

»Nicht mehr.«

Sie öffnete ihre Lippen und küsste ihn erneut. Seine Hände wanderten zärtlich nach vorn und liebkosten ihre Brüste. Er hob das Shirt über ihren Kopf, ließ es zu Boden fallen und vergrub sein Gesicht in ihrer Halsbeuge. Sie öffnete sein Hemd, ihre Hände glitten über seine nackte Brust, dann streifte sie den Stoff ganz ab und bedeckte seinen Oberkörper mit Küssen. Rasch entledigten sie sich ihrer restlichen Kleidung. Der weiche Flor des Berbers, der die Zimmermitte ausfüllte, empfing sie. Lustvoll erkundeten sie den Körper des anderen. Es war der Augenblick, auf den sie beide gewartet hatten. Aber sie gaben ihm Zeit, sie kosteten ihn aus, statt ihn ekstatisch explodieren zu lassen. Als Arvid schließlich in ihr kam, hatten beide den Punkt erreicht, an dem sie sich ihrer Leidenschaft überließen, wild und willenlos, stürmisch und begierig – bevor sie erschöpft und zufrieden nebeneinander lagen. Schweigend sahen sie sich in die Augen.

Dieser Augenblick brauchte keine Worte. Arvid streichelte zärtlich eine Strähne aus ihrem Gesicht.

Erst Orions Winseln, der vor der Terrassentür um Einlass bettelte, holte sie ins Hier zurück.

»Wo sind deine Eltern jetzt?«

Marie saß mit angezogenen Beinen auf einem Küchenstuhl und sah zu, wie Arvid Knoblauch ins heiße Öl gab.

»Meine Mutter auf dem Friedhof nebenan, mein Vater in einem Heim in Ribnitz.«

»Du bist also ein echter Darkower?«, schlussfolgerte Marie lächelnd.

»Niemand, der hier eingewandert ist, wird jemals ein echter Darkower. Selbst dann nicht, wenn er hier geboren wurde.«

Er gab gewaschene Petersilie in den Topf, die Feuchtigkeit ließ das Öl aufspritzen.

»Wo kommt ihr ursprünglich her?«

»Aus Norwegen. Mein Großvater fuhr zur See. 1930 ließ er sich mit seiner frisch angetrauten Ehefrau, meiner Großmutter, auf dem Darß nieder und wurde Fischer.«

»Er wechselte Heimat und Beruf? Warum?«

»Keine Ahnung.« Er zog ironisch eine Braue hoch. »Jede Familie hat ihr Geheimnis, oder?«

»Allerdings.« Marie dachte an ihre Mutter und ihre Tante.

»Jedenfalls haben wir trotz der langen Zeit hier nie richtig dazugehört. Unausgesprochen haftete uns immer das Stigma der ›Fremden‹ an.«

»Ist das der Grund, weshalb du dich aus allem hier heraushältst?«

»Vielleicht.«

Sie spürte, dass da mehr war. Vorsichtig hakte sie nach.

»Was noch?«

Er warf ihr einen langen Blick zu.

»Du kennst die Menschen hier nicht. Sie sind wie Seegurken. Rüsseln ständig ihr Territorium ab und saugen alles, was nicht hineinpasst, in sich auf. Sie eignen es sich an, indem sie es bis zur Unkenntlichkeit verdauen. Und was sich nicht verdauen lässt, wird gnadenlos ausgestoßen.«

Er schüttete eine Dose Tomaten in den Ölsud.

Marie hörte die Bitterkeit in seinen Worten und stellte sich die Familie vor. Arvid, von Spielkameraden gemieden, der Vater stolz, aber verstummt, die Mutter das Ausgestoßensein hinter einem Lächeln verbergend.

»So, das reicht.« Arvid legte den Deckel auf den Topf.

Marie war sich nicht sicher, ob er ihr Gespräch meinte oder den Kochvorgang. Arvid stellte die Flamme kleiner und schenkte ihnen nach.

»Was hast du entdeckt bei deinen Recherchen?«, wechselte er das Thema.

»Katja steht finanziell das Wasser bis zum Hals.«

Arvid sah Marie überrascht an.

»Der Reiterhof wirft längst nicht so viel ab, wie es scheint. Mit dem Einstieg in die Zucht wollte sie offenbar zusätzliche Einnahmen generieren, aber der Ankauf des Hengstes hat die letzten Reserven verschlungen, und dann wurde auch der noch krank, sodass auch die Gewinne aus der Deckung ausblieben. Inzwischen können selbst die nötigsten Reparaturen nicht mehr gemacht werden. Außerdem ist das gesamte Gelände von Versumpfung bedroht. An den geologischen Bedingungen kann es nicht liegen, alles drumherum ist knochentrocken, das ist mysteriös. Das Areal müsste dringend trockengelegt werden, aber das Geld dafür ist nicht da. Das hat zur Folge, dass die Pferde aus der Robusthaltung nach drinnen müssen, weil sie Huf-Fäule bekommen, wenn sie dauernd im Feuchten stehen. Aber die Stallungen sind voll. Die Besitzer werden sich daher einen anderen Hof suchen müssen, wo sie ihre Pferde unterbringen. Das bedeutet weitere enorme Einbußen, vor allem schädigt es den Ruf des Hofes nachhaltig, und das bedeutet: Kundenverluste auch in Zukunft. Genauso wie der Ausfall eines mehrtägigen Springturniers, das wegen des aufgeweichten Bodens auch nicht stattfinden kann, ebenfalls ein enormer Imageschaden ist, von den finanziellen Verlusten mal abgesehen.«

»Und was macht deine Ahnenforschung?«

»Viel mehr Zeit blieb heute nicht. Aber ehrlich gesagt, weiß ich auch nicht, wo ich mit Johann Grahl, unserem pommerschen Kaufmann, der mit auf der MARY CELESTE war, anfangen soll. Menschen, die vor 150 Jahren ihre Spur auf der Welt zogen, kann man nicht einfach im Netz suchen.«

»Und wenn du bei deiner eigenen Familie anfängst? Du wollest doch sowieso mehr über sie erfahren. Wenn Grahl wirklich zu Katjas Familie gehörte, und sie zu deiner, kommst du so vielleicht automatisch auf ihn.«

»Wenn deine Cousine klamm ist, will sie vielleicht dein Haus?«

Inga sah scherzhaft über den Rand ihrer Kaffeetasse. Es war der nächste Morgen, sie hatte auf dem Weg zur Praxis einen kurzen Stopp bei Marie einlegen wollen, die sie zu Arvid dirigiert hatte. Ein kurzer Blickwechsel bei ihrer Begrüßung und die neue Vertrautheit zwischen Marie und Arvid reichten Inga, um zu wissen, dass die beiden die Nacht zusammenverbracht hatten.

»Für Katja ist die Büdnerei eine alte Bruchbude. Was soll sie damit?«

»Hier machst du alles zu Gold, selbst den letzten Schuppen. Wenn der Reiterhof so massiv in Schwierigkeiten steckt, braucht sie jedenfalls dringend Geld, denn das Bürgermeisteramt ist ein Ehrenamt.«

»Das mag ja sein, aber kommt! Wir suchen immer noch den, der es auf mein Leben abgesehen hatte. Das ist niemals Katja! Außerdem war sie letzte Woche, als der Anschlag auf mich passierte, gar nicht da. Und sie ist immer noch unterwegs, ich hab mit ihrer Sekretärin gesprochen.«

»Schon mal was von Auftragsmord gehört?«

»Schon mal zu viele Krimis geguckt? Wir sind hier auf dem Darß, nicht in Süditalien.«

»Trotzdem. Schon komisch, dass sie sich nie um deinen Erbschein gekümmert hat, obwohl sie es versprochen hatte«, insistierte Arvid.

»Sie hatte eben viel zu tun. Ich kümmere mich jetzt selbst darum!«

Einen Moment schwiegen alle drei.

»Was ist mit deinem anderen Schlachtfeld? Schon mit den Geistern gesprochen?« Inga hielt ihren Ton bewusst launig, um die Schwere daraus zu nehmen.

»Ja.«

Arvid und Inga sahen Marie verblüfft an.

»Das hast du gar nicht erzählt.«

»Fällt mir immer noch schwer.«

Marie folgte den Hinweisschildern ›Bauamt – Leitung Bau – und Planung, Liegenschaften‹ und klopfte an die Tür mit dem Schild ›Amtsleiter‹. Sie öffnete, ohne abzuwarten. Steffi, Toms Sekretärin, sah ihr entgegen.

»Sie wünschen?«

»Ich wollte zu Herrn Kunow.«

»Tut mir leid. Herr Kunow ist nicht …«

Im selben Moment platzte Tom durch die Verbindungstür. Als er Marie sah, zuckte er unmerklich zusammen.

»Marie.«

Er warf eine Akte auf Steffis Schreibtisch, winkte Marie hektisch in sein Büro und schloss die Tür hinter ihr.

»Was willst du?«

»Ich finde es auch schön, dich zu sehen.«

Mit einem Lächeln versuchte Marie die Anspannung Toms zu entschärfen. Für den Moment schien sie Erfolg zu haben, er atmete kurz durch. Seine Nase lief, er rieb sie mit seinem Handrücken trocken.

»Wieder deine Allergie?«

»Ja, ja.« Er winkte ab. »Sorry, ich hab wahnsinnig wenig Zeit.«

»Dann will ich dich nicht aufhalten. Ich dachte nur, du kannst mir am besten weiterhelfen. Ich will endlich meine Erbangelegenheiten regeln und wüsste gern, an welcher Stelle ich die Besitzurkunde meiner Tante über die Büdnerei finden kann.«

Tom zögerte kurz.

»Das ist gerade etwas schwierig. Die Kollegen sind nicht da.«

»Die können doch nicht immer weg sein?«

»Nein, ich meine, das Büro ist nur an zwei Tagen in der Woche besetzt.«

»Dann schreib mir einfach den Namen des Zuständigen auf und ich komme noch mal wieder. Sind die Kollegen vom Standesamt heute da?«

»Was willst du von denen?« Tom suchte zunehmend hektisch nach einem Stift.

»Geht es dir gut, Tom?«

»Ja, ja, bestens. Ich hab einfach nur wahnsinnig viel zu tun, sorry.« Er lächelte mühsam.

Marie entschied sich, einen Vorstoß in anderer Sache zu machen.

»Was ist mit Katja?«

»Was soll mit ihr sein?«

»Ich weiß, dass sie Geldsorgen hat.«

»Dann weißt du mehr als ich.«

Marie machte einen Schritt auf ihn zu und sah ihm in die Augen.

»Das glaube ich dir nicht. Ihr seid so eng miteinander. Bitte sag mir, was los ist?«

»Was weißt du genau?«

»Dass der Hof verschuldet und sie pleite ist.«

Tom atmete schwer.

»Was tut sie dagegen?«

Der Magen schnürte sich ihr vor Toms möglicher Antwort zu. Sie wusste nicht mehr, ob sie sie wirklich hören wollte.

»Ich kann es dir nicht sagen.« Seine Stimme klang gequält.

»Aber du weißt es?«

Er schwieg, sein Atem ging noch schneller.

»Ich werde es sowieso herausfinden, Tom.«

Er war hin und hergerissen, sie sah es an seinen Augen

»Du musst groß denken – größer, als du glaubst«, presste er hervor.

»Groß denken? Inwiefern?«

Arvid stellte den Motor seines Aufsitzerrasenmähers ab und sprang mit einem Satz zu ihr herunter. Marie hatte ihn auf einem der Grundstücke, die er pflegte, aufgesucht.

»Wenn ich das wüsste.« Sie küssten sich.

»Sonst hat er nichts gesagt?«

»Ich hatte den Eindruck, er hat Angst. Was, glaubst du, hat Katja vor?«

»Banküberfall mit Tom als Fahrer?«, überlegte Arvid ironisch.

»Deshalb war er so nervös.« Marie grinste kurz mit, dann wurden beide wieder ernst.

»Vielleicht weiß er über irgendwas zu viel?«

»Was kann das sein?«

»Keine Ahnung, welche Leichen deine Cousine im Keller hat.«

»Dann muss ich das herausfinden.«

»Sie wird dir nicht gerade Rede und Antwort stehen.«

»Umso besser, dass sie nicht da ist.«

Arvid brauchte einen Moment, um zu verstehen.

»Du willst nicht bei ihr einbrechen?«

»Cilla wird mir kaum freiwillig Zugang zu Katjas Geheimnissen gewähren.«

»Kommt nicht in Frage. Das ist zu gefährlich.«

»Anders geht es nicht.«

»Das ist das erste Mal, dass ich deinen Sturkopf nicht mag.«

Wasser tropfte in ihren Kragen, die spitzen Dornen stachen in den Nacken. Unter dem Blätterdach der hohen Schlehenhecke zog Marie die Jacke enger. Sie fröstelte. Seit einer Stunde stand sie hier, seit einer halben regnete es in Strömen. Aber es half nichts. Es war der beste Platz, um Katjas Anwesen ungesehen zu beobachten. Und sie musste sich beeilen, wenn sie Katjas Abwesenheit ausnutzen wollte. Es war Markttag und sie wartete, dass Cilla das Haus verließ, um ihren wöchentlichen Einkauf dort zu tätigen. Aber sie ließ sich Zeit damit. ›Vielleicht ging sie auch gar nicht, wenn Katja weg war‹, überlegte Marie.

Im selben Moment öffnete sich die Haustür und Cilla trat heraus. Sie schloss sorgfältig hinter sich ab und lief zu ihrem

Wagen. Marie wartete noch einen Moment, bis die Rücklichter im Regendunst verschwunden waren, dann hastete sie zur Rückseite des Hauses. Die Terrassentür war verschlossen, natürlich, so viel Glück konnte man nicht haben. Auch an der Kellertür rüttelte sie vergeblich. Aber im ersten Stock, neben der Terrasse, die über dem Wintergarten lag, stand ein Fenster auf Kippe. Nur: Wie sollte sie da hochkommen? Marie wünschte, sie hätte Arvid nicht verboten, mitzukommen. Aber falls sie entdeckt würde, konnte sie ihre Anwesenheit noch begründen, Arvids sicher nicht. Das Gartenhaus fiel ihr ein. Sie rannte quer über den Rasen. Durch das Fenster sah sie die Leiter, die sie brauchte, sorgsam gestapelte Terrassenmöbel daneben. Alles fest verschlossen. Frustriert drehte Marie um, als sie die Regentonne neben dem Gartenhaus entdeckte.

Sie lächelte immer noch, als sie sich mit einem Klimmzug auf die Terrasse im ersten Stock schwang. Die Tonne stand ausgekippt und umgedreht unter ihr.

Marie zwängte ihren Arm durch das halbgeöffnete Fenster und versuchte, den Griff der Tür daneben zu erreichen. Sie reichte nur mit den Fingerspitzen heran. Sie sah auf die Uhr. Zwölf Minuten schon. Sie musste sich beeilen. Sie stellte sich auf die Zehenspitzen, so hoch es nur ging, und zwängte sich so weit wie möglich durch die schmale Öffnung. Der sich nach unten verjüngende Spalt des Fensters schnitt tief in ihr Fleisch. Sie achtete nicht auf den Schmerz, sie spürte nur, wie jetzt ihre Fingerkuppen am kühlen Metall des Griffs entlang glitten. Es reichte immer noch nicht, ihn zu umfassen. Mit aller Kraft, die sie hatte, schob sie sich noch ein Stück weiter hinein, jetzt endlich bekamen ihre vorderen Fingerglieder den Griff zu fassen. Mit einer letzten großen Kraftanstrengung zog sie ihn zu sich heran. Die Tür zur Terrasse sprang auf. Es war fast genauso schwierig, sich aus der Fensteröffnung wieder herauszuwinden wie hinein. Marie rieb sich den schmerzenden Arm. Sie stand in Katjas Schlafzimmer. Rasch zog sie ihre nassen Schuhe aus, um keine Spuren zu hinterlassen, und eilte nach unten in Katjas Arbeitszimmer.

Der große Schreibtisch stand vor einer noch größeren Bücherwand. Es war ein antiquarisches Stück aus schwerem Holz. Vermutlich auch alter Familienbesitz aus der Zeit des Delfter Empfangszimmers. Sie ging um ihn herum und zog wahllos Schubladen auf. Sie wusste nicht, wonach sie suchte. Sie hoffte einfach, dass sie erkennen würde, wenn sie auf etwas stieß, das zu Toms Worten von ›größer Denken‹ passte.

Eine der Schubladen schien zu klemmen. Nein, sie war verschlossen. Elektrisiert hielt Marie inne. Ihr Blick fiel auf den massiven Brieföffner, der auf dem Schreibtisch lag. Mit viel Kraft und hochrotem Gesicht würgte sie an dem soliden Metall herum, aber außer, dass das Holz drumherum splitterte und sie sich den Öffner um Haaresbreite in die eigene Hand rammte, passierte nichts. Schritte im Flur. Cilla musste zurückgekommen sein, ohne dass sie es gehört hatte. Panisch überlegte Marie, was sie tun sollte und flüchtete hinter einen der Vorhänge am Fenster. ›Wenn jemand den Raum betrat, wäre sie trotzdem geliefert‹, dachte sie und lauschte mit angehaltenem Atem. Aber niemand näherte sich dem

Arbeitszimmer. Nach einer Weile hörte sie erneut Schritte auf dem Flur, dann das Schlagen der Haustür und das Starten eines Motors. Marie ließ ihren angehaltenen Atem wieder los. Wahrscheinlich hatte Cilla nur etwas vergessen; aber sie konnte jederzeit wiederkommen.

Marie hebelte ein letztes Mal mit der Kraft der Verzweiflung an dem Schloss herum – mit Erfolg. Statt schimmernder Geschmeide und funkelnder Juwelen lag jedoch nur eine schmale Mappe darin. *Baltic Resort* prangte in Schmuckschrift auf der ersten Seite, *Luxus Spa – Urlaub 3.0*. Darunter eine exquisite Aquarellzeichnung einer eleganten Hotelanlage. Marie überflog die Seiten. Werbetexte, Moodboards, Architektenzeichnungen und Landschaftsaufrisse. Alles sehr schön anzusehen. Zum Schluss folgten Fotografien einer realen Landschaft. Etwas daran kam Marie bekannt vor. Sie sah genauer hin. Aber auch die nachfolgenden Fotos ließen keinen Zweifel daran, was sie entdeckt hatte.

Sie schob alles zurück in die Schublade und machte, dass sie rauskam.

»Sie will eine Hotelanlage in deinen Garten setzen?« Inga sah Marie mit offenem Mund an.

»Und du bist sicher, dass du den Lageplan und die Fotos richtig erkannt hast?« Arvid sah Marie ebenso erstaunt an.

Der Regen hatte sich verzogen, die Spätsommer-Abendsonne war noch einmal durchgebrochen und spendete genügend Wärme, dass sie auf Maries Terrasse sitzen konnten.

»Aber deine Wiese ist für eine Hotelanlage doch viel zu klein.« Inga sah skeptisch in die Runde.

»Auf dem Plan sah es aus, als gehöre das Areal nebenan dazu.«

»Du meinst, die Pferdewiesen sind an Katja verkauft?« Inga zog überrascht die Brauen hoch.

»Oder an die Gemeinde, keine Ahnung. Mich stört etwas ganz anderes. Selbst wenn die hier bauen wollen: Warum sollten sie mich dafür umbringen? Das Grundstück, auf dem die Büdnerei steht, gehört doch der Gemeinde.«

»Sagt wer?«, fragte Arvid.

»Katja. Sie müssen nur den Pachtvertrag nicht verlängern, dann hat die Gemeinde Zugriff darauf.«

»Und wenn das nicht stimmt?«

Marie und Inga sahen Arvid an.

»Vielleicht gehört das Grundstück dir?«

Marie schwieg verblüfft.

»Ich wohne auf dem Grundstück, da müssen Sie mir doch Auskunft geben können.« Marie kam langsam an die Grenzen ihrer Geduld. Aber die junge Frau vor ihr schien sich durch nichts beeindrucken zu lassen.

»Tut mir leid«, leierte die Frau monoton. »Ohne Nachweis, dass Sie berechtigt sind, Einblick zu nehmen, kann ich Ihnen keine Auskünfte erteilen.«

»Und wann bin ich berechtigt?« Marie versuchte, die Gereiztheit in ihre Stimme zu unterdrücken.

Die Frau sah Marie ausdruckslos an.

»Wenn Ihnen das Grundstück gehört. Oder übergeordnete Interessen vorliegen.«

»Und was gehört zu übergeordneten Interessen?«

»Verdacht auf Grundwasserverseuchung zum Beispiel. Dafür müssen Sie dann aber zum Umweltamt.«

»Und wenn ich einen Erbschein vorlege?«

»Haben sie denn einen?«

»Er ist beantragt.«

»Wenn er ausweist, dass sie das Grundstück erben …« Die Frau zuckte die Achseln.

»Wie gesagt: Grundbuchberichtigungen nur mit Erbnachweis.«

Marie kam sich vor, als drehe sie sich im Kreis. »Ich sage doch: Ich will nichts berichtigen oder umschreiben, ich will einfach nur wissen, wem das Grundstück gehört!«

»Diese Information kann ich Ihnen nicht geben. Außerdem: Anfragen dieser Art müssen sowieso in Stralsund gestellt werden.«

»Wieso in Stralsund? Das hier ist doch das Liegenschaftsamt der Gemeinde.«

»Aber Ihre Frage bezieht sich aufs Grundbuchamt, und das liegt beim Amtsgericht.«

»Und das liegt in Stralsund«, leierte Marie nun mit.

»Es war immer in Ribnitz. Aber vor ein paar Jahren ist es umgezogen.«

»Und das sagen Sie mir erst jetzt?«

»Sie haben nicht gefragt, an wen Sie sich wenden müssen.«

»Nein, da haben Sie recht. Das habe ich nicht gefragt.«

Sie nahm die Treppe in die oberen Stockwerke. Steffi, die Sekretärin, saß wie immer adrett hinter ihrem Schreibtisch in Toms Vorzimmer. Marie hielt sich nicht lange auf.

»Ich muss dringend zu Herrn Kunow.«

»Der ist nicht im Haus. Dieses Mal wirklich nicht«, ergänzte sie unter Maries Blick.

»Wann kommt er zurück?«

»Er hat sich gestern Nachmittag krankgemeldet.«

Noch auf dem Weg nach draußen wählte Marie Toms Nummer. Seine Mailbox sprang an.

»Tom? Hier ist Marie. Ich weiß von Katjas Resort-Plänen. Ich muss wissen, wem das Grundstück gehört, auf dem die Büdnerei steht. Ohne deine Hilfe bekomme ich die Information nicht. Bitte melde dich, Tom!«

Sie beendete die Nachricht und rief ihren Posteingang auf. Keine Nachricht vom Standesamt, das sie inzwischen auch kontaktiert hatte. Das Gefühl, gegen Wände zu rennen, wuchs.

»Zahnbürste mitgebracht?«, raunte Arvid in ihr Ohr, als er sie zur Begrüßung umarmte.

»Wer sagt, dass ich über Nacht bleibe?«, flüsterte Marie.

»Vielleicht hab ich ja auch das zweite Gesicht?«, grinste Arvid.

»An Aufschneider wird das nicht verteilt.«

Sie tätschelte ihm herausfordernd die Wange und ging ins Haus. Er sah ihr amüsiert nach. Inga war schon da und sah Marie gespannt entgegen.

»Was hast du auf dem Amt erfahren?«

»Man bekommt leichter eine Audienz beim Papst als Einsicht in deutsche Grundbuchämter. Nur in begründeten Fällen, und einen solchen kann ich im Moment durch nichts nachweisen. Es sei denn, ich beauftrage einen Notar, der hätte Zugriff, aber auch das dauert mehrere Tage.«

»Und Tom?«

»Der wäre der Einzige, der qua Amt Zugriff auf die Unterlagen hätte. Aber ...« Marie atmete tief durch. »Tom ist abgetaucht. Er geht nicht ans Telefon und zu Hause ist er auch nicht.«

»Dafür hab ich was.« Arvid lächelte aufmunternd. »Dein Nachbargrundstück ist tatsächlich verkauft. Ich hab mich erkundigt, wem es gehört. Oder besser: gehörte. Der ehemalige Besitzer ist verstorben und hat es seinem Sohn vererbt, der lebt in Hamburg.«

»Und den hast du ausfindig gemacht?«

»Und ihm erzählt, dass ich die Weideflächen kaufen möchte.«

»Was hat er gesagt?«

»Dass ich ein Jahr zu spät komme. Er hat schon an eine Frau Branderup verkauft.«

»Wow!«, rief Inga. »Der Platz reicht, um dir eine Ferienanlage vor die Nase zu bauen.«

»Eben! Warum sollte Katja dann noch das Grundstück brauchen, auf dem die Büdnerei steht? Du hast selbst gesagt, dass es zu klein ist, um wesentlich für einen Hotelkomplex in dieser Größenordnung zu sein.«

»Sie braucht das Grundstück nicht fürs Hotel. Sie braucht es als Zufahrt«, antwortete Arvid ruhig.

Die Frauen sahen ihn an. Arvid breitete eine Karte vom Darß auf dem Tisch aus. Mit dem Zeigefinger umfuhr er das Landschaftsareal neben Maries Grundstück.

»Das sind die Pferde-Weiden, die deine Cousine aufgekauft hat, sie reichen wie dein Grundstück bis an den Bodden. Hier soll das Resort hin.« Er tippte auf die Weideflächen. »Inklusive direktem Wasserzugang, eingebettet in eine herrliche Waldlandschaft. Soweit alles prima. Bloß: Wie kommt man auf dieses Gelände?«

Arvid fuhr die dünne Linie eines Forstweges entlang, der quer durch den Wald lief.

»Einzig und allein über diesen schmalen Zugang durch den Wald. Und der gehört zum Naturschutzgebiet. Heißt: er darf nicht für den täglichen motorisierten Verkehr ausgebaut werden. Für den ehemaligen Besitzer hat der Weg gereicht, seine Pferde durchzuführen. Aber als Zufahrtstraße darf er nicht genutzt werden. Damit ist das Resort faktisch nicht erreichbar, weder für Baufahrzeuge, noch für Versorger und Dienstleister, geschweige denn für mit dem Pkw anreisende Gäste.«

»Es sei denn, man nutzt den öffentlichen Weg, der am Rand des Naturschutzgebietes vorbei bis zu meiner Einfahrt führt.« Marie sah Arvid betroffen an. Der nickte.

»Exakt. Nur über den Grund und Boden, auf dem deine Büdnerei steht, hat man uneingeschränkten Zugang zum Resort.«

»Mit anderen Worten: Ohne dein Grundstück kann deine Cousine das gesamte Projekt vergessen«, warf Inga ein.

»Ich hab keine Zahlen, aber wir wissen alle, dass solche Projekte Millionenvorhaben sind. Je nachdem, wie deine Cousine daran beteiligt ist, wäre das die Rettung für ihr finanzielles Desaster.«

»Verständlich, dass man dafür einen Mord riskiert.« Ingas ironischer Ton verbarg nur kaum ihre Sorge um Marie. Marie wehrte ab.

»Trotz und alledem: Wieso sollte Katja nicht erst mit mir reden?«

»Würdest du denn für ihr Vorhaben aus deinem Haus ausziehen?«

Maries Schweigen war Antwort genug. Arvid schüttelte ironisch den Kopf.

»Vielleicht heißt größer denken: böser denken?«

Jeder brauchte einen Moment, um die Wucht der Erkenntnisse zu verarbeiten.

»Ich könnte einen Schluck vertragen. Gehen wir in den *Dorfkrug*?«

Marie stand auf und dehnte ihr Kreuz. Sie fühlte sich müde und ausgelaugt. Inga erhob sich ebenfalls.

»Ich geh nach Hause.«

»Komm doch mit!«, drängte Marie, die wusste, dass Inga nur ablehnte, um nicht zwischen Arvid und ihr zu stören. Inga lächelte.

»Ein anderes Mal.«

Sie umarmten sich. Inga ging.

»Wie wäre es mit ner Runde gehen, statt des *Dorfkrugs*?«
Arvid sah Marie einladend an.

»Gute Idee«.

Sie waren zum Strand gefahren, wo sie um diese Zeit fast allein waren. Schweigend gingen sie Hand in Hand. Die Muschelbänke knirschten unter ihren Füßen. Jeder hing seinen Gedanken nach. Ori lief vor oder blieb zurück, begeistert, so unverhofft an diesem Abend noch zu einem olfaktorischen Abenteuer zu kommen. Die Sonne versank gerade im Meer, ihre letzten Strahlen verloren sich im Dunst und webten ein zart violettes Band über den Horizont. Das Wasser der See färbte sich dämmerungsblau – ostseeblau.

»Ich glaube, ich weiß, wo Tom ist. Ich fahre morgen früh los, ihn zu suchen.«

Marie sah Arvid überrascht an.

»Und wohin fährst du?«

»Stralsund, Heringsdorf, Lübeck?«

Marie versuchte, das Gemeinsame an diesen Orten zu erkennen. Arvid lächelte schmal.

»Die einzigen Orte in der Nähe, die ein Casino haben.«

»Er spielt?« Marie war perplex.

Arvid nickte.

»Ich hab ihn mal aus der Spielbank in Stralsund kommen sehen. Wenn er so unter Druck ist, wie du sagst, reagiert er sich da vielleicht ab.«

Die Begegnungen mit Tom, bei denen er wie ausgewechselt war; seine Unzuverlässigkeit; sein jähes Abtauchen.

Plötzlich wurden die Ausfälle erklärbar, seine Labilität erschien in einem anderen Licht. Und noch etwas schoss Marie durch den Kopf.

»Glaubst du, er hängt in Katjas Machenschaften mit drin?«

»Diese Frage bekäme ich gern von ihm beantwortet.«

Ein paar Schritte gingen sie schweigend. Arvid warf Marie einen Seitenblick zu.

»Wart ihr ... zusammen?«

»Nein. Es gab eine Zeit, da hätte ich nichts dagegen gehabt. Aber ich bin froh, dass es nicht dazu gekommen ist.«

Wieder gingen sie stumm, die Hände ineinander verschlungen. Marie tastete sich ihrerseits vor.

»Das Foto in deinem Regal?«

»Elena.«

»Deine Frau?«

Arvid nickte.

»Warum seid ihr nicht mehr zusammen?«

»Hat nicht mehr gepasst.«

Marie sah Arvid von der Seite an. Sein Gesicht war schmerzlich verschlossen. Er spürte ihren Blick.

»Du willst die ganze Geschichte, hm?«

Marie nickte deutlich. Er zögerte, dann begann er.

»Sie war Balletttänzerin. Das erste Mal hab ich sie 1990 gesehen, in Rostock. Sie hatte ein Gastspiel mit einer Tanzcompagnie. Ein Freund von mir hatte Karten, ich bin einfach mitgegangen, ich wusste nicht, was mich erwartete. Dann kam sie auf die Bühne.«

Er sah sie wieder vor sich, in ihrem Bodysuit, mit einem Hauch von Tanzkleid darüber, groß und feingliedrig, von enormer Kraft und absoluter Körperbeherrschung.

»Der Abend hat mir eine neue Welt eröffnet.«

»Kanntest du Ballett nicht?«

»Nur aus dem Fernsehen, und nur das klassische. Aber das hatte sie zu dem Zeitpunkt schon hinter sich gelassen. Sie machte Ausdruckstanz. Cunningham, Cranko, Bausch, das war ihre Richtung.«

Welchen Eindruck musste die geballte Sinnlichkeit und Körperlichkeit einer solchen Darbietung auf einen Zwanzigjährigen gehabt haben?

»Ein Jahr später trat sie in Berlin auf. Ich hab es hinter die Bühne geschafft.« Er lächelte in Erinnerung an den Moment. »Ein halbes Jahr später sind wir in eine gemeinsame Wohnung in Vancouver gezogen.«

»Kanada?«

»Sie war ursprünglich Amerikanerin. Elena White.«

»Du hast alles hier aufgegeben?«

»Ich wollte immer schon weg. Den DDR-Mief hinter mir lassen. Ich war Elena unfassbar dankbar, dass sie mein Ticket in die Welt war.«

»Was hattest du bis dahin gemacht?«

»Bootsbauer gelernt. Aber mein Traum war die Meeresbiologie. Eine Zeit lang hab ich an der University of British Columbia als Gasthörer Seminare dazu besucht.«

»Dann war der Umzug nach Kanada ja ein Glücksfall«, stellte Marie lächelnd fest.

»Wie man's nimmt. Ich hab Elena jedenfalls kein Glück gebracht.«

Seine Gesichtszüge verhärteten sich, er verlor sich in Erinnerungen. Marie wartete, erst nach einer Weile fragte sie vorsichtig.

»Was ist passiert?«

Ihre Worte holten Arvid in die Gegenwart zurück, er räusperte sich.

»Die Kurzform? Wir sind nach Vancouver gegangen, weil ich da sofort Arbeit in einer Werft finden konnte. Aber Elena hatte dort keine Kontakte. Die Engagements blieben aus. Mein Job hielt uns über Wasser, aber ihr fehlte die Luft zum Atmen. Sie begann, mir Vorwürfe zu machen. Nach einem besonders heftigen Streit ging sie aus dem Haus, stürzte und brach sich ein Bein, der Bruch ist nie ganz verheilt. Das war das Ende ihrer Karriere. Ich half ihr, eine Tanzschule zu eröffnen, hab selbst Gesellschaftstanz gelernt, um sie bei den Kursen zu unterstützen, aber sie war nie mehr dieselbe. Der Bühnentanz war ihr Leben, durch mich hat sie es verloren.«

»Es war nicht deine Schuld, dass sie gestürzt ist. Vielleicht lag es an ihr, dass sie keine Auftritte mehr bekam? Nicht daran, wo ihr gelebt habt.«

Er wandte den Kopf wieder ab und sah übers Meer.

»Vielleicht ist eine Frage. Und zu viele Fragen zerstören eine Beziehung.«

Müde winkte er seine eigenen Worte ab.

»Vielleicht haben auch nur Elena und ich keine Antworten mehr gefunden.«

»Es ist schwer, über den Berg zu kommen, wenn er zu groß geworden ist.«

»Noch schwerer, wenn man sich dabei verloren hat.« Seine Stimme klang bitter.

»Glück ist wie ein Pfeil. Abschuss und Landung. Aber Unglück ist eine Möbiusschleife. Es dreht sich in sich selbst, ohne Anfang und Ende. Sie hat versucht, sich umzubringen. Seitdem sitzt sie im Rollstuhl.«

Das Ausmaß seines Unglücks traf sie mit voller Wucht. Sie wusste nicht, was sie sagen sollte.

»Das war vor fünf Jahren. Es war klar, dass wir so nicht weitermachen können. Wir haben uns getrennt. Seitdem bin ich wieder hier.«

Marie griff stumm nach Arvids Hand. Es dauerte einen Moment, bis er seine Finger um ihre schloss. Schweigend sahen sie übers Meer. Sie verstand, warum er immer für sich blieb, auf niemanden mehr einlassen wollte, sogar seinen Beruf gewechselt hatte.

»Ich verspreche dir, dass zwischen uns niemals Fragen offenbleiben. Egal, wie es weitergeht. Falls überhaupt …«

Arvid wandte sich zu ihr um. Er war jetzt wieder ganz im Hier und Jetzt, das spürte sie.

»Ich hoffe, dass es weitergeht. Sehr sogar.« Er sah ihr in die Augen. Sein Blick war vollkommen offen, sie sah seine Ehrlichkeit und Verwundbarkeit. Wortlos nahm Marie ihn in die Arme. Sie hielten sich, bis ihre Lippen sich suchten.

Arvid strich ihr zärtlich eine Strähne aus dem Gesicht. Seine Zuneigung war so deutlich spürbar, dass Marie die

Augen schloss, um diesen Moment für immer in sich aufzunehmen.

»Gibt es noch etwas, dass du von mir wissen möchtest?«, fragte er sanft.

»Hast du mich bewacht, weil du an Elena etwas gutmachen wolltest?«

»Elena ist Vergangenheit. Du bist die Gegenwart.«

»Und Jennifer?«, fragte Marie leise.

»Jen war nur eine Affäre. Das ist zu Ende.«

»Für sie auch?«

»Ich war immer sehr klar.«

Marie sah in den Garten hinaus, in dem sich die Morgensonne langsam vorschob. Bisher war jede Nacht, die Arv und sie zusammen verbracht hatten, intensiv gewesen, aber die letzte war noch anders. Intimer. Das Gespräch am Strand hatte sie einander noch nähergebracht.

Marie zog die kochende Caffetiera vom Herd. Vorfreudig schnupperte sie den Duft des frischen Kaffees. Sie füllte ihren Becher und fuhr den Laptop hoch. Im Posteingang lag eine neue E-Mail. Das Standesamt hatte geantwortet. Rasch öffnete Marie den Anhang und blickte auf die Geburtsurkunde ihrer Mutter: Hilde Cammin, geboren am 10. 02. 1945 in Darkow auf dem Darß. Da war sie wieder. Die verschwiegene Vergangenheit. Nicht einmal diese Geburtsurkunde konnte Marie damals finden, als ihre Mutter starb. Sie hatte sie mit ihrem Personalausweis als einzigem Dokument beerdigen müssen.

Marie starrte auf die Namen der Eltern ihrer Mutter: Ottilie und Hermann Cammin. Ihre eigenen Großeltern. Sie wusste nichts von ihnen. Wieder stieg ihr Zorn auf ihre Mutter auf. Wie hatte sie ihr das antun können? Ihr die Familie zu verschweigen?

Marie las weiter, und da, in der zweiten Zeile, entdeckte sie es: Ottilie Cammin, geborene Grahl. Marie zuckte zusammen. Gab es eine Verbindung zwischen ihrer Familie und dem Mann, der auf dem Geisterschiff mitgesegelt war? Johann Grahl aus Pommern in Preußen. Händler – und möglicher Vorfahre Maries?

Hastig suchte Marie erneut die Telefonnummer des Standesamtes heraus.

Der Nachmittag war dabei, in den Abend überzugehen. Die Spätsommersonne hatte sich hinter milchigen Dunst verzogen, klebrige Schwüle war alles, was sie hinterlassen hatte.

Er griff zur Wasserflasche, sie war leer. Er hatte unterschätzt, wie lange er warten musste. Aber die Zeit arbeitete für ihn. Er zog das Basecap in die Stirn und sackte tiefer in den Sitz, er hatte es nicht eilig. Nach einer weiteren Stunde wurde seine Geduld belohnt.

Er stieg aus dem Wagen und trat aus dem Schatten der Bäume, unter denen er geparkt hatte. Nur ein paar Schritte quer über die Straße.

»Hallo Tom!«

»Arv …?«

Tom wirbelte herum, ungläubiges Entsetzen in seinem Blick. »Was machst du hier?«

»Ich hab auf dich gewartet.«

Sie standen unter den Lichtern des Casinovordachs, die in der beginnenden Dämmerung grünlich schimmerten. Aquarienlicht.

Toms Blick flackerte. »Was willst du?«

»Mit dir reden.« Arvid bedeutete Tom, ihm zu folgen.

»Ich geh nirgendwo hin!«

Tom beschleunigte seinen Schritt und hastete Richtung Eingang. Nach wenigen Schritten blieb ihm die Luft weg. Wie ein Schraubstock umklammerte Arvids Arm seinen Hals und presste die Luft aus ihm.

»Benimm dich«, raunte Arvid in sein Ohr.

Mit stahlhartem Griff bugsierte er Tom zum Parkplatz auf der anderen Straßenseite und drückte ihn gegen die Fahrertür seines Pick-ups.

»Wem gehört das Grundstück, auf dem die alte Büdnerei steht?«

»Keine Ahnung, wovon du sprichst.«

Der Schmerz explodierte wie ein Feuerwerk in seinem Kopf. Arvids Knie hatte ihn mitten zwischen die Beine getroffen. Tom spürte, dass er sich übergeben musste.

»Wem gehört das Grundstück?«

Tom spuckte aus. Ein Speichelfaden blieb in der Luft hängen. Er wischte ihn mit seinem Handrücken weg.

»Der Tante«, keuchte er.

»Also Marie. Wo ist die Besitzurkunde?«

»Arv, bitte.«

Eine Hand Arvids schnellte an seinen Hals und drückte zu. Tom röchelte.

»Ich hab sie aus dem Haus gestohlen.«

»Während Marie schon da wohnte?«

»Ganz am Anfang.«

»Und der Grundbucheintrag?«

»Verschwunden, bis die Fälschung da ist.«

Arvid ließ Tom los. Tom krümmte sich, seine Hand ging zwischen seinen Schritt. Er wimmerte.

»Schämst du dich nicht?«

»Ich musste es tun!«

»Für was? Für das hier?« Arvid zeigte hinter sich. Der Eingang des Casinos war jetzt voll angestrahlt, der Schriftzug prangte leuchtend über dem Vordach.

»Ich hab Schulden, ich brauche dringend Geld, du weißt, wie das ist.«

»Nein, weiß ich nicht.«

Tom richtete sich auf und sah Arvid schwer atmend an.

»Was wolltest du nachts im Garten von Marie?«

Tom wich Arvids Blick aus und schwieg. Arvid packte ihn am Kragen und zog ihn zu sich.

»Ich hab dich gesehen!«

»Katja wollte, dass ich …«

»Dass du Marie aus dem Weg räumst?«

Tom nickte.

»Und du hättest es getan?«

»Ich bin ihr nie zu nahe gekommen. Nicht mal privat.«

»Aber du warst kurz davor, ihr was anzutun.«

»Zum Glück bist du ja gekommen«, sagte Tom leise.

»Du mieses Schwein!«

Arvid hieb Tom die Faust ins Gesicht. Mit einem Aufschrei ging Tom zu Boden. Schmerzverkrümmt hielt er sich die Hand vor die Nase. Blut tropfte zwischen seinen Fingern hindurch.

»Was hattest du denn vor? Wolltest du sie abstechen und im Bodden versenken?«

»Ich hatte keinen Plan. Ich wollte ihr nichts tun! Wirklich nicht!«, wimmerte Tom.

»Wer hat sie dann niedergeschlagen und ihr ein Messer in den Rücken gerammt?«

»Das weiß ich nicht. Ich jedenfalls nicht. Ich war hier, hab gespielt, das kannst du nachprüfen.«

Arvid sah Tom verächtlich an.

»Du hast keine Ahnung, was ich durchgemacht habe«, winselte Tom.

»Seit Marie bei der Beerdigung aufgetaucht ist, sitzt mir Katja im Nacken. Ich war schuld, dass sie benachrichtigt wurde, ich war schuld, dass sie in die Büdnerei zog, ich sollte dafür sorgen, dass sie endgültig verschwindet.«

Tom rieb sich Rotz und Blut von der Nase.

»Ich hab das nicht ausgehalten. Irgendwo musste ich Druck ablassen.«

»Und Katja hat deine Spielschulden bezahlt?«

»Sie hat am Ende immer alles bezahlt, das Casino, das Koks. Sonst wär ich nicht mehr am Leben.« In Toms Blick lag nackte Angst. »Du kennst solche Typen nicht. Die spüren dich überall auf.«

»Wo sind die Besitzurkunden über Grundstück und Büdnerei jetzt?«, fragte Arvid ungerührt.

»In einem Schließfach in Rostock.«

»Welche Bank?«

»Privater Anbieter.«

»Den Code.«

Tom zog einen kleinen Zettel aus der Tasche. Arvid warf einen Blick darauf und steckte ihn ein. Ängstlich sah Tom Arvid an.

»Und jetzt?«

»Räum hinter dir auf und fahr nach Hause.« Arvid reichte ihm eine Hand und zog ihn hoch.

»Das kann ich nicht. Katja bringt mich um!«, rief Tom panisch.

Arvid musterte ihn kühl.

»Hier bist du genauso tot.«

Er schob Tom beiseite und stieg in seinen Pick-up. Tom klammerte sich ans Seitenfenster.

»Gib mir wenigstens ein bisschen Geld. Nur etwas, bitte!«

Arvid setzte wortlos zurück.

»Ich brauch was, um wieder hochzukommen!«, rief Tom verzweifelt.

Arvid legte den Gang ein und gab Gas. Tom lief noch ein Stück mit, dann ließ er los. Im Rückspiegel sah Arvid, wie er zurückblieb – ängstlich, hilflos, verloren.

»Woher wusstest du, dass er in Lübeck war?«

Marie sah Arvid erstaunt an. Sie saßen bei Inga zusammen, es war spät am selben Tag.

»Reines Glück. Stralsund schien mir zu nah, Heringsdorf zu weit.«

»Er tut mir leid«, sagte Marie mitfühlend.

»Ich hatte schon nach der Bürgerversammlung den Verdacht, dass er was nimmt. Koks oder Amphetamine.«

»Wieso hast du nichts gesagt?« Marie sah Inga irritiert an.

»Hab ich. Aber natürlich ist er nicht drauf eingegangen.«

»Ich hab's nicht gemerkt.« Marie zuckte selbstkritisch die Achseln. »Obwohl es Hinweise gab: seine Sprunghaftigkeit, seine wechselnden Stimmungen, das Unkontrollierte, Fahrige an ihm.«

»Mein Mitgefühl hält sich in Grenzen«, ging Arvid dazwischen. »Wer weiß, wozu ihn die Sucht noch getrieben hätte.«

»Auf jeden Fall bin ich ihm unendlich dankbar.«

Marie streckte die Hand nach den Papieren aus, die auf dem Tisch zwischen ihnen lagen.

»Mit diesen Urkunden steht fest, dass nicht nur die Büdnerei, sondern auch das Grundstück unserer Familie gehörten.«

»Und damit jetzt dir.« Arvid lächelte.

»Genau das kann ich jetzt beweisen«, stimmte Marie zu.

»Und ich hab noch was rausgefunden: Meine Großmutter, Ottilie Cammin, war eine geborene Grahl.«

Inga und Arvid sahen überrascht auf.

»Dann gehört sie zu dem Kaufmann von der MARY CE-
LESTE?«

»So einfach funktioniert Ahnenforschung nicht«, seufzte
Marie.

»Es war Überraschung genug, das überhaupt zu entdecken. Weiterzuforschen, ob und wie sie eventuell mit diesem Johann Grahl verwandt ist, wird ewig dauern.«

»Und warum dauert das so lange?«

»Weil das hiesige Standesamt nur Geburten bis 1899 ar-
chiviert. Wenn meine Großmutter 1905 geboren ist, muss
ihre Mutter, also meine Urgroßmutter, deutlich vor 1899
geboren sein.«

»Und wer hat diese Daten?«

»In der Regel die Kirchenarchive. Aber das Pommersche
ist gerade nach Schwerin gezogen, und die Anfragen dauern einfach, egal wo.«

»Dann werden wir heute ja nicht noch mehr Neues erfahren.« Inga konnte ein Gähnen nicht unterdrücken. Marie lächelte.

»Heute Nacht nicht. Aber vielleicht morgen früh. Katja
kommt zurück.«

Wie winzige Nadelspitzen stach die Morgenkälte beim Atmen in die Lunge. Über Nacht war es endgültig Herbst geworden. ›Black Diamond‹ war vor den Stallungen ange-
bunden. Sein Leib dampfte in der kalten Luft. Die weißen
Schwaden aus den Nüstern verfingen sich im feuchten Nebel. Er wand seinen Kopf, als Marie und Arvid auf ihn zuka-

men. Im selben Moment trat Katja aus dem Stall und blieb wie angewurzelt stehen.

»Marie.«

»Ja, ich lebe noch.«

Katja lachte nervös. »Das will ich doch hoffen.«

»Wirklich?«

Marie sah Katja lauernd an.

»Vom Flughafen direkt zum Stall?«

Katjas Blick ging von Marie zu Arvid. Sie musste Zeit gewinnen, um zu erkennen, was hier gespielt wurde.

»Ich wollte gerade ausreiten.«

»Um zu sehen, ob sich deine Fehlinvestition inzwischen erholt hat?«

Katjas Gedanken flogen. Worauf wollte Marie hinaus?

»Ich hoffe, dein Besuch in Holland war erfolgreicher als dein Versuch, in die Pferdezucht einzusteigen?«

»Ich weiß nicht, was du meinst.«

»Ich kann de Kersmaeker auch persönlich anrufen, um das zu erfahren. Als CEO der größten niederländischen Investorengruppe für weltweite Hotelprojekte ist er doch dein Geldgeber, nicht wahr?«

Schlagartig begriff Katja. Ihre Miene versteinerte.

»Du warst es, die eingebrochen ist.«

»Überrascht dich das?«

»Cilla war sich nicht sicher.«

»Weil ich ja tot im Wald liegen sollte.«

Katja schwieg. Marie fiel es wie Schuppen von den Augen.

»Mein Gott, sie war es! Cilla hat versucht, mich umzubringen.«

Katjas Augen verengten sich.

»Was willst du, Marie?«

»Die Wahrheit.«

»Die Wahrheit.« Katja lachte zynisch. »Die Wahrheit hat viele Gesichter. Ich fürchte, da kann ich nicht helfen.«

»Das würde ich mir an Ihrer Stelle noch mal überlegen.« Arvid sah Katja ruhig, aber entschlossen an.

»Wir haben zu viele Beweise gegen Sie in der Hand.«

»Ach ja? Welche?«

»Ein Geständnis über Raub und Fälschung von Besitzurkunden.«

»Tom.« Katja spie das Wort verächtlich aus. Sie hatte ihn als Quelle sofort erkannt.

»Und das Wissen um Ihr Bauvorhaben. Das reicht, um Ihnen betrügerische Machenschaften innerhalb der Gemeinde und Amtsmissbrauch nachzuweisen«, setzte Arvid fort.

»Und wir haben einen Mordanschlag«, ergänzte Marie.

Katja musterte Arvid und Marie.

»Was bedeutet die Doppel-Acht?«

»Wovon sprichst du?«

»Von dem Zeichen am Heck der MARY CELESTE.«

»Was soll das schon bedeuten?« Katja zuckte verständnislos die Achseln. »Das ist einfach nur ein Bild.«

»Und warum hat mich Tante Helga davor gewarnt?«

»Ich hab keine Ahnung, Marie. Wirklich. Frag mich sonst was, aber das weiß ich nicht.«

Katja wirkte ehrlich ratlos, doch selbst wenn sie log, wusste Marie, dass sie ihr nicht mehr entlocken würde.

»Gut, dann frag ich was anderes: War es Cillas eigene Idee oder hast du sie beauftragt, mich umzubringen: ja oder nein?«

»Das musste ich nicht. Sie wusste, was zu tun ist. Du warst dabei, unser Hotelprojekt zu verhindern. Du musstest aus dem Weg. Und nachdem Tom versagt hatte …«

»Du hast Tom auf mich angesetzt?« Marie sah ungläubig zu Arvid. Davon hatte er nichts erzählt.

»Schätzchen, dachtest du, er hätte sich sonst um dich gekümmert?« Katja lächelte mitleidig.

»Er ist nur leider unfähiger als seine Vorfahren. Der Idiot.« Katja zuckte die Achseln.

»Es war alles gut, bist du gekommen bist. Ich war zwar nur Erbin dritten Grades, aber ich hätte das Grundstück bekommen. Doch dann hat Tom die kleine Pflegerin übersehen, die sich mit dem Brief der Tante an den Pfarrer wandte, der dich dann ausfindig gemacht hat.«

Jäh kam Marie ein Verdacht. »Hast du auch dafür gesorgt, dass Tante Helga gestorben ist?«

»Das hatte sie mit ihrem Sturz schon selbst erledigt.«

»Vielleicht hast du dabei nachgeholfen?«

»Nein, die ist rechtzeitig von allein gegangen. Anders als du. Du hattest leider deinen eigenen Kopf.«

Marie schossen die Erinnerungen an die erste Zeit mit Katja durch den Kopf. An ihre Freundlichkeit, ihre Hilfsangebote. Alles war nur Spiel gewesen, Lüge.

»Du wolltest mich von Anfang an loswerden, stimmt's?«

Katjas Schweigen war Antwort genug.

»Warum hast du nicht gleich zugeschlagen? Das hätte dir ne Menge Zeit erspart«, fragte Marie bitter.

»Ich dachte, wir kriegen dich noch so aus dem Haus. Tom sollte dich bearbeiten. Aber er hat schon da versagt.«

»Und wann kam der Startschuss für deinen ›Auftragsmord‹?«

»Als du nicht locker gelassen hast mit dem Amt und der Frage nach der Familie. Es war eine Frage der Zeit, wann du herausgefunden hättest, dass du die Besitzerin des Grundstücks bist. Ich musste handeln.«

»Und hast Tom unter Druck gesetzt?«

»Das war nicht schwer. Ich musste nur die Zahlungen an ihn einstellen. Aber statt unser Problem endgültig zu lösen, ist er geflüchtet und hat versucht, das Geld für seine Schulden durch Noch-Mehr-Spielen aufzutreiben. Der arme Irre.«

Marie sah Katja fassungslos an. »Ich war so glücklich, als ich dich kennenlernte.«

Katja atmete genervt durch.

»Ich hab's ja im Guten probiert. Du hättest bei mir wohnen können.«

»Jetzt bin ich auch noch selbst schuld, dass ich beinahe ermordet worden wäre?« Marie lachte schrill.

»Wieso hast du mich nicht einfach eingeweiht und gebeten, dir das Grundstück zu überlassen?«

Katja lächelte spöttisch.

»Hättest du es getan?«

Nein, sie hätte den Besitz nicht hergegeben, nicht für dieses Projekt. Katja hatte recht. Aber sie dafür umzubringen …? Marie war es, als sacke sie ins Bodenlose. »Ich hab dir vertraut.«

Katja zuckte die Achseln. »Es kann nur einer überleben.«

Die Sonne hatte den Nebel endgültig aufgelöst, ihre warmen Strahlen vertrieben jetzt rasch die feuchte Morgenkühle. Ein leuchtender Herbsttag wartete. Marie sah die Farben wetteifern, den blauen Himmel, die roten Beeren, das Blütenmeer der Dahlien und Astern, aber sie war nicht Teil davon. Sie war durch eine unsichtbare Wand getrennt und fror. Die Kälte kam aus ihrem Inneren. Katjas Geständnis hatte sie tief erschüttert. Marie spürte, wie das Zittern kam: Langsam, wie eine Spinne, kroch es aus ihrer Körpermitte und streckte seine Fühler in jede Richtung, besetzte jedes Glied, strömte in Finger- und Fußspitzen und erfasste schließlich den gesamten Leib, bis die Zähne aufeinanderschlugen.

Arvid machte einen Schritt vor und schloss Marie fest in seine Arme. Sie standen auf dem Kliffweg, unter ihnen das weite Meer. Es war der einzige Ort, an den Marie wollte, nachdem sie Katja verlassen hatte, aber sie sah nichts davon. Sie presste ihr Gesicht an Arvids Brust und wünschte, die Dunkelheit vor ihren Augen würde ewig andauern.

So standen sie lange, sehr lange, bis das Zittern abebbte. Danach kamen die Tränen, die ihren schmalen Körper schüttelten. Erst, als auch die versiegten, gab Arvid Marie wieder frei. Wortlos ergriff er ihre Hand. Sie gingen zu seinem Wagen.

»Wusstest du, dass Tom auf mich angesetzt war?«

»Ich wusste nicht, ob ich es dir erzählen sollte. Es hätte nichts mehr geändert und dir nur wehgetan.«

»Viel mehr kann mir nicht mehr wehtun.«

Der Schmerz in ihren Worten brach ihm das Herz. Arvid griff nach ihrer Hand.

»Er hat mir auch gestanden, dass er es nicht konnte.«

Marie sah auf.

»Er hat dich zu sehr gemocht, er hätte dir niemals etwas antun können.«

Marie ließ Arvids Worte wirken, sie lächelte traurig.

»Im Gegensatz zu meiner Cousine.«

»Ich hab dich vor den Leuten hier gewarnt.«

»Zum Glück sind nicht alle so«, antwortete Marie, entschlossen, den Glauben an das Gute nicht zu verlieren.

Arvid schwieg

»Nimm Inga, dich und mich.«

»Ist dir schon mal aufgefallen, dass wir die drei Expats hier sind?«

»Und was ist mit Alfried und Luise, was mit den Leuten aus Ingas Bürgerinitiative? Nein.« Marie schüttelte den Kopf. »Nicht alle sind schlecht.«

Eine Diskussion war das Letzte, was er ihr jetzt zumuten wollte. Er wechselte das Thema.

»Weißt du schon, wie du gegen deine Cousine vorgehen willst?«

Marie sah nachdenklich zurück.

»Das Wichtigste können wir leider nicht beweisen, auch wenn Katja den Mordanschlag vor uns zugegeben hat.«

»Heißt das, du willst gar nichts tun?«

»Im Gegenteil.«

Maries Lippen verzogen sich zum ersten Mal wieder zu einem Lächeln. Es war klein und fein und rachsüchtig.

»Das ist nicht dein Ernst?!« Aus Katjas Gesicht war sämtliche Farbe gewichen.

»Sogar mein voller.«

Marie sah Katja kalt an. Sie stand mit Arvid in Katjas Amtsbüro.

»Du wirst den Resortplan beerdigen, den Straßenausbau stoppen und dein Amt niederlegen.«

Katjas Augen verengten sich.

»Und wenn ich deinen Forderungen nicht nachkomme?«

»Sie wissen, was wir gegen Sie in der Hand haben.« Arvids Stimme war klar und bestimmt.

»Diebstahl, Fälschung amtlicher Urkunden, betrügerischer Amtsmissbrauch und Beauftragung eines Mordes.«

Katja sah spöttisch zu Marie. »Darf er auch mal was sagen?«

»Wir bringen alles, was wir haben, an die Öffentlichkeit. Das ist dein politisches Ende. Dann bist du öffentlich zur Steinigung freigegeben. Der Ruf der Familie und dein Einfluss sind für alle Zeiten erledigt. Vielleicht wanderst du sogar hinter Gitter.«

»Wieso lässt du mir überhaupt eine Wahl?«

Marie zögerte. Als sie antwortete, schloss sie die Augen. »Weil du alles bist, was ich an Familie habe.«

»Und du glaubst, sie wird das tun?« Inga warf Marie einen skeptischen Blick zu.

»Ich hoffe es.« Marie zuckte die Achseln. »Je nachdem, wie sie ihren Rückzug begründet, kann sie noch als Heldin vom Platz gehen. Andernfalls können wir mit Toms Aussage Anklage gegen Katja erheben. Die wird sie in jedem Fall vermeiden wollen. Das ist meine Waffe gegen sie.«

Sie gingen den Bohlenweg um den Leuchtturm an der Nordspitze der Halbinsel entlang. Es war Spätnachmittag, die Sonne stand noch tiefer. Der Herbst schritt voran. Die ersten Blätter färbten sich schon, nur kurze Zeit noch, und der Darßwald würde in leuchtenden Farben stehen.

»Weißt du noch, wie wir das erste Mal gemeinsam hier entlanggegangen sind? Es kommt mir wie eine Ewigkeit vor, dabei ist es nicht mal vier Monate her.«

»Viel passiert in der Zeit.«

»Mein ganzes Leben hat sich umgekrempelt.«

»Als du herkamst, war es genau das, was du wolltest.«

»Nein, ich wollte Zeit, um in Ruhe zu überlegen, wie mein Leben weitergeht. Ich wollte nicht von den Toten wiederauferstehen, und schon gar nicht wollte ich mit ihnen Botschaften austauschen lernen.«

»Und Arv wolltest du auch nicht kennenlernen?«

Marie warf ihr einen gespielt beleidigten Blick zu.

»Wie steht es überhaupt mit deiner Zwiesprache mit der anderen Welt?«, nahm Inga den Faden wieder auf. »Weißt du inzwischen, wer die Frau ist, die dir erschienen ist?«

»Nein, aber vielleicht hilft Tom mir da weiter.«

»Tom? Ausgerechnet?«

Marie nickte. »Er besorgt mir Kopien sämtlicher Grundbucheintragungen, die das Grundstück betreffen. Die sind weit verstreut, ich komme da gar nicht ran. Tom hat von Amts wegen leichter Zugang zu den Archiven.«

»Und du lässt ihn das machen?«

Marie lächelte und atmete durch. »Ich weiß, ich könnte ihm nachweisen, dass er bei mir eingebrochen ist und mich bestohlen hat, abgesehen davon, dass er nicht ehrlich war. Aber er tut mir wirklich leid. Ich will sein Leben nicht noch mehr zerstören.«

Inga nickte nachdenklich. »Vielleicht kann er auf diese Weise auch was gutmachen.«

»Auf seine Weise hat er das doch schon. Er hat sich Katjas Auftrag widersetzt, so gut er es konnte.«

Wenige Tage später, Marie kochte gerade das Futter für Ori, hielt Toms Käfer in der Einfahrt. Sie sah durchs Küchenfenster, wie er ausstieg. Einen Moment lang stützte er beide Arme aufs Autodach, seine Schultern hingen durch, dann löste er sich, holte eine Tasche vom Rücksitz und kam auf die Büdnerei zu. Sein einst federnder Gang war verschwunden, gebückt schlich er über die Wiese auf die Haustür zu. Ein anderes Bild schob sich vor Maries Augen: Tom, einen Tag nach ihrem Einzug, Champagner unter dem Arm, ans Küchenfenster klopfend – sein blondes Haar, das im Mondschein leuchtete, seine Unbeschwertheit, seine Fröhlichkeit. Unwillkürlich streckte Marie die Hand zum Fenster aus, als könne sie das Bild vor ihren Augen, als könne sie *ihn* festhalten.

Sein Klopfen an der Haustür riss sie aus ihren Gedanken. Sie öffnete. »Komm herein.«

Er trat ein, blieb aber an der Schwelle stehen. Die Verlegenheit ließ ihn linkisch wirken. Sein Gesicht war bleich und ausgezehrt. Die letzten Tage hatten tiefe Spuren hinterlassen. Er drückte ihr einen Stapel Papiere in die Hand.

»Das ist alles, was ich bekommen konnte.«

»Das ging aber schnell.«

»Es tut mir alles so leid, Marie. Hast du schon Anzeige gegen mich erstattet?«, fragte er kleinlaut.

»Nein. Und das werde ich auch nicht.«

Überrascht sah er sie an.

»Du wirst es anders wiedergutmachen. Du gehst ins Amt zurück und nimmst deine Arbeit wieder auf.«

»Das ist nicht dein Ernst?«

»Das ist noch nicht alles«

Unsicher sah er sie an.

»Du wirst dich in Therapie begeben. Für beides. Drogen und Spielsucht. Versprich es!«

Er sah sie an und nickte. »Ja. Ja, das tue ich.«

Sie wusste nicht, warum, aber sie glaubte ihm.

V. Befreiung

Die Dokumente waren lückenlos. Tom hatte ganze Arbeit geleistet. Marie hatte keine Vorstellung, wie er es in der Kürze der Zeit geschafft hatte, vor allem für die sehr alten Urkunden, die Archive ausfindig zu machen und dort Kopien zu erhalten, aber er hatte es geschafft. Vor ihr lag eine lückenlose Dokumentation der Besitzer des Grundstückes samt Büdnerei. Sie reichte zwei Jahrhunderte zurück. Alles hatte 1870 begonnen und endete 2021, bei ihr, Marie.

Sie sah auf die alten, handschriftlichen Einträge, auf die Namen und Daten, erst in Kurrentschrift, dann in Sütterlin geschrieben, stellenweise schwer entzifferbar. Dünner Aufstrich, dicker Abstrich, das C ein wankendes Z, das E ein N, das R ein verkrüppeltes W.

Marie arbeitete sich beharrlich durch, ergänzte das, was sie nicht entziffern konnte, durch das, was sinnvoll erschien. Je länger sie sich damit beschäftigte, umso leichter wurde es. Am Ende konnte sie die Schrift beinahe flüssig lesen. Nach und nach enthüllte sich der Gang der Besitzverhältnisse durch den Lauf der Zeit, Namen traten hervor, die Marie kannte, andere blieben im Dunkeln. Zusatzbemerkungen, Notizen am Rande ergänzten die Transaktionen: *Als Unterzeichnende anwesend, notariell vertreten, unter Preis.*

Langsam entstand ein Bild vor Maries Augen, aber um es komplett zu machen, fehlte etwas. Sie griff zum Telefon.

»Ich brauche den Stammbaum.«

»Ich hab keine Ahnung, wo der ist.« Katjas Stimme war reine Abwehr.

»Dann fang an, ihn zu suchen! Ich erwarte dich in einer Stunde. Bei mir!«

Noch vor Ablauf der Stunde klopfte es an ihrer Tür. Katja reichte ihr wortlos eine Dokumentenrolle aus Kunststoff.

»Doch nicht so schwer zu finden.«

»Übertreib es nicht, Marie.«

Katjas Augen blitzten kalt. Sie drehte sich um und ging zu ihrem Wagen zurück. Am Aufheulen des Range Rovers erkannte Marie Katjas Wut.

Sie hob den Deckel der Plastikrolle ab und zog vorsichtig das darin liegende Papier hervor. Es war ein A1 Format, sie musste erst den Tisch abräumen, um es ganz entrollen zu können. Doch dann entblätterte sich ein kompletter Familienstammbaum. Fein säuberlich gezeichnet und beschriftet, enthüllte er eine vollständige Übersicht über die Verästelungen der Familie Grahl von 1815 bis 1965, dem letzten Eintrag: Katjas Geburt.

Marie war nicht mehr verzeichnet. Ihre Familienlinie brach mit dem Eintrag der Geburten ihrer Mutter Hilde und Tante Helgas ab. Deshalb wusste auch Katja nichts von Maries Existenz.

Berührt starrte Marie auf das Papier. Auch wenn sie nur ein winziger Teil des gesamten Baumes war, das, was hier vor ihr lag, war ihre Familie.

Nach den unterschiedlichen Handschriften zu urteilen, war der Baum über zwei Jahrhunderte hinweg von unterschiedlichen Mitgliedern der Familie fortgeschrieben worden.

Marie setzte sich und begann, ihn zu studieren. Sie begann bei denen, die sie kannte: ihrer Mutter und Tante Helga, und arbeitete sich in dieser Linie rückwärts durch, bis sie bei ihren Ur-Ur-Großeltern angelangt war: Heinrich Grahl und seiner Frau Wilhelmine.

Von dort aus ging sie die Ahnenreihe in der zweiten Linie der Familie vorwärts durch, bis sie bei Katja wieder in der Neuzeit endete.

Das vollständige Ahnentableau breitete sich vor Marie aus und allmählich erkannte sie die Zusammenhänge.

»Wie kannst du die bloß alle auseinanderhalten?« Inga sah Marie bewundernd an. Sie hatten sich bei Arvid verabredet, der gerade Ori durch die Terrassentür in den Garten entließ. Er grinste.

»Im Gegensatz zu uns hatte sie den ganzen Tag Zeit, sich darein zu versenken.«

»Im Gegensatz zu euch habe ich genügend Grips, die Verflechtungen zu verstehen.« Marie grinste zurück.

»Dann lass mal hören.«

»Alles geht zurück auf Heinrich Grahl«, begann Marie. »Er ist Katjas und mein Ururgroßvater, er ließ das Grundstück und die Büdnerei, die darauf stand, 1870 auf seinen Namen eintragen. 1876 ging beides in den Besitz seines erstgeborenen Sohnes über, Friedrich Grahl. Der wiederum überschrieb beides 1920 seinem Sohn Karl. Und dieser verkaufte es schließlich zehn Jahre später an den Mann seiner Cousine, Herrmann Cammin. Damit kamen Grundstück und Haus in meine Familie, also der Cammin'schen Linie der Familie.«

»Und dieser Herrmann Cammin war dein Großvater, richtig?«, fragte Arvid.

Marie nickte. »Richtig. Er war mit Ottilie Grahl verheiratet, der Cousine von Karl, meiner Großmutter.«

»Seitdem gehörte der Besitz also euch«, hielt Inga noch mal fest. Wie passt deine Cousine da ins Bild?«

»Katjas Mutter war die Tochter von Karl Grahl, also dem, der den Besitz an meine Großeltern verkauft hat.«

Inga und Arvid nickten.

»Wenn Katjas Großvater und meine Großmutter Cousin und Cousine waren, waren ihre Mutter und meine Mutter also Cousinen zweiten Grades, und Katja und ich sind damit Cousinen dritten Grades.«

»Das heißt, sie war eine Nichte dritten Grades deiner Tante?« Arvid versuchte, mitzukommen.

»Genau«, nickte Marie. »Und damit hatte sie einen entfernten Erbanspruch, allerdings nur dann, wenn es außer ihr sonst niemanden mehr gab.«

Arvid und Inga begriffen langsam die Zusammenhänge.

»Es muss ein Schock gewesen sein, als du plötzlich aus der Kiste gesprungen bist.«

Marie und Arvid fielen in Ingas Grinsen ein.

»Ganz schön kompliziert. Ich wusste schon, warum mich Ahnentafeln nie interessiert haben.« Arvid kratzte sich gespielt überfordert am Kopf.

»Wenn man es aufgezeichnet sieht, geht es leichter.«

Marie öffnete die schmale Dokumentenrolle, die sie mitgebracht hatte und entrollte den Plan auf Arvids Küchentisch. Inga und Arvid beugten sich darüber.

»Ohne dieses Papier hätte auch ich den Stammbaum niemals so zusammengesetzt bekommen.«

»Zumindest hätte es ewig gedauert«, sagte Arvid, beeindruckt von dem, was er sah.

»Hier ist ja auch unser Freund Johann Grahl, der Händler aus Pommern, der an Bord der MARY CELESTE war.« Inga tippte auf einen Namen weit oben auf dem Papier.

Marie nickte.

»Er war nicht nur Heinrichs Bruder, sondern sein Zwilling. Ihr Geburtsdatum ist identisch.«

»Okay«, sagte Arvid. »Mit dieser Ahnentafel ist deine Abstammung geklärt und der Besitz des Grundstücks. Aber was ich immer noch nicht verstehe, ist, warum es Unglück bringt, dort zu wohnen?«

»Tja.« Marie atmete ratlos durch.

»Hatte die alte Tappenbeck nicht gesagt, dass das Haus schon immer verflucht war? Wenn sie jetzt bald 100 wird, ist sie 1921 geboren, das heißt, sie lebte zeitgleich mit deinen Großeltern. ›Schon immer‹ könnte dann bedeuten, dass es bereits vor dieser Zeit als Spukhaus verschrien war.«

»Du meinst, es war von Anfang an ein Unglücksbringer?«
Marie sah Arvid nachdenklich an.

»Vielleicht war das ja der Grund, weshalb Grahl es an euch verkauft hat«, warf Inga ein.

»Auffällig ist jedenfalls, dass niemand in all den Jahrzenten große Veränderungen an Haus oder Grundstück vorgenommen hat. Als wäre es immer nur kurz oder gar nicht bewohnt worden.«

»Aber was ist der Grund für diesen Fluch?«, überlegte Inga.

»Von wem hatte der alte Grahl denn das Grundstück überhaupt gekauft?«, fragte Arvid.

»Ich weiß gar nicht, ob er es gekauft hat. Da stand nur was von übertragen.« Marie holte die Kopien der Grundbucheintragungen aus ihrer Tasche und breitete sie über dem Stammbaum aus.

»Hier steht es: … übertragen auf Heinrich Grahl.«

»Von?«

Alle drei beugten sich über die Kopie.

»Nur drei Unterschriften. Schulz, Notar«, las Marie vor. »Heinrich Grahl und …«

Der letzte Name war schwer zu entziffern, die Schrift ungelenk, als sei jemand ungeübt im Schreiben gewesen. Marie versuchte sie zu entziffern.

»Marga … rete … und Benz … Margarete Benz!«

»Eine Frau?«

Alle drei sahen sich überrascht an. Auch wenn keiner von ihnen besondere Kenntnisse der Geschäftswelt Mitte des 19.

Jahrhunderts besaß, wusste jeder, wie ungewöhnlich es war, dass eine Frau zu dieser Zeit Geschäfte machte und Verträge unterzeichnete.

»Vielleicht ist sie es, die ich gesehen habe?«

Marie sah Arvid und Inga beklommen an.

Sie hatten den Abend mit einem Glas Wein ausklingen lassen wollen, um auf den endgültigen Beweis von Maries Erbe anzustoßen, aber Marie drängte es nach Hause, in die Büdnerei, zurück. Arvids Bedauern, sie so schnell wieder gehen lassen zu müssen, war ihm deutlich anzusehen, aber er verstand, was sie vorhatte.

Marie wusste nicht, ob es noch einmal gelingen würde, dennoch löschte sie alles Licht im Haus wie zuvor und setzte sich auf einen Stuhl. Dunkelheit umschloss sie, Stille. Sie wartete, bis sie ganz ruhig war. Dann schloss sie die Augen.

»Margarete Benz. Bist du hier?«

Nichts geschah. Marie spürte, es war noch nicht so weit.

»War dies dein Haus, dein Grund und Boden?«, fragte sie noch einmal. »Hast du hier gelebt?«

Sie wartete, Zeit verging. Plötzlich veränderte sich etwas. Sie hätte nicht sagen können, wie es geschah, aber sie spürte die Veränderung deutlich. Es war, als hätte die Luft sich verdichtet, als sei die Dunkelheit dunkler geworden. Marie öffnete die Augen. Die Frau saß am Fenster, auf einem Stuhl, den Marie nicht kannte. Auch die Vorhänge waren ihr fremd, ihre Bettcouch war durch ein altes Sofa ersetzt. Die

Frau trug das schwarze Kleid, das Marie kannte, ihr Haar war im Nacken zu demselben Knoten gebunden.

»Grete!«, rief Marie leise.

Aber die Frau drehte sich nicht zu ihr um. Sie sah hinaus auf die Stelle, an der Marie im Traum das junge Paar gesehen hatte.

»Bist du das junge Mädchen? Die Frau in Weiß, auf die er wartet?«

Auf einmal krampfte sich Maries Herz zusammen, sie spürte einen Schmerz in sich, so tief und durchdringend, dass er ihr die Luft zum Atmen nahm. Etwas Schweres, Dräuendes legte sich auf sie.

»Was willst du mir sagen?«, flüsterte sie.

Aber sie empfing keine Antwort, so sehr sie sich bemühte. Sie konzentrierte sich wieder auf das, was sie von Grete wissen wollte.

»Warum hast du dein Haus an Heinrich Grahl verkauft?«

Sie hatte das letzte Wort kaum ausgesprochen, als ihr etwas entgegenschlug, auf das sie nicht gefasst war. Eine Stichflamme schoss brennend auf. Sie rollte Marie wie eine rotglühende Walze entgegen und fegte sie vom Stuhl. Es war der Zorn dieser Frau. Ihr Hass stand wie eine lohende Fackel im Raum. Marie lag schweratmend auf dem Boden, eine Wange gegen die rauen Dielen gepresst.

»Du hast nicht verkauft …«

Die Luft wurde heiß, die Fackel drehte sich wie ein Derwisch. Plötzlich wusste Marie, dass es Grahl war, der Grete bedrängt hatte, zu verkaufen, nein, gezwungen hatte.

Sie sah Heinrich vor sich, sein zufriedenes Gesicht.

Ein Fauchen war zu hören, wie das der Katze, die Marie auf der Brust gesessen hatte, dann tauchte neben Grahls Gesicht ein zweites auf, ihm zum Verwechseln ähnlich, sie begannen sich zu drehen, ihre Züge verschwommen, flossen ineinander mit anderen, die jetzt ebenfalls auftauchten, Bilder von Unfällen schoben sich dazwischen, ein Segelschiff, eine Meerestiefe, ein Scheunenbrand, weinende Frauen, sie alle wirbelten nach und nach in einem sich immer schneller drehenden Kreisel umeinander, bis sie bei einem, dem letzten, stehen blieben. Es war das Gesicht Katjas.

Das Erste, was sie spürte, als sie wieder zu sich kam, war ihre schmerzende Hüfte. Langsam öffnete Marie die Augen. Sie lag seitlich auf dem Boden, der Stuhl, auf dem sie gesessen hatte, umgekippt neben ihr. Morgenlicht drang durch die Vorhänge am Fenster, die jetzt wieder die ihren waren. Auch ihre Couch stand dort, wo sie immer stand. Langsam rappelte Marie sich auf. Sie hatte die Nacht auf dem Boden verbracht und fühlte sich wie gerädert. Die Begegnungen mit der anderen Welt zehrten Kraft.

Marie schleppte sich ins Bad und spritzte sich kaltes Wasser ins Gesicht. Sie ließ die Bilder der Nacht Revue passieren. Auf einmal schoben sie sich zurecht und ergaben einen Sinn.

»Grete hat nicht verkauft. Heinrich Grahl hat ihr das Grundstück gestohlen. Seitdem bekämpft sie jeden, der zu seiner Familie gehört bzw. der in ihrem Haus wohnt, bis aufs

Blut. Das war der Grund, warum die Büdnerei wenig bewohnt war.«

»Du meinst, sie rächt sich?«

Arvid und Inga sahen Marie gespannt an. Marie nickte.

»Und es sind viele, die ihrem Zorn zum Opfer gefallen sind.«

Marie stellte Arvid und Inga einen Becher Kaffee hin und fasste zusammen, was sie gesehen hatte.

»Alles begann mit der MARY CELESTE. Grete war es, die für das seltsame Geschehen an Bord gesorgt hat. Sie hat Heinrichs Zwillingsbruder Johann vom Schiff geholt und in die Tiefe des Meeres gezogen.«

»Seinen Zwilling zu verlieren bedeutet, einen Teil von sich selbst zu verlieren«, sagte Inga.

»Ich vermute, das war der Grund, warum Johann als erster dran glauben musste. Sie wollte Heinrich leiden lassen, bevor sie ihn vier Jahre später bei einem Scheunenbrand selbst holte.«

»Aber das war noch nicht alles, nehme ich an?« Arvid sah Marie an.

»Es gab immer wieder tödliche Unfälle, Brände oder andere Katastrophen in der Familie, ich konnte nicht alle genau erkennen, aber sie ziehen sich durch alle Generationen, bis zur letzten.«

»Du meinst Katja?«

Marie nickte. »Ich bin sicher, dass es Grete ist, die den Boden des Reiterhofes versumpfen lässt, um sie in den Ruin zu treiben.«

»Du sagst immer Grete?«, wunderte sich Inga.

»So wurde sie gerufen«, antwortete Marie schlicht.

»Also alles, was dir passiert ist, ist wirklich nur wegen des Grundstücks passiert?! Nicht nur Katjas Kampf gegen dich in der realen Welt, sondern auch Gretes in der Welt des Übersinnlichen.«

»Ja«, nickte Marie zu Arvid. »Beide Ebenen, auf denen ich gekämpft habe, waren von Anfang an miteinander verbunden.«

»Warum konnte deine Tante hier so lange in Frieden wohnen?«

»Weil sie, genau wie ich, irgendwann die Verbindung zu Grete gesucht hat. Als Grete spürte, dass wir auf ihrer Seite sind, hat sie von ihrer Verfolgung abgesehen.«

Marie zeigte auf ihren Körper.

»Seitdem habe ich keine einzige Verletzung mehr.«

Arvid lächelte zärtlich. Wie Inga wusste er, was Marie durchgemacht hatte. Einen Moment schwiegen alle und nippten an ihrem Kaffee.

»Verdammt unbarmherzig, Menschen über anderthalb Jahrhunderte zu verfolgen, nur, um sich für ein Stück Land zu rächen«, sagte Inga nachdenklich

»Ich glaube nicht, dass es nur darum ging. Da ist noch mehr gewesen.«

»Und wieso glaubst du das?«

Maries Blick ging durchs Fenster auf die Einfahrt.

»Was ist mit dem jungen Paar, das ich gesehen habe? Und dem Kind?«

Marie ließ der Gedanke daran nicht los: ›Was war vor hundertfünfzig Jahren noch geschehen, als Margarete um ihr Grundstück betrogen wurde?‹

Marie rief sich noch einmal den Moment in Erinnerung, als sie Grete gefragt hatte, ob sie die junge Frau war, die sie im Traum gesehen hatte. Im selben Augenblick hatte Marie der Schmerz gepackt. Ein Schmerz, wie man ihn spürt, wenn man sich Sorgen um jemanden macht. Wenn man weiß, dass etwas Schlimmes geschehen wird, und man nichts dagegen tun kann.

Für wen sollte etwas nicht gut ausgehen? Für die junge Frau in Weiß? Für den Mann?

Und angenommen, die junge Frau in Weiß war nicht Grete, dann war der Mann auch nicht Gretes Freund, sondern, dem Alter nach zu urteilen, vielleicht ihr Sohn? Und das junge Mädchen, das in seinem hellen Kleid so stürmisch und verliebt auf ihn zugelaufen war, seine Freundin? Sie konnte jedenfalls nicht Gretes Tochter sein, dafür war sie eindeutig zu elegant gekleidet.

Dann wäre der Schmerz, den sie, Marie, mitempfunden hatte, Gretes Schmerz um ihren Sohn?

Marie versuchte, sich an das zu erinnern, was sie bisher noch gesehen oder gespürt hatte.

Sie probierte, einzelne Bilder dieser Erinnerungen festzuhalten, versuchte, zu *sehen*, aber es gelang nicht. Sie wusste, sie musste es anders probieren.

Sie sah auf die Uhr und überlegte, in welchem Ferienhaus Arvid gerade arbeiten mochte.

Sie fand ihn auf einem Grundstück am Rande des Dorfes. Er war dabei, den Rasen zu mähen. Ein Schwarm Schmetterlinge flatterte in Maries Bauch auf, als sie ihn sah.

Arvid arbeitete konzentriert; die Ärmel seines offenen Hemdes hochgekrempelt, jonglierte er den schweren Mäher geschickt um ein Hindernis. Das schwarze Haar fiel ihm in die Stirn, er schien es nicht zu bemerken. Er war so schön – und für diesen Augenblick gehörte er ihr.

Als Arvid Marie entdeckte, stellte er den Mäher aus und sprang mit einem Satz herunter. Er roch nach Schweiß und frischem Gras und seine Lippen schmeckten salzig.

»Na, meine Totenflüsterin? Alles okay?«

»Ich muss nur was erledigen und dachte, Ori ist bei dir vielleicht besser aufgehoben.«

Sie reichte ihm die Leine. Der Hund sprang wie immer freudig an Arvid hoch. Arvid beschlich ein ungutes Gefühl.

»Was hast du vor?«

Marie zögerte, aber sie wollte Arvid nicht belügen.

»Ich fahr in den Wald, an die Stelle, wo ich den Sturm erlebt habe. Vielleicht auch an den Strand.«

»Ich komme mit!«

»Du weißt, dass das nicht geht.« Marie sah ihn liebevoll an. »Es funktioniert nur, wenn ich allein bin.«

»Wenn jemand einen Trip einwirft, kann man auch daneben sitzen und aufpassen, dass demjenigen nichts passiert.«

»Ich nehme aber keine Drogen! Ich lass mich in andere Räume versetzen, in eine andere Zeit.«

»Und wenn dir was passiert?«

»Wird es nicht.«

»Und wenn sie dich wieder ins Wasser ziehen will? Das war doch sie. Das hat sie doch getan, nicht?«

»Aber das war, bevor wir Frieden geschlossen haben.«

»Das waren Mordversuche. Auch das waren welche!«

»Weil sie verzweifelt war. Und sie ist es immer noch. Ich muss herausfinden, warum.«

»Warum du?«

»Weil ich ein Teil der Familie bin, die etwas gut zu machen hat«, sagte Marie schlicht. »Und weil ich die Gabe habe.«

Er wusste, er konnte nichts tun, er musste sie ziehen lassen, aber er hatte Angst um sie. Marie küsste ihn zärtlich.

»Mach dir keine Sorgen. Mir wird nichts passieren. Sie ist auf meiner Seite.«

Marie radelte an die Nordspitze der Halbinsel und versuchte, den Weg wiederzufinden, der sie vor einigen Wochen quer durch den Darßwald geführt hatte. Den Einstieg zu finden, war leicht, er ging vom Leuchtturmweg ab. Danach hatte sie jedoch irgendwann die Orientierung verloren. Sie versuchte es auf gut Glück, in der Hoffnung, dass Grete sie führen würde. Sie wusste ungefähr, in welche Richtung das alte Meeresufer lag und hielt darauf zu. Nach einer Weile rückten die Bäume enger zusammen, das Unterholz wurde dichter, das Licht dämmriger. Marie erkannte den Farnweg, ihr Herzschlag beschleunigte sich, sie war richtig. Sie stieg ab und schob das Rad durch den dichten Dschungel der grünen Wedel, die mannshoch rechts und links in den Weg ragten. Nach einigen Metern wurde der Pfad noch schmaler, beinahe unpassierbar. Sie ließ das Rad stehen und ging tiefer in die grüne Hölle. Die Bäume schlossen sich noch enger um sie. Wind kam auf. Tief fuhr er ins Astwerk der alten Fichten und ließ ihre Stämme erzittern. Sie ächzten unter seiner Kraft. Wütend riss er an ihren Kronen, als wolle er sie abreißen und davontragen. Lautes Heulen erfüllte die Luft, dem Kreischen der Windsbraut gleich, die über das Land fegt. Ein Baum neigte sich bedrohlich, sein morsches Holz konnte dem Ansturm der Himmelsgewalten nicht länger standhalten. Mit einem letzten großen Knarzen, dem Todesschrei eines erlegten Wildes ähnlich, neigte er sich seitwärts, riss auf seinem Weg zu Boden schwächere Bäume und Äste mit, und schlug krachend neben Marie ein. Die Schneise, die er auf seinem Weg zu Boden geschlagen hatte, klaffte im Wald wie eine Wunde. Dunkel und modrig erhob sich der riesige Wurzelteller aus dem feuchten Boden, seine langen klammen Triebe zu einer Krone verflochten. ›Einer Dornenkrone‹, durchfuhr es Marie.

Im selben Moment setzte sintflutartiger Regen ein. In Sekundenschnelle verwandelte der Wald sich in eine nasse, rauschende Wasserwelt. Plötzlich erkannte Marie die Wogen der See, ja, sie konnte sogar das Binnenwasser sehen. Weit in der Ferne legte ein Boot ab und hielt auf Darkow zu. In der Mitte der Wegstrecke erlosch sein Licht, nahezu unsichtbar auf den schwarzen Wellen zog es Richtung Fischland hinüber. Es war späte Nacht. Wer war zu dieser Zeit bei Sturm auf dem Wasser? Langsam aber stetig näherte sich das Boot dem Ufer, bis es das rettende Land erreicht hatte. Doch es hielt nicht an, wurde nicht im sicheren Hafen vertäut, es wurde über die schmale Landenge gezogen und auf der Meeresseite wieder zu Wasser gelassen. Meter für Meter kämpfte es sich die Küste entlang, Richtung Nordspitze. Die Anstrengung musste übermenschlich sein, denn der Sturm nahm weiter zu. Die Gewalten waren entfesselt. Wind jaulte in den Lüften, Wasser peitschte vom Himmel, auf den Wellen der brüllenden See hob und senkte sich das Boot, ein Nichts in der Weite des tosenden Meeres. Verzweifelt versuchte der Ruderer Kurs zu halten. Er brauchte den Schutz des Ufers, um die Orientierung nicht zu verlieren, aber er durfte dem Land nicht zu nah kommen, um nicht zu kentern. Mutig und beharrlich erkämpfte er sich, beiden Gefahren trotzend, Stück für Stück seines Weges und kroch langsam, aber stetig vorwärts Richtung Norden. Doch die Anstrengung zehrte an seinen Kräften, die Nacht war pechschwarz. Sei es aus Müdigkeit oder weil ihn sein Auge genarrt hatte: Er verlor seinen Kurs und steuerte auf die offene See hinaus. Marie sprang auf, sie wollte ihn rufen, ihm ein Signal geben, aber so sehr sie sich bemühte, sie brachte keinen Ton hervor. Entsetzt sah sie, wie eine riesige Welle sich vor dem Boot auftürmte, eine Sekunde stillstand, und dann alles unter sich begrub. Im selben Moment entrang sich ihrer Kehle Gretes Schrei.

Die Kälte der Nacht war noch deutlich spürbar, als Marie am nächsten Morgen durchs taunasse Gras zum Schilfrand ging. Sie war erst weit nach Mitternacht wieder zu Hause eingetroffen. Arvid hatte auf sie gewartet, kurz davor, einen Suchtrupp zu starten. In der Obhut Oris hatte er sie dann allein gelassen, damit sie Ruhe finden konnte. Der Gedanke, dass sie der Lösung des Rätsels nahe war, war der letzte, bevor sie wegdämmerte.

Sie hielt kurz die Luft an, als sie im kalten Wasser untertauchte, dann machte sie ein paar kräftige Stöße und zog auf den Bodden hinaus. Das kühle Wasser umströmte ihren Körper. Die aufsteigende Sonne berührte nach und nach die Wasseroberfläche. Am Ufer jagte Orion einer Ente nach. Marie schloss die Augen und ließ sich treiben.

Selten war ihr so bewusst gewesen, wie gut es ihr ging. Das Glück und die Dankbarkeit darüber erfassten sie wie eine Woge. Sie war gesund, hatte treue Freunde, war noch dazu verliebt, und dieses Stück vom Paradies gehörte ihr. ›War das zu viel des Guten? Würde sie irgendwann dafür bezahlen müssen?‹ Sie dachte an Grete und ihren Sohn, die hier gelebt hatten.

Nichts ist zerbrechlicher als das Glück. Marie nahm sich vor, es gut zu hüten, solange sie es haben durfte.

Als sie ins Haus zurückkehrte, lag zarter Rosenduft in den Räumen. Marie hielt inne.

»Grete? Bist du hier?«

Niemand antwortete, aber Marie kam es vor, als nähme der Duft ein wenig zu.

Lächelnd ging sie in die Küche und setzte Kaffee auf. Als sie ihr Telefon einschaltete, um Arvid einen Kuss zu schicken, sah sie, dass Monika Tappenbeck eine Nachricht hinterlassen hatte.

»Was haben Sie mit meiner Mutter gemacht?«

Monika stand bereits in der Tür, als Marie vor dem Haus hielt. Marie befürchtete das Schlimmste, aber das freundlich blickende Gesicht von Luises Tochter beruhigte sie.

»Seit Ihrem letzten Besuch ist sie zwei Mal aufgestanden. Sehen Sie selbst.«

Luise saß tatsächlich vorn im Zimmer zur Straße hin. Von einem Sessel aus, gepolstert mit dicken Kissen, beobachtete sie das Geschehen vor dem Fenster. Sie hatte Marie ankommen sehen, ihr Gesicht leuchtete vor Freude.

»Hat meine Tochter dich erreicht?«

»Und ich bin sofort gekommen.« Marie nahm neben Luise Platz. »Wie geht es Ihnen?«

»So gut wie lange nicht«, nickte Luise. »Wie geht es dir?«

»Alles überstanden«, lächelte Marie. Sie wollte nicht weiter ausholen, jetzt war nicht der Moment dafür. Luise tätschelte Maries Hand. Marie war sich nicht sicher, ob die alte Dame auch ohne Worte Bescheid wusste über das, was geschehen war. Aber auch das war jetzt nicht wichtig.

»Schön, dass du da bist. Ich muss dir etwas erzählen.« Luises helle Augen blitzten vor Freude.

»Mir ist etwas wieder eingefallen.«

»Zur alten Büdnerei?«

»Zur Legende über den alten Kunow.«

Marie horchte gespannt auf.

»Gehörte er zur Familie Kunow, die heute noch hier lebt?«

»Natürlich.« Luise lächelte amüsiert. »Jede der alten Familie gehört seit Jahrhunderten hierher.«

»Was war mit ihm?«

»Er war der erste Leuchtturmwärter vom Darßer Ort. Es hieß, dass er in einer Sturmnacht das Feuer gelöscht hat.«

Marie beschlich eine unheilvolle Ahnung.

»Wusste man auch, warum er das getan hat?«

Luise nickte. »Er wurde dafür bezahlt. Der alte Grahl hat ihn bestochen, das Leuchtfeuer ausgehen zu lassen.«

Das Bild vor Maries Augen wurde immer klarer.

»Es hieß, dass das Unheil damit begann. Seitdem liegt der Fluch auf der alten Büdnerei.«

»Der Sohn der Frau, die damals in der Büdnerei lebte, ist in dieser Nacht umgekommen.«

»Ja, da war etwas, er hatte etwas Gestohlenes …«

Luise strengte sich an, sich zu erinnern, aber schüttelte enttäuscht den Kopf.

»Es ist zu lange her.« Entschuldigend sah sie Marie an. »Die Geschichte war ja schon mehr als ein halbes Jahrhundert alt, bevor ich als Kind davon hörte.«

»Kam irgendetwas in der Geschichte über Grahls Tochter vor? Er hatte eine Tochter, Eleonore.«

»Elli, ja!« Luise klatschte, begeistert über die Wiederbegegnung mit dem Namen, in die Hände. »An sie habe ich ewig nicht gedacht.«

Maries Gespanntheit wuchs.

»Was war mit mir?«

»Oh, es hieß, sie war ein lebenslustiges Geschöpf. Fröhlich und ungestüm.«

»Und was noch?«

»Sie hatte …«

Luise brach ab und fuhr sich mit der dünnen Hand an die Schläfe. Ihre Haut schien wie Pergament, so blass. Der Kranz aus feinem, weißem Haar umrahmte die in Falten gelegte Stirn wie ein weicher Flaum.

»Sie war …«

Die Anstrengung, sich erinnern zu wollen, zeichnete Luises Gesicht beinahe schmerzlich. Marie legte eine Hand auf ihren Arm. Sie wollte sie nicht länger quälen.

»Ist nicht wichtig. Vergessen Sie die Frage.«

»Es tut mir leid.«

»Das muss es nicht. Es ist alles gut. Ich wünschte, ich hätte so viele Erinnerungen wie Sie.«

Wehmut erfasste Luises Züge.

Ob sie an die Erinnerungen dachte, die ihr geblieben waren? Marie sah Kummer in Luises Augen und schloss die alte Dame behutsam in ihre Arme.

»Jemand aus Toms Familie hat Gretes Sohn in den Tod getrieben?« Inga sah Marie verblüfft an.

Sie hatten sich in der Büdnerei getroffen, die abendlichen Runden zu dritt waren inzwischen so etwas wie eine liebgewordene Gewohnheit für jeden von ihnen.

»In den Tod getrieben hat ihn Grahl, aber Toms Ururahn hat dabei geholfen.«

»Sagte deine Cousine nicht: Die Kunows waren immer schon Handlanger für die Grahls.« Arvid lächelte ironisch.

»Der Tod ihres Sohnes war also der Grund, warum Grete die Familie Grahl bzw. die Büdnerei mit einem Fluch belegt hat?«

Marie nickte.

»Grahl muss gewusst haben, dass der Sohn in dieser Nacht mit seinem Boot unterwegs war. Er hat dafür gesorgt, dass er die Orientierung verlor und aufs Meer hinaustrieb. Bei dem Sturm war das sein sicheres Todesurteil. Die Mutter, Margarete, hat das erkannt und ihn auf ewig verflucht. Seitdem kommen, egal in welcher Generation, Mitglieder der Familie Grahl vorzeitig und auf merkwürdige Weise zu Tode. Und jeder, der mit der Büdnerei zu tun hat, wird ebenfalls vom Unglück verfolgt.«

»Aber warum musste der Sohn sterben?« Arvid und Inga sahen Marie beide fragend an.

»Das weiß ich nicht genau. Möglicherweise, weil Grahl so leichter an das Grundstück kam. Ohne den Sohn fiel es Margarete in jedem Fall schwer, das Grundstück zu bewirtschaften. Vielleicht gehörte es ihr auch noch nicht ganz und sie kam in Schwierigkeiten mit den Pachtzahlungen?«

Marie zuckte die Achseln.

»Aber selbst wenn sie es besaß: In jedem Fall konnte sie sich als Frau allein einem so einflussreichen Mann wie Grahl gegenüber nur schwer behaupten. Es war ein Leichtes für ihn, die Umstände so zu manipulieren, dass sie ihm das Grundstück abtreten musste.«

Arvid und Inga nickten verstehend.

»Es könnte aber auch noch einen anderen Grund gegeben haben.«

Die Freunde blickten gespannt auf.

»Ich glaube, dass Gretes Sohn und Grahls Tochter ein Verhältnis miteinander hatten.«

»Das wäre aber sehr unstandesgemäß gewesen. Die Tochter eines Großgrundbesitzers und der Sohn einer armen Bäuerin.« Arvid blickte skeptisch.

»Würde aber ins Bild passen«, antwortete Marie.

»Elli wurde als lebenslustig und ungestüm beschrieben. Vielleicht hat sie sich um Konventionen nicht gekümmert, sondern ist der Stimme ihres Herzens gefolgt. Die junge Frau in Weiß aus meiner Vision, die verliebt auf Gretes Sohn zulief, war eindeutig kein Bauernmädchen. Es war eine sehr gut angezogene und gepflegte junge Dame. Und Grete, die Mutter, konnte nichts dagegen tun. Sie wusste, wie verliebt ihr Sohn in das Mädchen war, sie gönnte ihm sein Glück, aber sie hat das Unheil kommen sehen. Deshalb der Kummer, den ich bei ihr spürte, als sie das Paar beobachtete.«

»Aber warum war Gretes Sohn in einer solchen Nacht überhaupt unterwegs? Bei dem Sturm?«, fragte Inga weiter.

»Auch das weiß ich nicht. Ich weiß nur, dass er in der Nähe von Neuhaus abgelegt hat. Er ist über den Bodden gerudert Richtung Darkow, auf halber Strecke bog er ab und landete weiter südlich an. Er zog sein Boot über die schmalste Stelle des Fischlandes.«

»Und ruderte meerseitig Richtung Nordspitze«, fiel Arvid ein.

»Woher weißt du das?« Marie sah ihn verblüfft an.

»Das war die alte Schmuggelroute«, erklärte Arv. »Die Schmuggler vom Darß lebten in den Boddendörfern, tagsüber gingen sie der Landarbeit nach oder arbeiteten als Holzfahrer oder Sand-Holer. Nachts segelten sie Richtung Neuendorf oder Ribnitz und holten Schmuggelgut. Sie mussten vorsichtig sein, denn an den engen Stellen, in der Caasenrinne zum Beispiel, im Baggerloch oder im Nadelstrom lauerten ihnen oft die Wachen der Behörden auf. Dann mussten sie sich entweder auf den Bülten verstecken, oder aber ihre Boote über die Landengen bei Wustrow oder Althagen ziehen, um anschließend den ganzen Darß zu umfahren, bis sie in den Gellenstrom kamen und bei Prohn den ersten Hafen fanden.«

»Warum haben sie ihre Beute nicht irgendwo am West- oder Nordstrand an Land gebracht, statt diese wahnsinnigen Strapazen auf sich zu nehmen?«, fragte Inga.

»Das war viel zu gefährlich. Man wusste nie, wo Wachen postiert waren. Und Schmuggel wurde hart bestraft.«

»Das muss Tage gedauert haben«, rief Inga ungläubig.

»Kam auf den Wind an. Und ob sie Segel setzen konnten. Sie mussten ja stets bedacht sein, nicht entdeckt zu werden. Deshalb fuhren sie eben oft in dunklen, regnerischen Nächten.«

»Das alles würde zu der Nacht passen, in der Gretes Sohn unterwegs war«, sagte Marie nachdenklich.

»Vielleicht war er Schmuggler?«, sagte Inga. »Dann hätte er noch weniger zu einer Bürgerstochter gepasst.«

»Was wurde denn überhaupt geschmuggelt?« Marie sah zu Arvid.

»Kaffee, Zucker, Salz, Rum. Alles, was sich gut an die Küstenbewohner verkaufen ließ.«

Marie atmete tief durch.

»Warum auch immer Gretes Sohn in dieser Nacht unterwegs war. Dass er dabei umkam, war allein das Werk Grahls.«

Arvid sah sie ahnungsvoll an.

»Hast du die Stelle wiedererkannt, wo es passierte?«

»Sie entspricht der am Strand, an der ich beinahe ertrunken wäre.«

»Grete wollte dich wirklich töten«, sagte Inga leise.

»Ich gehöre zur Grahlschen Sippschaft. Um viele Ecken, aber dennoch. Und ich war die Erste, die die Büdnerei nach Tante Helga wieder in Besitz genommen hat.«

»Ein Grab im Meer. Auge um Auge, Zahn um Zahn«, sagte Arvid.

»Die Stelle am Strand hat mich von Anfang an magisch angezogen. Ich muss gespürt haben, dass dort der Schlüssel für alles liegt.«

Marie sah nachdenklich in die Runde. Einen Moment lang schwiegen alle drei. Jeder hing seinen Gedanken nach. Inga sah Marie an. »Wie machst du das? Das Sehen.«

Marie überlegte, wie sie es erklären sollte.

»Ich konzentriere mich auf das, was ich wissen möchte und rufe es.«

»Und dann kommt jemand und antwortet dir?«

Inga, als ein der beweisbaren Wissenschaft verpflichteter Mensch, fiel es schwer, sich das vorzustellen, auch wenn sie Marie natürlich glaubte.

»Nicht so, wie wir miteinander sprechen. Es ist eher eine mentale Verständigung, über den Geist. Bei Grete war es so, dass ich gefühlt habe, was sie mir sagen wollte. Ich wusste es einfach.«

Marie zuckte hilflos die Achseln.

»Man kann es schlecht erklären. Manchmal kommen die Visionen auch ganz von allein, ohne, dass ich sie gerufen habe. Oder es kommen starke Gefühle. Das ist meistens der Fall, wenn es um Dinge geht, die in der Zukunft liegen.«

»So wie die Vögel?«, fragte Inga leise. »Als du deinen Tod vorhergesehen hast?«

Marie nickte.

»Ich dachte mal, alles hätte mit dem Bauchgefühl vor meiner ersten Abreise auf den Darß begonnen, als ich mich so merkwürdig beklommen fühlte. Aber genau genommen begann es mit dem Tag, an dem mein beruflicher Absturz begann. Mit dem Traum, aus dem ich an jenem Morgen bleischwer und wie erschlagen erwacht bin. Damals wusste ich nicht, dass es der erste einer Reihe von Träumen war, in denen ich den Tod von Gretes Sohn gefühlt habe, das Gewicht des Wassers, das ihn erdrückte, den nicht enden wollenden Schmerz seiner Mutter.«

»Du kannst nicht nur mit den Toten sprechen, du kannst

wirklich in andere Welten gehen«, sagte Inga. Eine Gänse-
haut lief ihr über Rücken.

»Mir ist es auch immer noch unheimlich«, gestand Marie leise.

»Viele Menschen würden etwas dafür geben, in die Vergangenheit und in die Zukunft blicken zu können«, sagte
Arvid.

Marie sah Arvid und Inga an.

»Sie wissen nicht, wie das ist.«

Die nächsten Wochen vergingen mit weiteren Recherchen.
Marie ging erneut auf Forschungssuche, stellte Anträge beim
Kirchenarchiv und fuhr sogar in die Landeshauptstadt, um
sich vor Ort persönlich Auszüge aus dem Geburten- und
Sterberegister Mitte des 19. Jahrhunderts vorlegen zu lassen.
Hier fand sie endlich die Lebensdaten von Margarete, geborene Schumacher, Beruf Näherin, und erfuhr, dass sie verheiratet war mit Gustav Benz, Beruf Fischer, der sehr früh
verstorben war. Sie hatten ein einziges Kind: Robert Benz.

Das war er, der Name, der ihnen bisher noch fehlte! Gretes Sohn hieß Robert. Und sie hatte ihn allein großgezogen.
Marie stellte sich die Mühsal vor, die das zu jener Zeit noch
mehr als heute bedeutet haben musste. Wie eng musste die
Beziehung gewesen sein zwischen Mutter und Sohn.

Sie hatte auch Tom gebeten, noch einmal zu recherchieren,
ob irgendwo irgendetwas über die näheren Umstände des
Grundstücksverkaufs verzeichnet war. Und Tom war tat-

schlich fündig geworden. Grete und ihr Mann Gustav hatten 1855 ein Grundstück von 0,5 ha von einem Bauern im Dorf erworben, das sie in Raten abzahlten. Beim Verkauf an Grahl später war die Schuld fast getilgt, nur eine Summe von 70 Talern stand noch aus.

Allein konnte Grete die Summe jedoch schwer aufbringen. Der Ertrag aus der Bewirtschaftung des Bodens reichte nicht, eine Rückkehr zur Arbeit als Näherin brachte auf dem Land allenfalls einen Lohn von 1 Taler pro Woche, von denen sie mindestens 20 Schilling, knapp die Hälfte, für die Lebenshaltungskosten brauchte. Das Konzept des Land- und Hauserwerbs war nur als Gemeinschaftsmodell mit Mann und Sohn, oder zumindest einem von ihnen, denkbar. Selbst wenn sie sich mit dem Verkäufer auf eine Verlängerung der Abzahlungsfrist geeinigt hätte, war Grahls Angebot einer Sofortablöse unschlagbar. Seine Zahlung der Restschuld von 70 Talern plus einen Bonus von 100 Talern extra für den Bauern, und das Geschäft war besiegelt. Als Nocheigner des Grundstückes ließ dieser den Namen ›Benz‹ aus dem Grundbucheintragung streichen und ›Grahl‹ dafür einsetzen. Daher war auch nur eine Übertragung, kein Verkauf Gretes an Grahl dokumentiert.

Das jahrelang von Grete und Gustav mühsam abbezahlte Geld, ein Vermögen für Leute wie sie zu der Zeit, war damit einfach ausgelöscht – übertragen. Grahl, und auch der Bauer, hatten Grete um sämtliches Hab und Gut betrogen. ›Kein Wunder, dass ihre Verbitterung und ihr Hass gegen alle und jeden grenzenlos wurden‹, dachte Marie.

»Wusstest du, dass einer deiner Vorfahren daran beteiligt war, den Sohn von Margarete Benz zu ermorden?«

Tom sah Marie groß an.

»Ich kannte nicht mal den Namen dieser Frau, bevor ich die Papiere hier für dich gesucht habe.«

»Seitdem liegt der Fluch auf Darkow und der Büdnerei, von dem alle so gern hinter vorgehaltener Hand raunen.«

»Nein, das wusste ich nicht«, antwortete Tom betroffen.

Die Schlagzeile sprang sofort ins Auge *Bürgermeisterin gibt Rücktritt bekannt.*

Marie zog den ›Ostseeboten‹ aus dem Ständer neben der Eingangstür zum Supermarkt und überflog die Meldung auf der Titelseite. Ein Foto Katjas prangte daneben. *Wie Katja Branderup, Bürgermeisterin von Darkow, gestern in einer Kurzmeldung an die Redaktion des ›Ostseeboten‹ mitteilte, stellt sie ihr Amt vorzeitig zur Verfügung. Als Motiv nannte sie persönliche Gründe.*

»Zufrieden?« Katja lehnte aus dem Fenster ihres Range Rovers und sah Marie bitter an. Der kurze Triumph, den Marie Sekunden zuvor noch empfunden hatte, fühlte sich plötzlich schal an. Insgeheim fiel es ihr noch immer schwer, Katja zur Aufgabe all dessen, was ihr Leben ausmachte, zu zwingen. Für einen Moment war sie drauf und dran, um Verzeihung zu bitten, doch sie riss sich noch rechtzeitig zusammen. Katja hatte verdient, was passierte.

Katja fuhr die Fensterscheibe hoch und trat so heftig aufs Gas, dass die Räder durchdrehten.

»Du hast es geschafft!«, strahlte Inga.

Sie hielten ihre Gläser hoch. Champagner perlte zur Feier des Tages goldgelb darin.

»Die Vergangenheit aufgedeckt, den Sumpf trockengelegt, das Böse besiegt. Wir sind stolz auf dich.«

»Ja! Auf dich!«, sagte Arvid. Auch in seinem Blick lag so viel Zuneigung, Respekt und Anerkennung, dass Marie beschämt den Kopf abwandte.

»Ich muss euch nicht an euren Anteil daran erinnern, oder?«

»Also, wenn du so fragst? Zähl ruhig noch mal alles auf, was ich dazu beigetragen habe«, grinste Inga. »Oder nein, besser nicht. Sonst warten wir morgen früh noch auf die Snacks. Es sollte doch was zu knabbern geben, nicht?«

»Richtig. Die abgelaufenen Brezeln müssen endlich weg!« Grinsend warf Marie ein Salzgebäck nach Inga, die sich lachend wegduckte.

»Inga hat schon recht«, lächelte Arvid, als er noch einmal nachschenkte. »Du bist diejenige, die das Unrecht der Vergangenheit ans Licht gebracht hat.«

»Ist der Fluch damit endgültig aufgehoben?« Inga sah Marie an.

»Ich denke schon«, nickte Marie. »Eins ist mir immer noch nicht klar. Was war mit der Kammer in deinem Dachgeschoss? Warum hat sie dir solche Angst gemacht?«

»Anfangs dachte ich, es sei die Kraft Gretes oder meiner Tante, die mich davon abhalten wollten, den Raum zu betreten. Aber das war es nicht.«

»Sondern?«

»Mein eigenes Warnsystem.«

Marie sah an ihren Blicken, dass Arvid und Inga nicht sofort folgen konnte.

»Die Kammer zu betreten, bedeutete, den entscheidenden Schritt zu mir selbst zu tun. Ich war kurz davor aufzugeben, aber die Worte meiner Tante, die ich in der Kammer gefunden habe, haben mich daran gehindert. So bin ich zu Luise gekommen. Den Rest kennt ihr.«

»Dann ging es letztlich um die Entdeckung, dass du die Gabe hast, zu sehen.«

Arvid sah Marie nachdenklich an. Marie nickte.

»Davor hatte ich die meiste Angst.«

Sie lächelte verhalten.

»Ich bin froh, dass das alles vorbei ist.«

»Darauf stoßen wir an«, sagte Arvid und küsste sie.

»Was wirst du jetzt tun?«

Arvid streichelte zärtlich Maries Arm. Sie lagen dicht beieinander und genossen den Moment von Zeitlosigkeit und Nähe, der der Verschmelzung ihrer Körper gefolgt war.

»Ich werde einen Gedenkstein für Grete aufstellen. Vorn an der Einfahrt, damit ihn jeder sieht.«

»Und welche Pläne hast du für dich selbst? Jetzt, wo alles vorüber ist?«, fragte Arvid.

»Noch keine«, antwortete Marie träge und nestelte sich in seiner Armebeuge zurecht. Sie ließ ihre Gedanken um seine Frage spielen.

»Den Kuchenverkauf kann ich jedenfalls erst mal einstellen. Im Winter werde ich höchstens Glühwein los.«

»Du kannst dir ein Café kaufen und andere für dich arbeiten lassen«, lachte Arvid zärtlich.

»Gute Idee. Rück deine Kreditkarte raus.«

»Du bist reich, Marie.« Arvids Ton war jetzt ernst. Zum ersten Mal kam der Gedanke in ihm auf, ob diese Tatsache etwas zwischen ihnen ändern würde? Auch Marie hielt inne.

»So hab ich das noch nie gesehen.«

»Aber es ist so. Das Grundstück ist enorm wertvoll. Du bist deine Geldsorgen für alle Zeiten los.«

»Aber ich verkaufe es nicht. Niemals.« Marie richtete sich halb auf und sah Arvid empört an.

»Es ist mein Zuhause.«

Arvid lächelte.

»Dann solltest du vielleicht ausbauen.«

»Daran hab ich auch schon gedacht«, sprudelte Marie los.

»Ich könnte das gesamte Obergeschoß zu einem einzigen Raum machen. Das könnte ein großer Schlaf- und Arbeitsraum werden. Oder ein Wohnraum. Und unten könnte ich …«

»Du könntest auch zu mir ziehen.«

Beinahe hätte Marie die Worte überhört, so selbstverständlich hatte er sie in den Strom ihrer Begeisterung eingeflochten.

»Meinst du das ernst?«

»Ich sage nie etwas, was ich nicht meine. Das weißt du doch.«

Marie hätte für immer in diesem Lächeln und dem Blick seiner Augen versinken mögen.

»Darüber reden wir, wenn du zurückkommst.«

Arvid sah sie überrascht an.

»Woher weißt du, dass ich …? Ist das dein zweites Gesicht?«

»Nur mein gesunder Menschenverstand.«

Auch wenn Arvid einen Neuanfang gemacht hatte, spürte Marie, dass sein Leben mit Elena ihn immer noch bestimmte. Nur wenn er noch einmal nach Kanada zurückging und sich seiner Vergangenheit stellte, hatte er die Chance, sich davon zu befreien.

»Ich muss noch mal zurück«, sagte Arvid leise.

»Ich weiß.«

Sie wusste auch, wie sehr sie ihn vermissen würde. Und dass der Ausgang seiner Reise offen war. Ihr Kuss schmeckte bereits nach Abschied.

Zwei Wochen waren vergangen, seitdem sie mit Arvid über seinen bevorstehenden Abschied gesprochen hatte. Schon jetzt spürte sie die Leere, die er hinterlassen würde.

Marie ging zum Fenster. ›Herbst, Zeit des Abschieds‹, dachte sie schwermütig.

Dabei zeigte er sich an diesem Tag von seiner schönsten Seite. Azurblau spannte sich der Himmel über das Land, trunken vom warmen Sonnenschein taumelten letzte Hummeln durch den Garten.

In der Einfahrt stand der Findling, den Marie bei einem Steinlager ausgesucht hatte und der an diesem Morgen mit einem Tieflader gebracht und in der Einfahrt platziert worden war.

Sie warf einen Blick auf die Uhr. Wenn sie bis zum Eintreffen der Freunde fertig sein wollte, musste sie sich beeilen.

Sie deckte eine lange Tafel im Garten unter der alten Traubenkirsche, holte noch einmal die bunten Stühle hervor und schnitt den Kuchen an. War dies auch ein letztes Mal? Was würde nächstes Jahr um diese Zeit sein?

Das Geräusch eines Automotors riss sie aus ihren Gedanken.

Monika Tappenbeck parkte auf dem Sandweg. Marie beeilte sich, ihr entgegen zu gehen.

»Sie haben es doch geschafft!«, rief sie freudig und winkte Luise zu, die auf dem Beifahrersitz saß. Hinter der Windschutzscheibe, festgeschnallt in den Sicherheitsgurt, wirkte sie noch kleiner und zerbrechlicher als sonst.

»Keine zehn Pferde hätten meine Mutter abgehalten, zu kommen.« Monika stieg aus und sah kopfschüttelnd zu Marie.

»Ich verstehe immer noch nicht, wie Sie das machen, aber seitdem Sie meine Mutter besuchen, mobilisiert sie alle ihre Kräfte.«

»Der Wille versetzt eben Berge«, lächelte Marie.

»Sie kommen ab jetzt mindestens ein Mal die Woche zu uns, das ist Ihnen schon klar, oder?«

In Monikas Augen blitzte wohlwollender Schalk.

»Nichts lieber als das«, lachte Marie und öffnete die Beifahrertür.

»Ist er das?« Luise zeigte auf den Stein, der noch verhüllt war. Marie nickte. Luise tätschelte ihr die Hand.

»Du hast ein Geschenk für Grete. Und ich eins für dich!« Luises Wangen waren gerötet vor Aufregung und Vorfreude. Monika hatte recht. Luises Lebensgeister waren wiedererwacht. Es wärmte Marie das Herz, sie so lebendig und agil zu sehen.

»Wo ist es?«

»Hier!« Luise tippte sich an den Kopf und lachte. »Ich habe mich an etwas erinnert.«

Luise gab ihr Geheimnis mit sichtlicher Freude nur stückchenweise preis.

»Um was es ging, in jener Nacht.«

Maries Körperspannung erhöhte sich schlagartig.

»Brokat!«, rief Luise lächelnd. »Es ging um einen Ballen Brokat, den Margaretes Sohn transportierte.«

»Er starb für einen Ballen Stoff?«

»Stoff! Du weißt nicht, was Brokat damals wert war. Gretes Sohn wäre ein reicher Mann gewesen, wenn er ihn verkauft hätte. Zumindest für seine Verhältnisse.«

Maries Gedanken rotierten.

»Hochzeitsbrokat nannten die Dorfbewohner ihn später, wenn sie davon sprachen. Weil der Junge damit die Aussteuer gehabt hätte, um die Hand Ellis anzuhalten.«

»Robert,« sagte Marie. »Er hieß Robert.«

Es stimmte also: Es gab eine unstandesgemäße Beziehung zwischen Eleonore und Gretes Sohn, die Grahl ein Dorn im

Auge war. Die Liebe war es, die Roberts Tod besiegelte. Um den Mord zu vertuschen, hatte Grahl die Finte ersonnen, ihm den kostbaren Stoff unter Preis als Schmuggelware anzubieten und Robert so in dunkler Nacht aufs Wasser und in den Sturm zu locken. Es war das letzte Puzzlesteinchen, das in der Geschichte noch gefehlt hatte.

»Es ist wunderbar, dass Sie sich erinnert haben.«

»Noch ist nicht alles verloren.« Luise klopfte sich gegen die Schläfe.

»Sei nicht böse, wenn ich während der Enthüllung im Wagen sitzen bleibe, das Stehen fällt mir zu schwer. Aber ich glaube, du musst jetzt gehen.«

Luise zeigte durch die Windschutzscheibe. Eine kleine Gruppe Menschen hatte sich inzwischen versammelt. Inga und Arvid, Monika, Alfried, ein Teil von Ingas Bürgerinitiative und ein paar Leute aus dem Ort. Sogar Tom war gekommen. Er stand ein wenig abseits.

Marie umarmte Luise vorsichtig. Sie sahen sich in die Augen. »Danke.«

Luise lächelte sanft.

Marie stieg aus und ging auf die Freunde in der Einfahrt zu.

»Ich freue mich sehr, dass ihr alle gekommen seid. Ich glaube, die, zu deren Gedenken wir uns versammeln, würde es auch freuen.«

Marie lächelte in die Runde.

»Vermutlich wissen die meisten von euch, weshalb wir heute hier diesen Gedenkstein einweihen, aber für den, der die Geschichte noch nicht kennt:

Vor langer Zeit lebten an dieser Stelle zwei Menschen, denen großes Unrecht geschah. Die Mutter, Margarete Benz, wurde hinterlistig betrogen, ihr Sohn Robert heimtückisch gemordet. Obwohl sich keiner von beiden eines Vergehens schuldig gemacht hatte – außer dem der Liebe. Der Frevel, der ihnen geschah, zog weiteren Frevel nach sich, ein Unglück folgte dem nächsten. Anderthalb Jahrhunderte lang geriet das Haus hinter mir in Verruf, ebenso lang, wie die Aufklärung ausblieb. Aber nun ist das Unrecht aufgedeckt, die Geister der Verstorbenen können endlich ruhen. Damit sie aber nicht vergessen werden, und nicht vergessen wird, was ihnen geschah, möchte ich mit diesem Gedenkstein an sie erinnern.«

Marie ging auf den Stein zu. Arvid löste sich aus der Gruppe und trat neben sie. Gemeinsam lockerten sie das Band, das um den Stein gespannt war. Das Verhüllungstuch glitt herunter. Ein Felsbrocken aus rotem Granit wurde sichtbar, seine Oberfläche glattgeschliffen vom langen Weg von Skandinavien, wo er vor Jahrmillionen entstanden war, bis an die Darßer Küste, wo ihn die letzte Eiszeit hinschob. Eine Bronzeplatte war auf ihm angebracht. Nur zwei Namen waren zu lesen. Und ein Satz.

Margarete Benz, 1830–1882
Robert Benz, 1850–1870
Vergebung verändert nicht die Vergangenheit,
aber sie öffnet die Zukunft
Ruhet in Frieden

»Lasst uns ihrer einen Moment gedenken.«

Es wurde still in der Gruppe, manche senkten die Köpfe. Maries Blick wanderte über den Ort, an dem Grete vor so langer Zeit gelebt hatte. Die roten Kerzen der Essigbäume am Waldrand leuchteten in der Sonne, wilde Löwenmäulchen am Wegrand steckten ihre ganze Kraft in die letzte Blüte, am Himmel über ihnen ertönte ein Schrei, er klang wie die rostige Angel einer Tür – eine Gruppe Wildgänse zog südwärts. Ein Chrysanthemenbusch, den Marie nahe der Einfahrt gepflanzt hatte, stand in voller Blüte. Die prallen, weißen Kugeln reckten sich der Sonne entgegen. ›Chrysanthemen‹, dachte sie, ›Beerdigungsblumen‹.

Nach und nach fanden sich die Freunde an der Kaffeetafel ein. Arvid hob Luise aus dem Wagen und trug sie auf seinen Armen an den Tisch. Aber die Anstrengung des Ausflugs war ihr deutlich anzusehen. Sie nippte nur an ihrem Kaffee, bald neigte sich ihr Kopf zur Brust. Monika beschloss, dass es an der Zeit war, heimzufahren. Arvid brachte die alte Dame behutsam zum Wagen zurück, während Marie ein Kuchenpaket zum Mitnehmen packte.

Sie hatten die beiden Frauen gerade verabschiedet, als ein flotter Smart Monikas Wagen auf dem Sandweg kreuzte und vor Maries Einfahrt hielt. Ein untersetzter Mann um die Fünfzig stieg aus.

»Marie Cammin, sind das Sie?«

»Wer will das wissen?«

»Lutz Klein, Leiter der Lokalredaktion beim ›Ostseeboten‹.«

Marie musterte den Mann verhalten.

»Wir haben von der Errichtung Ihres Gedenksteins gehört. Ist er das?«

Klein machte einen Schritt auf den Stein zu und warf, während er einen Notizblock zückte, einen Blick auf die Inschrift. Hastig machte er sich eine Notiz.

»Wir würden uns freuen, wenn Sie eine Geschichte darüber schreiben würden. Sie sind doch Journalistin?«

»Sie haben Ihre Hausaufgaben gemacht.«

»War in dem Fall nicht schwer.«

Mit einem plump vertraulichen Lächeln zog er vielsagend die Augenbrauen hoch.

»Dann wissen Sie ja auch, warum ich nicht mehr schreibe«, antwortete Marie kühl.

»Ihre Vergangenheit würde uns nicht stören. Im Gegenteil, wir würden uns freuen, eine erfahrene Kollegin aus der Hauptstadt zu bekommen.«

»Soll das ein Witz sein? Dafür haben Sie sich den denkbar schlechtesten Tag ausgesucht.«

Marie wandte sich ab und ging Richtung Haus.

Klein stutzte perplex. Er entdeckte Arvid, der in der Nähe stand.

»Könnten Sie vielleicht, ich meine …«

Arvid wehrte freundlich, aber unmissverständlich ab. Klein atmete tief durch und setzte sich selbst in Bewegung. Schnaufend stapfte er Marie hinterher.

»Hören Sie, wenn ich es falsch angefangen hab, tut es mir leid!«

Marie wusste nicht, ob sie den Mann bemitleidete oder verabscheute. Aber seine letzten Worte schienen wenigstens aufrichtig gemeint zu sein.

»Wir brauchen wirklich dringend Verstärkung. Und die Geschichte über das hier …« Sein Arm machte eine ausladende Bewegung »… sollte authentisch sein und die Wahrheit erzählen. Wollen Sie das anderen überlassen?«

Marie schwieg nachdenklich.

»Denken Sie wenigstens darüber nach.« Er reichte ihr seine Karte und lächelte. Dieses Mal war es ein ehrliches Lächeln.

Der Nachmittag neigte sich dem Ende zu. Die Sonne stand bereits tief am Himmel, aber ihre Kraft hatte den Sand unter Maries und Arvids Füßen noch einmal aufgeheizt. Sie liefen barfuß den Strand entlang, die Hände ineinander verschränkt, jeder hing seinen Gedanken nach.

»Wirst du das Angebot annehmen?«, fragte Arvid nach einer Weile.

Marie ließ sich Zeit mit einer Antwort, dann nickte sie.

»Ich wollte immer denjenigen eine Stimme geben, die keine haben. Bei den Obdachlosen hab ich es versaut. Vielleicht kann ich hier etwas gut machen.«

Arvid drückte ihre Hand.

»Und wenn sie mehr als diese eine Geschichte wollen?«

»Ich weiß es nicht, erst mal sehen, wie die läuft.«

Schweigend gingen sie weiter.

»Wann fährst du?«

»Der Flug geht um sieben ab Hamburg.«

Morgen schon. Marie fühlte einen Stich im Magen. Als könne er ihre Gedanken lesen, blieb Arvid stehen und sah ihr in die Augen.

»Ich komme wieder.«

Sanft strich er ihr eine Strähne aus dem Gesicht. Nie war ihr ein Lächeln schwerer gefallen als in diesem Augenblick. Sie griff nach seiner Hand. Wortlos gingen sie weiter, bis sie ihr Ziel erreicht hatten. Marie blieb stehen.

»Ist es hier?«

Marie nickte. Sie sahen aufs Meer hinaus. Die Oberfläche war spiegelglatt, das Wasser glänzte in jenem hellen Blau, wie es die untergehende Sonne nur hier hervorrief – ostseeblau.

Nichts an diesem Bild der Ruhe und des Friedens ließ erahnen, welch mörderische Kräfte die See entfachen konnte.

Marie dachte an Robert, seinen Kampf auf dem Meer, allein im Jahrhundertsturm. Er dauerte sie so sehr. Ihre Kehle wurde eng, sie schluckte.

Plötzlich spürte sie eine sanfte Berührung. Als taste jemand ihr Gesicht ab und streichele ihre Wangen. Rosenduft lag auf einmal in der Luft. Marie schloss die Augen. Sie spürte, wie eine Kraft ihren Körper erfasste. Sie wanderte langsam vom Kopf bis zu den Füßen und verharrte, augenblickslang. Dann, allmählich, Stück für Stück, verließ sie Marie und zog aufs Meer hinaus.

Marie öffnete die Augen. Sie erkannte eine kaum merkliche Veränderung auf dem Wasserspiegel. Wie die Spur eines Schwimmers, dessen vergangene Bewegung sich noch in einem leisen, letzten Wellenkamm zeigt, bevor sie sich in der Ferne verliert. Marie trat näher an den Meeressaum. Etwas trieb auf dem Wasser. Etwas Helles. Es trieb auf sie zu. Eine Rose – Gretes letzter Gruß.

Sie standen lange, bevor Arvid Maries Hand nahm.

»Vielleicht ist alles, was uns ängstigt, im Kern jemand Hilfloses, der unsere Liebe sucht.«

»Das ist schön«, antwortete Marie leise.

»Nicht von mir. Rilke hat es in seinen Briefen an einen jungen Dichter geschrieben.«

»Du bist mein erster Mann, der sich für Literatur interessiert.«

»Ich wusste, dass wir gut zusammenpassen«, lächelte Arvid.

Die Dunkelheit war hereingebrochen, als er Marie an der Büdnerei absetzte. Arvid stellte den Motor ab und lehnte sich zu ihr.

»Bist du sicher, dass du nicht mit zu mir kommen willst?«

»Ich hasse es, mitten in der Nacht aufzustehen.«

Marie rang sich ein scherzhaftes Lächeln ab und hoffte, dass er ihr die Ausrede abnahm. Arvid würde um zwei Uhr aufbrechen, um nach Hamburg fahren und von dort seinen Flug nach Vancouver anzutreten. Der Moment des Abschieds war jetzt gekommen. Dies waren ihre letzten Augenblicke. Die Sehnsucht nach ihm schnürte ihr schon jetzt die Kehle zu. Sie erinnerte sich, wie er sie beim Reiterball das erste Mal in den Armen gehalten hatte, an den Tag, an dem er ihr Ori brachte, und den Moment, als sich das erste Mal ihre Lippen berührten. Welches Glück hatte sie, diese Zeit mit ihm erlebt zu haben.

Arvid sah ihr in die Augen.

»Pass auf dich auf.«

»Du auch.«

Jedes weitere Wort hätte den Abschied nur schmerzlich hinausgezögert, das wussten beide. Sie umarmten sich ein letztes Mal, dann stieg Marie aus.

Sie wartete, bis seine Rücklichter von der Dunkelheit verschluckt waren. Heute Nacht würde sie ganz allein sein. Inga hatte Ori am Nachmittag zu sich genommen, damit Marie und Arvid ihre letzten Stunden für sich allein hatten. Marie spürte, wie die Einsamkeit wieder in ihr hochkroch. Sie wandte ihren Blick ab von dem Punkt, an dem Arvids Pickup verschwunden war und ging auf das Haus zu.

Einsam und verlassen lag die Büdnerei da.

Wie aus dem Nichts beschlich Marie das Gefühl, dass etwas nicht stimmte. Instinktiv verlangsamte sie ihren Schritt.

Es war nicht der Abschiedsschmerz, auch nicht das Alleinsein, es war, als sei etwas noch unerledigt.

Das Bild von Inga und ihr im Hafenrestaurant stieg vor ihren Augen auf.

Plötzlich durchfuhr es Marie eiskalt. Sie hatte etwas übersehen – etwas, das auf sie wartete …

ENDE

© Hoffotografen

Die Autorin

Gabi Krieg studierte Germanistik, Publizistik und Theater-
wissenschaft in Berlin. Sie arbeitete zunächst als Dramatur-
gie- und Regieassistentin am Theater, dann wechselte sie als
Producerin zum Fernsehen. Als Redakteurin der ARD ent-
wickelte und verantwortete sie diverse Serienformate, bevor
sie sich ganz dem Drehbuch-Schreiben widmete. Einen Teil
des Jahres verbringt sie regelmäßig auf Fischland / Darß, wo
sie ihre Romane schreibt.

Dank

Ich danke Frau Ulrike Stein vom Kompetenzzentrum für Niederdeutsch an der Universität Greifswald für ihre freundliche Hilfe bei der Prüfung der Mecklenburger Sprache.

Und ich danke dem Hinstorff Verlag – insbesondere meiner Lektorin Andrea Struck, die den Roman mit unerschütterlichen Zuversicht und respektvollem Pragmatismus durch alle schmerzhaften, Papierkrisen-bedingten Kürzungen in seine finale Form gebracht hat.

Liebe Leserin, lieber Leser, wir freuen uns über Ihre Bewertung im Internet!

Die Deutsche Nationalbibliothek verzeichnet diese Publikation in der Deutschen Nationalbibliografie; detaillierte bibliografische Daten sind im Internet über http://dnb.de abrufbar.

© Hinstorff Verlag GmbH, 2023
Lagerstraße 7 • 18055 Rostock
Tel.: 03 81 / 49 69 – 0
E-Mail: post@hinstorff.de • www.hinstorff.de

2. Auflage 2025
Herstellung: Hinstorff Verlag GmbH
Lektorat: Andrea Struck
Titelbild: Timm Allrich
Illustration: Windflüchter@freepik.com
Druck: GGP Media GmbH, Pößneck
Printed in Germany
ISBN 978-3-356-02455-5